山德斯犯罪懸疑小說系列 Lawrence Sanders

03

第2死罪

THE SECOND DEADLY SIN

作者∵Lawrence Sanders 勞倫斯・山德斯

譯者∵蔡梵谷

第二死罪
The Second Deadly Sin
山德斯犯罪懸疑小說系列3

作者 勞倫斯．山德斯 Lawrence Sanders
譯者 蔡梵谷
封面設計 徐璽
發行人 涂玉雲
特約編輯 莊雪珠
出版 臉譜出版
發行 英屬蓋曼群島商家庭傳媒股份有限公司城邦分公司
台北市民生東路二段141號2樓
讀者服務專線：02-25007718；25007719
服務時間：週一至週五9:30～12:00，13:30～17:00
24小時傳真服務：02-25001990；25001991
讀者服務信箱E-mail：service@readingclub.com.tw
劃撥帳號：19863813 書虫股份有限公司
城邦網址：http://www.cite.com.tw
臉譜推理星空網址：http://www.faces.com.tw
香港發行 城邦（香港）出版集團有限公司
香港灣仔軒尼詩道235號3樓
電話：852-25086231 / 傳真：852-25789337
email：hkcite@biznetvigator.com
馬新發行 城邦（馬新）出版集團
Cite (M) Sdn. Bhd. (458372 U)
11, Jalan 30D/146, Desa Tasik, Sungai Besi,
57000 Kuala Lumpur, Malaysia
電話：603-90563833 / 傳真：603-90562833
email：citecite@streamyx.com
初版一刷 2006年3月15日

ISBN 986-7058-00-3
定價：420元
(本書如有缺頁、破損、倒裝，請寄回更換)

貪婪・做為一種死罪

唐諾

第一死罪很清楚是驕傲（儘管我個人以為可能更應該稱之為自戀），而這本《第二死罪》指控的又是什麼？即使你讀完全書大概都不是那麼確定，我也是特別為此查閱了出版和評論的一堆相關資料方敢放心告訴你，答案沒錯正是——貪婪。

知道第二死罪是貪婪，我們一下子就明白很多事了不是嗎？包括山德斯為什麼這麼語焉不詳，包括山德斯為什麼讓這本小說這麼快回歸成「正常」的殺人推理故事，放棄了它的首部曲《第一死罪》裡的心理學探述筆調、乖戾暴烈的角色人物及其殺人方式、死亡方式。

這裡，先讓我們有點語病的姑且這麼講，只因為貪婪的人比驕傲的人多很多，多太多，多到遍地都是滿街都是，直到它再難被辨識出來，而成為某種恆定的背景，成為一切的前提，成為人性；也就像基督教從亞當這傢伙追訴起的罪人論一樣，當所有人都是罪人，都犯某一種罪，那其實就跟指控人為什麼沒長四個眼睛或不會飛沒太大兩樣不是嗎？也因此，某一個人如此稀罕的因爲驕傲而犯罪、殺人和自我毀滅當然是怵目驚心的，我們會相當程度被迫去凝視它，動員社會力量去研究它討論它解釋它，不是因爲罪的案情程度乃至於人死多少，而是因爲它既是一處未知的空白又是某種危險的徵兆，所謂危險的徵兆指的不只是這樣子的犯罪會陸續再發生或更糟糕的被誘發、被摹仿的現實問題而已，它事實上還觸動了我們某種更深沉、更自省意味的恐懼，那就是我們自我生命裡那些相安無事卻又擔心它蠢蠢欲動不受控制的黯黑東西，因此往往只一個案件就足以帶來某種末世的、魔鬼又將統治世界的迫切預感。但某人因爲貪戀金錢、貪戀美色、貪戀捷運工程回扣或者行政院長、總統的權位而犯罪乃至於殺人（包括開槍殺自己）？這還有什麼我們不知道的奧祕需要解釋的呢？這是很單純的法律事件，我們通常只會把注意力擺在破案和定罪這一層面上頭，抓出或糾出犯人和躲後頭的有力人士，把他關起來或乾脆吊死他電死他砍死他或開槍打死他，完畢。

從這裡，我們極可能得先釐清一個概念或者名詞——山德斯書名所標示的罪，其眞正的意涵不是法律意義的犯罪，而是一個倫理的、道德的概念之詞，眞正在現實世界的作姦犯科流血殺人不過是其衍生出來、爆發出來的具體傷害形式暨代價；同理，這樣的罪惡的致命性，其關注的主體是那個被罪惡抓住宛如惡魔附身的人，而不是小說中很倒楣被他殺掉的可憐人，一如國家地理雜誌頻道每星期二晚上十點整播映的重回災難現場影片，探討的不是不幸搭上那班飛機或鐵達尼郵輪的人，而是失事害死人的飛機輪船本身，因此，這裡的加害者和被害人不再是對立的、拮抗的兩造，它們集中於同一個人身上，就像我們才在山德斯的《第一死罪》書裡看到的那名又殺人又自毀的光頭男子一般，呈現出「凶手／被害人」的兩頭蛇不祥模式。

然而，要把這樣概念化的、已然超越了法律層次的罪惡重新裝回到以法律爲基石的偵探推理小說中，便有著一定的難度，這尤其在貪婪這種普遍的、已達人皆有之程度的罪惡追索時被清楚放大出來——簡單來說，除非你每本書都採用《東方夜快車謀殺案》那種「每一個出場人物都是凶手」的集體殺人模式，否則我們要怎麼樣才能對罪惡追蹤並一一予以懲治呢？比方像推理小說的最典型佈局（這部《第二死罪》其實也是如此佈局），某個萬貫家財的老兄忽然被宰了，從妻子、兒女、兄弟姊妹、秘書、家庭教師、律師、管家、園丁司機廚子女傭、寄居家中的親戚朋友到暗夜闖入的陌生盜賊云云，每個人都因數額不等的金錢動過心念而且深淺不一的「進行某種動作」，從概念化的罪惡探討來說，這裡每一個人俱已犯下了貪婪之罪了（如果貪婪是罪的話），差別只在於是不是採用取人性命這種特定手段罷了，甚至差別更細微、更隨機在於不敢殺、來不及殺或沒殺成功而已，然後怎麼辦？最終我們還是得回頭取援於法律來界定罪惡的有無和大小嗎？法律懲罰的明明是殺人或傷人而不是誰誰貪婪不是嗎？搞了半天怎麼又回來了？

也因此，我們通常會看到書寫者某種息事寧人的簡易處置，那就是在書的最後留給尾巴，把「法網恢恢疏而不漏」這八字眞言改動一字，成爲「天網」，意即犯罪的人即使法律動不了他，但舉頭三尺自有神明自有更高更森嚴的正義果報機制存在，犯罪的人不只最終仍得面對清算面對審判，他更當下就得受良心的折磨，他永遠是個不快樂不自由的人……

活在一個普遍懷疑神、懷疑良心懲罰機制的時代，這種處置當然令人不免沮喪。

有關維多·麥蘭這個貪婪受害者

《第一死罪》書中，如我們所言，最迷人或至少著墨最多最讓人思量的人物，是那個被驕傲之罪附身的凶手；但如今這部《第二死罪》最有意思的角色卻回頭成爲被害者的畫家本人。

儘管這有些轉頭就跑的意味，但我們得公平的說，山德斯選定一名乖戾的、功成名就卻不快樂的天才畫家做爲人們犯貪婪之罪的對象，是遠遠比尋常那種除了錢什麼都沒有的扁平被害人好太多了，這相當程度的挽回了「第二死罪」這個書名和原初野心勃勃書寫意涵的面子——它使得貪婪這事有了層次，有了內容和深度，還超越了個人，遙遙指向著孕生著、鼓勵著並觸發了人們普遍貪婪之心的外頭世界，亦即我們生活其中日久不太容易保有警覺的所謂自由市場機制。

麻煩先請大家回想一下，比方你一定在報紙或電視新聞裡瞥見過，蘇富比拍賣場又成功以好幾個億、好幾十個億的台幣售出某一幅梵谷或林布蘭名畫的動人消息，然後提醒自己可憐的瘋子梵谷生平只賣過一幅畫，實得五十法郎；還有，你在百貨公司偶然站在漂亮天青色的第凡內鑽石專櫃前頭，好奇數起定價小牌子上頭那長長一排0，然後你也不妨再補充一下已不算科學新知的另一樁事實，如今科學家很簡單就能在實驗室裡模仿地層的適當壓力、並急速縮短化學作用所需要的漫漫歲月悠悠流光，讓一截石墨的碳元素重新乖乖排列成爲鑽石出來，請注意，出來的是千眞萬確的鑽石，不是長期以來騙子用的鋯石，但我們頑固的叫它人工鑽石，以此和大自然土法耐心壓製而成的天然鑽石分別開來，價格也完全是不同的兩種東西。

《第二死罪》的這名被害人畫家維多·麥蘭當然比文生·梵谷好運太多了，除了被某人用刀子捅死在自己畫室裡，他有機會看到自己的志業和技藝成果爲世人肯定，並來得及享用伴隨而來的經濟利益一段時光。但山德斯冷酷的告訴我們，梵谷式的荒謬悲劇仍一定程度而且如錄影帶快速前進般的在他生命中重走一遍，這也就意味著這樣的悲劇並不全然源自於個人的八字流年不利，而是有其相當成分的結構理由，是繪畫這個人類從事了上百萬年的古老行當，和才不過爲期數百年的自由資本市場機制撞擊的結果，因此難以完全遁逃，只能視之爲某種必然性的處境。

山德斯告訴我們，即便像維多·麥蘭這樣一個已順利站上頂峰的畫家，他一樣有他漫長的未成名小畫家時光。維多·麥蘭如今一幅畫叫價十萬美元以上，但市場上同時存在著一堆他當年以一百塊錢快樂賣出的畫，這個無可奈何的荒謬當然可以也必須料理，靠畫家本人的忍受力和自我說服能力，並把當年花一百塊那些傢伙視之爲如今中了樂透的幸運兒，而且，自由市場也發展出它某種「合理」的補救方法，比方說在合約上明文規定，未來的增值畫家有權分享一定比例的利潤云云。但無論如何，這裡首先就存在某種漏洞，某種人性陷阱，時時試煉並造成人們行爲的變異，讓貪婪如黴菌般偷偷生長。

山德斯又引進了國稅局這個角色，讓整個狀況更有趣更詭異——一個畫家生後如果留下遺作，國稅局這樣一個如見血鯊魚的單位當然要計價課徵遺產稅，而且一定依當前的行情計算，即便是畫家一百塊錢時期留下的滯銷貨亦然，除非這些畫在還是一百塊時期就完成轉移，且符合每年贈予的有限額度（等它們變成十萬美元再贈予就來不及了），這樣便又出現了另一個人性陷阱，如果像維多．麥蘭這樣一個畫家不想讓他的家人子女未得利先破產的話，如果畫家的繼承人不甘心這一大筆錢平白被政府拿走變成工程回扣的話。

這裡，終極的荒謬便是，如今繪畫很難再是純淨的、由創作者內心奇異力量所驅動的自在行爲，金錢的幽靈時時侵擾它，要不就在事後重擊它，不復像它最早的先人面對星空、面對高山流水、面對一張奇異的臉或面對自己心中的圖像，你只要專注的、神往的捕捉那樣的剎那、那樣稍縱即逝的悸動即可。

「有許多藝術家對遺產稅毫無概念，他們不是精明的生意人。可憐的笨蛋以爲自己留了一窩的蛋給妻子兒子，沒料到還得課稅。還有，或許那個畫家畫出了一幅他愛不釋手的傑作，他不想割愛，掛在牆上自己欣賞，可能在幾年間還會再略做修飾。這裡亮一點，那邊陰影深一點。不過他會保留個幾年，也可能永遠不會出售。聽著，組長，當你談論的是藝術家時，你所面對的是一群瘋子。不要期待他們會有合理的行徑或常識。他們沒有。如果他們正常的話，就會去當卡車司機或推銷鞋子了。這一行不好混，大部分的人都會半途而廢。」

繪畫，如波赫士說書籍，掙扎向永恆，而煞風景的是，如今通往永恆的路十分擁擠，站滿了沿街討錢的人。

由此，山德斯爲我們勾勒出一幅圖像——藝術界是個上下倒置的金字塔。「眼前這些光鮮耀眼的奢華場面，全都出自於一個窮畢生精力從事創作的孤寂藝術家，在金字塔的底部遭人嘲弄。如果可能的話，這些人寧願希望藝術不是出自於個人的煎熬，或許可委由工廠生產或由電腦代勞。任何他們可以了解及掌控的。至於瘋狂的天才則會讓他們畏縮；接受這種藝術會貶低他們的身分。他們藉著別人的才華及煎熬而獲取榮華富貴，然後才藉著蔑視他來掩飾他們自己的嫉妒及貪得無厭。／那就是他聞到的氣息：滿臉鄙夷的吸血鬼所散發的貪婪氣味。他們的不屑瀰漫在空氣中，他們對牆上那些飽受煎熬、引人入勝的畫作置之不理。他們什麼都知道，可是他們也什麼都不懂。」

這樣一個顫巍巍的倒置金字塔當然是危險的，不只因爲它唯一的支撐點只是一個帶著古老體力勞動技藝的非量產、無法複製「商品」的畫家，也不只因爲它賴以維生的金錢來自爲數只三四千人、有錢但通常沒相襯鑑賞力的所謂藝術愛好者收藏家，更危險的是，它最根源的神奇力量不是由近代市場機制所激發創造出來的，除了利用它腐蝕它，也始終無法有效掌控它，它仍是古老的、神祕的，仍像幾百萬年前一樣。

維多．麥蘭而外，山德斯另外安排了一名或說另一種典型畫家，做爲另一個貪婪病患，也做爲維多．麥蘭的對照（當然太對比太工整了）——據說，這是個繪畫技藝絲毫不下於麥蘭甚至猶有過之的能工巧匠，他也更聰明更靈活，知道如何討好資本主義大神，滑行於市場浪潮之上而讓創作省力、輕盈甚至複製量產成爲可能，但他就是沒有麥蘭那個神鬼般的力量或者因此獲得不了這樣的力量，他帶點不服氣的猜想，麥蘭唯一贏過他的，不過是某種專注、某種瘋子般傻瓜般的孤注一擲，但我們曉得這極可能只是一部分必要條件或表相而已，這力量自有甚深澈更難以言喻的獨立出處。

這又讓我們看見市場機制的另一個詭異之處，它像那種喜怒無法捉摸的專制帝王，並不那麼容易討好，有時它會對那些乖順在它森嚴律法底下的搖尾乞憐傢伙不屑一顧，甚至打心裡瞧不起他們，反倒是對某些忤逆者、反對者和它無法掌控者眷眷難捨甚至尊敬，像面對一方一直征服不了的沃土。

資本主義的自利和貪婪

大致上，人類這近幾百年的歷史，可以也被看成是一個貪婪不斷除罪化的過程，其中最決定性、最戲劇性的轉折來自於資本主義的大獲全勝，這是誰都知道的事，但戲劇性的由黑翻紅那一刻，通常只是用途的改變或者說位置的挪移，並非認識上的發現和徹悟，眞正有內容有意義的認識變化總潛伏在這之前，以及爆發在這之後。

很早，人們就不斷察覺出來（通常夾帶在正經論述的不起眼一角或者藉由某種憤世的、咒罵的狂暴語言一閃而逝），貪婪有一種頑強如野草不死的普遍性，還攜帶著某種強大的行爲驅動力量，而且這兩者交織於我們自身內部，它很容易被誘發，但根源是我們自己，並非像某種惡疾般因爲異物的侵入和感染云云。這讓它長期仍是一種清晰的、沒討論必要的敗德同時，始終存留著一點心驚膽跳的曖昧，一種嘗試跟它妥協的偷偷摸摸餘地，聲討它的堂而皇之聲音裡頭總飄蕩著微妙的虛假氣味，像鞭打著自己又像擔心因此暴現出不好告人的那一部分自己，輕重之間總有一種拿捏；而且還有點痛苦，因爲它聯結著我們擁有某些美好東西美好生活的想望，反對它意味著這部分的壓抑和割捨，也就是說，它的簡單正義聲音背後得有一種基本生命主張，一種清貧的、節制的、安於現狀的乃至於受苦的生活準備。

然而，即便在那種絕大部分人窮乏、掙扎於三餐溫飽的所謂第一類需求的年代，我們曉得，仍有某些人是過極好生活的，貪婪是不赦之罪云云由這些刺眼之人嘴巴裡講出來（而且通常正是這些人最不餘遺力的講），便有著「我不准你貪婪」的特殊性、片面性意思，其中隱藏著階級企圖，還浮現著暴力，很難保持是乾淨的道德主張，尤其在宗教中人從稍前的神父到稍後的修士都陸續加入美好生活行列之後，這顯然已不是嘲諷了，而是危機，明白而立即性的瓦解危機。日後，資本主義革命即使改變了貪婪這個概念的用途，宣稱它是進步的最強大盟友和歷史推進器，但仍很快掉落回同樣的陷阱裡頭（從相反的路徑），也因此才馬上有了跟著的左派革命，以及數不清的嘲諷和批評——簡單的口號宣告如果眞能有效解決糾結盤纏的人性難題以及更難的實踐問題，那這個世界眞的就太美好太宜於人居了，包括我們此刻的台灣。

革命那一刻總是解放的、自由的，甚至短暫無政府的，這是某種只有可能性而尚未被實現被獨占的特殊歷史時間，也因此是人恣意編織各種想像的幸福時間；貪婪的除罪尤其有一種難以言喻的舒適感，像某個壓在所有人心頭千年萬年之久的重物一下子卸下，又像說出眞話、面對眞實世界的坦率和輕鬆。但革命成功之後呢？這個世界還不是得有效組織起來，只是依誰的方式罷了，社會一樣得分工，一樣得在層級分割的基礎上方能成立並且運行。這正是馬克斯．韋伯睿智絕望的原因，他因此不寄希望於眼前的每一次以及每一種夸夸其談的革命，或說他對革命的寄望還不及對神蹟的寄望多。

資本主義的確遵此要領實踐過一陣子，或說暴衝了一陣子，這就是誰都曉得的掠奪性、海盜性的資本主義時期，搞得誰都受不了，只除了極少數天性好亂的純種流氓無賴（絕大多數被生活逼上梁山的正常人不在此列），問題是某些運氣特好的無賴一旦真的暴發起來，屁股決定腦袋，他一樣要護衛自己既有的地位財富，一樣對那些「昨日之我」想取而代之的目光惴惴難安，一樣要呼喚秩序並重申貪婪是罪惡這個古老道德禁令——這種我是自利，是遵從看不見的手的指引推動世界進步向前，你則是貪婪，是該被抓起來關起來的壞蛋，天底下哪有這種道理？因此，這跟當年那些只許自己腐敗不准他人貪婪的神父修士，程度或有差異，借用的神名也有不同，但邏輯是同一個，原理也完全沒變。

眞正有意義的貪婪除罪化不在這裡，不是這種「貪婪無罪造反有理」不用腦子宣告，而在於我們對貪婪的認知是否有所進展。眞要舉用實例說明，毋寧比較接近如今進步司法概念裡的「無罪推斷」，這當然不是說把警察辛辛苦苦逮進法庭的嫌犯不分青紅皂白全數釋放，而是先努力忍住對它的憎惡，以免跌入某種既定的印象甚或偏見之中，有罪無罪，等我們認眞的、盡力的認識它再下判決不遲，反正貪婪這傢伙既不偷渡出境又沒羈押時限問題，難道你還擔心它跑掉不成？

一旦我們把道德成見稍加擱置便很容易看出來，貪婪一詞並不像諸如桌子椅子般在現實世界中有著乾淨、獨立的指稱之物，這個名詞認眞想指出的不是一物，而是一條界線，像在一道連續性的奔流大河之中嘗試豎立起一個簡明易識的航標，警告人們越此一步可能有毀滅性的危險漩渦。

不落入唯名論的謬誤，我們就能將貪婪這個詞給分解出來，或者該說還原回去，不再理所當然想成一個封閉性的異物，一種病或一個會入侵人體的惡魔，而是一系列連續性的心理狀態，從人面對生存種種的自救防衛要求，到某種生命主張的積極實踐與獲取，再到某種攻擊性的掠奪占有云云。這也就讓我們看出來漢娜．鄂蘭所說「惡並非根本性的東西」這句話的理由，由其睿智洞見，惡比較接近某種逾越、某種放縱，漢娜．鄂蘭因此用毒菇表面的斑斕可怖花紋來形容它。

我們這一系列的連續心理狀態不必然爲惡，貪婪毋寧只是人的逾越和放縱，如果說這樣的認識較逼近事情眞相，那它同時帶來了或說「復原」了兩個巨大的煩惱：一是界線何在的永恆難題。它要準確劃在哪裡？根據什麼？如何將漸層式的連續狀態當一邊光明一邊黑暗來斷然處理？二則是因此衍生的實踐難題。人的日常行爲無法是深思熟慮的結果，生活的第一現場不存在哲學精緻思辯的奢侈空間，它需要更明確的指示和禁令，像紅綠燈那樣的東西。

也因此，山德斯這本《第二死罪》的最終收拾方式也不算錯，暫時，我們這幾百年下來有關貪婪除罪化的具體成果，的確傾向於訴諸法律來標示界線，但有意義的改變不是以一條武斷的界線來換一條武斷的界線，而是何以如此，以及我們對這道新界線所隱含的思考和期待。

我們說過，法律處理的不是思維而是行爲，不是貪婪這個形上的道德錯誤而是具體的侵占、搶奪、傷害、謀殺等罪行，因此，退回到法律，眞正的意思是自由和寬容，讓道德的越界和社會的直接懲罰先脫鉤——一方面，基於我們對人性，尤其是其曖昧難明邊界之事的察覺和認識，不以爲那種宛如巨斧砍下來的暴力性懲罰，合適侵入到這個精緻的、微調的、如玉石切磋琢磨的道德思辯世界，這裡，法律不是獰惡的傭兵，而是謙卑的守護者，只負責架起一個寬鬆的、最低底線的邊界，保衛著道德思維自身的獨立自主空間，又像某種緩兵之計，讓我們對道德的探索得以繼續下去；另一方面，我們知道了道德之罪，至少貪婪這個道德之罪，並不是原生性的罪惡，而比較接近某種錯誤，不是像格雷安．葛林《布萊恩棒棒糖》所引喻的那樣，罪惡如英國布萊恩當地的名物棒棒糖一樣，不只是表面花紋，而是你舔到最裡層仍絕望的發現它由裡到外都是一致的花紋，一致的罪惡。不，它始生於無關善惡的人性，因此不適用於那種「小時偷瓜長大牽牛」式的神經質道德直線推論，正如我們青少年時期某一天總會心血來潮逃個課、抽根菸或考試時偷瞄一眼鄰座同學的答案，絕不因此決定了我們廿年後會通敵賣國一樣，因此所謂的防微杜漸不再構成理由，不再是睿智的先見，而僅僅是愚昧、頑固和殘忍，任何急於在第一時間乃至於深入貪婪的幼年期予以一次撲殺滅絕的作爲，歷史的慘烈教訓告訴我們，不僅從不會成功，而且其結果幾乎註定了不是善的維護，一定是更大罪惡的召喚。

我們當然不會不曉得（只常常忘了而已），所有的自由和寬容都暗示了不完滿和某種暫時性權宜性，因此質疑的聲音會一直存在（這是合理且健康的），而且更會在某些困難的特殊時日集結成軍暴烈襲來。在這種忍不住會動搖乃至於誘惑我們返祖躲回森嚴律法時代的雨天，我們頂好坐下來，點根菸什麼的鎮定一下心神，耐心的回想一下這樣一段學習歷史，我們是如何跌跌撞撞摸索到這一刻來，至少你會知道，我們之所以慷慨給予他人也給予自己某種程度自由和寬容，不是天眞，相反的，這是世故，一種源於世故才有的溫柔和悲憫。

如此，像展讀《第二死罪》這麼一部回頭把貪婪標示爲致命之罪的有感而發之書（寫於紐約最人欲橫流的困難時日），便不會僅僅把我們逼回蒙昧但有安全假象的過去，而是繼續下去繼續思索向前。

《第二死罪》出版時，美國某大報送花籃式的讚譽短評（也就是我們後來會在書的封底或前二頁看到的那一段段文字）帶點俏皮的指出「可惜非破案不可」——說得沒錯，非破案不可，是偵探類型小說的限制，也可能是現實社會的某一面向限制，但願這局部的限制所帶給我們的某種安全交待和撫慰，能給予我們另一面更大更持續的思維自由，但願如此。

第2死罪

THE SECOND DEADLY SIN

1

畫室有如一座燦朗明亮的水族箱；那女人和女孩在炫目的光線中猛眨眼。維多．麥蘭將她們身後的門砰然關上，鎖起來，扣上鏈條。女人緩緩轉身觀望，毫無懼色。

「妳還沒有告訴我妳的名字，媽媽桑。」麥蘭說。

「你也沒有告訴我你的名字，」女人面帶微笑說著，露出一顆金牙。

他凝視她片刻，然後笑了出來。

「沒錯，」他說。「他媽的這有什麼差別？」

「你說髒話，大男孩，」她說道，仍面帶笑容。

「不止，我的腦袋和生活也一樣。」他補充說道。

她若有所思的望著他。

「你要畫我？」她輕佻的說。「沒問題，我可以為你擺姿勢。我全都秀給你看。全身上下。十塊錢。」

「十塊錢？多久？」

她聳聳肩。「通宵。」

他望著那一身橄欖色的肥油。

「不，謝了，媽媽桑，」他說。他以大拇指朝那女孩比了比。「我要的是她。妳多大了，蜜糖？」

「十五歲，」女人說。

「妳沒有上學嗎？」他問女孩。

「她沒有上學，」女人說。

「讓她自己說，」他生氣說道。

那女人謹慎的環顧四周，壓低聲音。

「桃樂絲是——」她用一根手指頭比向太陽穴，微微轉著圈。「一個好女孩，不過頭腦不大好。她沒有去上學。沒有工作。你出多少錢？」

「身材好不好？」他問。

女人精神為之一振，吻了吻指尖。

「美！」她熱切叫道。「桃樂絲美呆了！」

「把衣服脫掉，」他告訴女孩。「我要看看能否雇用妳。」

他大步走到畫室前方，將擺姿勢用的平台踢到天窗下的位置。暖和的四月春陽潑灑了下來。他拉出一個木箱，翻找箱裡凌亂的雜物，直到找出一本十一乘十四見方的速寫簿及一盒炭筆。他抬起頭時，女孩仍站在原地，動也不動。

「妳還在磨蹭什麼？」他氣沖沖咆哮。「站上去，衣服脫掉。把妳的衣服脫了。」

女人走近女孩，以西班牙文低聲說了幾句。

「哪裡？」她朝麥蘭叫道。

「哪裡？」他大吼。「就在這裡。把他媽的那身髒東西丟到床上。叫她鞋子穿著；地板是濕的。」

女人告訴女孩。女孩走向行軍床，開始寬衣解帶。她平靜的脫掉衣服，茫然的四下張望，將外套和衣服全部堆在行軍床上，只剩下一件髒兮兮的灰色棉質內衣。吊帶用安全別針扣著，她拆掉別針，脫下內褲，一絲不掛站著。

「好，」麥蘭叫道。「過來這裡，站在這個平台上面。」

女人挽著女孩的手，扶著她站上平台。然後退開，讓女孩自己站著。桃樂絲仍然一臉茫然，她從進門後一直都沒有正眼瞧過麥蘭。她就這麼站著，手臂垂在身體兩側。

他繞著她走了一圈，然後再走一圈。

「耶穌基督，」他說。

「我不是告訴你了，」女人得意洋洋的說。「美吧？」

他沒有答腔。他將木箱往前推出幾呎，將大大的速寫簿靠在一罐松香油上面，然後瞇起眼睛凝視著眼前一絲不掛的女孩。

「你有喝的嗎，大男孩？」女人問道。

「冰箱裡有啤酒，」他說。「她聽得懂英語嗎？」

「懂一點。」

麥蘭走近女孩。

「聽好了，桃樂絲，」他大聲說道：「就像這樣站著。身體往下彎，雙手擺在膝蓋上。不對，不對，從臀部開始彎。看著我。像這樣……好，屁股往外翹。很好。好，現在將背部拱起來。頭抬高。來……像這樣。抬高。再高一點，再高一點。雙腿打直。對了。現在試著把妳的胸部往外挺。」

「有沒有威士忌？」女人問道。

「在水槽下面的櫃子裡。胸部，桃樂絲！這裡。挺胸。這就對了。別動。」

麥蘭匆匆回到木箱和速寫簿後面。他拎起一根炭筆，在畫紙上振筆揮灑。他抬頭望向桃樂絲，低頭，再迅速作畫——刷刷刷。他撕下一張紙，任其掉落在地板上。然後同樣在另一張紙上振筆描摹，從肩膀到手臂不斷晃動。

他撕下那張紙，紙張掉落，再著手畫另一張。第三張畫到一半時，炭筆斷了。麥蘭猛然轉身，將手中剩下的半截炭筆拋向磚牆。他放懷大笑，大步走向那赤身露體的女孩，一手捏著一邊的臀部，猛烈搖動。

「黃金！」他吼道。「百分百純金！」

他走向畫室後方。女人坐在行軍床上，一手拎著瓶威士忌，另一手端著污跡斑斑、半滿的酒杯。麥蘭一把搶過她手中的酒瓶，湊近嘴巴。他灌了兩大口，打了個嗝。

「好，媽媽桑，」他說。「她可以。一個小時五塊錢。也許一天兩到三個小時。」

「別亂來，」女人神色認真的說。

「什麼？」

「別對桃樂絲亂來。」

麥蘭發出刺耳的爆笑聲。「不亂來，」他同意，口沫亂濺。「見鬼了，我不會碰她的。」

「亂來就不止五塊錢了，」女人露出一個鬼祟的笑容。

他等她喝完，然後帶她們出去。女人同意星期一上午十一點左右會帶桃樂絲過來。麥蘭在她們走後將門鎖拉上並扣上鏈條，他走回木箱旁，手中握著威士忌。他邊喝著酒邊望向地板上的素描，用他的腳趾頭挪動那幾張畫。他瞇起眼睛看著那幾張素描，回想女孩的模樣，開始構思第一幅畫作。

有人敲著畫室的門。他因為受到干擾而生氣，大吼道：「是誰？」

回應的是他熟悉的聲音，麥蘭蹙著眉。他將威士忌酒瓶擱在木箱上，走向門口，將鎖打開，抽出鏈扣。他打開門，轉身走開。

「又是你！」他說。

第一刀刺入他的背部。位置很高，在脊椎旁邊。這一擊力道很大，讓他踉蹌著往前撞去，臉孔扭曲，雙手高舉成可笑的驚惶姿勢。不過沒有倒下來。

刀刃抽出再戳刺一次。一次，又一次。即使維多．麥蘭已經臉朝下趴在寬敞的地板上，生命漸漸流逝，刀子仍沒有停過。手指虛弱的搔扒著地板，然後一動也不動。

2

前刑事組組長艾德華．狄雷尼的繼女們是聰穎、不拘小節的女孩，他很高興能跟她們共進午餐。他喜歡她們，他愛她們。不過我的天，她們的年輕活力真令人疲於應付！她們還會高聲尖叫，笑聲震耳欲聾。

因此當他在她們位於曼哈頓東七十二街的私立學校門口跟她們親切吻別，望著她們蹦蹦跳跳拾階而上走進安全的校園時，既感到滿心愛憐，也覺得如釋重負。他轉過身，無奈的思忖著自己已經到了想要一切「妥妥當當」的年紀了。在他的語彙中，「妥妥當當」意味著平靜、整潔、秩序。他的第一任妻子芭芭拉或許說得有道理。她說他之所以會當警察，就是因為他在秩序中可以看出美感，並想維持世界的秩序。反正……他已經盡力了。

他走到第五大道然後往南，孩子們尖銳的聲音仍然在耳邊嗡嗡作響。他想，他此刻最嚮往的是一家老式的愛爾蘭酒吧，燈光昏暗，寂然無聲，放眼望去全是桃花心木的家具與第凡內燈罩，全都採用毛玻璃，還有那股由啤酒經年累月所薰染出來的氣息。紐約還有這種地方——日漸凋零，不過確實存在。只可惜，不在第五大道的街頭。不過附近有處平靜、潔淨、有秩序的地方。一個好地方……

福里克收藏館的中庭宛如一片綠洲，這座喧囂熙攘的城市一個鬧中取靜的中心。坐在蒼鬱綠葉間又亮又乾淨的石椅上，感覺就像在一場暴風雨中置身在一座巨大的玻璃皿內。你很清楚外頭的醜陋與狂風暴雨，但裡頭則是風平浪靜，讓你對萬物的本質有了嶄新的體認。

他在石椅上坐了許久，偶爾在硬石板上挪換姿勢，再度思忖著退休是否為明智之舉。他曾經坐擁一個集威望、權勢及責任於一身的職位：紐約市警察局刑事組組長，統御三千人馬，擁有永遠不夠用的龐大預算。如果將所花費的時間及其他事項也列入考慮，這個職務絕對比不上一次攻堅行動。各別的戰役可以獲勝，但整場戰爭則永無止境。重點在於絕不屈服。

當然，他也「曾經」屈服過。不過那是他個人的屈服，不是警方的屈服。他由這個顯赫的職位退休只有一個理由：那就是他再也無法忍受伴隨他這個位高權重的職位而來的政治權謀。

當然，他在接下這個職位前就已知道政治權謀在警界高層所扮演的角色。沒什麼好大驚小怪的，也沒什麼好鄙夷不齒的。這個大都會是一個社會組織；相互衝突的意願、愚昧、強烈的企圖心、理想、憤世嫉俗、詐欺、背叛、腐化熖於一爐也是順理成章的事。只要是兩個人以上的社會組織，在運作上就會存在著政治權謀。

當政治權謀開始介入他的職務執行、人事布局、社區間的警力調度、優先處理的事項、對媒體的發言、與其他城市的警方及州警與聯邦執法單位間的關係時，艾德華・狄雷尼組長再也忍無可忍了。

因此他在與第二任妻子蒙妮卡長談後就遞出辭呈。他們最後獲得共識，他的心靈平靜遠比他的薪水及職位的福利來得重要。他懊惱的想著，局裡的同仁對他即將離職的消息倒是樂見其成（流傳的耳語說他「破壞原有的良好狀態」，說他「缺乏團隊精神」）。他照例接受歡送餐宴，獲贈一套行李箱與一對金袖釦，局長及市長不能免俗的發言稱讚他績效卓著、赤膽忠誠、堪擔重任。臨走了還得聽那套狗屎。

他就落得如此下場，已屆坐五望六的年齡，當了一輩子的警察：巡邏員警、三級警探、二級警探、一級警探、巡佐、巡警隊副隊長、隊長，然後回到刑事組擔任組長。他的經歷堪稱輝煌。在局裡他可是有史以來褒揚次數第二高的。全身的傷痕累累，足以證明他出生入死的膽識。還有若干改革措施，對市民來說或許無關緊要，但如今已是警方訓練的一部分。例如嫌犯雙手要銬在「背後」，這個新規定就是經過他據理力爭後獲得採納的。當然，那與發現地心引力或原子能無法相提並論，不過也夠重要了。對警界而言。

他不願承認他厭倦了。像他這種接受過嚴格訓練且如此自負的人怎麼會感到厭倦？他和蒙妮卡偶爾外出旅遊時，總會小心的避免驚動佛羅里達州的羅德岱堡及加州拉荷拉地區的警方。因為他很清楚不管是大城小鎮，一個來訪的警察（特別是已經退休的警察！），對一個公務繁雜的警局會造成何種困擾。

他在家時——那棟位於二五一轄區分局（那曾是「他的」管區）隔壁的褐色石造樓房——他也盡量不去干擾到蒙妮卡的作息，不要像個跟屁蟲般跟前跟後，他就曾看過許多退休的男人亦步亦趨的跟在老婆身後。他花許多時間閱讀、參觀博物館、寫信給他與前妻所生的孩子艾迪及莉莎。他請蒙妮卡上館子、上戲院，請繼女們吃午餐，請警界老友小酌，聽聽他們的牢騷與問題，並在他們要求時提出建言。他退休後他們打電話給他，一開始很頻繁。後來，屈指可數。

他也到處走動，足跡遍及曼哈頓的大街小巷，參觀那些從他擔任巡邏員警後就不曾到訪的街區，看著這座城市的變化，每天都讓他感到驚訝——瞬息萬變到令人目不暇給：一處中產階級的猶太社區變成了波多黎各社區；一條老舊街道的廉價公寓在一些年輕夫妻的巧手整修下改頭換面成了高級豪宅；摩天大樓成了停車場；工廠化為公園；有些街道完全不見蹤影；有條街道曾是皮草的批發中心，如今占滿了藝廊。

然而……你有那麼多信可以寫，有那麼多書可以閱讀，有那麼多街區可以漫步。然後呢……？

找個工作吧，蒙妮卡建議。商店保全？或是乾脆自己開家保全公司？諸如此類的工作。還是當個私家偵探？像電視上的那種？

不成，他笑著親吻她。他無法當個私家偵探。像電視那種。

最後，夜幕低垂，福里克收藏館雅致的中庭已是暮色蒼茫，他起身走向大門，沒有參觀任何一間陳列室。他對那些畫作早已耳熟能詳。格雷柯的〈聖傑諾米〉就是他的最愛之一，還有長廊上那幅酷似唐亞曼奇（譯註：Don Ameche，美國老牌演員，代表作〈魔繭〉，逝於一九九三年，享年八十五年）的肖像畫。他也喜歡那一幅。他往外走，經過樓梯底端那架雄偉的管風琴。

他曾經由某處讀過或聽過福里克老先生的故事，就是打造這座殿堂的那位盜帥。據說福里克在每次掠奪工會及毀掉競爭對手後，都會回到這座美輪美奐的豪宅內，翹起二郎腿，如痴如醉的聆聽他的私人管風琴樂師演奏，「當完美的一天結束時……」

艾德華·X·狄雷尼想到這一幕不禁莞爾，他在寄物處停下了腳步，遞出他的號碼牌。

服務人員將他那頂堅硬的黑色氈帽遞給他，狄雷尼賞了他兩毛五的小費。

那人接過硬幣，說了聲：「謝謝你，組長。」

狄雷尼望著他，有些吃驚也有些得意，不過沒說什麼。他離開那棟建築物，思忖著：他們「當真」還記得！他走了將近一個街區，才想到那個人或許只是將「組長」這個字眼當成「朋友」、「老兄」。「謝啦，兄弟」或許就像這樣，沒什麼特別意義。然而……

他在第五大道往南走，享受五月的薄暮時分。說出你想聽的話——在正確的時間，正確的地點，這真是一座他媽的「美麗的」城市。這時的中央公園籠罩在夕陽餘暉中，每棟樓房都有金黃色的光暈，公園中飄來綠色植物的香氣。第五大道的人行道很乾淨。行人打扮得光鮮亮眼，笑容可掬。車馬喧囂也是街景之一。全都生生不息。它早在他出生之前就已存在，在他入土後也將會繼續存在。他對這一點感到一絲欣慰，他奇怪自己怎會有這樣的感覺。

他信步走到五十五街，在熙來攘往的人群間穿梭朝南前進。購物人潮。觀光客。傳福音者。一群誦著經的黑天覺悟會（譯註：Hare krishna，美國教派，由印度人跋蒂吠檀多於一九六六年年成立）信徒。一個演奏齊特琴的年輕女孩。沿街叫賣的小販。托缽修士。逛街者。他注意到其中有幾個妓女，幾個遊蕩的不良少年。不過大致來說，這是一群稟性善良的群眾。街頭藝術家（披著黑色天鵝絨的蝴蝶）、揮舞著美國國旗的政治及宗教演說家、一排糾察隊，附近還有一個轄區警察懶懶的晃動著白天巡邏用的警棍。狄雷尼也是這一幕的一部分。他的家，他忍不住想。不過他承認，那太異想天開，也太荒謬了。

他塊頭大，沉默寡言，肩膀稍圓，外表有點粗獷，一種歷盡滄桑的帥氣，灰白的頭髮理成平頭，神情嚴肅，顯現出一絲憂鬱的氣質。他的雙手握拳，走起路來像一個沿街巡邏的老員警般不疾不徐。

他穿著一套深色的厚重法蘭絨西裝，背心上還綴著一條他祖父留下來的厚重金鍊。金鍊的一端是放在背心口袋內的懷錶。那是他父親留給他的，五十年前就停擺了。指針停在距離中午還差二十分鐘的地方。也可能是午夜。金鍊另一端是他的警徽的縮小仿製版，鑲著珠寶，他的妻子在他退休時送的。

他那頂黑色氈帽端正的戴在頭上，看來就像是鐵鑄的。他穿著一件白襯衫，衣領漿得硬挺挺的。一條栗色的絲質稜紋領帶。西裝外套的前胸口袋內有一條白手帕，褲子右邊口袋內還有一條。兩條都很乾淨，還燙過。鞋子是黑色袋鼠皮，高及腳踝，擦得亮晶晶，鞋跟很厚。他累了時，走起路來就會砰砰作響。

他忽然知道他想去什麼地方了。他穿越五十五街再往東走。

「組長！」一個聲音傳來。

他循聲望過去。那部車子大剌剌的違規卡在人行道路緣上：一部滿佈塵垢的藍色普利茅司車。一個白人跨步下車，朝他露齒而笑。一個黑人坐在駕駛座，也張嘴笑著，壓低身體望向狄雷尼。

「你好呀，組長，」那個白人說著，伸出手。「你氣色真好。」

狄雷尼握著伸過來的手，試著回想。

「莎士比亞，」他突然開口：「威廉．莎士比亞。誰忘得了？」

「完全正確，」那位刑警笑道。「我們曾和你一起執行倫巴底行動。」

「還有山姆．勞德，」狄雷尼說。他俯身與車內那個黑人握手。「你們兩人仍然是最佳拍檔？」

「你看我們打架時的樣子就知道了，」勞德笑著說。「近況如何，組長？」

「沒什麼好抱怨的，」狄雷尼開心說道。「呃，是可以——可是誰會聽？你們呢？」

「升為一級警探了，」莎士比亞自豪的說。「山姆也是。你推薦的。」

狄雷尼比了個不足掛齒的手勢。

「你們該得的，」他說。他朝第五大道典雅的「紐約人旅館」比了比，那是全紐約最後一座設有彈子房的旅館。「你們在這裡做什麼——訪查貧民窟？」

「不是，」莎士比亞說。「在跟監。山姆和我這個夏天暫調至東區的旅館分隊。有沒有聽過一個叫做艾爾．京斯頓的不良份子？」

「艾爾．京斯頓？」狄雷尼覆誦。他搖搖頭。「沒有，我想我不認得他。」

「亞瑟．京呢？亞伯．京斯頓？亞弗烈．卡……」

「等一下，等一下，」狄雷尼說。「亞瑟．京。想起來了。搶旅館及珠寶店。獨自犯案或帶著一個年輕的美眉。神出鬼沒，來去無蹤，沒有人能逮著他。」

「就是那個刁鑽的傢伙，」莎士比亞點點頭。「圍捕了十多次，卻都徒勞無功。總之，我們接到邁阿密傳來的消息，說那位老兄在當地混不下去正朝我們這邊過來了。我們在機場盯上他，然後就一直跟監。現在跟丟了。人手不足。」

「我了解，」狄雷尼深表同情。

「總之，這是他第三次光顧『紐約人旅館』。我們猜他在勘查作案目標。這次他一出來我們就要逮住他，給他一點下馬威。不會太過火。只要能讓他識趣一點，轉往芝加哥或洛杉磯就好。哪兒都行。」

「有一個送貨用的出入口，」狄雷尼提醒。「在五十四街。你們都埋伏妥了？」

「前後包抄，」莎士比亞點點頭。「山姆和我監視大廳的入口。我們不會讓他溜了。」

「不會才怪，」狄雷尼和顏悅色的說。「大廳出來有一道拱廊通往街區外的一家藥局。他可以由那邊溜出去，易如反掌，信不信由你。」

「那王八蛋！」莎士比亞咒罵了一句，開始放腿狂奔。

山姆．勞德趕忙下車追上去。狄雷尼望著他們離去，他承認覺得好過多了。他走進「紐約人旅館」幽靜的小酒吧時，仍帶著微笑。

那是一間昏暗，以鑲板隔間的房間。桃花心木的吧檯約有十呎長，有六把椅面是黑色樹脂塑膠的凳子。周圍有十多張小酒桌，每張桌子旁各擺著兩把鐵條椅，椅面同樣是黑色樹脂塑膠。吧檯後面是一九三〇年代的壁畫，覆蓋了整面牆壁，有三〇年代裝飾藝術的風格，畫面組合了摩天大樓、爵士樂手、落腮鬍穿著緊腰燕尾服的男士，還有穿著亮麗晚禮服的金髮美女——隨著某種瘋狂的節奏起舞。壁畫漆著白色、黑色、銀色，表層用艷紅色畫上音符。頂端用扭曲的字體說明：「前來聆聽——百老匯的搖籃曲。」

狄雷尼坐在其中一張凳子。他是店內唯一的客人。酒保是個挺著啤酒肚的大塊頭，他放下手中的《每日新聞》，走了過來。他穿著一件白襯衫，戴著袖套，衣領上打著一個黑色的皮質小蝴蝶結；一條白色的長圍裙從腋下由胸部一直裹至腳踝。他朝狄雷尼笑了笑，擺上一個煙灰缸、一只盛著鹹花生的木碗、一張印有旅館徽記的紙餐巾。

「午安，先生，」他說。「我能效勞嗎？」

「午安，」狄雷尼說。「你們有麥酒或黑啤酒嗎？」

「羅溫布勞黑啤酒，」他盯著狄雷尼說道。

「可以。」

那人仍站著不動。他開始彈指頭，仍盯著狄雷尼。

「我見過你，」他說。「我『見過』你！」

狄雷尼不出聲。那人仍目不轉睛盯著他，彈著指頭。

「狄雷尼！」他脫口而出。「狄雷尼組長！對吧？」

狄雷尼笑了笑。「沒錯，」他說。

「你一進門我就知道你是個大人物，」酒保說。「我就知道我在報上或電視上見過你。」他慎重的在圍巾上抹乾了手，然後伸出手來。「狄雷尼組長，真是榮幸，真的。我叫哈利．史瓦茲。」

狄雷尼與他握手。

「我不再是組長了，哈利，」他說。「我退休了。」

「我知道，我知道，」史瓦茲說：「因為健康因素。不過總統退休後仍然是總統先生，對吧？州長死了之後也仍然是州長。就像是軍隊的上校，退伍後大家還是管他叫『上校』。對吧？」

「對，」狄雷尼點點頭。

「因此你仍然是組長，」酒保說。「而我，等我退休了，我仍然是哈利．史瓦茲。」

他從一桶碎冰塊中取出一罐羅溫布勞黑啤酒，仔細的用一條乾淨的毛巾擦拭瓶身，再從身後的架子上挑出一個玻璃杯，舉高向著燈光檢視有無污漬，覺得滿意之後再將杯子放在狄雷尼面前的紙餐巾上。他打開瓶蓋，將酒杯斟至半滿，留下大約一吋的空間讓白色泡沫湧起。然後他將酒瓶放在狄雷尼手邊的紙杯墊上。充滿期待的等狄雷尼酌上一口。

「如何？」哈利．史瓦茲焦急的問。

「帥啊，」狄雷尼說，由衷之言。

「很好，」酒保說。他彎起一隻臂膀靠在吧檯上，身體向前傾。「那麼，請告訴我，您自個兒在忙些什麼？」

當然，他說的沒有那麼標準。他說的是：「那告恕我，你只個兒在滿什麼？」狄雷尼組長猜那是曼哈頓口音，或許是契爾西地區。

「忙東忙西的，」他語焉不詳的說。「設法讓自己有事可忙。」

酒保雙手一攤。

「不然還能怎麼辦？」他說。「退休並不表示你已經死了，對吧？」

「對，」狄雷尼隨聲附和他。

「我還以為所有的警察在退休之後都到佛州玩推圓盤遊戲？」

「是有許多人這樣，」狄雷尼笑道。

「我的姊夫就是個警察，」哈利・史瓦茲說。「你或許不認識他。在皇后區。一個好警察。從來不會收取一毛錢。呃，或許會拿『一毛錢』。他退休了，搬到亞利桑那州，因為我姊姊有氣喘病。醫生說，帶她到乾燥的地區去，否則她熬不過一年。因此我姊夫，他叫平卡斯，路易士・平卡斯，他很早就退休了，你知道，將莎蒂帶到亞利桑那州。在那邊買了一棟房子。有草坪，應有盡有。我看過他們寄來的照片，那棟房子看來很不錯。一年後，提醒你，是一年，路易士在外頭的草坪除草時倒了下來。」哈利・史瓦茲彈了下指頭。「就這樣。心臟病發。他為了莎蒂的健康才搬到那邊去，結果自己卻暴斃，到目前她仍然健壯的像頭牛。這就是命。我說得對吧？」

「沒錯，」狄雷尼淡淡的回應。

「反正，」哈利・史瓦茲嘆了口氣：「還能怎麼辦？事情就這麼發生了。告訴我，組長——你對近來那些年輕警察有什麼看法？我是說，那些留鬢角、蓄鬍髭、留那種頭髮的。我是說他們『看起來』根本不像警察，你知道？」

艾德華・X・狄雷尼也覺得他們看起來不像警察，不過他絕對不會向老百姓說這種話。

「聽著，」他說：「一百年前幾乎每一個紐約市的警察都留個小鬍子，而且他們大都是魁梧、毛茸茸的大塊頭。我是說當時幾乎必須要蓄鬍髭才能當警察。造型改變了，不過警察本身不會變。只不過或許如今他們精明了些。」

「是啊，」哈利．史瓦茲說。「你說得有道理。再來一杯？」

「麻煩你。那一杯真解渴。你呢？要不要跟我一起喝幾杯？」

「不了，」哈利．史瓦茲說。「謝了，上班時間不行。我不該這麼做。」

「來一杯吧。」

「這個嘛……或許可以來杯啤酒。我就擺在櫃檯下喝吧。多謝啦。」

他從頭再來一套上酒儀式，替狄雷尼打開一罐進口啤酒。然後為自己打開一瓶國產啤酒，斟了一杯。他謹慎的環顧空蕩蕩的房間，匆匆端起酒杯，說道：「祝你健康，組長。」

「敬你，」狄雷尼回答。

兩人都喝了一口，酒保將他的酒杯熟練的藏在櫃檯底下。

「擁有了健康就等於是擁有了一切——對吧？」他說。

「對。」

「不過那種工作真不是人幹的，可不是？我是說當警察？」

狄雷尼垂下眼望著他的酒杯。他從紙餐巾上端起酒杯，擺在潔亮的吧檯上，開始緩緩繞著一個小圈子轉著酒杯。

「有時候，」他點點頭。「有時候那是全世界最苦的差事。有時候還好。」

「我想也是，」史瓦茲說。「我是說你會看到一大堆狗屎——對吧？然而，另一方面，你也會幫助別人，這一點就還好。」

狄雷尼頷首同意。

「我曾想過要當警察，」史瓦茲追憶著。「真的。我活著離開韓戰的戰場，回到紐約，想著我要何去何從？我當時就想或許應該去當警察。我是說待遇不是那麼好——至少那時候還不是——不過很穩定，你知道，還有退休金之類的。然後我知道其實我沒有種當警察。我是說要帶種才行，不是嗎？」

「噢，是的，」狄雷尼說，不曉得史瓦茲知不知道他們在局裡對他的稱呼——「鐵卵蛋」狄雷尼。

「當然。反正，我想想還是算了，於是打消念頭。我是說，如果有人朝我開槍，我或許會尿褲子。我是說真的。我不是什麼英雄。至於朝別人開槍，我就是辦不到。」

「你在韓國服役時也要朝別人開槍，不是嗎？」

「沒有。我是伙伕。」

「這個嘛，」狄雷尼嘆了口氣。「開槍或挨子彈其實都只是警察工作中極小的一部分。大多數人不了解這一點，不過那是真的。警察生涯中或許只有百分之一不到的時間是握著槍。大部分的警察執勤了三十年，直至退休，從來沒有開過槍。當然，你在報上及電視上看到的那些情況，那種戲劇化的場面，偶爾會發生。不過警匪駁火的機率僅千分之一，大多數警察每天都在街上巡邏，解決家庭糾紛，打救護車載送心臟病患、將醉漢驅離街道、追緝煙毒犯或流鶯。」

「當然，」哈利・史瓦茲說：「這我都知道，也百分之百同意。不過即使如此，我們面對事實吧，他們給警察槍枝可不是做樣子的——對吧？我是說，一個警察或許會年復一年都沒遇上什麼事，那把槍也可能就一直放在槍套內。對吧？就算這樣，或許會有這麼一天——砰！有個瘋子想殺他，他必須先下手為強。我是說這種事情會發生，不是嗎？」

「是的。是會發生。」

「即使如此，」哈利・史瓦茲說：「我敢打賭你很想念這種日子。對吧？」

「對，」狄雷尼說。

當天的垃圾已經收過了，空的垃圾桶一如往常就放在人行道邊。他將那些垃圾桶挪至門前台階下方的小通道，換上新的垃圾袋。他原本可以由地下室的門進入，不過那得打開兩道扣鎖及外頭鐵柵欄上的鏈條，因此他再度走上人行道，爬上十一級台階由前門進入。

將近三十年前他和芭芭拉重新翻修這棟老舊的褐石建築時，他們將若干原來的設備保留下來加以整修，包括這道前門，他推估這扇門至少有七十五年歷史了。此刻他轉動門鎖，讚嘆著它的歷久彌新——漆得潔亮的橡木、銅製門把，還裝了一個菱型的斜面玻璃窺視孔。

他走進燈火通明的大廳，將門的兩道鎖鎖上，掛上鏈條。

「我回來了，」他喊道。

「我在這裡，親愛的，」他的妻子在廚房內喊著。

他將他的氈帽掛在大廳的衣帽架上，走過長廊，開心的聞嗅著。

「聞起來好香喔，」他說著，進入寬敞的廚房內。

蒙妮卡轉過身來，笑著。「是料理香還是廚娘香？」她說。

「都香，」他說，親她的臉頰。「今天吃什麼？」

「你最喜歡的，」她說。「煮牛肉加辣根醬。」

他突然頓了一下，凝視著她。

「好吧，」他說。「妳買了什麼？」

她轉身面對那些鍋碗瓢盆，有點氣惱，不過仍面帶微笑。

「別再像個警探了，」她說。「沒什麼大不了的，幫孩子們買了新床單。」

「那還好，」他說。他由一盤蔬菜中拿了一根芹菜莖，一屁股坐在木製餐桌邊，嚼得嘖嘖作響。「妳今天過得好嗎？」

「手忙腳亂，店裡人真多。女兒說她們跟你吃了一頓美味的午餐，你喝了兩杯威士忌。」

「這幾個打小報告的傢伙，」他說。「她們回來了？」

「是的。在樓上。開始做功課了。艾德華，那所學校的功課很多。」

「累不死她們的，」他說。

「還有，伊伐·索森來過電話。他想見你。」

「噢，他有沒有說為什麼？」

「沒有。他打算在今晚九點過來。他說如果你無法見他，打通電話到他辦公室去。如果他沒有接到你的電話，他就認定可以過來。」

「我沒問題。妳呢？有沒有什麼計畫？」

「沒有。我想看十三頻道的一個節目，關於乳癌的。」

「我來接待索森，」他說。「我可以鋪桌子了嗎？」

「鋪好了，」她說。「我們十五分鐘內開飯。」

「那就我來洗碗，」他說著站了起來。

「趕孩子們下來，」她說著，嘗嘗調味醬。

他伸出一隻手臂環抱住她柔軟的腰。她傾靠著他，手中仍握著一支大木匙。

「我有沒有說過我愛妳，」他問她。

「今天沒有，你沒有。」

「就當做有。」

「那不行，你這傢伙，」她說。「沒有那麼便宜的事。」

「我愛妳，」他說，親吻她的唇。「嗯，好吃，」他說。「帶有辣醬味的吻真是無與倫比。晚餐要來杯啤酒嗎？」

「我喝你的就好。」

「妳喝得到才怪，」他說。「喝妳自己的。有煮牛肉下酒，我的要『全部』自己喝。」

她舉起木匙作勢要打人，他笑著走開了。

她原名叫蒙妮卡・吉伯特，是伯納・吉伯特的遺孀，吉伯特是變態殺人狂丹尼爾・布蘭克的受害者之一。當時狄雷尼是個隊長，指揮一個緝捕布蘭克的專案小組，他在偵辦那個案件時認識了蒙妮卡。在芭芭拉・狄雷尼因感染變形桿菌過世後一年，狄雷尼與蒙妮卡結婚。她比他小二十歲。

他們的晚餐一如往常，全都是小女生們吱吱喳喳談個沒完。瑪莉與希薇雅分別是十一歲與十三歲，當然，是無事不知。大部分的談話都是關於暑假的計畫，姐妹們應該參加同樣的夏令營或不同的夏令營比較好。她們很有學問的聊著「姐妹鬩牆」及「家庭內鬥」。狄雷尼神情肅穆的聽著，還一本正經的提出問題，只有蒙妮卡知道他在逗她們開心。

飯後狄雷尼幫忙清理餐桌，不過將其他的家務留給妻子和繼女們。他上樓脫下外套及背心，換上一件老舊的羊毛衫。他也將長靴脫下，按摩雙腿，套上老舊的室內拖鞋。他下樓到客廳內，走進廚房在一個銀色冰桶內裝滿冰塊。洗碗機正在轉動，蒙妮卡剛收拾乾淨。女孩們再度回到樓上的房間。

「我們付得起嗎?」她焦急的問。「我是說,夏令營?那很貴耶,艾德華。」

「妳說吧,」他說。「妳是我們家的財政部長。」

「這……也許,」她蹙眉說道。「如果你和我那兒都不去的話。」

「那又如何?我們就待在家裡。把門鎖上,窗簾放下,冷氣機打開,整個夏天都來嘿咻。」

「吹牛,」她嘲諷道。「你的背部受不了的。」

「當然可以,」他心平氣和的說。「只要妳的珍珠不要碎裂就好。」

她忍俊不住笑了出來。他朝她擠眉弄眼。

那是他們結婚前兩個月左右,他們第一次上床時發生的事。他請她共進晚餐及看戲。隨後,她毫不猶豫的答應在她回到自己位於同一個社區的住家前,先到他家裡喝杯睡前酒。她的孩子在家裡等她,還有一個保母。

她的身材豐腴健壯,豐胸翹臀葫蘆腰。看不出是已婚婦人,仍然年輕貌美。看起來有種可以一眼看穿的,幾乎是毫不掩飾的情慾。她渾身上下有如軟玉溫香而且充滿期待。

當晚她穿著一套黑色的薄紗晚禮服。不算緊身,不過移動時,衣服就會緊貼著她。她的頸上戴著一條與頸圍同寬的特大號珍珠項鍊。他親她時,她靠向他,貼近他,胸靠著胸,腹貼著腹,腿貼著腿。他們步履蹣跚,喘著大氣,上樓到他的臥室,高潮戲也在此變成一場鬧劇。

她四肢張開成大字形躺在床上,全身一絲不掛,就掛著那條該死的項鍊。玉體橫陳,粉紅色,充滿渴盼。他站在床邊，興奮莫名的俯下身，將她的臀部抬高。她拱起身軀擁抱他。那串珍珠項鍊的線繩斷了，珍珠散落在拼花地板上。不過他們都已情不自禁而且……

「你把我的珍珠弄破了，」她嚷道。

「操他的珍珠，」他大吼。

「不是，操我！」她尖叫。「我啦！」

不過那些珍珠都在他腳底下滾動，刺痛著他，他開始左躲右閃，有如跳著波卡舞、嘉禾舞等各式瘋狂的舞步，直到兩人都笑到不行了。因此他們只得改變體位，重新來過，那其實也不賴。

他們想到這段往事不禁莞爾，兩人走入客廳，他替兩人各調了一杯裸麥威士忌。他們心滿意足的坐著，伸直雙腿癱坐在椅子中。

伊伐·索森副局長在九點準時前來。蒙妮卡仍在客廳看她的電視節目。兩位男士到書房內，關起門來。狄雷尼過了不久去提那桶冰塊。他的妻子坐在椅子邊緣，身體前傾，手臂靠在膝蓋上，兩眼盯著螢幕，狄雷尼微笑輕撫著她的頭髮，然後回到書房。

「你要哪一種，伊伐？」他問。「裸麥威士忌？蘇格蘭威士忌？還是來點什麼？」

「一小杯蘇格蘭威士忌就行了，艾德華。純的。不加冰塊，麻煩你了。」

他們面對面坐在老舊的俱樂部椅子內，真皮椅套已經乾裂。他們舉杯互敬，啜了一口。

索森在局裡被稱為「海軍上將」，看來也有那種氣質：優雅的銀髮、犀利的藍眼眸、身材挺拔的近乎僵直。他身材瘦長、骨架小，打扮得可謂一絲不苟。

他曾是狄雷尼在局裡的良師，他的「拉比」，也確實名副其實，因為他對政治鬥爭有得天獨厚的天份，也有一種獨到的本能，可以在市政府每隔一陣子就會出現的激烈衝突中挑出誰是贏家。不僅如此，他還對「法治」與「人治」抗衡的環境「樂在其中」。他緩步走過污泥，但卻纖塵不染。

「情況如何？」狄雷尼問。

索森反覆翻轉手掌。

「老樣子，」他說。「你也知道，預算被刪還有裁員。」

「犯罪率提高了？」

「沒有，怪就怪在這裡。」索森輕笑了幾聲。「警察少了，犯罪率卻沒有顯著增加。工會認為應該會提高的，我也這麼認為。」

「我也這麼認為，」狄雷尼點點頭。「很欣慰能聽到犯罪率沒有提高。伯恩哈特組長的表現不錯。」

伯恩哈特是接任狄雷尼職缺的新任刑事組組長。他當了一輩子警察，在調到曼哈頓總部之前主掌布魯克林區的刑事組。他的岳丈是紐約一家知名銀行的董事，那家銀行擁有紐約市及紐約州為數驚人的證券與債券。那傷不了他。

「是不錯，」索森說：「不過不是很好。但伯恩哈特也有他的難處。預算被刪有不良影響。我就是為此而來的。」

「哦？」

「你知道一個月前發生的那起凶殺案嗎？維多．麥蘭？那個畫家？」

「當然。就在小義大利區。我有留意這則新聞，沒一下子報紙就不再報導了。」

「當時有許多其他的重大新聞，」索森說。「謝天謝地。還有，我們沒有任何線索。這個案子仍然毫無頭緒。」

「我覺得像是殺人劫財，」狄雷尼說。「有人闖空門，那個麥蘭挺身反抗，結果就挨了幾刀。」

「有可能，」索森說。「我不了解細節，不過他的住處曾兩度遭竊，他也裝了鎖及門鏈。沒有破門而入。我們猜他是自己開門，讓他認識的人進去。」

「哦？丟了什麼嗎？」

「他的皮夾。不過他從來不帶大把現金，而且信用卡都還在他身上。他的住處有一台價值不菲的隨身聽，但沒有被取走。」

「哦？故佈疑陣？以前有過這種案例。誰是繼承人？」

「沒有遺囑。那就讓許多律師有得忙了。國稅局查封了所有財物。那傢伙家財萬貫，他的上一幅畫作賣了十萬美金。」

「我見過他的作品，」狄雷尼說。「我喜歡。」

「我也是，」索森說。「凱倫也是。她認為他是繼林布蘭之後最傑出的畫家。不過那根本沒什麼幫助。我們對這個案子束手無策，毫無頭緒。那會成為另一宗懸案，不過我們飽受抨擊。」

狄雷尼起身替索森再斟一杯，也在自己的摻水裸麥威士忌中加了兩塊碎冰。

「抨擊？」他說。「來自何處？」

「有沒有聽過一個叫做邦斯・蕭賓的傢伙？」

「當然。一個政客，州參議員。來自紐約州北部某處。」

「沒錯，」索森點點頭。「蕭賓的老家在洛克蘭郡，他一直住在紐約州首府阿巴尼。他的份量不可小覷。目前有一項法案正在推動，要求州政府專案補助紐約市的執法單位——警方、法院、監獄、看守所等。蕭賓可以左右法案的通過與否。」

「那又如何？」

「蕭賓是——或者說曾經是——維多・麥蘭的舅舅。」

「噢，這下可好。」

「可笑的是蕭賓根本不在乎是誰宰了麥蘭。據我們所知，這位麥蘭是個超級混球。就如俗諺所說的，嫌犯名單已經縮小到一萬名。每個人都對他恨之入骨，包括他的妻子及兒子。只除了他的母親。不是說，母親是孩子最好的朋友嗎？她是個有錢的老富婆，住在南亞克附近。有一個女兒，就是麥蘭的妹妹，與她同住。那個母親快把蕭賓逼瘋了。他是她的弟弟。而他也快把我們逼瘋了。我們要到何時才能找出殺害維多・麥蘭的凶手，讓他的姊姊不再對他死纏爛打？」

狄雷尼默不作聲看著索森。他緩緩啜了口酒。兩人四目交會。

「為何找我？」他淡淡的問。

索森俯身向前。

「聽著，艾德華，」他說：「你不需要引述那些數據給我聽，我很清楚那些分析圖：如果一樁凶殺案未能在一開始的四十八小時內偵破，那麼破案的機率只會越來越低。那是冷酷的經驗法則，我也認同。還有，就天知、地知、你知、我知，在局裡優先處理的清單，追查殺害維多·麥蘭的凶手根本排不上邊。」

「我了解。」

「不過我們還是得採取必要的行動，好給邦斯·蕭賓一個交待。如此他才能給他老姊一個交待。讓她相信我們已在積極偵辦此案。」

「也順便讓蕭賓在那項新法案提出表決時支持市政府。」

「當然，」索森聳聳肩。「還會有什麼別的原因？」

「再問一次，」狄雷尼說：「為何找上我？」

索森嘆了口氣，身體往後靠，翹起腿啜了口酒。

「好酒，艾德華。什麼牌子？」

「格蘭利威（Glenlivet）。」

「嗯，首先，蕭賓指名要你。沒錯，他親自指名找你。他記得『倫巴底行動』。其次，我們沒有人力可以浪擲在這種案件上。艾德華。這個案子已經『冷』掉了。你很清楚，我們都心裡有數。那很可能就如你說的殺人劫財案件，那個狡猾的傢伙如今可能已經閃到堪薩斯市了。天曉得？沒有人期待你會破案。拜託，艾德華，自從維多・麥蘭被做掉後至今，本市尚未偵破的凶殺案就有上百件。我們也只能盡人事。」

「你們要我怎麼做？」狄雷尼面無表情的問。

「調查一下。只要調查一下。艾德華，我知道你已經退休了，不過別告訴我你忙得不可開交。少來這一套。只要調查一下就好。我們可以支付你的開銷。我們也會派一個線上的探員當你的助手、司機，必要時將情資回報給我們。你會取得我們所能掌握的所有資料——報告、照片、驗屍單。艾德華，我們並不『期待』什麼，只要調查一下就行了。」

「如此一來你就可以告訴蕭賓，他外甥的凶殺案已在積極偵辦中？」

索森苦笑了一下。

「正是如此，」他說。「是為了市警局，艾德華。」

狄雷尼舉起他的雙臂，裝模作樣像在拉小提琴一般。索森笑了出來。

「鐵卵蛋！」他說。「見鬼了，我以為你會有興趣，可能會技癢。再說，你也不用整天跟在蒙妮卡身邊惹人嫌。不要嗎？」

狄雷尼垂下眼望著他的杯子，將杯子在手中轉動著。

「我再考慮一個晚上，」他說。「和蒙妮卡討論一下。行嗎？接或不接，我明天一早打電話給你。」

「沒問題，」索森說。「對我而言已經夠好了。很好。好好考慮。」

他將酒一飲而盡，然後起身。狄雷尼也正待起身，這時索森又一屁股坐了下來。

「還有一件事，」他說。

「我就知道，」狄雷尼語帶嘲弄的說。

「記不記得有個警察，名叫山繆·布恩？大約十五年前的事？」

「當然，我記得他，」狄雷尼說。「他被槍殺了。我去過他的葬禮。」

「沒錯。那是在南布朗克斯區，也是我當年的管區。那時是猶太社區，如今全都是西班牙裔。這位山繆·布恩非常傑出。我說的是肺腑之言，真的是『出類拔萃』。他很受愛戴，生日時猶太籍的老太太還會帶蛋糕及點心到派出所。我發誓。他好像是肯塔基或田納西或西維吉尼亞那裡的人，或類似的地區。他的口音一聽就知道了，轄區內那些猶太人也教他一些意第緒語。他們會說：「山繆，跟我說幾句意第緒語，」然後他就用他那種美國南方口音講些他們教過他的話，然後再分手。總之，有一天一部車駛入一條單行道，逆向行駛，與迎面而來的車輛互不相讓。山繆就在附近，於是就走了過去。那部車子掛的是伊利諾或是密西根的車牌，大概就那幾個地方。我了解山繆，我猜他是要向那個駕駛解釋我們的單行道，引導他迴轉，給予口頭警告後就放行。他俯身與那個人交談——結果砰！砰！砰！臉部及胸部中彈。那傢伙必定是個白痴，一個『白痴』！他能怎麼辦？他無法往前開；他與迎面而來的車子已經幾乎碰在一起了。而他也無法倒車，因為大馬路上車水馬龍。於是他就棄車而逃。

「艾德華，我在事發後十分鐘趕到現場。街上人滿為患，人行道上站滿了人，他們目睹山繆倒了下來。我發誓，我們必須將那傢伙『連拖帶扯』才能帶離現場。如果當時有人有繩子，他早就被吊死了。我從來沒有看過群眾如此義憤填膺，如今我一想到都會不寒而慄。當然，問題就出在那傢伙在密西根，或伊利諾，或什麼地方，還有一件被通緝的案子。即使山繆曾要求他出示身分證——就我對山繆的了解，我懷疑他會這麼做——那傢伙頂多也只會面對三至五年的徒刑，或許更少。就因為他一時情急，我折損了轄區中最傑出的巡邏員警。」

狄雷尼神色肅穆的點點頭，起身再斟酒，在自己的杯子內添冰塊。然後他再與索森面對面坐著。

「就是這麼回事，」他說。「不過那與麥蘭案有何關連？」

「這個……」索森說。他深吸了口氣。「山繆有個兒子，亞伯納．布恩，也在局內當警察。我對他特別照顧，我想這是我欠他的。亞伯納．布恩。他如今已經是刑事組的小隊長了。你認識他嗎，艾德華？」

「亞伯納．布恩？」狄雷尼蹙眉說著。「我約略記得。大約六呎一吋。一百八十磅。淡棕色頭髮。藍眼眸。手長腳長。笑容可掬。有點駝背。腳踝及手腕看來好像是由他的衣服內冒出來的。左頸有道白色疤痕。閱讀時要戴眼鏡。是他嗎？」

「約略記得？」索森嘲諷他。「我有你這種記性就好了！就是他，艾德華，你得照應他一下。或許那孩子當警察是想要為父報仇，或是證明他和他老爸一樣行，或是證明他比他老爸『更行』。可能有感情因素。反正，我一直盯著他，也盡力幫他。那孩子表現也很出色，終於升任小隊長，大約兩年前他們讓他指揮一個凶殺案的專案小組，在正規單位工作量太大或有重大刑案時負責協助偵辦。」

「他們的表現如何？」狄雷尼問。「這個專案小組？」

「仍在評估中，」索森說。「不過我不認為他們能繼續維持下去。正規單位嫉妒得要命。可想而知。然後他開始酗酒，很嚴重。他的小組替他掩飾了一陣子，隨後終於是紙包不住火。我已經盡力了——諮商、醫師、精神科醫師、戒酒協會等等——但都起不了作用。艾德華，那孩子正在設法戒酒。我知道，他真的在『設法』戒酒。如果他再墮落一次，他就玩完了。」

反正，亞伯納·布恩掌控這個小組，一年之後，他的績效卓著，偵破了一些重大刑案也獲得許多協助。然後他開始酗酒，很嚴重。

「你要派來協助我偵辦這件麥蘭案的就是他？一個酒鬼？」

索森輕笑了一聲。

「猜對了，」他說。「我想我們可以藉著持續在偵辦此案，給邦斯·蕭賓一個交待，即使最後是徒勞無功。同時，我可以讓亞伯納·布恩因為另有任務離開辦公室，或許他可以再振作起來。值得一搏。即使他再度貪杯，有誰會看到？除了你。」

狄雷尼詫異的望著他。或許，他想，這就是索森成功的祕訣。你操控別人，不過你也告訴他們你為什麼這麼做以及怎麼做。別人被他的坦誠所惑，無法抗拒那湛藍如冰的眼眸，都會同意照他的話做。聽起來那麼順理成章。

「我今晚好好考慮一下，」他又說了一次。

兩小時後，他與蒙妮卡坐在客廳的沙發上。電視已經關了。他們啜飲著沒有咖啡因的咖啡。他將伊伐・索森副局長所說的話毫不保留告訴她。幾乎一字不漏。

「妳覺得如何？」他說完後問道。

「他是個酒鬼？」她問。

「亞伯納・布恩？據伊伐所言似乎是如此。或許即將成為酒鬼。不過那不重要。如果布恩出了紕漏，他們會派別人取而代之。問題是，我該不該接？」

「你想接嗎？」

「我不知道。一方面想接，一方面又不想接。我很想查出殺害麥蘭的凶手。人命不該這樣被殘殺，然後凶手又逍遙法外。那是天理難容。我知道那聽起來太過簡單了，不過我就是這麼覺得。我的天，如果……嗯……另一方面，我已經退休了，那是局裡的棘手難題，沒我的事。然而……妳看呢？」

「我認為你應該接，」她說。

「要我別當妳的跟屁蟲？」他笑著說。「離開家裡？出外工作？」

「不是，」她緩緩的說。「你有時確實滿煩的。」他猛然抬頭。「不過我想這是你該做的事。不過真的應該由你自己決定。你自己做主。」

他朝她招手，她過來坐在他的腿上，豐潤無骨。他一手攬著她的腰，她一手抱著他的脖子。

「我真的很煩？」他問。

「有時候，」她點頭。「有時候我也很煩。我知道。每個人都是如此。有時候。我真的認為你應該接下這個案子，艾德華。伊伐說他其實並不期待有任何結果，不過那只是想要說服你接下這個工作，向你挑戰。他其實認為你可以偵破此案，那位蕭賓也是。我不喜歡那個人；他是個極端的保守主義者。你想你能查出殺害麥蘭的凶手嗎？」

「我不知道，」他嘆了口氣。「破案的機會很渺茫。」

「若有人能破案，就是你了，」她說，她的意見也表達至此。「要睡了嗎？」她問。

「待會兒，」他說。

她起身親他的額頭，將杯子及盤子端入廚房。他聽到打開自來水的聲音，然後是她上樓的腳步聲。

他獨坐了半個小時，低頭沉思。雖然對蒙妮卡不公平，不過他還是想著如果是他的前妻芭芭拉會說些什麼。與蒙妮卡完全一樣。他很幸運都挑對了老婆。她們的感受、她們對生命的渴望、她們對兒童及植物的熱愛，都很奇特。當然，他承認她們都是對的。你所灌溉呵護的，那剛萌芽的幼苗。你對著它呼吸使它存活。你懲罰毀壞它的人。那剛萌芽的幼苗……

他再度嘆了口氣，起身伸懶腰，開始例行的巡視。先到地下室檢視門窗，然後上來查看門鏈與鎖都已就定位，將暗夜鎖在門外。瑪莉與希薇雅都睡得很香甜。整棟房子都安全無虞，如一座島嶼。

他盡可能輕聲寬衣解帶，然後溜上床。不過蒙妮卡仍然醒著，她轉過身投入他的懷中。軟玉溫香而且充滿期待。

3

麥蘭案的資料在中午前不久由一部沒有標示的警車送抵狄雷尼的住處。那些資料塞在三箱舊紙箱內，還附上伊伐·索森副局長的便條：「抱歉亂成一團，艾德華——不過你很擅長快刀斬亂麻！布恩明天會打電話給你，安排會面時間。祝好運。」

組長將紙箱子抱入書房，擺在大書桌旁的地板上。他走入廚房替自己做了兩份三明治：裸麥麵包夾義大利香腸及西班牙洋蔥切片（抹上美乃滋），另一份是圓麵包夾火腿與乳酪（抹上芥末醬）。他將三明治與一瓶已開啟的海尼根啤酒拿入書房內，小心翼翼的擺在茶几上，開始工作。

他將三紙箱的資料依序慢慢翻閱，每份文件瀏覽過後分門別類放在四大類中：

1. 偵辦警官的正式報告。
2. 接受偵訊者的筆錄及照片。
3. 被害人生前的照片及陳屍的照片，還有法醫的驗屍報告。
4. 雜項文件，大部分是刑警對他們偵訊對象所做的非正式反應，或對擴大清查對象的建議。

狄雷尼有條不紊的工作，偶爾停下來啃一口三明治，灌一口啤酒，到下午三點半便已將所有資料分類完成。然後他將各類資料依日期及時間排列，也將若干文件由一類改列入另一類，不過大致而言都依照他原來的分類。

他戴上閱讀用的笨重眼鏡，將綠色燈罩的檯燈拉近些。他坐在旋轉椅上由照片與驗屍報告開始，因為這一疊資料最少。隨後，他再閱讀那疊官方報告，讀到一半時蒙妮卡喊他去吃晚餐。

他洗手後與家人共進晚餐。他盡量試著細嚼慢嚥，與家人閒聊，也講了幾個冷笑話。不過他很早就離席，婉謝吃甜點，端了杯不加奶精的咖啡進書房。晚上九點後不久，他就將資料初步瀏覽完畢。接著他開始讀第二遍，這次讀得較慢，身邊擺著一本黃色的拍紙簿，偶爾就在上頭寫下簡短的註記及疑問。

蒙妮卡在十一點時端了一壺熱騰騰的咖啡給他，並說她會看一個小時的電視然後就寢。他心不在焉的笑了笑，親她的臉頰，再回頭閱讀。他在凌晨一點讀完第二遍，然後將資料歸檔，擺入鐵櫃最底層抽屜內的卷宗夾內，上了鎖。他取出曼哈頓街道圖及街道導覽，找出命案現場，就在位於王子街與春天街之間的莫特街。

他知道那個區域，很熟；大約二十年前，當他仍是二級警探時，曾因當地的管區刑警度假而暫調支援一個夏天。當時那附近的居民幾乎全都是義大利裔，屬於小義大利區的一部分。狄雷尼記得當年他曾參加在桑樹街舉辦的聖塔那羅節（譯註：San Gennaro 是拿坡里守護神，每年九月有長達十天的紀念慶典，那是紐約少數民族的重大節慶之一）。

他奉派與一級警探亞伯托・狄路卡搭檔。大塊頭的亞伯托雙下巴、水桶腰、癖好大碗喝酒、大口吃義大利麵，也讓狄雷尼見識到令義大利人引以為傲的料理。他也傳授給狄雷尼許多這一行的訣竅。

那一年的七月，伊莉莎白街有家大賣場的倉庫遭到搶劫。四名蒙面男子攜械闖入，綑綁值夜人員後將進口的橄欖油全搬上一部大型的貨車後揚長而去。對狄路卡這種熱愛橄欖油的義大利通心麵老饕而言，這種行為不啻是褻瀆聖物。

「你要了解的，」狄路卡告訴狄雷尼：「就是我們這個轄區內有許多不良份子。不過通常他們都到外頭去找樂子。這就像一條不成文的法律：兔子不吃窩邊草，你不會在自家的客廳拉屎。然而，我想這個案子應該是本地人幹的。」

「怎麼說？」狄雷尼問。

「就以值夜的人來說吧。若是外頭的人幹的，必會痛扁他一頓，再將他五花大綁，或者對他粗聲厲氣。不過沒有，他們彬彬有禮的要求這位老人家躺在一疊麻布袋上，將他綁住，然後輕輕的在他嘴上貼了片膠布。這群搶匪在臨走前還問他是否舒服？可以呼吸吧？他們真是體貼周到，就差沒有在床上餵他吃早餐。我猜他認識他們，他們也認識他。或許他是監守自盜。他有許多親戚，許多年輕、血氣方剛的外甥侄兒的。其中一個，安東尼・史柯里斯就素行不良。他和三個臭味相投的難兄難弟鬼混：維多・吉維斯、羅伯・史恩菲特——一個義大利移民，不過由他這個名字根本看不出來，對吧？——還有一個名叫鳩西皮什麼的小混混。我不知道他的姓氏，不過他們都叫他拐杖小子。我認為就是這四個不良份子幹的。我們到處打聽看看他們是否在揮霍贓款。」

於是狄路卡與狄雷尼便四處打聽，果然那四個不良份子正在大肆揮霍。不算很多，但已足以顯示他們有一筆橫財：喝美酒吃佳餚、由住宅區釣來的金髮馬子、簇新的鱷魚皮鞋。

「我們去各個擊破，」狄路卡告訴狄雷尼。「他們發誓永遠互相效忠，還在他們的母親墓上發誓，寧死也不會招供。他們發過重誓了。現在你看著好了，我要去突破這幾個笨蛋的心防。我會用義大利文和他們交談，稍後我再告訴你，他們說了些什麼。」

狄路卡將每個嫌犯隔離偵訊。例如，他問安東尼·史柯里斯案發時他在何處。「在床上，」史柯里斯說，然後笑道。「我有一個證人。這個馬子，她會告訴你。」

「與一個馬子在床上？」狄路卡說。他詭異的笑了笑。「維多·吉維斯不是這麼說的喔。」

他就這麼先點到為止，然後轉而找吉維斯。

「我到紐澤西去了，在我叔叔家。」

「是嗎？」狄路卡淡淡的說。「史恩菲特不是這麼說的喔。」

就這樣，過了兩個星期。他不斷找他們問更多的問題，離間他們。他們以為他們知道狄路卡在做什麼，不過無法確定。他們開始互相猜忌。然後狄路卡全力對付拐杖小子，告訴他因為他年紀還小，如果合作的話或許頂多也只是判個緩刑。那小子開始軟化，不過先招供並提出條件交換的是羅伯·史恩菲特。

「就是這麼玩的，」狄路卡告訴狄雷尼。「盜亦有道？去他的！他們為了想爭取緩刑，連同胞兄弟也會出賣。」

此刻，狄雷尼望著地圖中的街道，望著維多．麥蘭被亂刀刺死的街道，也想起了亞伯托．狄路卡刑警，好希望他仍在這個他瞭如指掌的街區。不過大塊頭亞伯托早已退休了，回到義大利的那不勒斯，或許也在享受另一頓當地的義大利美食，加重心臟負擔。

狄雷尼嘆了口氣，關掉書桌的檯燈，開始檢查門窗安全。他對他所閱讀的資料還不致於感到心灰意冷，不過也沒有什麼好雀躍的。他承認，麥蘭這個案件的偵查工作做得很好，很徹底，很積極，也有想像力。他們拜訪過很多戶人家，走訪很多地方，偵訊過很多人，發掘出很多紀錄並加以檢視。結果全都徒勞無功，白忙一場。仍是懸案一樁。

屍體是索爾．杰特曼發現的，他是位於麥迪森大道的杰特曼畫廊負責人，也是維多．麥蘭的專任經紀人，麥蘭曾答應他要在星期五下午三點到畫廊去，與杰特曼和一位室內設計家討論麥蘭的作品舉行新展覽會的相關事宜。他到四點尚未現身，杰特曼於是打電話到位於莫特街的畫室。沒有人接。隨後他打到麥蘭位於東五十八街的住處。電話是畫家的妻子艾瑪．麥蘭接的。她不知道麥蘭人在哪裡，不過她說他曾提過要在當天下午三點在畫廊與杰特曼碰面。

麥蘭的妻子和經紀人對他的缺席都不以為意。那不是他第一次爽約。顯然他是個習慣性的撒謊者，對食言毫不在意，經常一、兩天不見人影。他在莫特街的畫室工作時，屢屢會將電話線拔掉，或是索性就不接電話。他偶爾會在畫室過夜。

索爾·杰特曼表示他星期六一整天不斷打電話至麥蘭的住處及畫室想要聯絡上他，但音訊全無。他也打給麥蘭的幾個友人。沒有人知道那位畫家人在何處。最後，到星期天中午，杰特曼開始擔心了。他搭計程車到畫室，門關著但是沒上鎖。血跡中已經有蟑螂了。杰特曼立刻吐了出來，然後以畫室的電話報警。兩名管區員警開著偵防車首先到達現場。他們向局內回報，顯然是一件凶殺案；警察系統開始運作。一個小時內，那棟廉價公寓就以繩索隔開了。位於五樓的畫室擠滿了轄區的警官、凶殺案的刑警、一位法醫、實驗室的技術人員、攝影師、州檢察官的人，還有亞伯納·布恩小隊長與他那個凶殺案專案小組的兩名探員。

驗屍報告上簡單扼要的註明維多·麥蘭死於「多處刺傷導致出血過多」。換句話說，那個人是失血過多致死；五臟六腑都積血，他就躺在凝固的血泊當中。對凶器的描述是「一把刀，一種單刃武器，大約五或六吋長，一頭漸細成為尖點。」胃容物的分析顯示，死者在死前曾喝了少量的威士忌，法醫估算死亡時間大約在星期五上午十點至下午三點之間。他們拒絕做更精確的推估。

隨後展開進一步的偵查。有一組刑警假設的狀況是畫家被一個竊賊、強盜所殺，於是開始搜尋類似的攻擊案件檔案，詢問左鄰右舍及附近的商家，抄下停放在鄰近地區車輛的車牌號碼，隨後並約談那些車主。在十個街區的洗滌槽、下水道、垃圾箱、垃圾桶所收集的廢棄物內仔細搜尋凶刀。所有檢舉的線索皆加以過濾，警方及法院紀錄中最近獲釋的用刀高手也都全面清查。

另一組人員則假設維多·麥蘭將他上鎖的門打開，讓他認識的人進來，並遭那人刺死，他們開始調查那位畫家的私生活及個人交往情形，對他們所能找到的任何一個認識麥蘭而且可能想致他於死的人進行約談。最後，他們鎖定七個對象。

警方在將調查對象鎖定於這七個人之前，清查過的藝術家、模特兒、畫商、藝評家、妓女、酒友以及幾位遠親名單長長一串，每一個人對維多·麥蘭慘遭橫禍似乎都沒有感到特別難過，也毫不掩飾他們對此漠不關心。每位接受訪談者對死者的描述，依據各人的教育程度各有不同，從「一個惹人厭、令人不快的人」至「一堆狗屎」都有。

經過將近六星期的縝密偵查、耗費數千工時的辛苦作業後，警方的進展與索爾·杰特曼報案時相去無幾。所有狀況都清查了三遍。新的刑警參與辦案，對所蒐集的證據提供新的觀點。調查人員回頭查麥蘭在軍中的兩年服役時期，甚至沒有漏掉他的學生時代，尋找可能的動機。

毫無所獲。

一位凶案組的探員總結了他們所有人員的感受：

「去他的，」他疲憊不堪的說。「我們何不乾脆說是那個王八蛋戳自己的背部，然後將這個案子拋諸腦後？」

蒙妮卡·狄雷尼每星期四都到當地的醫院擔任志工。她在離開住處前，拿了一張行事表給狄雷尼組長，清單中詳細說明他何時應將吐司放入烤箱、調在什麼溫度、何時應將馬鈴薯放入烤箱上層、何時應該將李莎拉牌的巧克力蛋糕由冰箱中拿出來。他面色凝重的檢視那張清單，眼鏡滑到鼻頭。

「我還會把窗戶釘好，」他告訴她。

她笑著朝他吐吐舌。

他走進書房，坐在書桌前。他沒將門關上。只剩他一個人在屋內，只要有任何不熟悉或無預期的動靜，他都要能聽得到。

他從抽屜中取出一個厚紙板製的新檔案夾。他原本打算在標籤上註明：「維多・麥蘭凶殺案」。不過他停了下來。或許他應當寫：「維多・麥蘭謀殺案」。他覺得，凶殺與謀殺不一樣。那不止是法律上對一級謀殺的定義：「事先心存惡意……」

狄雷尼設法分析他的感覺，最後決定他在兩者之間所看出的區別在於此行為是否為蓄意。戰爭時士兵難免會殺人，這算不上謀殺。不過刺殺是謀殺而不是凶殺，除非刺客是受僱於人。其間微小的差別就在於不只是蓄意，而且還要有強烈情感。冷酷的強烈情感。

若維多・麥蘭是因為與竊賊格鬥而遇害，那就是一樁凶殺案。若他是被某位他所認識的人刺死，某位深思熟慮過並事先計畫好的人，無論是基於何種理由，都是一樁謀殺案。狄雷尼無奈的搖搖頭。他知道，一旦在兩者間做出決定，也就代表了他處理這個案子的大方針。他還沒正式開始偵查，便已經面對了令局裡左右為難的基本問題。最後，他深呼吸，在檔案夾上寫下：「維多・麥蘭謀殺案」，就此塵埃落定。

他將審閱局裡紀錄時所寫下的兩頁筆記與問題夾在檔案夾內，然後將一疊便條紙拉到面前，開始將他打算在私下調查時進行的事項列成清單。他沒有依特殊的次序寫下這些事項，只是想到了就寫。

待他絞盡腦汁將那張清單盡可能完整列出之後，開始將所有事項依序排列。這個過程與這些構想本身同樣重要。他掙扎、奮戰、乾坤大挪移，試著建構出最合理的順序。排序完成後，他將這最後的結果放入檔案夾內。這讓他很高興。這是「他的」文件。至目前為止，麥蘭案都只有別人的文件。他正準備再多做些檔案夾，標示「被害人」、「經紀人」、「妻子」、「情婦」等等時，電話響了。

「我是艾德華．X．狄雷尼，」他說。

「組長，我是亞伯納．布恩小隊長。」

隨後一陣靜默，兩人都在等對方再開口。最後……

「是的，小隊長，」狄雷尼說。「索森說你會打過來。我們何時碰個面？」

「全聽你的，長官。」

聲音聽來有點鼻音，不大穩定。不會口齒不清，但確實有情緒亢奮的情況，已壓抑住了不過確實有。

狄雷尼腦海中閃過的第一個念頭是邀請他共進晚餐。有烤牛排及烘焙馬鈴薯，各種美食。不過他又有另一種想法。他和布恩第一次碰面最好是一對一。如此他可以先評估這個人，再將他介紹給家人。

「今晚九點方便嗎，小隊長？」他問。「到我家？還是你有其他打算？」

「沒有，長官。九點可以。我有你的地址。」

「好。那就到時候見了。」

狄雷尼掛上電話，再回頭整理那疊官方報告與筆錄。他開始將這些文件分門別類放入新檔案夾中：「受害人」、「經紀人」、「妻子」、「情婦」……

中午時他吃了一份三明治與一杯牛奶，在二五一轄區的街道遛躂了一會兒，抽了根雪茄。他在下午回到住處，繼續做歸檔的工作。這種事情很繁瑣，不過大部分的警務工作都是如此。事實上，他在做這種「讓事情有秩序」的工作時，會有一股奇特的滿足感。

警察的工作不就是如此嗎？讓一個脫序的世界回復原狀並維持秩序。這不只適用於社會，對個人也是如此。甚至對警察本身亦然。因此才會有填不完的表格、不斷增加的大量規則；也因此才會有形式主義，以及「等因奉此」之類的荒謬八股。警察絕對不會說他抓到了一個惡棍。他在歸檔的報告或法院作證時不會這麼說。他是拘拿一名嫌犯，或羈押一名作案者。

「警官，你第一次遇到被告是什麼時候？」

「我於今年四月二日上午九點十五分接近被告，當時他正要離開位於紐約市曼哈頓行政區雷辛頓大道與九十街交會處的布格酒店。我表明自己的身分，隨後依照規定宣告他的法律權利，並將他逮捕，以所指明的罪行指控他。然後我伴隨被告至二五一管區分局，他於此遭到監禁。」

在一個瘋狂的世界中令人感動的追求精確……

狄雷尼組長就這麼埋頭歸檔，試著在維多．麥蘭的謀殺案中建立起秩序。

晚餐美味可口，三分熟的帶血烤牛肉，狄雷尼就喜歡這種做法。蒙妮卡與女兒們吃尾端的全熟切片；

他喜歡從滴著肉汁的中段吃起。他們喝了一瓶加州勃根地葡萄酒。瑪莉與希薇雅獲准各喝一杯，摻了半杯水。

孩子們上樓做功課。狄雷尼幫蒙妮卡清理餐桌，將殘羹剩飯收拾妥當，碗盤放入洗碗機。然後他們端了第二杯咖啡進客廳。他開始跟她談起麥蘭謀殺案。許久以前，當芭芭拉仍在世時，他就理解到向一個願意洗耳恭聽的人描述一樁案件，對他幫助很大。即使聆聽者無法提供任何建設性的建議，有時他們所提出的問題——不夠專業、率直——也會引出偵查的新方向，或迫使狄雷尼重新檢視他自己的想法。

蒙妮卡聽得很專心，他提到維多．麥蘭的遭遇時，她的眼睛痛苦的瞇了起來。她想起了她的第一任丈夫伯納．吉伯特的遭遇……

「艾德華，」他說完後她說道：「可能是搶匪做的，不是嗎？」

「竊賊。」

「竊賊，搶匪……不管是哪一種。」

「有可能，」他承認。「門沒鎖又要怎麼解釋？沒有破門而入的跡象。」

「或許他只是忘了鎖門。」

「也許。不過他曾兩度遭竊，而且他很厭惡在繪畫時受到干擾。他的妻子及經紀人都說他對這一點非常偏執。他『一向』都會鎖門。」

「像你一樣，」她說。

「是的，」他笑了笑。「像我一樣。還有，他被刺了很多刀。有人花了許多時間幹這事。臨時起意的竊賊或許會刺他一刀或兩刀，不過或許不會居高臨下拿刀不斷戳刺。一旦麥蘭倒了下來，顯然已無力抵抗時，竊賊就會開始搜括財物。好，或許竊賊殺死麥蘭滅口，以免他日後由前科照片中指認出來。不過如果麥蘭看到他了，那麼兩人應當是面對面，傷口應該會在正面。了解嗎？我只是依照百分比來推估。麥蘭的皮夾被拿走了，沒錯，不過那可能是想故佈疑陣，偽裝成殺人劫財。現場有一部昂貴的隨身聽原封不動，櫥櫃上有個很明顯的位置也擺著一盒猛哥。」

「猛哥是什麼？」

「亞硝酸戊酯，搗碎後嗅取，據說可以增強性能力。要我試看看嗎？」

「不，謝了，親愛的。我恐怕會受不了。」

「願神保佑妳，」他說。「總之，猛哥——有時稱為壯哥——是治療心臟病的合法藥劑，處方用藥。當然市面上也有得買。麥蘭沒有心臟病的紀錄，他的醫師也不曾為他開立亞硝酸戊酯的處方箋。偵辦此案的刑警花了許多傻工夫想找出麥蘭是在何處購買的，不過白忙一場。這是我想進一步調查清楚的疑點之一。」

「你認為有毒販涉案？」

「噢，不是。驗屍報告說沒有毒癮的跡象。不，我不認為毒品與此案有重大關聯。猛哥只是個懸而未決的疑點。不過那可能會牽扯出什麼線索，然後再牽扯出其他線索來。我不喜歡事情懸而未決。」

「你說驗屍報告提到他喝過酒。」

「適量，當天上午。不過我想他酗酒情況很嚴重；他的肝已經腫大。畫室內有半瓶威士忌，就擺在他作畫的木箱上面。那個酒瓶已經佈滿灰塵，不過他們能採集到的只有麥蘭的指紋、污垢以及某個人的部分指紋。不足以當證物。流理台上的酒杯也一樣。杯子裡有威士忌，與酒瓶內的酒是同一品牌。根本不能提供任何線索。」

「或許凶手在事後喝了一杯——在他犯案之後。」

「也許，」狄雷尼半信半疑的說：「不過我懷疑。那個酒瓶在畫室的一端，流理台在另一端。如果凶手真的喝了一杯，酒瓶與酒杯或許應當是擺在一起的。妳說：『——在他犯案之後』。『他』？如果是個女人呢？女凶手通常會使用刀子。至少，比用槍普遍。這也是百分比的問題。」

「我不認為一個女人會刺他那麼多刀。」

「為什麼不會？」

「我不知道……只是似乎那麼——那麼可怕。」

「無論是男是女，都很可怕。那些刺痕顯示凶手當時怒不可遏，或者只是非置他於死地不可。奇怪的是無論是誰犯下此案，根本沒有當場殺死他。他在被刺了十幾刀之後，仍然一息尚存。他最後是失血過多致死。」

「噢，艾德華……」

「對不起，」他趕忙說著，伸出手拍拍她。「害妳不好受。我不該談的，我再也不會跟妳討論這個案子了。」

「噢，不，」她抗議。「我要聽。那很有意思，恐怖但卻令人著迷。不，跟我聊聊這個案子，艾德華。或許我幫得上忙。」

「只要妳肯聽我說，就算幫我的忙了。」

門鈴響了，她起身應門。

「我仍然不認為凶手是個女人，」她堅決的說。

他望著她的背影笑了笑。他也不認為凶手是個女人，不過原因與她不同。驗屍報告提到有幾處刀痕的力道強勁，甚至整個刀刃完全刺入死者體內，凶手的指關節還讓傷口周圍的肌肉出現瘀血。那表示力道確實很大，男人的力氣。然而，也不排除可能是個強壯異常的女人，或是一個氣到失去理智的女人……

狄雷尼組長的記憶很正確：亞伯納・布恩小隊長是個身材高瘦、步伐不穩的人，神情無精打采，談話時頭會偏向一邊。他的頭髮比淡棕色略深一些，近似薑黃色；膚色蒼白有雀斑。狄雷尼猜他年約三十至三十五歲之間；很難判斷。他那種臉可能再過六十年也不會有多大的變化。然後，他會突然變老。

他欠身與蒙妮卡握手，羞怯的低聲說：「幸會，夫人，」這時，他的神情有絲農家子弟般的靦腆氣質。他與狄雷尼握手時，手則顯得結實有力，硬梆梆的。不過當他坐在書房內一張椅套已皸裂的俱樂部椅子時，手卻不知道應擺在何處——腿也一樣，就是一副手足無措的樣子。他的腳踝不斷交叉，最後將雙手插入他那件舊蘇格蘭呢外套的口袋內。想掩飾顫抖吧，狄雷尼暗忖。

「要不要來點什麼？」組長問。「我們有三分熟的烤牛肉，還是來一份三明治？」

「不用了，謝謝你，長官，」布恩輕聲說道。「吃的不用了，不過我倒很想來杯咖啡。不加奶精，麻煩你。」

「我去端一壺熱的過來，」狄雷尼說。

他走入廚房時，蒙妮卡正將洗碗機內的碗盤取出，擺在架子上。

「妳覺得怎麼樣？」他壓低聲音問她。

「我喜歡他，」她不假思索說道。「他看來好單純。」

「單純！」

「呃，有點孩子氣。很有禮貌。他結婚了嗎？」

他看著她。

「我打聽看看，」他說。「如果還沒有，妳可以趕緊通知蕾貝嘉。媒婆！」

「有何不可？」她咯咯笑道。「難道你不希望全世界都像我們一樣幸福快樂嗎？」

「他們會受不了的，」他向她保證。

他回到書房，替兩人各倒了一杯熱騰騰的咖啡。布恩用雙手從碟子上端起杯子。這時雙手的顫抖就很明顯了。

「我想索森副局長已經告訴過你條件了？」狄雷尼開口。

「只提到我接受你的指揮繼續偵辦麥蘭案。他說我用自己的車子無妨，他會支付我的開銷。」

「好，」狄雷尼點點頭。「什麼樣的車子？」

「四門的黑色龐蒂亞克。」

「好。只要不是那種很拉風的小車子就行。我喜歡伸直雙腿。」

「不是很拉風，」布恩淡然笑道。「車齡已有六年。不過車況很好。」

「好。現在——」狄雷尼頓了一下。「我該怎麼稱呼你比較好？布恩？亞伯納？亞伯？局裡的人都怎麼叫你？」

「他們大都叫我丹尼爾。」

狄雷尼笑了出來。

「我早該知道，」他說。「好吧，我比較喜歡叫你小隊長，如果你覺得可以的話。」

布恩感激的點點頭。

「我會盡量作息正常，」狄雷尼說。「不過你或許在周末也得執勤。最好先提醒你老婆。」

「我沒結婚，」小隊長說。

「噢？」

「離婚了。」

「呃，獨居？」

「是的。」

「好，在你離開前將地址電話留給我。你花了多少時間偵辦麥蘭案？」

「我們那個小組打一開始就在辦了，」布恩說。「我在發現屍體後就趕到了現場。然後我們開始約談他的親朋好友、熟人等等。」

「你的看法呢？是他認識的人？」

「一定是。他的塊頭很大，相當魁梧，而且不是好惹的。他應該會打上一架。不過他卻轉身背對一個他認識的人。」

「沒有打鬥的跡象？」

「完全沒有。畫室內亂七八糟，我是說東西凌亂不堪。不過那位經紀人說一向如此，麥蘭的生活起居就是那種德性。沒有打鬥的跡象，沒有椅子翻倒了也沒有物品弄破了。沒有那種情況。他轉過身，挨刀子，倒了下來。就這麼簡單。」

「女人？」狄雷尼問。

「我想不是，長官。不過有可能。」

狄雷尼思索了片刻。

「你那個小組查過猛哥了？」

布恩一臉困惑，擰著自己的手指頭。

「呃——嗯——我對猛哥真的毫無所知，組長。我被調離那個案子。索森應該告訴過你吧？關於我的問題？」

「他提過，」狄雷尼神色凝重的說。「他也告訴我，如果你再搞砸一次，你就玩完了。」

布恩黯然點點頭。

「什麼時候開始的？」狄雷尼問。「離婚？」

「不是，」布恩說。「在那之前。離婚只是結果，不是原因。」

「有很多警察會藉酒澆愁，」狄雷尼說。「壓力。各種齷齪事。」

「壓力我還能承受，」布恩說著，抬起頭來。「我已經承受了將近十年。齷齪事則讓我無法忍受。看看人們做了什麼？對待彼此的方式，對待自己的方式。我正想辦法克服——我是說厭惡感——然後我接手了一件性案件，兩個美麗的少女。姊妹。分屍。焚屍。什麼事都做盡了。我崩潰了。不是藉口，只是解釋。唯一的選擇是變得鐵石心腸或把自己灌醉。我必須睡覺。」

「你沒有宗教信仰？」

「沒有，」布恩說。「我原本是浸信會的教友，不過我沒有參與活動。」

「好吧，小隊長，」狄雷尼冷冷的說：「別期待我會同情你，也別想得到任何建議。你已經是成年人了；那是你自己的抉擇。如果你應付不來，我就叫索森幫我另外找個人過來。」

「我了解，長官。」

「既然你了解了。我們回頭談談這個案子……我查過檔案，不過在我們繼續追查之前，我想問問你個人的意見。比如說，你對麥蘭的看法如何？」

「每個人都說他是國內最出色的畫家，但卻是個不折不扣的混蛋，有證據顯示他會打老婆。他的兒子也恨他，我猜現在也是。他曾公然羞辱他的經紀人，動輒與人拳腳相向。我是說在酒吧與餐廳動粗。一個惡劣的酒鬼。他自己也被揍了幾次。就像有一次，他羞辱一個女人，但是她身邊的護花使者塊頭比麥蘭還大。他常幹些瘋狂的事，例如他『要』別人將他踢出門。令人費解的傢伙。我想他確實是個才華洋溢的天才，不過卻是個很悲哀的人。」

「悲哀？」狄雷尼追問。「你是說他自己很悲哀，例如哀傷，或者說他身而為人很悲哀？」

布恩思索了片刻。

「都有吧，我想，」他最後說。「一個複雜的傢伙。在我被調離那個案件之前，我曾經買了一本他的畫冊，還到杰特曼畫廊和美術館參觀他的畫作。我想如果我能夠了解那個傢伙，或許對找出誰殺了他以及為何要殺他會有幫助。」

狄雷尼訝異的望著他，充滿了敬意。

「好主意，」他說。「有什麼心得嗎？」

「沒有，長官。什麼都沒有。或許問題在我，我對繪畫一竅不通。」

「那本畫冊還在嗎?麥蘭的畫冊?」

「當然，我得找找。」

「能否借我?」

「沒問題。」

「謝謝。明天是星期五，法醫的驗屍報告說他是星期五遇害，上午十點至下午三點之間。你明天上午九點左右可以來接我嗎?我想到莫特街的麥蘭畫室以及那附近瞧瞧。我們在十點至三點之間這段案發時間到現場去。」

亞伯納·布恩專注的望著他。

「有什麼特殊情況嗎，組長?」他問。

狄雷尼搖頭。

「連個風聲也沒有，」他說。「只是四處打聽。我們總得要有個開始。」

他看到小隊長在他說「我們」時眼睛一亮。

兩人都站了起來。然後布恩猶豫了一下。

「組長，法醫辦公室有沒有送來麥蘭隨身物品的詳細清單。」

「有，我收到了。」

「有沒有注意到任何不尋常的地方?」

「沒有，」狄雷尼說。「我漏掉什麼嗎？」

「不在清單上，」布恩說。「是清單上沒列出的。」他忽然滿臉通紅，蒼白的臉龐變得面紅耳赤；雀斑不見了。「那傢伙沒有穿內褲。」

狄雷尼訝異的望著他。

「你確定？」

布恩點點頭。「我問過在停屍間工作的人。沒有內褲。」

「怪了。你有何看法？」

「沒有。」布恩說。「我找過局裡的精神科醫師——我猜索森跟你提過——我就隨口問他，有人不穿內褲是否有何意義。他給了我那種陳腔濫調的答案：或許有特殊意義，或許沒有。」

狄雷尼點點頭說：「這就是問題所在。這種案件，所有事證我們都得一視同仁，雖然事實未必如此。不過將無意義的項目剔除與找出有重要意義的項目所耗費的時間會一樣多。反正，我們有的是時間。局裡其實並不期望能偵破此案。明天上午見了，小隊長。」

布恩點點頭，他們再度握手。小隊長似乎振作了些，或是比較不那麼垂頭喪氣了。他將地址與電話號碼留下來。狄雷尼送他出門後，將門鎖上，門鏈扣上。

蒙妮卡躺在床上動也不動，當狄雷尼開始寬衣解帶時她翻了個身。

「怎麼樣？」她問。

「離婚了，」他回報。

「那好，」她睡眼惺忪的說。「我明天一早就打電話給蕾貝嘉。」

4

他們在休士頓街停車後下車。

「你不掛上『執行勤務中』的牌子嗎？」狄雷尼問。

「不掛也罷，組長，」亞伯納．布恩說。「上次我掛出來，結果輪軸蓋被偷了。」

狄雷尼笑了笑，然後緩緩環顧四周。他告訴布恩二十年前他在這個管區執勤。

「當時這裡住的全都是義大利人，」他說。「不過我猜想如今已經變了。」

布恩點點頭。「有些黑人，還有不少波多黎各人。不過大多數是由運河街搬過來的中國人。桑樹街仍然是義大利社區，餐廳很正點。」

「我記得，」狄雷尼說。「我可以拼著命吃甜捲餅，就像明天就是世界末日。」

他們悠盪到莫特街，然後往南走。狄雷尼抬頭看著那些紅磚廉價公寓。

「變化還不算太大，」他說。「我第一天來執勤時就讓航空郵件給擊中了。你知道那是什麼嗎？」

「當然，」布恩露齒而笑。「到處亂飛的垃圾。他們從窗戶直接丟垃圾到街上。」

他露齒而笑時，蒙妮卡所提到的孩子氣就更明顯了。他有像馬齒一樣的大門牙，不過在他瘦長光滑的臉上看起來倒也不會太突兀。他的眼眸是淺藍色，小而炯炯有神。他走起路來就像腳上裝上了彈簧，邁著大步相當靈活，比狄雷尼沉重緩慢的步伐年輕了許多。

這是個溫暖、有霧的五月早晨，天氣正要開始回暖。不過在紐澤西上空籠罩著一團黑雲，空氣中有雨的味道。

「你還記得那個星期五的天氣嗎？」狄雷尼問。「就是麥蘭遇害當天？」

「晴朗，陽光普照，不過氣溫比現在低了約十度。星期六有雨。我們星期天到現場時天空灰濛濛的。一個又濕又黏的陰天。」

狄雷尼在王子街佇足環顧。

「車水馬龍，」他說。「熙來攘往。」

「那也是個問題，」布恩說。「忙得沒有人看到任何異狀。管區派了會說義大利語及西班牙語的警察挨家挨戶查訪，沒有人提供線索。我不認為他們是知情不報，而是真的什麼都沒瞧見。或許有個傢伙在五分鐘之內進門又出門了。誰會注意？」

「沒有尖叫聲？麥蘭倒下時沒有砰聲或撞擊聲？」

「那棟公寓有十戶住家。每一戶不是在上班就是出門購物去了，只除了三樓有一個重聽的老婦人，還有二樓一個上大夜班的正在補眠，管理員和他老婆在地下室。他們都沒有聽到任何聲響，也沒有看到什麼。他們說的。」

「公寓樓下的大門沒鎖？」

「本來有，不過因為被撬壞了好幾次，管理員就不再修理了。每個人都可以直接上樓。」

「這條街闖空門的頻率高嗎？」

布恩的手掌來回翻轉了幾次。

「一般，長官。不是最好，也不是最壞。」

他們穿越王子街，慢慢走著，四下張望。

「他的畫室為什麼要選在這裡？」狄雷尼搞不懂。「照理說他可以租得起更好的地方，不是嗎？他那麼有錢。」

「噢，他錢是很多，」布恩點點頭。「無庸置疑。據他老婆說，他花錢和賺錢一樣快。我們也問過他的經紀人同樣的問題——他為什麼在這裡工作。答案不大合理，不過我想如果考慮到他是什麼樣的人，就說得通了。這裡是他當初來到紐約市闖天下時居住和工作的地方，也是他畫下第一幅作品並賣出去的地方。他很迷信，認為這個地方帶給他好運。所以他在結婚並搬到住宅區後，就將原來的租處保留下來當作畫室。此外，這裡比較偏僻。那傢伙很孤僻。他厭惡格林威治村那種狗屁藝術家社區。當畫廊朝蘇活區發展開來，越來越多的藝術家開始進駐休士頓街南邊的拉法葉街甚至包瓦立街的閣樓時，他就一肚子火。他告訴他的經紀人，那些渾蛋圍繞在他四周，如果再惡化下去，他就得另外找一處那些藝術界的屎蛋尚未發現的地方。那是麥蘭的用語：『藝術界的屎蛋』。這裡，就是這一棟，組長。」

那是一棟髒兮兮的紅磚建築，與街上的數十棟建築沒什麼兩樣。爬上九級的灰色石階就是大門，一樓的兩戶公寓在滿佈灰塵的窗戶外都加裝了已銹蝕的鐵窗。

「這種格局很熟悉，」狄雷尼說。「檔案裡沒有記下這一點；我見過數百棟類似這樣的廉價公寓。每一層樓有兩戶，從正面直通到後面都是同一戶公寓。管理員住在地下室。他可以由台階下的氣窗進入，不過他通常都會鎖上，由走廊後方的樓梯走下地下室。地下室除了是他的住處之外，還擺著鍋爐、暖器設備、保險絲盒等等，也是一間貯藏室。還有一道後門往外通到一座小中庭。麥蘭的畫室在五樓，空間很大——整層樓都是他的，有流理台及浴缸，馬桶則是在樓梯頂層的一間小廁所內。怎麼樣？」

「沒錯，長官，」布恩佩服不已。「地下室的門，就是通往後院那道門，是上鎖的，有鐵門及鏈扣。沒有人動過。凶手沒有從那道門出去。此外，管理員與他老婆當時都在他們的住處。他們說如果有人在地下室，他們會聽見。但他們沒有。」

「走吧，」狄雷尼說。

他們吃力的拾階而上。樓下的鐵門不僅沒有鎖上，也沒有關好，留下數吋的縫隙。狄雷尼停下來看著信箱上的名字。

「大部分是義大利人，」他注意到。「一個西班牙人，一個中國人，一個『史密斯』，那可能是任何國籍。」

鐵門內那道門也沒上鎖，連把手都不見了。

「他說他會換一個，」布恩說。

「或許他換過了，」狄雷尼溫和的說。「或許有人將新的也撬壞了。」

各樓層間有兩段短樓梯，他們慢慢走上樓。當他們到達三樓的平台時，一道門猛然打開，推開到門鏈的盡頭，一個凶巴巴的婦人將臉湊近往外看著他們，艷紅色頭髮上纏捲著像啤酒罐般的髮捲。她穿著俗傖的寬鬆便袍，領口緊緊拉向枯瘦的頸部。

「我看到你們盯著這棟房子，」她指控他們。「想幹什麼?我要報警了。」

「我們『就是』警察，夫人，」布恩輕輕說道。他讓婦人看他的證件。「別擔心。我們只是到樓上再看一次。」

「你們抓到他了沒?」婦人追問。

「還沒。」

「狗屎!」婦人不屑的將門砰然關上。他們聽到門上鎖及扣上門閂的聲音。他們繼續往上走。

「我們需要她的時候她又在哪裡了?」狄雷尼咕噥。

他們在樓梯盡頭停了下來，兩人都氣喘如牛。狄雷尼看著廁所，只有一個污穢不堪的馬桶。沖水用的水箱在靠近天花板處，有一個木質把手繫著一條已無光澤的銅鏈，一拉便可沖水。有一面毛玻璃的小窗戶，玻璃裂開了。

「沒有暖氣設備，」狄雷尼說道。「在冬天，像這種地方如果便祕的話可就有意思了。」

布恩看著他，對組長也會說這種輕浮的話感到訝異。他們走到維多．麥蘭畫室的門口，門上有一副嶄新的搭扣與掛鎖。門上也貼了一張告示：『本建築由美國政府所屬國稅局查封』。告示上用較小的字體詳細說明闖入者可能會遭到監禁、罰款或連關帶罰。

「噢，見鬼了，」布恩說。「這是怎麼回事？」

「他死後沒留下遺囑，」狄雷尼說。「沒有遺囑。這意味著國稅局想要確保能分到一杯羹。同時，國稅局對他多年來奮鬥的所得也有追討權。這下子……我們要怎麼辦？」

布恩四下張望。

「呃，組長……」他壓低聲音。「呃，我有一套萬能鎖。可以嗎？」

狄雷尼看著他。

「小隊長，」他說：「依我看來，你是越來越出色了。當然可以。」

亞伯納．布恩從外套的內側口袋中掏出一個扁平的黑色皮袋。他檢視沉甸甸的掛鎖，然後挑出一根鎖撥——一根長而細的銀色不銹鋼棒，一端呈小鉤狀。將有鉤的那一端插入掛鎖的鑰匙孔中，精巧的探撥，仰頭望著天花板。鎖撥鉤住了。布恩緩緩轉動手腕，鎖扣嗒一聲彈開了。

「很好，」狄雷尼說。「我想這是你第一次幹這種事。」

布恩笑了笑，收起鎖撥，將門推開。他們進門，將門帶上。

「站在這裡別動，」狄雷尼下令。「好好觀察一下。看看是否和發現屍體時完全一樣。有沒有什麼東西不在原處？有沒有什麼東西不見了？慢慢來。」

他耐心等候布恩檢視畫室內部。陽光由上方的天窗潑灑了進來。有一面玻璃破了，用藍色的碎布塞住。天窗上有一層鐵絲網。沒有通風孔。房間聞起來有股發霉、腐敗的味道。

狄雷尼瞄了手錶一眼。

「將近十點半，」他說。「六個星期前想必看來也像這個樣子。你說當天是個陽光普照的晴朗日子，所以他不會開檯燈。當然，目前太陽的位置高了些，不過應該和當時差不多。」

「我看不出來有什麼東西不見了或不在原位，」布恩說。「我覺得瀝乾板上的杯子好像比目前更靠近流理台，他們在除塵之後移動過了，行軍床上的床墊也拍打過了。上層沾有精液，是舊跡。沒什麼新增加的。依我看來完全一樣。」

「當時窗戶開著嗎？」

「沒有，長官。關著，就像現在。」

「收音機開著？」

「沒有，關掉了。另一端那些東西，他的顏料與畫筆及畫紙全亂成一團，那不是原來的模樣，因為我們翻找過了。不過就我所知，沒有什麼東西被拿走。我們將所有物品都留在這裡。」

「沒有畫？」

「沒有。經紀人說他剛完成一個系列，也將最後一幅作品送到杰特曼畫廊了。地板上倒有幾張素描。經紀人想拿走，不過我們不准。他說那幾張可能是麥蘭的最後遺作，屬於遺產的一部分。」

狄雷尼走到用粉筆在地板上畫成的人形俯視著。人形旁的木材沾著一層深褐色幾乎變成黑色的污漬。

「這跟死者當時的情形差不多吧？」他問布恩。

「差不多。右手臂，這裡，不大直，在手肘處較彎。膝蓋也有點彎曲。不過他臉朝下，四肢張開。」

狄雷尼跪在人形旁，瞇起眼凝視。

「他的臉正面朝地板？」

「或許略偏向左邊，不過幾乎是正面朝下。」

「你知道他的皮夾放在何處？」

「我們判斷是在右後方口袋，左後方口袋內有把梳子。他的妻子及經紀人也證實了這一點。」

組長站起來，膝上沾了灰塵。

「氣味呢？」他問。

「很多，」布恩說。「當天是溫暖、濕濕黏黏的周日。」

「不，不，」狄雷尼說。「我是說，有沒有人俯身聞他身上的氣味？」

亞伯納．布恩顯得困惑。

「我沒看到，組長，」他說。「做什麼？」

「噢……」狄雷尼含糊的說。「很難說……」

他走到流理台，檢視骯髒的水槽及瀝乾板。

「排水管清查過了？」

「當然。還有浴室的排水管，以及抽水馬桶和沖水用的水箱。」

那座舊式的浴缸有一個白色的金屬蓋，狄雷尼掀起來察看，然後蹲下身看浴缸底部。

「蟑螂，」他表示。

「屋子裡很多，」布恩點點頭。「到處都是。他不是那種愛乾淨的人。」

狄雷尼緩緩走向畫室前面，在天窗下的平台前佇足。

「這是什麼東西？」他問。

「經紀人說那是擺姿勢用的伸展台，模特兒站上去讓麥蘭畫素描或油畫。」

狄雷尼繞著地板上亂七八糟的物品移動，停下腳步，往下俯視。

「這些東西我大都可以猜得出來是什麼，」他說。「不過為什麼會有鋸子、釘子、鎚子？還有那個東西——拔釘爪——那是什麼？」

「杰特曼說麥蘭自己裁製油畫用的帆布。他買整捲的，做好木框後，再將帆布鋪上去裁剪下來。拔釘爪用來撐緊帆布。這些小木楔要釘入畫框的內側角落，同樣可讓帆布繃緊。」

「牆邊那種黑色的東西是什麼？麵包屑？」

「炭筆的碎片。經紀人幫我們辨識這些雜七雜八的東西。麥蘭似乎是用炭筆畫素描，大部分的畫家都用鉛筆。」

「為什麼碎成那麼小塊？」

「那很容易脆裂。不過牆壁上有一個污跡，在那上面，你的右邊。看來好像是麥蘭將炭筆丟向牆壁。杰特曼說他就是會做這種事。」

「為什麼？」

「他不知道，我想是麥蘭畫得不順手火大了。」

狄雷尼撿起地板上的兩張素描，用手指頭拎著畫紙的邊角，拿到前面的窗戶仔細看著。

「木箱上的素描本還有一張，」布恩說。「尚未完成。旁邊還有半根炭筆。經紀人說照他看來麥蘭好像正在畫第三張素描，炭筆斷成兩截，接著麥蘭就把他手中的斷筆擲向牆壁。」

狄雷尼沒有回答。他凝視著那些畫作，肅然起敬。麥蘭在平面的畫紙上，用炭筆以蒼勁大膽的筆觸畫出了一具立體的軀體。沒有傳統的明暗對比，只靠線條本身塑造出了血肉之軀。不過他在兩處地方用大拇指或手指頭塗抹過，造成留白與陰影的效果。

那是少女的胴體，嬌嫩欲滴、含苞待放，令人幾乎可以感受到由紙上散發出的那股熱氣。她俯身站成一種扭身的姿勢，肌肉鼓起、乳房突出。麥蘭勾勒出俯撲式的背部、烈焰般的臀部、曲線玲瓏的肩膀和手臂。側臉幾乎看不出輪廓，看起來像是東方人。畫到膝蓋為止的胴體栩栩如生，躍然紙上。黑色的線條似乎具有生命，扭動翻騰著。你不會懷疑她的體內有一顆心臟在搏動，呼吸在吐納，血液在循環。

「老天爺，」狄雷尼低聲說道。「我不在乎那傢伙是什麼樣的人，他不該就這麼死了。」然後，他稍微抬高音量問道：「那個經紀人知不知道這是何時畫的？」

「不知道，長官。可能是當天上午，也有可能是之前一個星期。他從來沒有見過。」

「他認得畫中的模特兒嗎？」

「他說不認得。他說那些素描在他看來只是草稿，麥蘭在試用新模特兒時畫完就丟的玩意兒，藉此看看他能否捕捉到他所想要的靈感。」

「畫完就丟的玩意兒？不會吧。我要帶走，以後我會交還給遺產繼承人。第三張呢？」

「這裡。仍然在架子上。」

狄雷尼組長端詳著木箱上那幅靜物寫生：松節油罐上擺著素描本、半根炭筆、威士忌酒瓶。他先看著威士忌再望向畫室入口，然後再將視線拉回來。接著他將第三張畫作從素描本上撕下來，再翻閱簿子內其他的畫紙以確定沒有其他的畫。沒有了。他小心翼翼的將三張素描捲成緊密的圓筒形，然後再看看四周。

「想想看還有其他的事情嗎？」他問。

「沒了，組長。沒有通訊錄。什麼簿子都沒有。流理台下有些舊報紙，一些美術用品社的型錄。電話旁邊的牆壁上寫著幾個電話號碼。我們都調查過了，一個是附近賣酒商店的外送電話，另一個在拉法葉街。還有一個名叫傑克・達克的藝術界友人，我們有他的檔案。就這些。沒有信件、沒有帳單，什麼都沒有。衣櫃的抽屜裡有幾件舊衣服，他的私人物品大都放在住宅區的住處。一點幫助也沒有。」

他們將門鎖扣上然後走下樓，那個紅髮婦人的臉又從門縫裡露出來。

「怎麼樣？」她質問。

「日安，夫人，」狄雷尼彬彬有禮的說著，頂一下他的氈帽。

走到外頭的街道後，亞伯納．布恩說：「如果國稅局過來詢問的話，她會指認我們。」

「瞎說，」狄雷尼說，聳聳肩。「她沒有真的看到我們走『進』那個地方。別擔心；有必要的話，索森會幫忙善後。」

他們踱回休士頓街，一路無言。布恩繞過他的車子，檢視一番，沒有被動過手腳的跡象。他們上車，狄雷尼點了根雪茄。布恩在車上的置物箱內找來一條橡皮筋綁住那捲素描，他也將麥蘭的畫冊帶來了，用一個舊的黃色牛皮紙袋裝著。狄雷尼將素描擺在腿上。他沒有打開。

他們默默坐了片刻，現在彼此都更為自在了。布恩點了根菸。他的手指頭有黃色漬痕。

「我正試著戒掉，」他告訴狄雷尼。

「運氣好嗎？」

「不好。自從我戒酒後，菸癮就更大了。」

組長點點頭，將頭往後靠在椅背上。他隔著車窗往外望，有人在晌午時分的休士頓街車陣之中玩著軟式棒球。

「我們也來玩玩，」他像說著夢話一般，沒望向布恩。「試著評估這種情況……麥蘭釣到了一個小妞。在街上、酒吧或任何地方。或許他認為她可以成為很好的模特兒——那些素描裡的身材真不是蓋的——也許他只是想要來段一夜情。總之，她在星期五上午出現在畫室。她脫掉衣服，他畫下素描。我不曉得他本人對那些素描有什麼看法；我認為那些畫很出色。他畫到第三張時炭筆斷了，就將他手上的斷筆丟向牆壁。或許他是因為筆斷了而光火，或許他只是想宣洩旺盛的活力。誰知道?他給那位小妞一杯酒，就在流理台與行軍床附近，所以酒杯上才會留下她的部分指紋。或許他們談到了錢。他逗她開心，或者沒有。她離去。他將門鎖上，拎著那瓶威士忌走回那個木箱，望著他的素描。有人敲門。是誰?有人回話，是他認識的人。他將酒瓶擺在木箱上，走到門口將鎖打開。門開了。那個傢伙進門來。麥蘭轉身走開。『結束』。你認為如何?」

「動機呢?」

「耶穌基督，小隊長，我甚至都還沒『開始』想到那些呢。我知道得還不夠多。我只是想試著推敲出那個星期五的上午發生了什麼事。這個過程。聽起來如何?」

「是有可能，」布恩說。「符合所有的基本事證。他們或許鬼混了一或兩個小時。命案發生在十點到下午三點之間。」

「沒錯。」

「不過沒有證據顯示她當時在現場。那些素描或許是麥蘭遇害之前一個星期畫的。沒有化妝用的粉底、沒有髮夾、酒杯上也沒有沾到任何口紅印。只有那支安全別針。」

狄雷尼猛然坐直，轉過身來盯著布恩。

「那支什麼？」他厲聲問道。

「安全別針，長官。在行軍床附近的地板上。檔案裡沒有提到嗎？」

「沒有，可惡，檔案裡沒有。」

「應該有的，組長，」布恩輕聲說道。「一支安全別針，打開著。實驗室人員拿去檢查過了，與其他的幾億萬支沒什麼兩樣，在數百萬家店裡都有得買。」

「多長？」

布恩將大拇指與食指張開。

「像這樣，大約一吋。上頭沒有纖維或頭髮。沒有任何跡象顯示麥蘭曾經用過，也不能證明是某個小妞的東西。」

「亮晶晶？」

「噢，是的。最近才用過。」

「絕對是女人用的，」狄雷尼說。「麥蘭用它做什麼——掛他沒穿的內褲？不，當天上午有個女孩在現場。」

兩人在驅車前往住宅區的漫長路上都沒有說話。到十四街附近時，狄雷尼說：「小隊長，我很抱歉剛才因為那支安全別針的事，對你大吼大叫。我知道那不是你的錯。」

布恩匆匆轉頭，朝他露出孩子氣的笑容。

「愛怎麼吼就怎麼吼，組長，」他說。「更凶的叫罵我都見識過了。」

「我們不都是這麼走過來的，」狄雷尼說。「聽著，我在想……我幹這一行也很久了，我知道，我『知道』有很多東西沒有登記在報告上。負責偵辦的警官無法將『每一件事』都寫下來，否則他一輩子都要用來打字，沒有時間調查了。撰寫報告就是一種篩濾的過程，警官挑出他認為有重大意義的，值得注意的。他不會在報告中寫下他所跟監的那個傢伙在嚼口香糖，或他所訪談的那個女人用的是香奈兒五號香水。他將那些無關緊要的全都刪除，或者他『認為』是無關緊要的。你了解嗎?他只將他認為重要的列入報告中，或是他認為他的長官會覺得重要的。到目前為止，你同意我的看法嗎?」

「大致同意，」布恩謹慎的說。「不過，有時候某個警探也許會將某些他不認為有太大意義的東西列進去，因為不尋常、很怪異或與眾不同，他揣測他的上級應該知道。」

「那他就是個好警察了，因為那正是他應盡的職責。即使最後會不了了之。如果後來證明事關重大，那也不干他的事，因為他已將之列入檔案中了。對吧?」

「對，長官。這一點我同意。」

「然而，」狄雷尼繼續說下去，「有些東西從來沒有人會列進去。雜七雜八的小東西，絕大多數對案情沒有幫助，也不應該列入報告中。不過有時候，在極少數的情況下，如果列入報告，或許會更快破案。

我曾在二〇管區辦過一件凶殺案，一棟大樓內發生了勒斃案件。一層樓有十戶。當然，所有的左鄰右舍都問過了。沒有人聽到任何聲響；走廊上鋪著一層厚地毯。有位老婦人提到，她唯一聽到的聲音是有隻狗在她的門下聞聞嗅嗅，發出細微的哀嚎聲。她告訴那位警察，不過那沒有任何意義，因為那層樓就有四個人養狗，而且他們都會帶狗去散步。那個傻瓜竟然就信以為真，沒有記在報告中。兩星期後我們仍毫無進展，必須重新來過。老婦人再度提起有隻狗在她的門下聞聞嗅嗅，這次記在報告中了，隊長指派我去清查那層樓中所有養狗的人。案發當時他們都沒有帶狗去散步。不過死者有一個很粗暴的男性友人，而『他』就有一隻狗，而且他無論走到哪裡都會帶著那隻狗。就這麼一條線索牽出另一條線索，我們終於逮到他了。如果在稍早的報告中曾經提起那隻在聞嗅哀嚎的狗，我們或許就可以不必繞了一個月的冤枉路。現在有許多探員都辦過麥蘭案，我知道有些東西沒有列入報告中。我不是怪罪那些人員，我知道他們的任務繁重。不過他們在急著想要破案時所忽略的若干東西，極有可能對你或我會有很大的幫助，反正我們如今有的是時間，可以將所有細節調查個一清二楚，沒有人在後頭催著我們。」

布恩立刻接口。

「你要我做什麼，組長？」

「偵辦此案的人你大都認識——至少較具份量的那些探員——由你跟他們談比由我出面更合適。我們沒在一起辦案時，我要你去找那些人，或打電話給他們，問問看有沒有什麼東西他們記得但沒有列入報告中的。我是說『任何東西』！告訴他們不會因此遭到懲罰，你甚至不會告訴我他們的名字。確實如此。

我無意知道他們的名字。你試試看能否讓他們回想起一些沒有列入報告中的小事。想必有人曾看到什麼或聽到什麼，一些枝梢末節。事實上，如果很重要，就會列入檔案中了。我想找的是些芝麻瑣事，雜七雜八的小東西。你了解嗎，小隊長？」

「當然，」亞伯納．布恩說。「你要我什麼時候開始？」

「今天下午。能否麻煩你先載我回家？我今天有得忙了。你可以開始跟那些曾經辦過麥蘭案的同事聊聊，同時你也不妨到實驗室走走，查查看為什麼那支安全別針沒有列入他們的證物分析中。或許有，我沒注意到。不過我不認為如此。我想應該是一時疏忽，那嚇到我了，因為或許不止這一件，還有一些我閱讀檔案時無從得悉的其他事物。所以我很高興你和我搭檔。」

布恩小隊長也很高興，他眉開眼笑的。

「還有一件事，」狄雷尼說。「我打算將今天上午查探麥蘭畫室的事寫一篇報告。我看到的、找到的、拿走的。我每天都會就我的偵查進度寫一份報告，就如同我還在當差。我要你也每天寫報告。你會發現那有助於讓案情步入正軌。」

「沒問題，長官，」布恩遲疑的說。「你怎麼說我怎麼做。」

他在狄雷尼的褐石住宅讓他下車。組長繞過車子，俯身湊近布恩搖下的車窗。

「索森副局長有沒有告訴你，要私下向他回報我的偵辦進度？」他問。

布恩垂下頭，再度面紅耳赤，雀斑不見了。

「很抱歉，組長，」他喃喃低語。「我別無選擇。」

狄雷尼拍拍他的臂膀。

「向他回報吧，」他告訴布恩。「照他的命令做。沒關係。」

他轉身走向住處的台階。布恩看著他將門關上。

狄雷尼將氈帽掛在衣帽架上，把畫作及畫冊直接拿入書房，擺在書桌上，然後再回到走廊。

「蒙妮卡？」他叫道。

「樓上，親愛的，」她回應道。她走到樓梯口。「你吃過午餐了嗎？」

「沒有，不過我不餓。我想這一餐就省了。或許喝杯啤酒就好。」

「如果你想吃三明治，有火腿及乳酪。不過別碰牛肉；那是今晚要用的。」

他進入廚房打開冰箱，取出一罐啤酒，拉開封口。肥美的烤牛肉用鋁箔紙裹著，吸引住他的目光。他看了許久，然後毅然決然將冰箱關上。他走到書房，猶豫了一下，停下腳步，轉身走到走廊，偷偷往樓上瞄。沒有見到蒙妮卡的身影。他回到廚房，拿起一把尖利的切肉刀，迅速將牛肉端出來，撕開鋁箔紙。結果發現上頭用牙籤插了張小紙條：「只准做一份三明治。蒙。」他笑出聲來，替自己做了份三明治，連同啤酒端入書房。

他在書桌上攤開那幾張素描，畫紙的角落用重物壓著攤平。然後他將布恩小隊長那本維多・麥蘭的畫冊由牛皮紙袋中取出來。他坐在旋轉椅上，戴起閱讀用的眼鏡，迅速瀏覽畫冊。

麥蘭所有的黑白及彩色畫作印在光面紙上，有一些簡短的介紹文字，還有一篇作者小傳、他的全部作品清單，以及一篇畫評家對麥蘭作品的分析。狄雷尼組長對那個畫評家的名字不熟，不過從資歷看來倒是令人覺得真有那麼回事。狄雷尼讀了起來。

畫家小傳與索森副局長送來的官方紀錄所列的資料相去無幾。畫評家所寫的文章雖然試圖客觀，不過也只是在歌功頌德。據作者所言，維多．麥蘭將偉大的義大利大師們的技巧賦予新氣息，對當代藝術的新潮流不屑一顧，堅持走自己的路，為傳統的、具象派的風格注入一股已失傳數世紀的熱情及激情。

還有許多技巧的形容狄雷尼無法完全理解，不過不難了解畫評家對麥蘭畫作的欣賞及『仰慕』。評論中用的就是「仰慕」這個字眼。狄雷尼深表認同，因為那正是他在麥蘭畫室中看到那幾張潦草的素描時的感受。不只佩服那個人的才華，也因為得以見識到前所未見的美而感到由衷的讚嘆及敬畏。

「終於，」畫評家結論：「美國擁有一位出類拔萃的畫家，將他的藝術奉獻給對生命的謳歌。」

然而只是曇花一現，狄雷尼黯然想著。然後他站了起來，這是觀賞畫冊作品較好的角度，他開始慢慢逐頁翻閱維多．麥蘭的作品。

他看了兩遍，再重頭細細回味令他特別感動的幾幅作品。然後他輕輕闔上畫冊，由書桌上拿開。他看到他的三明治與啤酒，原封未動。他端著三明治及啤酒走到沙發椅，坐下來開始慢慢享用。啤酒已經不冰了，泡沫也沒了，不過他不在乎。

他對藝術是個門外漢，他承認這一點。不過他喜愛繪畫與雕刻，以及美術館那種靜謐、有條不紊的氣氛，還有金框的富麗、大理石基座的優雅。他曾試著藉由閱讀藝術史籍與藝術評論來自我教育。不過他發現那種語言深奧晦澀，他搞不懂是不是刻意設計來讓初學者困惑費解的。不過，他承認，錯可能在他自己：他無法掌握藝術理論，無法理解立體派藝術家、達達主義者、抽象派以及不斷推陳出新、快得令人目不暇給的各類「流派」的誇張風格。

最後，他被迫回頭訴諸自己的眼睛，自己的品味：也就是那句陳腔濫調「我看到時就知道我喜歡的是什麼」，並認為不管是喜歡在黑色天鵝絨上畫夕陽的屠夫，或是對那些刻意寫些「不對稱張力」、「卵形沉滯」、「外生僵化」等深奧專業術語、最意識形態掛帥的藝術專家，這句話全都適用。

狄雷尼喜歡一目了然的畫作。裸體就是裸體，蘋果就是蘋果，房子就是房子。他覺得好的技巧也令人樂在其中；十八世紀的英國畫家安格爾作品中那種綢緞的縐褶就很賞心悅目。不過光是技巧還不夠。要讓人真的心滿意足，畫作必須要能『感動』他才行，讓他在看著畫中所揭示的人生時，能夠令他內心悸動。畫不一定要美，但一定要真。真則是美。

他嚼著涼掉的烤牛肉、喝著已變溫的啤酒，回想著維多・麥蘭大部分的作品都很真。狄雷尼不僅看到了，也感受到了。有幾幅靜物寫生、幾幅肖像畫、幾幅街景。不過麥蘭畫的大都是女性胴體。少女與老婦，女孩與老太婆。許多題材當然都不美，不過所有的畫都體現了那位畫評家所謂的「對生命的謳歌」。

狄雷尼組長對麥蘭作品印象最深刻的不是這一點，而是這位藝術家創作的目的，他對才華的運用。其中有些許狂亂，幾乎是瘋了般。狄雷尼認為，那是一個超人盡心竭力要了解生命，並用冰冷的顏料捕捉在粗糙帆布上的一種心理呈現。那是一種狂烈無饜，想要了解一切、擁有一切，並且毫不保留展現戰利品的一種心態。

5

「我要和蕾貝嘉共進午餐，」蒙妮卡說。

「那好啊，」狄雷尼組長說，一邊將一篇「通勤族專輯」夾入他正在閱讀的《紐約時報》中。

「然後我們可能會去逛街，」蒙妮卡說。

「繼續說，親愛的，」他說，翻閱著中美洲的政客打算賣一萬支半自動機槍給黑社會的計畫已胎死腹中的新聞。

「然後我們可能會回來這裡，」蒙妮卡說。「喝一杯咖啡。三點鐘。」

他放下報紙，盯著她瞧。

「妳知道自己在做什麼？」他問。「那個人是個酒鬼，一個『非常』嚴重的酒鬼。」

「你說他已經戒了。」

「『他』說他已經戒了。妳真的要讓妳的閨中好友和一個酒鬼相親？」

「反正他們只是見個面。無意間邂逅。又不是說他們明天就得結婚了。」

「我希望我可以置身事外，」他神情肅穆的說。

「那麼你可以在三點左右帶他回家嗎？」她問。

他唉聲嘆氣。

亞伯納．布恩小隊長將車子停在狄雷尼家門口，正讀著《每日新聞》。組長上車時，布恩將報紙丟到後座。

「早，組長，」他說。

「早，」狄雷尼說。他比了比報紙。「有什麼新聞？」

「沒什麼。他們在東河撈起了一部車子，打開後車箱，定睛一瞧，竟然是山姆．祖克曼那老兄，被一把碎冰錐送上西天了。」

「祖克曼？我不認得他。」

「他在西區擁有好幾家馬殺雞店，我猜有人想買下來，而山姆不答應。我們跟他纏鬥好些年了。就算逮到他，牢門還來不及關上，不到一個小時他又逍遙法外了。他想必花了大把鈔票請律師。當然他有的是錢。如今山姆已經到天國的豪華馬殺雞店報到了。」

「你查到了些什麼？」狄雷尼問。

布恩取出一本黑色的皮製小記事本翻找。

「關於安全別針……」他說。「就我所查到的，實驗室的人當時正在列出證物清單，這時他接到凶案組的隊長打電話來，問起那支別針。實驗室人員說那只是一支尋常的別針，無從追查，上頭也沒有沾到纖維或頭髮，什麼都沒有。他們談論那支別針大約兩分鐘後便掛斷。然後那個實驗室人員被打斷了。他是這麼說的，我引述他的話：『然後我被打斷了。』他沒有說他是去吃午餐，或是接到老婆的電話，或上廁所，我也沒追問。在中斷之後，無論是為何中斷，他繼續列出那張清單。不過因為和那位隊長的談話仍清晰的留在腦海中，所以他認為他早已將安全別針列入了。當然，就這麼漏掉了。」

狄雷尼默不作聲。布恩瞄了他一眼。

「那是人人都會犯的錯，組長。」

「不是人還能是什麼？」狄雷尼沒好氣的說。「好吧，算了。你有沒有和偵辦麥蘭案的探員連絡？」

布恩默默坐了一陣子，用他的筆記本拍打他的膝蓋，凝視著前方。

「組長，」最後他說道：「或許我不適合擔任這項工作。我打電話給三個偵辦此案的探員。我和他們相識多年了。他們很友善，但也很冷漠。他們都很清楚我出了什麼紕漏，他們不想跟我走得太近。你了解嗎？彷彿我有傳染病會傳染給他們似的。」

「我了解，」狄雷尼說。「那是自然反應。我以前也見過。」

「那是一點，」布恩說。「另一點是他們都知道我和你在辦麥蘭案。我不認為他們會樂於見到我們偵破此案。他們花了很長的時間，費了好大工夫，結果徒勞無功。然後我們接手——就這麼中獎了？那讓他們覺得很不是滋味。那會使他們顯得窩囊無能，所以他們不是很熱心合作。」

狄雷尼嘆了口氣。

「這……」他說。「那也是正常反應，我想。我早該料到的。所以你一無所獲了？」

「我打給三個人，其中兩個毫無所獲。事實上，他們口氣不太好。他們說我是在暗示他們的紀錄做得不夠完整，他們疏漏了什麼。我試著解釋根本不是那麼回事，我們只是想將每一位警察在偵辦時都會遇到的那些雜七雜八的小物品再過濾一遍。第三位比較有同情心，他了解我們要的是什麼，不過他說他沒有什麼可以提供的。」

「就這樣了，」狄雷尼無奈的說。

「不，不，」布恩抗議。「你聽我說下去。第三位在大約一個小時後回我一通電話。他說他一直在想我所說的，也記得他所看到的東西中有一件沒有列入報告。他是曾約談麥蘭的藝術家友人傑克．達克的探員之一。這位達克是個有錢又很講究排場的人，在中央公園南路有一間工作室。他甚至還聘請了一名祕書。這位探員去找達克，那位祕書帶他到工作室內，並說達克過幾分鐘就到。那位探員在等待期間，在工作室四處看看。達克的工作室牆壁上掛滿了素描與油畫，顯然都是達克的朋友們畫的。這位探員看到其中有一幅素描有維多．麥蘭的落款，畫框上還加裝了玻璃。不過他記得那幅素描被撕破了，由中央撕裂，然後兩邊也都各撕成兩截。不過這四部分已經拼湊回去並用膠帶黏住，然後裱框。向我提起此事的這位探員不知道那是否意味著什麼。我也搞不懂。」

「我也沒概念，」狄雷尼組長說。「目前還沒有。不過我希望能找到的就是這一類的線索。繼續下去，小隊長；或許我們可以再多找出一些蛛絲馬跡。」

「我會的。」

「我打過電話給麥蘭的遺孀及索爾·杰特曼，也跟他們約好今天要碰面。麥蘭太太是第一位，今天上午十點。地點在東五十八街。你知道這地點？」

「當然。組長，你怎麼會先打電話給他們？突然登門拜訪不是更合理，如此他們就沒有機會串供？」

「一般情況下我是會這麼做，」狄雷尼同意。「不過與本案有關的每一個人都早已接受過十多次偵訊了。他們早已做過筆錄，無論說的是實話或謊言。我們出發吧。」

布恩駛往第二大道然後南行。上午的交通繁忙，他們似乎在每個街口都會遇上紅燈。不過狄雷尼不置一詞。他聚精會神翻閱著他自己的黑色小記事本。

「你是如何進行偵訊的？」他問布恩。

「就像書上教的，在剛開始的三或四次對每一位關係人都會派三或四位不同的探員前往，然後這幾位探員會與隊長會商，並交叉比對筆記。然後他們挑出一位查問到最多資料、與關係人的關係最好的探員。那位探員最後再走訪一趟，若有必要就再多走幾趟。」

「你負責的是誰？」

「我本人？我與麥蘭太太談過一次，與杰特曼談過一次，與貝拉·莎拉珍談過兩次，她是麥蘭的情婦。然後我就被調離這個案子了。」

狄雷尼組長沒有向布恩追問這幾個證人的反應，小隊長也沒有主動說明。

麥蘭的住處位於第一大道與蘇坦廣場之間的東五十八街，是一棟雙拼式複合公寓的上面兩層樓，那原本是在鄉間另有房舍的人在城內的住宅。一棟典雅的建築，有一個穿著制服的管理員，保全嚴密。布恩報上姓名並出示證件。管理員按對講機通報他們已到達時，他們在一旁等候。待管理員獲得許可後，便指示他們搭小走道旁邊的唯一一部電梯。

「四樓後棟，兩位，」他告訴他們，但狄雷尼沒有動。

管理員身材高大肥胖，滿臉紅光。制服或許在幾年前還很合身，如今那件外套已經繃得銅鈕釦都快迸開了。

「我們在辦麥蘭案，」狄雷尼說。

「還在辦？」那人說。

「你認識他嗎？」狄雷尼問。

「當然，我認識他，」管理員說。「聽著，我已經向十幾個警察說過了，也回答過上百個問題了。」

「告訴『我』，」狄雷尼說。「他是什麼樣的人？」

「就像我告訴其他人的，他人還不錯。酒癮很大，非常大。」

「曾看過他喝酒嗎？」

「羊會有羊騷味嗎？當然，我見過他喝醉酒，許多次。他爛醉如泥時，我會攙扶他下車，走入電梯，上樓到他門口。然後我替他按門鈴。隔天他總會賞我一點小禮物。」

「他們有很多朋友嗎，麥蘭夫婦？」狄雷尼問。「客人？他們經常招待客人嗎？」

「不多，」管理員說。「麥蘭太太是有些閨中密友。他們每年會舉辦一次或兩次派對。不像二樓的那位傑柯森，那傢伙開起派對沒完沒了。」

「麥蘭曾帶女人回家嗎？」

守門人三緘其口，胖嘟嘟的臉泛紅了。

「說吧，」狄雷尼催他。

「一次，」管理員低聲說。「只有一次。他老婆氣炸了。他帶回來的那個，如假包換的蕩婦。她來之後五分鐘就落荒而逃了。」

「什麼時候的事？」

「大約一年前。我來之後就只遇上這一次。到七月我就做滿七年了。」

「他的兒子曾帶女孩子回家嗎？」

「我沒看過。或許有一兩個人會跟他一起回家。不曾見過單獨一個女孩子。」

「你抽雪茄嗎？」狄雷尼問。

「什麼？」管理員訝異的問。「當然，我抽雪茄。」

狄雷尼伸手到上衣的內袋中，掏出一個皮夾，那是蒙妮卡送的耶誕禮物。他掀開蓋子，將裝得滿滿的盒子遞向管理員。

「來根雪茄吧，」他說。

管理員非常講究的用指尖撿起一根。

「謝了，」他感激的說。「你相信嗎，這是我這輩子破天荒第一次有警察送東西給我。」

「我相信，」狄雷尼說。

艾瑪．麥蘭在她位於四樓的住處門外等他們。

「我怕你們迷路了，」她說，冷冷的笑著。

「電梯客滿，」狄雷尼說著，摘下他的氈帽。「麥蘭太太？我是艾德華．X．狄雷尼組長，這位是亞伯納．布恩小隊長。」

她朝他們伸出一隻冷冰冰的手。

「我已經見過布恩小隊長了，」她說。

「是的，」狄雷尼說。他的態度很氣派，幾乎像在擺架子。他的聲音洪亮。「妳能在接到通知後這麼快就答應見我們真是太好了。我們由衷感激。我們能進來嗎？」

「當然，」她回答，被他的慎重其事嚇到了。她帶他們進門，將門帶上。「我想我們應該到起居室去談，那邊較舒服些。」

如果麥蘭太太認為她的起居室舒服，狄雷尼真不願意去想像其他房間是什麼樣子。麥蘭太太帶他們進去的那個房間看來就像是百貨公司的展覽室。整個房間採冷色調設計，佈置很精確，一塵不染，在此彈煙灰或放屁似乎都是種褻瀆。

他們坐在無庸置疑極為昂貴也極不舒服的淺黃色木質扶手椅上。他們將帽子擺在一張雞尾酒桌上，那張桌子看起來像是飄浮在太空中的一片厚玻璃。空氣中飄著淡淡的檸檬芳香劑的味道，整個房間就像一間營運中的劇院。狄雷尼原本預期牆上會掛著麥蘭那些搶眼的畫作，他看到一系列的鋼質蝕刻版畫，內容是沿著倫敦街頭叫賣的小販。

「麥蘭太太，」他一板一眼的說：「對妳先生的慘死，我謹表達誠摯的同情與哀悼。」

「謝謝你，」她低聲說。「你人真好。」

「他是個偉大的藝術家。」

「最偉大的，」她高聲說，抬起眼直視著他。「《時報》的訃聞稱他是他那一代最偉大的美國畫家。」

她是個丰姿綽約的女人，骨架很大，背脊挺直，姿勢有如軍中的教育班長。她坐在鋪著灰色羊毛椅套的沙發中，臀部向前靠在椅子邊緣，而不是讓背部放鬆靠在椅背上。她的雙手端莊的相疊著擺在腿上，兩腳踝交叉，很淑女，兩膝微微偏向一側。

她穿著一件黑色的絲質長袖高領洋裝，襪子或褲襪是淡黑色；黑鞋。沒有首飾。略施脂粉。全身上下唯一不是黑白兩色的是她黃銅色的亮麗秀髮，編成辮子後盤在頭上，像頂皇冠。她筆挺的儀態有皇后般的氣勢。

她的五官在狄雷尼看來可以算是美但不算迷人。線條太俐落也太精確，就像雕像般光滑得太過完美。在那樣的臉蛋上，一顆小粉刺也會讓她大驚失色。她的膚色有如上過釉的搪瓷般潔白無瑕，一雙大眼睛宛如寶石。神情內斂得近乎面無表情。黑色洋裝下可隱隱看出豐胸翹臀呼之欲出。然而那臉龐、姿勢、儀態，全都毫無幽默感。她絕對不會用一根牙籤插在烤牛肉上留字條給老公。

「麥蘭太太，」狄雷尼組長開口：「很遺憾必須再次叨擾，平添妳的哀慟。不過麥蘭先生命案的偵查行動仍在進行之中，我相信如果早日將犯下此惡毒犯行者繩之以法，妳應該會願意容忍若干不便。」

他刻意採取這種公事公辦的態度及措詞，他認為她吃這一套。他的直覺是正確的。

「任何事都行，」她說著，仰起下巴。「任何我能效勞之處都在所不辭。」

「麥蘭太太，我讀過約談過妳的警官所做的筆錄。請容許我將妳告訴他們的內容扼要重述一遍，我說完時，妳可以告訴我是否正確。妳先生是在星期五遭到謀殺，他在當天上午約九點離開這棟公寓。他告訴妳他要到畫室去，然後要在下午三點前往杰特曼畫廊赴約，當天傍晚六或七點可以到家。妳自己在約十點鐘離開這棟公寓，當天上午妳都在採購，下午一點半妳與一位友人在東六十二街的普羅文克餐廳共進午餐，餐後妳搭計程車回到此地。當天下午四點左右，索爾．杰特曼來電詢問妳是否知道妳先生在何處。我說的是否正確？」

「沒錯，狄雷諾組長，」她說。「我想——」

「狄雷尼，」他說。「艾德華．X．狄雷尼。」

「抱歉，」她說，聲音低沉沙啞，出奇的冷淡。「狄雷尼組長，我想你們應當查證過我的說詞了？」

「我們查過了，」他神情肅穆的點點頭。「值班的管理員證實了妳離開的時間，妳的友人證實她在妳所說的時間及地點與妳共進午餐，餐廳的紀錄也與此相符。遺憾的是，我們找不到妳十點到一點半之間採購時的證人。」

「我到了薩克斯、邦維茲、柏朵芙、古奇等店，」她說。「不過我什麼都沒買，我不認為有人會記得我，那些店裡人很多。」

「是沒有人記得，」他說，頓了一下，然後很誠懇的朝她靠近了些。「不過，麥蘭太太，那很正常也可以理解。妳什麼都沒買，沒有試穿衣服，沒有特別詢問任何商品；沒有人對妳出現在這些店家有任何印象也是很正常的。妳沒有試穿任何衣服吧？」

「沒有，我沒有。我沒看到我喜歡的。」

「當然。在十點至一點半之間曾遇到任何妳認識的人嗎？賣場人員、熟人、朋友？」

「沒有。一個也沒有。」

「那段期間打過電話？」

「沒有。」

「寄過信件？」

「沒有。」

「與任何人交談過？跟誰碰過面？」

「沒有。」

「我明白了。請妳了解，麥蘭太太，我們的所做所為全都是為了清查疑點。依我看妳的表現很正常。我相信妳不會因為這些問題而感到不悅？」

「一點都不會，狄雷尼組長。」

「妳的先生是否曾對妳不忠？」他劈頭就問。

即使他賞她一個耳光，她的反應可能也不會更戲劇化。她的身體猛然往後傾，滿臉通紅，雙手抬高。

「相信我，麥蘭太太，」他繼續說，口氣也恢復原來那種柔和得近乎諂媚的語調。「很遺憾必須刺探妳的私生活，以及妳與妳先生之間的隱私。不過妳想必也了解這也是情非得已。」

「我先生是最親愛，最甜蜜的男人，」她生硬的說著，嘴唇發白。「我向你保證他完全忠實。他愛我，我也愛他。他經常表達他的愛意，向我直接表白以及——其他方式。我們的婚姻很幸福快樂。完美的婚姻。維多·麥蘭是個非常偉大的藝術家，能當他的妻子是一種榮幸。噢，我知道他身邊那些齷齪的八卦傳言，不過我向你保證他不只是個好畫家，也是一個好老公與好父親。我向你保證。」

「令郎也有同感嗎，麥蘭太太？」

「我的兒子還年輕，狄雷尼組長。他正面臨自我認同的危機。等他年紀大一點，更有經驗了，他就會了解他的父親是何等的一個巨人。」

「是的，是的。一個巨人。確實如此，麥蘭太太，說得好。對了，令郎呢？我希望能跟他見個面。」

「現在？他在學校。」

「他正在學畫要當藝術家？」

「算是，」她簡潔的說。「平面設計。」

「不過妳的先生則『是』一位藝術家，麥蘭太太，專長是女性胴體。他會與一絲不掛的模特兒長時間在畫室中獨處。那不會令妳困擾嗎？」

「哎呀！」她笑了出來，銀鈴般的笑聲響遍了瀰漫著芳香劑的空氣中。「你對藝術家的生活模式有中產階級的看法，狄雷尼組長。我向你保證，對大部分藝術家而言，裸露的女性胴體令人興奮的效果，與一碗水果或一盆花沒什麼兩樣。」

「當然，當然。」

「對他們而言，軀體只是一種素材，一種物體。我拿個東西給你看。不要起來，我拿過來給你。」

她猛然起身，匆匆離席。布恩小隊長一臉驚嘆的望著狄雷尼。

「哇，」他說。「你真有一套，組長。軟硬兼施。你真的震住她了。」

「她需要震撼教育，」狄雷尼忿然說。「她在演戲。你沒搞懂？他活著時她扮演的是丈夫背叛她的深宮怨婦。如今他死了，她又扮演哀慟欲絕的貞節寡婦。你這輩子有沒有聽過這種狗屎？噓，她來了。」

她大步走入房間，翻閱一本大開本的書冊。狄雷尼很佩服她的走路方式：活力十足、非常健康，大腿與肩膀結實有力。她找到她要的那一頁，將書上下倒過來，遞給狄雷尼。布恩起身走到他身後，由組長的肩後望過去。

那是小隊長借給狄雷尼的那本麥蘭畫冊，冊子翻開到一整頁的全彩圖版。一個裸女側躺在一根粗糙的木板上，背向讀者。隆起的肩膀、細腰、翹臀一直到勻長的腿部，曲線律動有如行雲流水。那不是畫冊中狄雷尼最喜歡的一幅作品。模特兒的儀態恬靜。麥蘭最出色的裸女圖則是充滿活力，極具動感的，捕捉到的是澎湃、奔放的姿態。然而此刻，狄雷尼組長望著麥蘭太太交到他手中的這一幅畫作，他只看到黃銅色的秀髮如烈焰般由模特兒的頭上傾瀉而下，越過那片粗糙的木板，直到那幅畫作的邊緣。

「我！」麥蘭太太自豪的說著，再度昂起下巴。「我為這幅畫擺姿勢，幾年前。還有許多幅。我是維多的第一個模特兒。所以我向你保證，狄雷尼組長，我和你談起藝術家與模特兒時，我知道我在說什麼。我曾替許多藝術家擺過姿勢，許多。大家都認為我的身體很古典。古典！」

「美，」狄雷尼組長喃喃低語。「真的很美，」他很納悶為什麼那是畫冊中唯一沒露臉的裸女。

他將畫冊闔起，擺在一邊。他拿起氈帽站了起來。

「麥蘭太太，」他說。「感謝妳珍貴的協助，只希望我不會引發妳過度的痛苦。」

「一點也不會，」她說著，顯然很欣慰他要走了。

「我也希望，隨著我們偵辦的進度，妳能好心再撥冗接見我們。有些線索出現，妳知道，我們得設法清查。妳身為這位偉大藝術家最親近的人，我們仰賴妳提供別人難以企及的資訊。」

「我會樂意且渴望竭盡所能協助你找到奪走這曠世奇才的人，」她神色凝重的說。

亞伯納．布恩小隊長目瞪口呆的望著他們兩個人。一對瘋子。

狄雷尼朝門口走去，然後停下腳步。

「對了，麥蘭太太，妳先生是如何由這裡前往他的畫室？」

「他通常搭計程車，有時候搭地鐵。」

「地鐵？他常搭地鐵嗎？」

「偶爾。他說他喜歡看各式各樣的臉孔。」

「管理員證實妳先生在那個星期五大約九點鐘離開這棟建築物，不過他沒有要求管理員替他叫計程車；他只是朝西走。我們也找不到一個曾載送乘客到妳先生位於莫特街地址的計程車司機，所以或許他當天上午是搭地鐵。他有沒有告訴妳，他當天打算做什麼？」

「沒有。我猜他要工作。」

「有沒有提起要為某個特定模特兒作畫？」

「沒有。」

「他當天曾打過電話回來嗎？」

「女佣說他沒有。當然我不在家。」

「當然，當然。」

狄雷尼停了一下，思索片刻，盯著褐色的地毯。

「還有一件事，麥蘭太太……妳個人對索爾・杰特曼有什麼看法？」

他抬眼望過去。她的臉色緊繃。狄雷尼覺得，依他看來她那圓滑如寶石般的眼眸似乎乾枯了。

「我目前寧可不要對杰特曼先生表示任何意見，」艾瑪・麥蘭冷冷的說。「只能說我目前正在請教一位律師，設法由杰特曼畫廊取得完整且可靠的帳冊，看看他們還要付給我或欠我多少錢。我是說我先生的財產。」

「原來如此，」狄雷尼輕聲說道。「再次謝謝妳了，麥蘭太太。」

他們離開那棟公寓時，那位管理員站在門外，雙手反握在背後。他朝兩人點頭致意。

「找到那位親愛的女士了？」他問。

「我們找到她了，」狄雷尼說。「告訴我……你說麥蘭在那個星期五上午九點左右出門，他通常都在上午什麼時間出門？」

管理員看著他，然後緩緩的，刻意的眨眨眼。

「他一能出門就會出門，」他說。「他一能出門就會出門。」

上車後，布恩小隊長說：「如何？」

「她知道他不忠，」狄雷尼說。「每個人都知道只要能動的不管是什麼東西他都想搞。不過她急於創造那位巨人，大人物，毫無瑕疵，純潔正直。她要把那傢伙塑造成一尊雕像。」

「你相信她所說的藝術家與模特兒那一套嗎？」

「算了吧，」狄雷尼說。「如果你是一個藝術家，與一個一絲不掛的尤物在畫室中獨處，你會將她看成是物品嗎？」

「會啊，」布恩笑了出來。「性玩物。組長，你的話我大部分都能了解，唯獨有關杰特曼的最後一個問題。為什麼要問那個問題？」

狄雷尼告訴他以前在小義大利區那位老刑警亞伯托．狄路卡的故事，以及他如何藉著讓嫌疑犯互相猜忌而偵破了倉庫搶案。

「在那之後我將那套技巧靈活運用，」他告訴布恩。「效果好得很。我原本可以用這一套更進一步向麥蘭太太套話的，不過她提供給我們的已經夠我們有個開始了。接下來我會問杰特曼對她有何看法。到最後他們會互相緊咬著對方，我們或許可以從中找到蛛絲馬跡。你對麥蘭為她畫的那幅作品有何看法？」

「滿不錯的臀部，」亞伯納．布恩說。

「是啊，」狄雷尼組長說：「不過他沒有畫出她的臉，為什麼他不畫？」

「我不知道，組長。她是個美人兒。」

「嗯。」

「也很健壯。」

「噢，你也注意到這一點了？是的，一個塊頭大且強壯的女人。她可能是兇手嗎？」

「誰不可能？」布恩小隊長說。

他們在第三大道的莫里亞帝餐廳用午餐，坐在前廳。布恩環顧著第凡內檯燈、桃花木製的長吧台。

「好地方，組長，」他說。

「沒有什麼花俏之處，」狄雷尼組長說。「料理真材實料，飲料道地。你喜歡什麼就點什麼，反正局裡買單。」

兩人都點了牛排三明治加家庭號大包炸薯條，狄雷尼叫了一杯拉巴特牌麥酒，布恩點了一杯冰茶。

「她是唯一不在場證明略顯薄弱的人，」小隊長漫不經心的說著，用手掌摩擦著臉。

「你昨晚到哪裡去了？」狄雷尼問。

「什麼？」

「你昨晚到哪裡去了？」狄雷尼耐心的再問一次。

「幹嘛？」

「回答就是。」

「我在家裡，長官。」

「一個人？」

「當然。」

「你做了些什麼？」

「撰寫偵查紀錄，看了一下電視，翻閱了一些雜誌。」

「你能證明嗎？」

布恩小隊長苦笑。

「好吧，組長，」他說。「我懂你的意思了。」

「不在場證明就跟指紋一樣妙用無窮，」狄雷尼組長說。「如果確有其事而且可以徹底查證，那就沒有問題了。不過大部分的情況都只能證明其中一部分；既不能證明是，也不能證明不是。或許艾瑪．麥蘭確實曾去逛街購物。只不過女性通常會約好了一起去，然後一道用午餐。或者她們會先約好一起用午餐，之後再結伴去購物。她說她自己去逛街，再跟她的朋友碰面用午餐，然後回家。那令我感到困惑。我的檔案中有她那位友人的姓名與地址。你能否去查證一下？只要問她為什麼那個星期五沒有和麥蘭太太一起去購物就行了。」

「可以。噢，我們的餐點送來了……」

他們悠閒的吃了一餐，聊了些局裡的小道消息，偶爾交換一下彼此的辦案心得。

「這件麥蘭案的受益人是誰，長官？」小隊長問。

「問得好。他沒有留下遺囑。我得向局裡的法律顧問請教，我想扣完遺產稅後應該是全歸遺孀所有。我知道她絕對可以擁有半數。我想知道他的兒子是否也有份。」

「你知道我們拿到了麥蘭的銀行帳戶影本，」布恩說：「他留下的不多，我們也沒有發現他租用保險箱。而他尚未賣出的畫作顯然都在杰特曼畫廊。」

「你這麼一說倒提醒了我，」狄雷尼說：「我們該上路了。我們可以用走的，就在附近，不遠。」

杰特曼畫廊位於麥迪森大道一棟現代化辦公大樓的一樓。大片的玻璃帷幕，就在人行道邊，正面是一間狹長的房間，高度足以加設半座樓中樓，由迴旋鐵梯可以爬上去。油畫與雕塑都依慣例展示在一樓，版畫與素描則在樓中樓展示。辦公室與儲藏室在一樓後方。畫廊入口面對街道。

狄雷尼組長與布恩小隊長吃過午餐走過去時，他們發現高大的玻璃帷幕由內側用牡蠣色的粗麻布遮住了。一張告示說明杰特曼畫廊正在籌備維多．麥蘭未曾展示的遺作紀念展，暫停營業。告示請訪客於六月十日再蒞臨，屆時「我們將很榮幸能展示這位美國首席藝術家的最後創作。」

面對街道的店門上了鎖了。一張手寫的小紙條註明，送貨者可以由大樓的大廳進入，再按畫廊側門的門鈴。狄雷尼與布恩走入大廳，發現側門開著，工作人員忙進忙出，抬著石膏板、打光設備、一箱箱十八吋的黑白相間樹脂塑膠板。他們跟著工作人員進門，環視著亂成一團的現場：有人在大吼大叫、有人在敲敲打打、一個頸部繫著一條薄絲領巾的少年腋下夾著一捲藍圖跑來跑去。他們遲疑著佇立了片刻，然後一個纖細的少女匆忙走向他們。

「我們目前不對外開放了，」她氣喘吁吁的說。「展覽會的開幕要等到——」

「我與杰特曼先生有約，」狄雷尼組長說。「我叫——」

「拜託，別再採訪了，」她蹙眉。「謝絕拍照。絕對不准拍。記者招待會訂於——」

「——艾德華・X・狄雷尼，」他以低沉的語氣說完。「紐約市警察局刑事組組長。我與索爾・杰特曼約好了一點鐘碰面。」

「噢，」她說。「噢。請在此稍候。」

她消失在那亂成一團的會場中。他們漠然等候著，審視著。牆壁由原來的青藍色重新粉刷成單調的白色，黑白相間的塑膠板鋪成菱形圖案。臨時的隔間正在搭蓋中，將整個畫廊隔成數個寬度不同的展示室。牆上也加裝了鋼質珠狀的照明設備。

「想必花了不少錢，」布恩說。

狄雷尼點點頭。

幾分鐘後那個女孩子回來了。

「這邊請，」她緊張的說。「杰特曼先生在等你。走路請小心；全都亂成一團。」

她帶他們朝後方走。他們步步留神的走到後部的辦公室，總算毫髮無傷。她待在門外，示意他們進門，然後將門帶上。辦公桌後的那個人正在講電話，朝他們微笑並舉起一隻手招呼他們上前。他繼續講電話，一邊揮手請他們坐在他的辦公桌前沒有扶手的椅子上。那種鋁合金上鋪著黑色皮革的椅子，看來像是飛機駕駛員的彈射座椅。不過坐起來還滿舒服的。

「是的，親愛的，」索爾・杰特曼說。「如果妳知道怎樣對妳有好處，最好就去做……是的……就寫在妳那本紫色的小冊子上……六月九日由八點開始……當然……親愛的，不過大家都一樣！……妳屆時能賞光嗎?太好了!」他朝電話做了個親吻聲。

兩位警探環顧著辦公室。格局方正,漆成灰白色。最搶眼的設備是杰特曼辦公桌後方的那扇玻璃。他們透過那扇窗戶可以看到驚濤拍岸的畫面。他們花了一兩秒鐘才回過神來,那是一幅精彩的錯覺畫,一扇真實的木質窗框架設在牆壁上。窗格都是玻璃,上頭佈置著白色尼龍質的薄綢紗簾。海岸是一幀大型幻燈片,由後方打光。製造出來的效果栩栩如生。訣竅就在於窗戶的下半部要略為提高,有一部隱藏的風扇將紗簾吹得像巨浪翻湧。

兩人都莞爾一笑;一個異想天開的把戲,不過很有一套。此外辦公室的牆壁就空無一物,沒有油畫、素描、版畫。所有的家具都是黑色及白色皮革,以及套著樹脂塑膠製品的鉻合金與不銹鋼框架。那張辦公桌看來像是由鍛鐵基座支撐的白鑞(鑲在木材上?)材質。桌上的用品——記事簿、套筆、拆信刀等等——都是古色古香的珠母貝色。房內的一個角落擺著一部老式的保險箱,至少有一百年歷史,底下有大型的腳輪。箱子漆成黑色,刻意做成條紋效果,正面裝飾著一隻美國老鷹,兩翼展開。保險箱上有兩部鎖栓及兩個發亮的銅質手把。

「黑白相間,」杰特曼對著電話說。「白色牆壁……不過妳也知道麥蘭的色調,親愛的;妳無法比擬……對的……親愛的,那交給赫斯頓辦;他知道該怎麼做……是的,『親愛的』!……到時候見囉。拜拜。」

他掛上電話,朝兩位警官扮了個鬼臉。

「有錢、寂寞的寡婦，」他無奈的說。「我這一生的故事。」

他一躍而起，匆忙繞過辦公室走向他們，伸出手來。這時他們才發現他有多麼矮小。

「不要起身，不要起身，」他快速說著，示意他們回座。「要花五分鐘才能由這些椅子上脫身。布恩小隊長，很高興再與你見面。你想必就是狄雷尼組長了。」

「是的。謝謝你在接到通知後那麼短的時間就能見我們。你顯然很忙。」

「聽著，組長，」杰特曼說著，再快步走回他的辦公桌後。「我可以在本周內每天與你碰面，星期天還可以與你碰兩次面，悉聽吩咐。只要警方沒有忘了維多．麥蘭就好。」

「我們沒有忘，」狄雷尼說。

「很高興聽到這句話。」杰特曼將兩根食指相抵著，輕輕拍打他的雙唇片刻，然後坐直身子，嘆了口氣。「可憐的傢伙。」

「他是什麼樣的人？」狄雷尼問。

「什麼樣的人？」杰特曼重述了一次。他說話速度很快；偶爾會唾沫四濺。「就人而言，是個很糟糕、可怕、惡劣、卑鄙、殘忍、冷酷無情的王八蛋。就藝術家而言，是個巨人、聖人、神，我從事這爛行業近二十年來所見過唯一真正的天才。一個世紀後，兩位和我都會與草木同枯，化成塵土。不過維多．麥蘭則會留芳百世，名垂千古。他的畫作會存放在美術館裡，有撰寫他的專書。不朽。像十八、十九世紀的法國大師大衛及魯本斯。我是說真的。」

「所以你因為他的才華而容忍他令人嫌惡的人格特質？」狄雷尼問。

「不，」杰特曼淡然一笑。「我是因為他為我賺的錢而容忍他令人嫌惡的人格特質。十五年前，我在格林威治村的麥克道格街經營一家破爛不堪的畫廊。我販售一些拙劣的創作賴以餬口，賣的大部分是廉價的複製品，梵谷的向日葵及莫內的荷花之類的。然後維多・麥蘭進入我的生活，如今我已賺進將近二十五萬美金，有三件官司仍在纏訟中、我的前妻威脅要告我未履行贍養義務。功成名就——不是嗎？」

他們跟著他開懷暢笑；很難不笑。

他身材矮小，因為活力十足而顯得高大了些。他老是動個不停：重重的靠在椅背上、坐直、扭動、比手畫腳、手指頭在桌面拍打、翹起腳來搔腳踝、拉耳垂、將棕灰色的頭髮梳攏到寬廣的額頭另一側。

他穿著一件裁剪得宜的褐色諾克福西裝，裡面是高領有光澤的針織毛衣。小腳丫子套著古奇牌便鞋，狄雷尼組長注意到他細細的手腕上垂掛著一副厚重的金手鐲。

他的頭與他的五短身材相較之下看起來大得不成比例，而五官與頭相較又顯得太小了。臉很大，但眼睛、鼻子、嘴巴都很小，像是一個大南瓜用小刀挖出來的一些小洞。不過這位平易近人、其貌不揚的矮冬瓜所發出來的聲音卻充滿溫暖、推心置腹，包括自我調侃的幽默感。

「不完全正確，」他告訴他們，說話速度快得有時候會結結巴巴。「關於麥蘭是我的搖錢樹而容忍他令人嫌惡的人品這一點，有一半是正確的，不過不是『完全』正確。我的錢大都是靠他賺來的；這一點我不否認。不過我也是其他藝術家的代理人。我做得還不錯。如果麥蘭與我拆夥了，我也不會餓肚子。他遇害了，不過我還可以在這一行做下去。我承認我喜歡錢。不過還有別的……我小時候，我想當個小提琴家。」他舉起一隻手，手掌朝外。「對天發誓。我想當曼紐因第二。所以我就不停的學習、練習，練習、學習，有一天當我正在演奏巴哈的協奏曲時，突然停了下來，收起小提琴，從此就不曾再碰過。我不是說我拉得不好，但是我根本不是那種料。至少我還有自知之明，懂得這一點；不需要別人來告訴我。光是學習不夠、練習也不夠。如果你缺乏天份，永遠只是個二流角色，無論你如何強迫自己苦練。麥蘭則擁有這種天份。不只是才華——天才。嘿，天才與天份！這兩個字眼就是這麼衍生出來的，不是嗎？我得去查字典。不過麥蘭確實有天份，而且天才實在有如鳳毛麟角，很難因為那傢伙曾經公然羞辱你，把你當成垃圾看，就這麼任他溜走。我也是許多其他藝術家的經紀人，優秀的藝術家。不過麥蘭是我唯一擁有過的天才，或許也是唯一能擁有的一位。好吧……你不想聽我嘰哩呱啦說個沒完。你想知道什麼？」

「不會，不會，杰特曼先生，」狄雷尼說。「繼續說下去就行，或許會有幫助。告訴我們你和麥蘭之間的財務協議吧。怎麼運作的？」

「錢，」杰特曼說，再度梳攏他的頭髮，往後靠在椅背上。「你想知道錢的問題。首先，讓我告訴你有關買賣藝術品這一行的事情。這一行與其他行業一樣，低價買進，高價賣出，那是基本原則。不過藝術品——我指的是創作的油畫、素描、雕塑等等——與其他行業不同。為什麼？因為凱洛格公司每年可以賣出數百萬箱的薄玉米片，這些產品全都一模一樣，也賺了很多錢。再舉更淺近的例子，某位作家寫了一本書，如果運氣好，可以賣出上百萬本。或是歌手甚至一個小提琴家灌製唱片，或許能賣出上萬張。然而畫家呢？一張。就這樣。一張。噢，像諾曼．洛克威爾以及安迪．魏斯那些傢伙或許可以簽約出售複製品，還有素描及蝕刻版畫與石版畫都可以限量複製。不過我們現在談的是油畫。創作。每一幅都是獨一無二。藝術家可能要畫一年，甚至更久。他要為他的作品、他的時間、他的才華取得應得的報酬。天經地義。正常的很。不過這個國家，這個世界，有多少人會買創作的藝術品？創作的油畫及雕塑？尤其是出自沒沒無聞的藝術家？猜猜有多少？」

「我猜不出來，」狄雷尼說。「我敢說不多。」

「你說對了，」杰特曼說著，將雙手托在腦後。「三千人，或許四千人。全世界就這麼多人肯出高價購買原創的藝術品。這時就有賴經紀人了。一個優秀的經紀人。他認識這三千或四千人。當然，不是每一個都認識，不過夠多了。你了解嗎？經紀人也會打造自己的名氣。收藏藝術品的富商巨賈信任他，他們很少相信他們自己的品味，所以他們信賴經紀人。或許他們想買藝術品只是為了投資——很多人如此；我可以告訴你一些令你『難以置信』的一本萬利的故事！——或者他們想買些藝術品來搭配他們的窗簾，其中只有少數人，像我一樣真心喜歡藝術。我是說他們只因為『喜愛』藝術。他們要在家中擺設藝術品，他們要每天都能看得見，他們要與藝術品生活在一起。一個優秀的經紀人對這幾種藝術迷要有所了解才行。他就是賴此維生，這也是他為所代理的藝術家提供的服務。百分之三十，那是我對維多．麥蘭所抽取的佣金。」杰特曼開心的露齒而笑。「前面講了一大堆，如此一來你就不會覺得抽成太高了。我抽售價的三成。對我簽下的菜鳥藝術家，或許會抽五成。有多有少，要視那傢伙做的是哪一類的、批評家的評語如何、他有多少作品等等而定。」

「三成至五成，」狄雷尼複述一次。「那對大部分畫廊而言算是正常的抽成佣金嗎？」

杰特曼的雙手在半空中晃動著。

「或許更多一些，或許較少一些。以我們在麥迪森大道的租金，我敢說三成至五成是合情合理的。」

「畫作的價格又是怎麼訂出來的呢？」狄雷尼組長問。

「喔，」杰特曼說著，身體突然往前傾。「這又是另一個新話題了。那傢伙有沒有名氣？畫評家對他的評語好不好？他是粗製濫造還是精雕細琢？有沒有美術館買他的作品？他有沒有表達出什麼主題？他有沒有新的手法來表現這個主題？有沒有什麼重量級人士買過他的作品？他身後有沒有優秀的畫廊撐腰？他有沒有一群迷哥迷姊，無論他推出什麼作品都會購買？諸如此類的沒完沒了。那不只是一個因素；要考慮很多。我開出的價碼是我在考慮過所有上述因素後，認為可以有這個行情。」

「我讀過報導，說麥蘭的作品曾以十萬元售出，」狄雷尼說。「他有何過人之處？我碰巧也很喜歡他的作品，不過為什麼會那麼值錢？」

「沒錯，我曾將〈藍色書房〉以十萬美金賣出，」杰特曼說。「他帶來給我，我打了一通電話，買主看都沒看就成交了。所以我只打了一通電話就賺進三萬美金。不過我可是花了二十年的工夫才搞清楚要打電話給誰……」

他在他的旋轉椅上轉動著，直到他面對那幅維妙維肖的驚濤拍岸圖。他看著靜止不動的波濤，微風拂弄著他的頭髮。

「要回答你的問題，」他面向牆壁說著。「他為什麼值那麼高的價碼……維多是讓時光倒流，走回頭路。一頭恐龍。他知道這個國家在五〇年代與六〇年代的畫壇流行些什麼。抽象的表現主義、普普藝術、極簡抽象派、歐普藝術、簡約美學、單調風格，諸如此類的前衛愚痴行徑。不過麥蘭毫不在乎。他走自己的路，回歸傳統，具象派。他如果畫乳頭，就是『乳頭』。你會很訝異有多少人希望看到他們能看得懂的畫。麥蘭畫得很美，一個擅長用色的傑出畫家，一個傑出的素描畫家，一個傑出的解剖家。」

「可是那不可能完全是技巧問題，」狄雷尼說。「還有別的因素。」

「噢，是的，」杰特曼點點頭。「還有很多因素。不要試著將麥蘭的作品理智化，我想顯然他可謂是將感官精神化了。或者也許另一種比較妥當的說法是他將肉體的激情概念化，所以你欣賞他的裸女畫時就跟觀賞〈米羅的維納斯〉一樣，絲毫不會產生淫念。」

「『我』做得到嗎？」狄雷尼故作正經的說。

杰特曼輕笑了一聲。

「我們不妨說『我』可以吧，」他說。「對我而言，麥蘭的作品毫無情慾的成份。我看他的畫作時基本上毫無性的色彩，頂多只是性的理念，一種概念的具象化。不過我承認，那是我的個人反應。你所看到的或許會是截然不同的東西。」

「確實如此，」狄雷尼附和他的說法。

「那是麥蘭偉大的天賦之一，」杰特曼點點頭。「每個人對他的畫作是見仁見智。他反映出你帶著什麼心境去觀賞他的藝術，也認同了你的祕密夢想。」

他轉過身面向他們，眼眶濕了。

「我能說些什麼？」他哽咽說道。「我對他的看法很矛盾。我恨他的膽識。不過如果我有錢，我會買下他的全部作品，為我自己而買，在我的住處牆壁掛滿他的作品，將門鎖上，就這麼坐著觀賞。」

狄雷尼組長翻閱他的筆記本。他的眼淚絲毫沒有打動他。他記得曾有一個持斧頭殺人的被告在被控以這種駭人聽聞的罪名時，在驚恐與絕望之下竟然拿頭撞牆。當然，後來他也俯首認罪了。

「杰特曼先生，」他說。「我知道你曾接受過多次偵訊了。我只想簡短的重述你由星期五麥蘭遇害當天，直到你在星期天發現屍體這段期間的活動。可以嗎？」

「當然可以，」杰特曼說。「你說吧。」然後他匆匆補充道：「或許除了那種不便於向警方啟齒的事情之外！」

狄雷尼沒有理會這個冷笑話。

「依照你的筆錄，你說你曾與麥蘭約好在星期五碰面。他與你預計在三點鐘和一位室內設計師碰面，商討下一場展覽的佈置事宜。」

「沒錯，如今已成為紀念展了。那位設計師就是穿的像個牛仔到處跑的那位男同志。」

「請先讓我說完，然後我們再回頭挑出你想補充或更動的任何地方。」

「抱歉。」

「我們就從那個星期五開始。你在大約九點到達這家畫廊，或許稍早一些。你與你的職員談過話之後，叫人替你端來咖啡，然後打電話談了些生意。查閱當天早晨的郵件。大約十點時，你繞到街角前往你律師的辦公室，賽門與布魯斯特律師事務所。你的律師是朱立安．賽門，你與他約好在十點鐘碰面，你們談到一點半左右。你們沒有外出吃午餐，大約十二點半時訂了外賣三明治。全麥麵包夾烤牛肉。」

「還加了無糖的胡椒博士調味料，」杰特曼一本正經的說。狄雷尼沒有理會。

「你和賽門討論個人事務——稅金、你仍在纏訟中的官司等等。直到一點半。大約一點半。你直接回到這裡，忙著處理郵件、電話、一般的業務。那位室內設計師三點準時抵達，不過麥蘭沒現身。你並不擔心；他經常遲到。」

「必定遲到。」

「不過到了四點，你開始憂心了。那位室內設計師另外有約，無法再等。你打電話到莫特街麥蘭的畫室，沒有人接。你打到他家，他的妻子不知道他在何處。星期五你又打了五通電話，然後依你估計，在星期六至少打了十多通電話。這時你也開始打電話給麥蘭的親朋好友，但是沒有人知道他在何處，沒有人有他的消息。星期天早晨你再打電話到他的家中，他們也沒有他的消息。你再度打到他的畫室，沒有回應。於是你搭計程車親自走一趟，發現了他。時間是星期天下午一點二十分左右。有任何需要補充、更正、評論的嗎？」

「沒有，」杰特曼簡潔的說，臉色蒼白。「大概就是這樣。」

「『大概』就是這樣？」

「不，不。『就是』這樣。情況就是如此。老天，光是回想……當然，你都查證過了？」

「當然。你的員工看到你在九點至十點之間在這裡；你的律師說你從十點至一點半之間都和他在一起；你的員工與顧客都看到你從一點半到當天傍晚六點之間都在這裡。你提起曾打過電話的人都證實你確實打過電話，我們甚至找到星期天載你到莫特街的那位計程車司機。是的，我們全都查證過了。我只希望你有什麼要補充的。」

「沒有，」索爾．杰特曼搖搖頭。「我沒有什麼要補充的。」

「好……現在我們再回頭談你和麥蘭之間的財務事宜，」狄雷尼說。「我正試著想像是如何運作的。假設麥蘭在他的莫特街畫室內完成了一幅新作品。你會派人去取回來，或是他自己帶過來這裡？」

「通常他會搭計程車送過來，然後我們會加以討論。」

「你提供他作品的意見？」

「噢，老天，不是！」杰特曼說著，再度恢復活力。「我怎麼敢！我對麥蘭的作品有一套標準的評語，我會說：『維多，這是你最好的作品。』然後我們或許會討論如果要展示的話應該如何裱框，或者我們是否不要加框，就擺在撐畫框上。」

「撐畫框？」

「那是一種內框，木製的，畫布鋪在上頭撐緊後再固定起來。麥蘭都自己製作撐畫框。」

「接著有什麼情況，在你們討論過框架之後？」

「我將那幅畫登錄在簿子上，我代理的每一位藝術家我都有做紀錄。我一再告訴他們應該自己記錄：將自己的作品列成清單，何時開始動筆、何時完成、標題、尺寸、簡述等等。若對畫作的來源有任何問題或發生偽造的情形時很有幫助。不過大部分的藝術家都沒有什麼生意頭腦，也不會做完整的紀錄。麥蘭就沒做。所以當他拿新作品過來時，我就會用彩色的拍立得相機拍張照片，將照片貼在他的登錄簿上，標示送達日期、標題、以公分計算的尺寸等等。待畫作售出時，我就加註售出日期、買主的姓名地址、收到的價款以及我寄給麥蘭的支票號碼與日期。來，我拿給你看……」

杰特曼一躍而起，大步走向他的老式保險箱，扭動兩邊的鎖栓，將笨重的櫃門打開。櫃門內還有另一道上鎖的門，這道鋼鎖是用鑰匙開啟。那位經紀人取出一本布面精裝、邊角飾有紅色薄皮的記帳簿，接著拿到他的辦公桌上。狄雷尼組長與布恩小隊長費了一番工夫才由他們那種座位深陷的椅子中起身，站在杰特曼的兩側，也使那位五短身材的經紀人相形之下更像個侏儒。

「這裡有一幅我們稱為〈紅色罌粟花〉，一九七一年三月三日送達。這是拍立得拍的照片。尺寸。售出日期。價格。支票。來，看一下。我就是這樣處理我的所有商品。」

「售出的價格由誰訂定？」

「我訂的，不過麥蘭的作品我總是先徵詢過他的意見再訂價。」

「他曾經反對過嗎？想要訂高一些？」

「發生過幾次。我從來不與他爭辯。有一次他想要訂高一點，我們也確實賣到更高的錢。其他時候他都會採納我的建議。」

狄雷尼翻閱那本冊子，每一頁一幅畫作，他主要是在瞄售價。

「他表現的不錯，」他注意到。「售價逐漸攀升，一開始是一百元一幅，最後是十萬元一幅。」

「是的，不過看看這些，」杰特曼說著，翻到那本冊子的最後面。「這次他即將展出的新作。尚未售出。看看這一幅。精彩吧！這一幅我要價二十萬美金，我知道。至少。」

「這些全賣完之後呢？」狄雷尼問。「再也沒有麥蘭的作品了？」

「那我就不敢確定了，」杰特曼審慎的說。「你知道，大部分的藝術家都是瘋子。他們都是『瘋子』！他們畫完之後就收起來，未雨綢繆以備不時之需。哪天他們生病了，無法工作。也許只是要留給妻小。他們的遺產。」

「你認為麥蘭也會這麼做？」

「我不知道，」杰特曼說，一臉疑惑。「他從來沒說過。有一次我開門見山問他，不過他只笑了笑。所以我不大清楚。」

「我很訝異麥蘭太太會讓你舉辦這場展覽，」狄雷尼說。「讓你賣掉他的最後遺作。」

「訝異？」杰特曼說：「你為什麼會覺得訝異？」

「她告訴我們，她正在與你打官司，」狄雷尼說，盯著他瞧。

杰特曼笑了出來，再走回他的辦公桌，一屁股坐入他的旋轉椅內。

「她必須搞清楚狀況，」他開心的說。「藝術家的老婆與遺孀——我這一行的罪魁禍首。如果我們這一行也可以稱為一種行業的話。她們都認為我們在壓榨她們那可憐、涉世未深的老公。好，帳冊在這裡。我告訴艾瑪，隨時歡迎她帶她的律師來檢查。我將所有交給麥蘭而且已銷帳的支票全都記錄得一清二楚。當然，她擔心會查出來的，而她也『會』查出來的，是他曾經畫一些沒向她提過的作品。那些支票都是親自交給他或寄到他位於莫特街的畫室。她完全矇在鼓裡——但她在懷疑。他自己把那些錢花掉了。」

「花在什麼地方？」狄雷尼問。

「酒、女人，還有嫖妓。嫖妓很快就會把錢花掉。」

狄雷尼與布恩小心翼翼的壓低身體再度坐回那有點傾斜的椅子內。

「杰特曼先生，」狄雷尼問：「你個人對麥蘭太太有何看法？」

「親愛的艾瑪？我是在格林威治村認識她的，你知道。二十年前。她曾作畫過一陣子，不過最後放棄了。她畫得糟糕透了，真的是差勁透頂，比我拉小提琴還不如。所以她決定藉著當模特兒來為藝術界奉獻心力。我得承認她的身材真不是蓋的。骨架大，丰姿綽約，法國雕塑大師馬約爾也會愛上她。不過你可知道我們當時在格林威治村內怎麼稱呼她？冰山處女。她不肯搞。她就是不肯搞，我常懷疑她是不是個不肯出櫃的同性戀者。所以麥蘭就和她結婚了，那是他唯一可以搞她又不會被她告強暴的方法。」

「她告訴我們，她是他的第一位模特兒。」

「狗屎！」索爾．杰特曼火冒三丈的說。「在她之前他已經找過好多模特兒了。他跟每一個都搞過：老的、少的、胖的、瘦的、美的、醜的——他來者不拒。那個人是匹種馬。他在和艾瑪結婚後，跟每個人說她是他搞過那麼多人中最難搞的一個。」

「真沒有紳士風度。」

「從來沒有人指控維多．麥蘭『那種』罪名！」

「他們為什麼會讓婚姻維繫下去？」

「為什麼不？他有人幫忙煮飯及調顏料，到商店去跑腿買東西，宿醉時還有人可以照顧他。此外，他還可以擁有一個免費的模特兒。她擁有他所喜愛的胴體，對他而言這筆交易很划算。」

「那她呢？」狄雷尼問。「對她有什麼好處？」

杰特曼將身體往後靠，雙手托著腦後，盯著天花板。

「你得記住那位冰山處女是個很美的女人，非常美。很多男人愛她，或許認為他們愛她，我自己也這麼想過。曾經。她喜歡這樣，喜歡有男人瘋狂愛著她。她在各場宴會中都是眾人注目的焦點。一個專業的處女。我想那讓她有一種大權在握的感覺：我們全都『性致勃勃』在她身旁垂涎三尺。她不相信有人不愛她。她認為那是理所當然的。」

「麥蘭愛她嗎？」

「少來了，組長，這一點你應當很清楚。他或許跟她說他愛她。他為了要將一個女人搞到手，『什麼話』都說得出口。當時他正要竄紅，因此我猜她認為他是個金龜婿。所以當然他讓她很悲慘。他讓每一個人都很悲慘。她不相信他夜不歸營竟然是為了在外飲酒，或者與一個比她老又比她醜的女人胡搞。她要他的全部，我說的是他的『全部』。不過我告訴你一件有趣的事。呃……或許不怎麼有趣。如果他是個好老公，不曾劈腿，也發誓要戒酒，她仍然不會滿足。她會永無饜足的要求他，直到她擁有他的一切。然後，我想，她會移情別戀投入別人的懷抱。」

「金梭魚，」亞伯納・布恩小隊長突然開口，隨後因為其他兩人都詫異的望著他而滿臉通紅。

「完全正確，小隊長，」杰特曼親切的說。「一尾美麗的金梭魚。不過維多可不會上當。他知道她貪得無厭，不過他不會被吞了。至少，那是我的看法。」

「有意思，」狄雷尼敷衍的應了聲。他將筆記簿迅速闔上，費力的由那張該死的椅子內再度掙脫出來。布恩小隊長也跟著掙扎著起身。「真謝謝你，杰特曼先生，提供我們這麼多寶貴的時間。我希望如果有必要的話，你還能再和我們見個面。」

「我說過了，隨時候教。我現在可以問一個問題了嗎？」

「當然。」

「原本在畫室中的那三張素描——它們的下落呢？」

「目前由我保管，」狄雷尼說。「最後會歸還給麥蘭太太。」

「你對它們有什麼看法?」杰特曼問。

「我覺得非常好。」

「不止,」經紀人說。「我以前也見過他的練習之作,也賣掉了一些:素描、油畫的習作。不過那幾張很特別。粗糙、奔放、強烈,有一股原始氣息。」

「知道是何時完成的?」

「不知道。最近吧,我想。或許就在他遇害前。」

「你說你不認得那位模特兒。」

「不,我不認識。很年輕,依我看像是西班牙人。呃……波多黎各人或古巴人。拉丁民族。」

「西班牙人?」狄雷尼說。「我還以為是東方人。」

「身材太豐滿,不會是東方人,組長。我敢說應該是拉丁民族。不過也許是義大利人或希臘人。」

「有意思,」狄雷尼又說了一次。他往門口走去。「再度謝謝你了,杰特曼先生。」

「對了!」那位經紀人說著,彈了一下手指頭。「我在開幕前會舉辦一場大型招待會,既是記者會也是一般派對,我想應該算是造勢活動吧。會有許多重要人士。俊男美女。喔,耶!當然,還有重要的客戶。你和小隊長可願意賞光?六月九日八點。帶老婆來或女朋友。有很多吃的喝的。怎麼樣?」

狄雷尼組長緩緩轉身朝經紀人笑著。

「你真是太客氣了,杰特曼先生,」他輕聲說道。「我非常想來。」他望向布恩。小隊長也點點頭。

「好，好，好，」索爾・杰特曼說，搓著雙掌。「我保證你們會收到邀請函。還有，如果你們喜歡的話也可以穿制服來。如此一來，我就不會折損太多煙灰缸了。」

他們走回布恩停放在雷辛頓大道的車子。

「謹言慎行的小個子，是吧？」小隊長嘲諷的說。

「噢，我不知道，」狄雷尼說。「有幫助。我們打聽到了很多。」

「有嗎，長官？」布恩說。

狄雷尼上車後瞄了手錶一眼。

「我的天，」他哀聲嘆氣。「快三點了。時間怎麼過得這麼快？你能否載我回家？」

「當然，組長。十分鐘。」

在開往住宅區的路上，狄雷尼說：「你會再多找幾位曾辦過麥蘭案的同事查證一下吧？看看他們是否記得沒列入報告的任何事項？」

「好，」布恩說。「不過我認識的已經不多了。你可以從檔案中提供我幾個嗎？」

「當然。等一下我們回到家時跟我一起進來，我也要把麥蘭太太那位朋友的姓名及地址交給你。問問看她們兩人為什麼沒有一起去購物。」

「行。」

他們在狄雷尼的住處附近停車之前，組長說：「你知道，他不像他看起來那麼虛弱。我拿起那本帳冊。很重，不過他拿起來就像根羽毛一樣輕而易舉。還有你是否注意到他扭開保險箱的方式？那道門想必是六吋厚的鋼板打造的，他毫不費力就打開了。」

「或許那道門做得很平穩而且經常上油，組長。」

「那種老式保險箱不是這樣，」狄雷尼說。「不可能。那很費力。」

他們花了幾分鐘待在狄雷尼的書房中，布恩小隊長將姓名及住址抄在他的筆記本中，組長則翻閱著『他的』筆記本，費心推敲著他與艾瑪．麥蘭及索爾．杰特曼訪談時所做的速記密語。

「問題多於答案，」他發著牢騷。「我們得再去找他們一趟。不過我比較希望所有主要關係人都先見過一次，然後再進行第二輪。」

布恩抬頭看他。

「杰特曼提到他的財務狀況，」他說。「他所積欠的錢，官司，等等……那合理嗎？」

「顯然，」狄雷尼說。「全都有檔案可查。不過或許不像他所說的那麼嚴重。他是有大筆的貸款，不過那些官司只是微不足道的瑣事。有一個人提出告訴是他想要退回一幅作品，因為他的妻子不喜歡，而杰特曼不肯退錢。他似乎收入頗豐，不過銀行存款的餘額卻無法反映這一點。一個打通電話就可以賺進三萬美金的人，想必會暗槓『一些』東西，不過杰特曼先生看來好像手頭很緊。不曉得錢都到哪裡去了？下回我們跟他碰面時，設法安排在他的住處。我倒想要看看他過的是什麼樣的生活。」

「組長——」布恩開口，然後又停了下來。

「你剛才想說什麼？」

「你想他會不會是個沒出櫃的同性戀者？」

狄雷尼好奇的望著他。

「怎麼說？」

「有許多小細節，」布恩蹙眉。「每一件都無關緊要——不過全部湊在一起或許有特殊意義。他『乾淨』的離譜；還有手鐲；還稱那個室內設計師是男同志。根本無此必要。除非想要證明自己的男性氣概，認為我們也會這麼想。他有一個前妻，他說。還有他撫弄自己的方式。他說也曾愛過艾瑪・麥蘭。然後又補上：『曾經』。還有那扇假窗，那太娘娘腔了。」

「你很行，」狄雷尼說。「你真行。好眼力，好記憶力。」

布恩樂得紅光滿面。

「不過我不知道，」狄雷尼半信半疑的說。「就如你說的，每樣細節都無關緊要。不過或許全湊在一起就有重要意義。那我們就得問我們自己：『那又如何』？」

「或許他愛上了麥蘭，無法忍受那傢伙到處拈花惹草。」

「很有創意。另一種可能性。那正是此案的問題：全都是捕風捉影，沒有任何真憑實據。我們明天先與傑克・達克及貝拉・莎拉珍碰個面。那就只剩下麥蘭的兒子了，還有他那個住在南亞克的母親及妹妹。我們和他們全都談過後，再坐下來設法——」

書房關起的門傳來清脆的叩門聲。然後門推了開來，蒙妮卡・狄雷尼探頭進來……

「哈囉，親愛的，」她跟她先生說。「蕾貝嘉和我正要——布恩小隊長！真高興能再見到你！」她快步走進來。亞伯納・布恩趕忙起身，握住她伸出來的手，幾乎像在鞠躬。

「幸會，夫人，」他低聲說。

狄雷尼組長看著他的妻子展現令人難以招架的魅力時對小隊長所造成的效果，極力忍住不笑出來。真是凡人無法擋。

「艾德華，」蒙妮卡轉過身燦然朝他說道。「蕾貝嘉和我剛才去購物，她跟我回來喝杯咖啡。我們在伊克萊爾買了一些你喜歡的小甜餅。你跟小隊長要不要休息幾分鐘，跟我們一起喝杯咖啡？就在廚房裡。非正式的。」

「聽起來滿不錯的，」狄雷尼說，盡忠職守的按照劇本演下去。「你呢，小隊長？」

「也好，」布恩點點頭。

可憐的魚，狄雷尼想。他根本難逃天羅地網。

他們圍坐在餐桌旁的木椅上，聽蒙妮卡描述在百貨公司摩肩接踵的人潮中購物有多辛苦。

「還有，」她下結論：「我知道你一定很樂於聽到這一點，親愛的，我們什麼都沒買。我們有買嗎，蕾貝嘉？」

「什麼都沒買，」蕾貝嘉・赫許發誓。

她的身材略顯矮胖，神情開朗，胖嘟嘟的臉蛋搭配著柔和的眼眸。膚色白皙的近乎彈指可破，亮麗飄逸的黑色中分秀髮直達肩下，她的身材雖然豐滿，不過手腕與足踝細長，雙手與雙腳也很纖細，動作優雅而有活力。

她穿著一件合身的連身洋裝，即使在厚重的衣料下，胸臀仍極可觀。她的臉色如玫瑰般紅潤有光澤，即使不是特別美，她的可愛還是令人賞心悅目，舉止也自然不做作。她說話輕聲細語，如長笛吹奏，不過笑聲夠爽朗開懷。狄雷尼發現捉弄她很有趣。沒有惡意，只是想看看那鈕釦般的眼眸忽然綻放異彩，原本天真無邪的神情變成微腮帶怒，薄面含嗔。

話題如天馬行空，沒有什麼藝術家在莫特街的廉價公寓橫屍血泊中之類的。只有天氣、狄雷尼家的瑪莉與希薇雅最近對宇宙的高見、蕾貝嘉與上司的持續不合（她在一家私立托兒所任職，一個星期工作四天）、比目魚切片價格貴得令人咋舌，以及百老匯熱門舞台劇一票難求的問題。

「問題是，」蕾貝嘉嚴肅的說：「問題是如今幾乎不可能臨時起意想要做什麼事。你在傍晚決定你想去看一場百老匯的秀，或看一場首輪的電影。不過這時你才發現想要看舞台劇必須在幾星期前就先買好預售票，或花三小時排隊才能看場電影。你同意嗎，布恩小隊長？」

「嗯，」他說。

「或是到什麼地方去，」蒙妮卡也立刻接口。「旅行或度假。都要『計畫』！」

「是啊，」狄雷尼組長神情凝重的點頭。「計畫……」

他的妻子溫柔的望著他。

「你要說什麼嗎，親愛的？」她問。

「只是附和，」他平靜的說。「只是附和。」

過了一陣子，咖啡喝完了，小甜餅也一掃而光，蕾貝嘉於是起身。

「得走了，」她表示。「有一隻狗、兩隻貓、三株紫羅蘭，還有一隻脾氣暴躁的小鸚鵡要養。蒙妮卡、艾德華，謝謝你們的盛宴款待。」

「盛宴！」蒙妮卡嗤之以鼻。「只是些小點心。」

「這些卡路里！」蕾貝嘉說。「布恩小隊長，幸會了。」

「我也要走了，」他說。「我的車子就停在外面，我能否順道送妳？」

他們一起離去。蒙妮卡與艾德華在門前台階揮手告別。門關上後，她在屋內自豪的轉身面對著他。

「看到沒？」她得意洋洋的說。

當晚，晚餐之後，狄雷尼組長獨自在書房內，仔細的撰寫他當天行動的完整報告：偵訊麥蘭太太與杰特曼。他用以前學過的硬筆書法清晰漂亮的慢慢寫。他曾兩度起身調了杯裸麥威士忌，不過大部分時間都坐著文風不動，努力的將約談過程寫下來，偶爾會參酌他的筆記本查閱正確的引述，不過一般而言都是靠他對那些約談的內容、情緒、言外之意的記憶。

他寫完後，又重讀了一遍，做了一些小修正，再附上一份進一步約談時要詢問的問題清單。然後他將報告歸檔，夾入適當的檔案夾中，並思索是否有必要向布恩小隊長借他的報告來看。他決定暫時不要。他上床就寢。

剛過了半夜，床邊的電話驟然響起，狄雷尼立刻驚醒。他在第二聲鈴響結束前就拿起話筒，然後小心翼翼的挪動身體，不想吵醒蒙妮卡。

「我是艾德華・X・狄雷尼，」他壓低聲音說。

「組長，我是布恩。很抱歉這麼晚了還打擾你。我希望你還沒睡。我真不願意——」

「什麼事？」狄雷尼問，納悶布恩是否清醒。

「我和四位偵辦麥蘭案的人員談過了。沒什麼收穫，不過他們至少還算友善。但那不是我打這通電話的重點。我終於連絡上蘇珊・韓莉了，她是麥蘭太太的友人。就是那個星期五與她共進午餐的朋友。」

「我知道。」

「我這麼晚才打電話，是因為她去約會剛剛回家。她那個星期五上午沒有和艾瑪・麥蘭一起去購物的原因，是她無法分身。她在工作，她是個上班族。」

「簡單的答案，」狄雷尼嘆了口氣。「我們早該想到的。」

「沒有那麼簡單，」布恩說。「我隨口問她在哪裡上班。你準備好要聽答案了嗎？在賽門與布魯斯特律師事務所，東六十八街。她是索爾・杰特曼的律師朱立安・賽門的私人祕書。」

一陣沉默。

「組長？」布恩說。「你還在聽嗎？」

「我在聽。你有什麼想法？」

「沒有。完全搞糊塗了。你呢？」

「我們明天早上再談吧。謝謝你打電話過來，小隊長。」

他掛上電話，小心翼翼的再翻身回到被窩裡。不過蒙妮卡已經被吵醒了。

「什麼事？」她喃喃說道。

「我不知道，」他說。

6

布恩小隊長為了他前一晚深夜打那通電話致歉。

「原本可以稍後再打的，組長，」他承認。「不是真的那麼重要，不過我覺得很興奮。那是我們所查到的第一個『新』線索。那沒列入檔案中，有嗎？」

「沒有，」狄雷尼說。「沒有，沒列入。我今天早上就查過了，以防我漏掉了。」

他們坐在布恩的車上，停在組長的褐石住宅前面。兩人都將他們的黑色筆記本打開。

「我大半夜都醒著，試著要推敲出來，」小隊長說。「然後我想，見鬼了，她們兩人只是朋友，如此而已。麥蘭太太為什麼就不能和杰特曼律師的女祕書交朋友？她們或許就是透過這層關係才認識的。然後我想起在你提到杰特曼時，麥蘭太太是多麼充滿敵意。因此或許她是利用那個祕書當線民，讓她掌握那個矮冬瓜的動向。你認為呢？」

「有可能，」狄雷尼點點頭。「只不過她們兩人在東六十二街的普羅文克餐廳吃午餐，那距離杰特曼畫廊不遠。如果麥蘭太太與這位蘇珊・韓莉暗中勾結，甚至可能還付錢向她買情報，是不是應該挑比較不會遇上杰特曼的地方用餐?」

「那倒也是,」布恩嘆了口氣。「目前看來完全說不通,怎麼想都想不透。」

「有件事可以確定,」狄雷尼臉色凝重的說。「我們得找朱立安・賽門和那位蘇珊・韓莉談談。」

「今天?」

「如果時間許可的話。先找貝拉・莎拉珍,十點鐘。然後是今天下午兩點找傑克・達克。我們先看看有何進展。你知道貝拉・莎拉珍住在何處?」

「知道,『長官』!」布恩說,露齒而笑。「等你看到她的住處就知道了。一座波斯妓院。」

他緩緩駛入車陣中,往北開向八十五街,通過中央公園前往西區。空氣中有一股暖和的霧氣,他們將窗戶搖開。陽光在灰濛濛的薄霧中散發出淡淡的光輝,看來到中午霧氣應該就已消散了。

「貝拉・莎拉珍的檔案資料很有限,」狄雷尼說。「依我看每個人好像都是臨淵履冰,措詞字斟句酌的。你說你跟她談了兩次。有何收穫?」

「記得坎菲德案嗎?」布恩問。「在維吉尼亞?大約十或十五年前?」

「坎菲德?」狄雷尼重述一次。「他不就是繼承了菸草商大筆遺產,結果被打得腦袋開花的那個人?他老婆說她以為是在朝一個闖入者開槍?」

「就是他。我們的這位貝拉就是手持那把十二口徑獵槍的女人,大型獵槍,將他炸得血肉模糊,屍塊飛散在臥室的牆上。她當時是貝拉・坎菲德。老夫少妻。他是個繼承人沒錯,不過他們不准他介入菸草業。酗酒又嗜賭。以前曾有人試圖闖入他們家，這一點無庸置疑。事實上，就是他替她買那把獵槍自衛，還教她怎麼使用。然而，她知道他當晚與一些哥兒們外出，卻連問一聲『是你嗎，親愛的？』都沒有問，就扣下扳機。驗屍陪審團——不管當時陪審的是什麼樣的人——稱之為『悲慘的意外』，她就這麼帶著將近兩百萬美金遠走高飛。」

「那位郡檢察官一年後也退休了，移居到法國的里維耶拉海岸風景區。」

「那我就不得而知了，」布恩笑著說：「不過坎菲德家族幾乎『擁有』那個郡，維吉尼亞州有半數的財產都在他們掌控之下。莎拉珍家族不是大富豪，不過他們是望族：州內最古老的家族之一。貝拉將老農場及馬匹悉數變賣，移居至巴黎。她在歐洲各地招蜂引蝶。法國詩人、英國賽車手、義大利王子、西班牙鬥牛士，我想或許還有一位波蘭的舉重選手拜倒在她石榴裙下。那筆錢供她揮霍了五年及三次婚姻。然後她回到美國，嫁給一個國會議員。」

「現在我想起來了！」狄雷尼說。「俄亥俄州的柏勞夫。那傢伙在發表反對公費醫療制度的演說時突然暴斃。」

「沒錯！不過他仍健在時，貝拉是華府最活躍的女主人。八卦雜誌曾經報導，『約翰．甘乃迪曾享受過她的熱情款待』。反正，在那位國會議員魂歸離恨天之後，她來到紐約。仍然在政治圈中長袖善舞，八面玲瓏。」

「原來如此，」狄雷尼點點頭。「我總算了解為什麼那份檔案的措詞如此字斟句酌了。不過她沒有使用她夫家的名字；或許因為如此我才沒辨識出是她。」

「沒有，如今她只是尋常百姓貝拉・莎拉珍，來自維吉尼亞州勒坎弗的一個半老徐娘。不過她仍然長袖善舞，出手闊綽。索爾・杰特曼所謂的俊男美女之一。常搭私人飛機四處旅行的富婆，舉辦奢華的派對，與藝術界及美術館交情匪淺，民主黨的金主，也替慈善時裝秀及時裝雜誌當模特兒，有時候也擔任藝術家及攝影師的模特兒。」

「她想必快四十了吧，」狄雷尼說。「至少。」

「至少，」布恩附和。「不過身材看起來像是才十八歲。你看了就知道。」

「錢從哪裡來？」狄雷尼問。「辦豪華派對及政治獻金的錢？」

「我想是她撈來的吧，」布恩說，他往旁瞥了一眼，看到狄雷尼驚訝的神情，不禁笑了出來。「不是亂說的，組長。我直接問她。我說：『妳的主要收入來源是什麼，莎拉珍小姐？』她說：『男人給我的禮物。』所以我當然就說：『送錢當禮物？』而她說：『還有別的嗎？』或許她只是和我信口胡扯的，不過我懷疑。她根本不在乎。」

「麥蘭給過她錢嗎？」

「據她所說，是的。很多。他們曾一起嘿咻過嗎？是的。她愛他嗎？天啊，不，她說，他是個野蠻人。不過她認為他挺好玩的。她的措詞：『挺好玩的』。」

「是的，這一點我在你的報告中讀到過。你是在何處查出她的其他資料？背景資料？」

「她的剪貼簿。她有三大本與她自己新聞有關的剪貼簿，剪報及雜誌文章，還有與名人的合照，政治人物及皇室成員的書信。她讓我翻閱，想看多久就看多久。」

「有麥蘭寫的信嗎？或是與麥蘭有關的？」

「完全沒有，長官。我看得很仔細。」

「我想也是，小隊長。應當就是那一棟建築物了——林肯中心對面那棟高樓。聽著，我注意到我們與麥蘭太太及杰特曼訪談時，你都沒有開口。有話就說，別擔心。如果你想到什麼我沒有觸及的，儘管提出來。」

「還是讓你來運球吧，長官。第一，他們對組長會比對小隊長更敬重些。此外，我也在研究你的辦案技巧。」

「我的技巧？」狄雷尼笑著說。「這下是你讓我覺得好玩了。」

一個菲律賓男佣人打開通往第二十九層閣樓的門，他穿著一件顏色頗不尋常的制服：藍灰色中帶著淡紅色。不是淡紫色或紫色或紫羅蘭色，而是某種兼具三種色彩的顏色。狄雷尼環視著那間波斯妓院，看到牆壁上的漆、布幕與窗簾、家具裝潢，甚至腳凳、靠枕、畫框等，全都是完全相同的色調。所製造出來的效果就像一個紫色的洞穴，只有一種色調的洞穴，連皮膚甚至空氣似乎都帶著這種色調。

「我告訴莎拉珍小姐你們來了，兩位，」男管家說，他咬字不清，幾乎說成「刷拉娟小覺」，不過還沒那麼嚴重。

他走入一道通往內室的門。他們不自在的站著，帽子拿在手上，環顧這個有特殊色調的房間。

「這整個地方都像這樣？」狄雷尼低聲問。

「不，」布恩也低聲回答。「每個房間都有不同的色調。臥室是血紅色。我跟他們借過浴室，是暗黑色的。我用過的那一間是如此，她說這房子有三間浴室。」

「撈的倒真不少，」狄雷尼喃喃說道。

過了片刻那個菲律賓人回來了，帶他們走過一道走廊，牆壁上掛滿了加框的簽名照片。他領著他們進入一間臥室，將門帶上。又是一間單一色調的房間：血紅色的牆壁、布幕、窗簾、床單、地毯、家具——全都同樣色調。唯一搶眼的例外是在寬敞的法式門邊做運動的那位女子所穿的白色緊身運動衣、銀髮、柔嫩的肌膚。那扇法式門通往一座鋪著地磚的露台，可以欣賞景觀，遠眺中央公園及東區的高樓。

「隨便坐，親愛的，」她招呼他們，沒有中斷她緩慢、穩定的動作。「雞尾酒桌上有香檳及柳橙汁。如果想喝烈一點的，或是淡一點的，就按一下床邊茶几的對講機按鈕。」

他們拘謹的坐在面向法式門的寬大扶手椅上，椅子上有圓滾滾的紅色坐墊。那個女子位於逆光處。她身旁看來有一團光暈，一種光輝；五官難以辨識。

她坐在地板上，雙腿往外張開、伸展。她俯身以右手觸碰左腳趾，然後以左手觸碰右腳趾，沒做動作的那隻手就在空中晃動。她穿著一件白色緊身運動衣，高叉開到髖骨處，胯部緊繃，隆成柔軟的一團。那件衣服沒有袖子，有腰帶——一件背心連身韻律裝。

她的身材像個舞者，腿部修長、強壯，沒什麼贅肉，大腿肌肉結實、臂膀強健有力、胸部小（乳頭挺出），腰與胸腔處曲線分明。她的體操很費力——在場兩位男士都認為他們做不來——不過她說起話來臉不紅氣不喘，狄雷尼也沒看到白色連身運動衣上有任何汗漬。

她的銀髮相當柔細，剪短後在左側分邊。髮型是往側邊梳，像男生頭。頭髮服貼的鋪在頭型勻稱的頭蓋骨上：沒有波浪、沒有捲曲、沒有任何霧鬢風鬟。有如戴著一頂頭髮做成的頭盔，像金屬般緊密潔亮。

她做完觸腳趾運動，將腿曲起，往前傾身不用手支撐就站了起來。狄雷尼組長聽到布恩小隊長佩服的輕嘆一聲。

「我要謝謝妳，莎拉珍小姐，」狄雷尼面無表情的說：「接到通知後這麼短的時間就能見我們。」

她站直身軀，雙腿張開約十八吋寬，兩手盡可能伸高在頭頂上擊掌。她開始緩緩往兩側傾身，臀部維持不動，上身往下壓成幾乎水平。

「叫我貝拉，寶貝，」她說。「我的朋友都叫我貝拉，連稻草人也叫我貝拉。不是嗎，稻草人？」

布恩轉頭朝狄雷尼無奈的笑了笑。

「我希望我們會成為朋友，」她說，仍從容的做著伸展操。「我真想跟大名鼎鼎的艾德華·X·狄雷尼交個朋友。」

「我沒這麼有名，」他不動聲色的說。

「夠出名了。我是你的粉絲，你知道。我想我知道連你都忘了的事。」

「是嗎？」他問道，有點不自在，也了解到他已經喪失了控球權。

「噢，是的，」她說。「我最喜歡的就是達基案了。」

他吃了一驚。達基案發生在二十年前。在紐約當然曾上過報，不過他懷疑勒坎弗鎮或整個維吉尼亞州，有人曾讀過這則報導。

隆諾・達基是紐約市皇后區的一位汽車技工，他在某個星期六清晨到長島海灣釣魚，雖然當時已發佈天候惡劣及小型船隻要注意的警報。他到半夜尚未返家，他年輕的妻子心慌意亂，於是向警方報案。找到達基的船時已經翻覆，在岸邊幾百碼處漂浮。沒有隆諾・達基的蹤影。

這位失蹤的達基保了兩萬元的人壽險，積欠地下錢莊一大筆債，而且是個出名的游泳健將。當他的妻子幾乎立刻申請保險理賠時，狄雷尼揣測這可能是一樁詐領保險金的案件。他破案的方式是說服那個妻子，說她失蹤的丈夫有一個女朋友，甚至還拿出一幀假造的相片給她看。

「就是這個女人，達基太太。很美吧？我們認為他跟她私奔了，我很抱歉要這麼說。顯然他是在午餐時及下班後和她幽會的。他偶爾會工作很晚才回家，對吧？我們有她鄰居的證詞，他們也指認了妳先生。他經常去找她。我實在不願意由我來告訴妳這件事，達基太太，不過我們認為他們兩人私奔了。佛羅里達，極有可能。太遺憾了，達基太太。人們總是說，妻子是最後才知道的一個人。」

就這樣，一個星期後她崩潰了，狄雷尼在拉瓜迪亞機場附近的一家汽車旅館內逮捕隆諾・達基，他留起了鬍子，正耐心等待他的妻子提領保險金後去與他會合。狄雷尼對他自己在這個案子中所扮演的角色並不特別感到自豪，不過辦案總得臨機應變。

該案引發媒體爭相報導，他也因此一戰出名。一年後他便擢升為隊長。

「達基案？」他說。要他叫她貝拉，他實在叫不出口。「那是妳搬來紐約之前許久的事。妳想必曾查過我的背景。」

「就像你查我的背景一樣，親愛的，」她說。她的聲音輕快，帶著笑意，只有一絲維吉尼亞慢條斯理的口音。「你查過了，沒有嗎？」

「當然。妳似乎也沒有隱藏任何祕密。」

「噢，我根本沒有祕密，」她說。「對任何人都沒有。」

她開始將手伸高到頭頂，然後彎腰觸碰地板。不過她不是用手指尖觸碰，而是用手掌。他可以看得出來她的身材有多麼纖細、苗條。沒有任何一個地方有贅肉。他想起一部他喜歡的老電影中有句精彩的對白。史賓塞．屈賽望著凱瑟琳．赫本說：「她的身上沒多少肉，不過有肉的地方，都是精肉。」

「那麼你知道我殺了我先生，」貝拉．莎拉珍若無其事的說。「我的第一任丈夫，距今的前四任。一場悲慘的意外。」

「是的，我知道這件事。」

「告訴我，艾德華．X．狄雷尼，」她嘲諷的說：「如果是由你來偵辦那件案子，你會怎麼做？」

「照我平常的程序，」他冷冷的說著，對她的輕浮感到厭煩。「首先，我會調查妳先生當晚是否真的與哥兒們外出喝酒。或者他是跟別的女人在一起？如果當晚沒有，那麼其他的晚上呢？他的生活中是否有別的女人，或不只一個女人，讓妳醋意大發，以致於沒有朝闖入者大喊『是誰』，或高聲尖叫，或朝天花板開槍把他嚇跑，而是直接朝他開槍？」

「幾點了？」她忽然問道。

布恩瞄了手錶一眼。

「快十點半了，貝拉，」他說。

「差不多了，」她說。「那是我每天用在健身的時間。」

她不再做運動，而是走向他們。她扭開落地燈（有血紅色燈罩），傾身向前與組長握手。

「艾德華．X．狄雷尼，」她說。「幸會。稻草人，很高興再見到你。這香檳與柳橙汁是我為自己準備的，慰勞我的辛苦。口味淡了點，很適合小女孩在早上喝。你們男生要來點什麼？咖啡？」

「那就多謝了，」狄雷尼說。「你呢，小隊長？」

布恩點點頭。他們看著她按下一個鈕，朝床邊茶几上一部小型對講機說話。三個人都沒有說話，直到男管家端著銀盤進來，上頭擺著咖啡壺、糖碗及奶精、兩個杯子、碟子、湯匙。她替他們倒咖啡。兩人都婉謝加糖及奶精。狄雷尼傾身向前端詳著盤子。

「正點，」他說。「歷史很久了吧？」

「據我所知是的，」她輕描淡寫的說。「我老爸說是湯瑪斯．傑佛遜的——不過誰知道？只要聽聽維吉尼亞州人的說法，就會發現湯瑪斯・傑佛遜想必曾經擁有六千個銀質托盤。」

她坐在他們腳前的地板上，坐下時也沒有用手撐地。她盤腿而坐，背部挺直，腳掌幾乎整個朝上。坐下時，手上的那杯香檳一滴酒也沒有溢出來，她啜了口香檳。

「瑜伽，」她說。「試過嗎？」

「我沒有，」狄雷尼說。「你呢，小隊長？」他正色問道。

「沒有，長官。」

「讓脊椎保持彈性，」她說。「使骨盆充滿能量，改善動作。」她朝他們擠擠眼。

狄雷尼這時可以清楚的看到她的瓜子臉了。高顴骨——有印第安血統？——皮膚緊實，一雙丹鳳眼，眼距很寬。眼睛瞪得大大的，如同受到驚嚇。薄唇用口紅描得稍高於唇線，烘托出柔和飽滿的感覺。下巴結實。貼平的銀色短髮下露出一對小耳朵。細小的鼻子，有貴族氣息，橢圓形的鼻孔。沒有皺紋、斑痕或一點點瑕疵。她察覺到狄雷尼的凝視。

「我費了一番工夫保養，」她簡潔的說。

「妳保養得很成功，」他向她保證，也是肺腑之言。

「你想要知道維多・麥蘭的事，」她說，是陳述而不是詢問。「又問一次？」

「也不盡然，」狄雷尼組長說。「我想打聽傑克・達克的事。妳個人對他有什麼看法？」

他略感欣慰的注意到，她有點意外。他讓她措手不及。

「傑克．達克，」她複述了一遍。「呃……傑克是個藝術家。」

「這我們知道。」

「非常老練、非常能幹。算你們警方運氣好，他不想製造仿冒品。傑克可以仿冒『任何人』的風格。林布蘭、畢卡索、安迪．瓦荷（譯註：Andy Warhol，普普藝術之父）……隨便你挑。」

「他能仿冒維多．麥蘭嗎？」

「當然可以，如果他想的話。不過他幹嘛這麼做？傑克畫自己的作品其實也混得不錯。」

「他畫的是什麼？」

「什麼好賣就畫什麼。膚淺的東西。非常時髦。只要某種東西看起來有利可圖，傑克就會投入。抽象畫、書法、普普藝術、歐普藝術、照相寫實主義——他全都曾投入過。你可知道他目前在做什麼？你永遠猜不出來，猜一百萬年也猜不到。用鋁箔畫我的裸體畫，叫他拿給你們看。異想天開。還沒完成，不過已經有人預購了。」

「誰買的？」布恩小隊長迅速問道。

「我的一個朋友，」她說著，啜了一口酒。「一個重要人士。」

「妳常擔任模特兒嗎？」狄雷尼問。

她點點頭。「大都是裸體的。我喜歡。畫家和攝影師。」她低頭望著她的身體，撫摸著小而挺的胸部、肋骨、腰、臀、光滑的大腿。「對三十五歲的熟女而言，這樣的身材算不錯了——對吧，男士們？

我有一個朋友想要用我的身體塑造一尊石膏像。全身上下。但我尚未決定。我知道石膏在變硬時會燙得要命。對吧？」

「那我就不懂了，」狄雷尼組長說。「妳擔任過維多・麥蘭的模特兒嗎？」

「沒有，」她說。「從來沒有。我不是他喜歡的那一型。我是說，他喜歡的那一型模特兒。他喜歡豐滿型的，豐胸翹臀。他說我是電腦時代的維納斯。傑克・達克就打算將他為我畫的鋁箔裸女圖命名為〈電腦時代的維納斯〉。」

「達克可不可能殺害麥蘭？」狄雷尼開門見山就問。

他再度讓她措手不及。他認定就該採取這種策略：攻其不備，由一個話題突然轉入另一個話題。如果他依照一般的邏輯思維，她就會比他先想好兩個問題。

「傑克？」她說。「傑克・達克殺害麥蘭？」

一般人想要爭取時間思考時就會這樣：將問題複述一遍。

「或許，」她說。「他們曾是朋友，不過維多擁有傑克永遠都得不到的某種東西。那逼得他快抓狂了。」

「什麼東西？」

「忠於自己，」她說。「這是老掉牙的字眼了，不過我想你應當會對老掉牙的字眼情有獨鍾吧，艾德華・X・狄雷尼。論畫畫，傑克比維多略勝一籌。聽著，我了解繪畫，真的。天曉得，我搞過的藝術家真是夠多了。傑克比麥蘭優秀。我是說，就技巧而言，而且動作一樣快。不過維多根本不甩流行、風潮、什麼好賣。我告訴你這一點，我也知道那是事實：如果維多．麥蘭這輩子不曾賣掉一幅畫，他也不會改變他的風格，不會做他不想做的事，他會做他認為必須做的事。傑克完全不同，也永遠不會如此。他痛恨維多的忠於自己。痛恨！但他自己也想要這麼做，強烈的渴望，這讓他快瘋了。我了解這一點。他有一次曾告訴我，還哭了出來。傑克喜歡被人打耳光。」

這句話讓他們一愣。他們不曉得她是說真的或只是打個比方。狄雷尼決定不去追問。

「布恩小隊長告訴我，妳承認與維多．麥蘭很親密。」

「『與維多．麥蘭很親密，』」她模仿這句話。「你聽起來就像個老爸。我一向對年長的人有偏愛，我的精神科醫師全都說我有戀父情結。當然，我搞過維多。我希望他能更勤於洗澡，不過有時候那也滿好玩的。好一個野蠻人！」

「他付妳錢？」

「他送我禮物，是的，」她滿不在乎的說。

「錢？」

「大部分。有一次是一幅小油畫，我賣了一萬元。」

「妳不喜歡？」

「那幅畫？我喜歡。一幅小靜物畫，一朵罌粟花擺在一個水晶花瓶裡。不過我比較喜歡那種長梗的綠色植物寫生。」

「妳告訴過麥蘭妳把他的畫賣掉了？」

「當然。」

「他有何反應？」

「他覺得那太好笑了。他說我賣的價格可能比杰特曼賣的還要高。」

「顯然麥蘭出手很闊綽。」

「他不寒酸，」她承認。

狄雷尼撫摸著他的下巴，瞇起眼望向法國式門外。霧已消散，他可以看到鋪面露台上有模糊的陰影。

「妳替麥蘭拉過皮條嗎？」

一陣沉默，短暫而沉重。

「拉皮條，」她說。「我不喜歡那種字眼。我偶爾會向他推薦模特兒。我認為他會採用的女孩，他那一型的。」

「他會為這種——這種服務——付妳錢嗎？」

「當然。別擔心，艾德華．X．狄雷尼；我聲明那全都有報稅。我是清白的。」

「我確信妳是，」他和藹的說。「我們談談他遇害的那個星期五吧。妳說妳大約十點半離開這裡，去上了一個小時的瑜伽課。」

「瑜伽與冥想，」她說。「有二十分鐘我們是光著身子坐在地板上說：『唵』。」

「然後妳去了傑克．達克位於中央公園南路的工作室。妳當時有為那幅鋁箔裸女圖擺姿勢嗎？」

「沒有，傑克正在進行一場攝影活動。他也是攝影師，你知道，而且技術高明。大都是拍時裝照片。他的作品經常刊登在《時尚》、《城鄉》等雜誌。我也在一旁提供意見，直到他們休息用餐。」

「那是十二點？或大約？」

「大約。」

「然後呢？」

「然後傑克讓我上樓到他的住處。他有一棟雙拼式房子，你知道。傑克為我們弄了頓午餐。他自認為是個美食料理達人，他的手藝爛透了。我住過巴黎，我『了解』。他做了一份藥草蛋捲，真難以下嚥。不過他做的西班牙冷凍白肉還算不錯，我就是吃那道菜填飽肚子的。」

「你們有關係嗎？」

她茫然望著他。

「性關係，」他說。「妳在他的住處時？在午餐之前、期間或之後？」

「你知道，」她說：「你不會相信的，不過我記不得了。我真的記不得了。」

「我相信妳，」他說。「畢竟，那是六個星期前的事。」

她笑了出來，笑聲尖銳。

「噢，艾德華．X．狄雷尼，」她說。「你真狡猾，真的。好吧，我記得那難吃的藥草蛋捲，卻記不得我們是否曾搞過。可能沒有。」

「為什麼『可能沒有』？」

「因為助理和時裝模特兒都在樓下等他，而且那些模特兒是按鐘點計費的。傑克很會精打細算。」

「連他的繪畫也是？」

「你最好相信，老兄。如果『哈得遜河學派』再度流行，傑克會坐在帕黎賽斷崖上，畫那條河與樹林及白雲以及獨木舟中的印第安人。」

「那麼，午餐後，妳和達克下樓到工作室，他在大約一點半再度開始拍攝工作。對嗎？」

「對了。」

「妳待了多久？」

「噢，大概一個小時。我與髮廊有約。」

「達克工作室那場攝影活動有多少位模特兒參與？」

「我不記得了。」

「一位？」

「不，兩位或三位，我想。」

「或許四位？或五位？」

「有可能，」她說。「那很重要嗎？」

「她們替什麼產品代言?」

「內衣。」

「妳為什麼會加入?拍照通常很無聊，不是嗎?」

她聳聳肩。「我只是順道過去，打發幾個小時的時間。在我赴約之前。」

「不是想去看看那些模特兒吧?為妳的朋友們?那些大人物?」

他原本以為他問倒她了。他看到她的頭忽然往後仰，薄唇微張露出牙齒來。他認為他聽到一聲微弱的悶哼聲。不過她強作鎮定，冷笑了一聲。

「艾德華．狄雷尼，」她說。「好一個艾德華．狄雷尼。我可不是經營應召站的，你知道。」

「我知道，」他說。「妳不致於捲入那麼明顯又粗俗的勾當。」

他察覺到布恩在隔壁的椅子內扭動不安。他轉向他。

「小隊長?」他說。「什麼事?」

「貝拉，」布恩說:「妳曾說妳供應麥蘭模特兒。」

「偶爾，」她臉色鐵青。「而且我不是『供應』模特兒;我是向他『推薦』女孩子。」

「有沒有建議過很年輕的女孩子?」布恩追問。「或許是波多黎各人?義大利人?拉丁血統的?」

她蹙眉思索了片刻。

「想不起來有那種類型的，」她說。「最近?」

「大約在他遇害前幾個星期，或許一個月。」

「沒有，」她斷然說道。「我至少有半年沒有向維多推薦過女孩子了。她是誰？」

布恩望向狄雷尼。組長看不出有任何理由不告訴貝拉．莎拉珍他們為何對此感興趣。他描述他們在麥蘭畫室內找到的那三張素描。他說相信那是在麥蘭死前不久完成的，或許就在他遇害當天上午。

「如今在哪裡？」她說。「那些素描？」

「由我保管，」狄雷尼說。

「帶過來，」她建議。「我看看，或許我可以認得出她來。我認識維多用過的大部分女孩子，還有許多沒用過的。」

「我或許會這麼做，」狄雷尼說。他站起來，同時闔上筆記本，布恩也照著做。他們對貝拉．莎拉珍的合作表示感謝，並問她若又發現更多問題能否再過來。

「隨時都行，」她說。「我都在這裡。」

她按鈴召喚那位菲律賓人過來帶他們出門。他們走到臥室門口時，她叫著狄雷尼的名字。他停下腳步，緩緩轉過身面向她。

「你不是真的認為我在開槍時知道那是我先生吧？」她問，輕佻的笑著，近乎賣弄風情。

他也逢場作戲的笑著。

「我們永遠也不會知道，對吧？」他說。

他們坐在布恩的車上，比對筆記，吞雲吐霧。

「檔案中沒有她涉及毒品的任何資料，」狄雷尼說。「沒有毒品前科。不過像那樣一個女人，過那樣的生活，想必會有毒癮。我敢打賭她必定有嗑藥。在麥蘭的畫室內找到的猛哥或許就是她提供的。」

「有可能，」布恩說。「或許也會和她的大人物朋友們做點交易。你對她狠了點，組長。你認為我們會不會被叮得滿頭包？」

狄雷尼想了片刻。

「或許會，」他承認。「假如她將整個評議委員會搞得雞飛狗跳，我也絲毫不覺得意外。如果我今晚接到索森的電話，我就知道我們踢到鐵板了。你對她的動機有何看法？」

「做掉麥蘭？」

「不是，不是。謀生。她過的那種生活。」

「求財若渴吧，」布恩脫口而出。「為錢不擇手段。」

「我不同意，」狄雷尼很快回答。「那對索爾．杰特曼或許說得通。對了，你有沒有注意到，他提到他所售出的藝術品時稱之為『商品』？不過我認為那對莎拉珍這個女人而言不適用。錢，當然，她需要錢。我們都需要錢。不過只是為了達到一種目的的一個手段；不是為了屯積金錢而賺錢。」

「那麼是為了什麼？」

「這是我對她的看法：一個出身名門世家，嬌生慣養的女孩子，嫁給一個有錢的老頭。豪宅、馬匹、大莊園的女主人——享盡榮華富貴。如今她已經『是』有地位的人了。不過他出軌了，她有自尊也有脾氣。所以就將坎菲德給轟掉了，因而名噪一時，報章媒體都有她的名字及照片。她喜歡這樣。然後她遠走高飛前往巴黎，開始揮金似土，感覺很爽，一個心狠手辣、聰明機伶的小妞，殺人之後還能逍遙法外。不過歐洲遍地豺狼，更心狠手辣，也更聰明機伶，五年內那些錢就花光了，誰在乎來自維吉尼亞州勒坎弗的貝拉·莎拉珍？如果她留在歐洲，她就得在跳蚤市場靠倚門賣笑討生活了。所以她回國，嫁給國會議員柏勞夫。這下子她又成為有地位的人了：全華府最長袖善舞的女主人。盛大的宴會，總統還是座上賓。那花不了柏勞夫太多錢。我知道華府如何運作，如果她邀對了客人，或許也在某項重要法案投票時助一臂之力，自然就會有遊說團體或公關人員來替她買單。後來柏勞夫暴斃，她又喪失了權力舞台。華府的國會議員遺孀滿街都是。於是她搬到紐約，也涉足藝術界及美術界。與她的政壇友人保持連繫，幫他們找高級妓女，若有需要或許也提供毒品。將她的住處借給他們吃喝玩樂，接受禮物當這些服務的酬勞。除了金錢的禮物外，也獲得高層人士的保護當回報。對她而言更重要的是——她是社會版的常客：派對主辦人、交際名媛、知名藝術家與時尚攝影師的模特兒；她仍是個『有地位的人』。」

「可是『為什麼』？」布恩想要知道。

「如果不能名揚四海，乾脆就惡名昭彰，」狄雷尼神色凝重的說，幾乎像在自言自語。「只要世人知道有貝拉·莎拉珍這號人物就好。由那幾本剪貼簿就可看出端倪。她必須自我證明她的地位。有些人就是如此。他們對自己毫無自信，因此必須藉著別人的眼光來塑造另一種自我的形象。她是個鏡子似的女人，她望著鏡子，看到一個性感美女，臉孔似乎不曾留下歲月的痕跡，身材也不曾走樣。那本剪貼簿告訴她，她是誰。不過如果沒有名氣，沒有世人對她的觀感，她看著鏡子時就會覺得一無是處。那也是為什麼她願意不惜一切為那些大人物鞠躬盡瘁。她必須與那些地位舉足輕重的人為伍，如此才能證明『她』也是號人物。可憐的蕩婦。」

「組長，你真的認為她在開槍時知道那是坎菲德？」

「當然。她提起達基案是她最喜歡的一個案件時就露出馬腳了。我們偵破那個案子是靠著在一個嫉妒的妻子身上下工夫，一個認為自己被丈夫背叛的女人。貝拉對此感同身受；她自己也曾經是個受到背叛的女人。」

「可是她可能做掉麥蘭嗎？」

「我覺得有可能——如果他威脅到她的自尊或她對自己的觀感的話。顯然她也有那種力氣。」

「或者只是為了找刺激，」布恩困惑的說。「或許她那麼做只是為了找刺激。」

「她也有可能這麼做，」狄雷尼面無表情的說。「她已經有一次逍遙法外的紀錄了。他們在做過那種事之後，就會認為可以一而再、再而三的目無法紀。」

「聽著，組長，」小隊長猶豫的說。「依我看起來，她有那些女孩子及那些大人物朋友，她有很好的機會做政治勒索。」

狄雷尼搖頭。

「我們的貝拉不會，」他說。「我告訴過你，她不是視錢如命的人。她想要的只是能夠在稱呼參議員時直接叫名字。」

距離他們與傑克・達克約定的時間還早，因此他們討論起午餐。

「快一點的，」狄雷尼說。「簡單一點的。你晚上都吃大餐，對吧？」

「通常如此，」布恩說。「醫師開給我一份高蛋白質的飲食，我大都是自己在家裡下廚。很簡單的菜色，像是牛排、魚、漢堡之類的。」

「你的情況如何？」狄雷尼問道，凝視著正前方。

「酗酒？」布恩冷靜的說。「還好，到目前為止。我無時無刻都想要來上兩口，不過可以忍下來。忙著處理這件麥蘭案也有幫助。」

「當你和別人在一起時，別人點酒，會不會令你困擾？就像昨天，我午餐時喝麥酒，你喝冰茶？」

「不會，那不會令我困擾，」小隊長說。「令我困擾的是別人拿此開玩笑。你知道，朋友和電視上的搞笑藝人都會拿他們喝多少酒及酒鬼鬧的笑話之類的事來開玩笑。我不再覺得那很好笑了。有一陣子我設法在一個小時內不要喝酒，如今我正設法在一天內滴酒不沾，所以我猜應該是有所進步。」

狄雷尼點點頭。「我知道說這些話聽起來很愚蠢，不過這事你得自己來。沒有人能替你做，甚至不能幫忙。」

「噢，我不知道，組長，」布恩說得很慢。「你就幫過忙了。」

「我有嗎？」狄雷尼開心的說。「很高興聽到這句話。」

他沒有追問這忙是怎麼幫的。

這時陽光正炙烈，雲消霧散得很快，西邊吹來一縷舒服的微風。他們決定將車子停在哥倫布圓環附近，向攤販買熱狗吃，或許也買些冰涼的蘇打水，在中央公園的長椅上吃午餐。然後他們就徒步前往傑克·達克的畫室。

他們將車子開入圓環附近一個「不准停車」的禁區，布恩將「執行公務中」的牌子擺在車窗後，期待能夠過關。他們在「緬因紀念碑」附近找到一處攤販，各買了一份熱狗，夾了甘藍菜、醃菜、調味料、芥末、洋蔥，以及一罐野櫻桃蘇打。狄雷尼堅持要付帳。他們拿著用餐巾包著的午餐進入公園，最後總算在一處長滿了雜草的小土堆上找到一張沒人坐的長椅。

他們彎著身子吃著，兩膝張開，避免濺到湯汁。已經打開的罐裝蘇打擺在沒有草的地面上。

「依我看，」布恩小隊長說，滿口的食物。「莎拉珍與達克互相證明對方有九十分鐘不在場。我們有達克的助理及模特兒的證詞，可以證實莎拉珍及達克在十二點之前及一點半之後是在樓下的畫室。不過有九十分鐘的時間只有他們兩個人在樓上。他們說的。」

「你認為其中一人在包庇另一人？」

「或者兩人一起涉案。聽著，組長，那些時間都是約略的估計。你也知道證人總是很難精準的估算時間。或許他們離開畫室的時間不止九十分鐘，或許長達兩小時。」

「繼續說，我在聽。」

「他們可能沒有搭計程車。我們查過在那個星期五的十點至三點間，曾在莫特街附近下客的數千部計程車。但如果假設他們有自用車等著呢？我想他們當中的一個，或兩人一起，可以在九十分鐘或稍微久一點的時間內，往返達克的住處及莫特街。」

「那得假設他們沒有經由樓下的畫室出門，樓上有門可以通到室外嗎？公寓外面？」

「那我就不知道了，長官。我們得查一下。假設有的話，他們在十二點離開畫室，上樓，打開那道門，下樓走到他們的車子。或者甚至——你看如何？——他們開車或搭計程車到雷克斯街與五十九街，然後再搭通往市中心的地鐵。在春天街處有一站，距離麥蘭的畫室不到兩個街區。他們搭地鐵可以避免塞車的風險。我想他們這樣來回一趟可以在九十分鐘至兩小時之間完成，還有五或十分鐘可以殺死麥蘭。」

「我不知道，」狄雷尼半信半疑的說。「無法令人信服。」

「要不要我來測時間，長官？」布恩說，對他自己的構想有點激動。「我就由達克的住處開車到麥蘭的畫室再折返，然後我再搭地鐵走一趟。兩趟都計時。」

「好主意，」狄雷尼點點頭。「兩趟都要在星期五的十點至三點之間，如此車流狀況與地鐵的班次才能與當天大致吻合。」

「好的，」布恩開心的說。

他們不說話，專心吃著滴著汁的熱狗。因為餐巾用完了，兩人都用手帕擦沾得髒兮兮的臉和手指。

「好了，去找傑克·達克吧，」狄雷尼說。「走過去就行……」

那棟建築物高而窄，黑黝黝的，是中央公園南路最古老的建築之一。原本就是設計來當作藝術家的工作室，讓畫家、雕刻家、音樂家、歌手使用。天花板很高，房間寬敞，牆壁很厚。由地板到天花板的落地窗讓北面可以採光，也可將中央公園的景致一覽無遺，有如鋼筋水泥城市中的一座英國農場。

傑克·達克擁有坐落於四樓及五樓的雙拼式公寓。下層改裝成接待室、工作室、模特兒的更衣室、攝影用暗房、道具間及儲藏室、一間洗手間，以及一間小廚房，有冰箱、流理台、瓦斯爐以及一部製冰塊機、每隔一陣子冰塊滑入冷凍櫃時就會卡啦作響。

工作室內各種設施一應俱全：一捲捲的大開數畫紙及畫布，連接著高壓線的大型電池及聚光燈、一座舞台、擺姿勢用的平台、劇場式的聚光燈照明設備、鏡子、佈景、不銹鋼及白布的反光板、畫架，工作桌上擺滿了顏料、調色板、攪拌皿……。牆上掛滿了裱框的油畫、版畫、蝕刻板畫、石版畫、素描。大部分畫作上都有畫家的落款。

一道內部迴旋梯可以通至五樓藝術家的生活空間：一間寬敞的客廳，有足夠的沙發、椅子及坐墊，可以容納一場各路英雄好漢齊聚一堂的狂歡派對。兩間臥房、兩套衛生設備、一間設備完善的大廚房——牆壁上掛著銅底鍋皿、一個大型的調味料架——還有一個用餐區，有玻璃桌面的餐桌，長度足以坐得下十二個人。

這些生活空間五彩繽紛，舒適又引人入勝，融合了主人對各種流派轉瞬即逝的熱忱：包浩斯派、瑞典現代派、立體派裝飾藝術、紐約維多利亞派、新藝術派，還有諸如將牽引機的鐵製座椅裝設在基座上，以及用電話纜線的捲軸改裝的木質雞尾酒桌這類令人費解的現代裝潢。

這位集各類裝潢藝術於一堂的主人，全身的裝扮也是集各式流行時尚於一身。他穿著褪色的藍色牛仔褲，束著一條寬邊皮帶，有亮晶晶的銅製扣環，上頭有富國銀行的標章。與這些粗獷陽剛氣息大異其趣的是他那雙修長的腿上所穿著的黑色柔軟平底便鞋。他所穿的上衣是印第安綿織品裁製，長達臀部，肩膀上有玫瑰花環圖案的刺繡，誇張的寬鬆水袖足以令吉普賽人也忍不住想拉小提琴高歌一曲。這件透明襯衫的對襟處，有一只用沉甸甸的金鍊懸掛的太陽光芒型的徽章。

他本人身材高瘦，而他那有如半顆保齡球大的啤酒肚，用皮帶裹著，幾乎將「富國銀行」的標章遮住，也使他的修長優雅略微失色。他的動作不多，不會快速改變姿勢，也不會將腿彎成某種角度、或是雙臂插腰、頭往一側偏、拱肩、充滿藝術氣息的曲膝等等。他是一捲靜態的底片，卡、卡、卡，每一次按快門就顯現出五官與四肢不同的儀態。不過沒有一氣呵成。

風情萬種的接待人員請兩位警官進入工作室內。傑克·達克趨前迎接他們時，頸上還用皮帶掛著兩部照相機，狄雷尼組長首先映入眼簾的是兩撇史達林式的鬍髭，極為濃密，接著看到的是虎視眈眈的眼睛，眼神游移不定。他的鼻子尖而挺，牙齒方正，有如用小型墓碑雕鑿出來的一般，略帶黃斑。深陷的兩頰看得出凹痕與陰影；鬍子沒刮乾淨。黑色的頭髮剪成最新流行的髮型，梳理妥當，噴上髮膠，蓋過耳朵。他和索爾·杰特曼一樣戴著金手鐲。不同的是，他看來一點都不整潔，或特別愛乾淨。不過狄雷尼善解人意的認為·那可能是因為工作室內的燈光溫度過高。

雙方介紹過後，達克說：「就快拍完了，再幾張照片。隨便看看吧。別絆到電線了。」

在一座隆起的舞台中央，一位擁有少女胴體的模特兒倚靠在一整面紫色的壁紙擺姿勢，她背對著達克的兩位助理所操控的燈光及打光板；穿著艷紅比基尼泳裝的下半截，上背一絲不掛；頭上戴著一頂有紫羅蘭色絲帶的寬邊白色大草帽。她擺出臀部翹高的姿勢，兩隻手臂在同一側，雙手靠在一把收起的粉紅色洋傘把手上。

傑克·達克拿起他的一部佳能相機，移動著找角度，蹲伏下來……

「臀部再翹高些，親愛的，」他叫道。「精彩。靠在傘上。正點。側面朝向我。對了。性感的笑容。太好了。重心在那隻腿。臀部再翹一點。太好了。要拍了……」

那女孩維持姿勢不動，達克不斷的起身、蹲下、彎腰、伸直、向前挪、向後移、按快門、扳轉底片。他迅速的交替使用兩部相機，調整他的角度，不停的變換著姿勢，卡、卡、卡，最後終於伸直身體，將肩膀往後拱，下巴抬高讓脖子伸展活動。

「行了，」他朝助理們吆喝。「收工。」

所有的灼熱燈光都關了。一位助理上前接過達克的相機。模特兒鬆了一口氣，摘下她的帽子，將金黃色的秀髮甩開。她轉身面向前方，露出一對小乳房，褐色的乳暈大得出奇。

「可以嗎，傑克？」她問。

「太神奇了，親愛的，」他說。「性感卻又純潔。格雷全會將支票交給妳。」

「發生了什麼事嗎？」她說。

「我，」他說，露出牙齒來。「遮一下；是警察。別打給我們，甜心，我們會打給妳。還有，別再吃了。再胖五磅妳就死定了。」

他轉身面對狄雷尼與布恩，坑坑疤疤的臉上有汗水的油光。

「一本平裝書的封面，」他解釋。「不能露兩點，不過風姿撩人則無妨。」

他抓起一條髒兮兮的毛巾擦拭臉龐和雙手。

「這地方有空調，」他說：「不過一打光就根本感覺不出來。」

「你工作很賣命啊，達克先生，」狄雷尼說。

「這一行說得出名堂的工作我都做，」達克說。「我什麼都做；時尚、書籍封面、唱片封套、油畫、雜誌插畫、海報、廣告。你要我做什麼，我就做。今天上午有個傢伙打電話來，要我做一副撲克牌。你相信嗎？」

「色情的？」狄雷尼組長問。

達克有點訝異。

「差不多，」他說，試著擠出一絲笑容。「非常接近，我拒絕了。要不要四處看看？在我們上樓之前？」

「只看一下子，」狄雷尼說，上前檢視牆壁上裱框的藝術品。「你這裡有不少好東西。這些藝術家你全都認識？」

「全認識，」達克說。「差勁的朋友也是爛敵人。看看那一幅。窗戶旁邊那幅素描，裱上金框的那一幅。那應該會令你感到興趣。」

狄雷尼與布恩照著他的話找到那幅素描，站在畫前方。畫被撕了兩次，以透明膠帶將四片黏起來，用玻璃罩著。角落有個潦草但可以辨識的落款：維多．麥蘭。

「一幅麥蘭的原作，」狄雷尼說。

那是一個跑步女人的露骨速寫。側面。快速的一筆S勾勒出圓滾滾的裸胸與臀部，只有一條炭筆線條。抬高跨步的膝蓋、飛揚的頭髮皆呼之欲出，充滿了生命力、律動、年輕的魅力、活力，載欣載奔。

「不，先生，」傑克．達克說。他們轉身望著他。「一幅『署名』麥蘭的畫作，是達克的創作！」接著他看到他們瞠目結舌的表情，他再度露齒而笑，一幅贗品。「到這邊來，」他說。「我向你們解釋。」

他們跟著他到工作室的一個角落，那是一個以夾板隔出的三角形區域。牆上釘著照片、密觸版印、速寫、剪報、各式字體表、照片的扭曲插圖以及各種紙張及布料的彩樣。小隔間被一張斜面畫桌佔滿了，桌上有一把T型尺、一桶桶的筆、鉛筆、炭筆、粉蠟筆、塑膠製的三角板及曲線板、黏著劑、一個老舊的水彩顏料罐以及四處亂擺的煙灰缸。

在畫桌後，面向一扇窗戶處有一張堅固的工作檯。有個奇特的裝置夾在桌面上，以鋁合金焊製的長架尾端有一具稜鏡。那套裝置就架設在一面垂直畫板與一面水平畫板之間。

「看到那個沒？」達克說：「那稱為照相機描圖器，一般就稱為『描圖器』，一種模擬縮圖的工具。假設你想畫一張裸女圖，你就先拍一張裸女照片，選好你想要的身體及姿勢，沖洗成一張八乘十的照片。將照片釘在垂直的畫板上。然後你由支架尾端那具稜鏡來觀看，你可以同時看到照片影像以及攤平的畫紙。你可以用筆、鉛筆、炭筆、粉蠟筆，各類的畫筆來摹繪出那張照片。維妙維肖，幾可亂真。」

他們望著他，他笑了出來。

「別批評這種畫法，」他說。「採用老式的畫法花太多時間，太大費周章，姿勢還要擺好久之類的。即使藝術家或插畫家有繪畫的才華也一樣，而他們大都只是濫竽充數。總之，有天晚上我正在用那部描圖器摹繪一張全家福照片時，麥蘭爛醉如泥的現身了。他開始數落我太過匠氣，將我批評得體無完膚。說我不是藝術家，我無法自己作畫，說我真是丟人現眼，諸如此類的。真的是把我罵得狗血淋頭。」

達克突然停了下來，盯著空畫板。他的眼睛瞇起，彷彿在凝視釘在上頭的什麼東西。然後他嘆了口氣再繼續說下去……

「最後我受不了了，於是說：『你這王八蛋，我聽夠你的狗屎屁話了。我的技巧比你高明一倍，為了證明這一點，我要畫一張原創的維多．麥蘭畫作，全世界所有藝術專家都會發誓那一張是真跡。』他笑了出來，不過我抓起一張素描紙、一支炭筆，開始模仿他的畫風作畫，不過我畫得更快。我是最棒的。我只花了不到三分鐘。然後我把畫拿給他看。他望著那幅畫，我以為他會宰了我。我真的嚇壞了。他的臉色慘白，雙手開始顫抖。我真的以為他要訴諸暴力了；他一向動不動就發火。我環顧四周想要找東西來砸他。

我赤手空拳一定打不過那瘋狂的王八蛋；他會把我碎屍萬段。」

達克停下來搔他那件緊身工作褲的胯部，若有所思的仰頭望著天花板。

「然後他將我的畫撕成四片，朝我扔過來。然後我灌了他更多酒，當晚稍後我們用膠帶將我的畫黏好，他也在上頭落款。然後他認為那是一個天大的笑話。那真的是我的畫，不過他承認他不覺得在上頭落款有辱他的名聲。狗屎，那幅畫比他的許多作品還要高明。而且我也沒有依照片摹繪，我只是信筆揮就。他沒有那麼偉大。我原本可以……每個人都認為……好吧，我們上樓輕鬆一下。再過一個小時左右我還得再拍一組照片。得不斷做下去才行，不能歇手。」

他帶他們走上迴旋梯前，從凌亂的工作桌上抓起一頂栗色的圓扁帽，帥氣的斜戴著遮住一邊的眼睛。他們看著他將帽子戴上，不置一詞。他們是警察；什麼怪胎都見過了，見怪不怪。

上樓後，他問他們要不要喝點什麼。他們婉拒，但他堅持要替他們現煮一壺咖啡。他使用一只特殊的玻璃容器，有一套類似活塞的裝置，可以將研磨咖啡的濾網推送至熱水中。

「你會喜歡這種煮法的，」他向他們保證。「比用滴的好喝。而且是我自己在東區一家很棒的小店裡買的豆子，用摩卡咖啡、爪哇咖啡以及哥倫比亞咖啡親自調製的。我每天一早現磨現煮，濃郁香醇，有一股微妙的香氣。」

狄雷尼組長覺得那可能是他有生以來喝過最難喝的咖啡，他由布恩的表情也可以看出來兩人對此是所見略同。不過基於禮貌，他們還是繼續品啜。

他們彆扭的坐在一張狀似嘴唇的紅紫色小型沙發上。傑克．達克懶懶的坐在他們對面一張狀似棒球手套的軟皮椅內。

「那麼……」他說。「我能幫上什麼忙嗎？」

他們取出筆記本。狄雷尼組長把達克在麥蘭遇害的那個星期五的行蹤紀錄複述一次。達克的接待人員及助理在上午九點左右上班，他們將拍攝時尚照片的佈景佈置妥當。模特兒在十點左右過來，大約半小時後開拍。貝拉．莎拉珍在十一點半左右現身。中午，她與傑克．達克上樓吃午餐。

「很正點的捲餅，」達克補上一句。

他們在一點半左右下樓，貝拉．莎拉珍一個小時後離去，或許還不到一個小時。下午三點前不久完成拍攝，模特兒離去。達克留在住處，直到當天晚上七點才與友人同行驅車前往河谷街參加一場晚宴。

「你自己的車子？」狄雷尼問。

達克點頭。「實在是浪費錢。我通常都搭計程車，想要在曼哈頓鬧區停車簡直要命。我大部分時候都將車子停在車庫，位於西五十八街，要車庫的地址及名稱嗎？」

「不用了，謝謝，達克先生，」狄雷尼說。「我們有那份資料。貝拉．莎拉珍呢？」

「她怎麼了？」

「你與她關係親密嗎？」

達克喝了一大口喝咖啡，然後蹙眉。

「噢，老天，是的，」他說。「和紐約的一半人口一樣。貝拉到處留情，無論種族、宗教、膚色或哪個國籍。」

「她說你恨維多．麥蘭，」狄雷尼不動聲色的說。

達克突然直起身體，杯中的咖啡溢出一些濺在他的牛仔褲上。

「她說『那種話』？」他說。「我不相信。」

「噢，是的，」狄雷尼點點頭，低頭看筆記本。「說你因為嫉妒麥蘭的忠於自己而恨他。她的用語『忠於自己』——不是我說的。」

「那賤婆娘，」達克說，身體放鬆靠坐回棒球手套上。「羨慕可能有。是的，我想我羨慕他。憎恨？我不以為然，當然不致於會要他死。我聽到他的死訊時還哭了，我不希望他死。無論你信不信，不過我真的覺得很難過。」

「那倒是與眾不同了，」狄雷尼說。「你是我們訪談過的麥蘭親友中第一個表示哀傷的人。或許除了他的經紀人索爾．杰特曼之外。」

「他的『經紀人』？」達克說，出人意表的笑了出來。「那是你對他的稱呼？」

「他是麥蘭的經紀人，不是嗎？」

「呃……是的，我想是，」達克說，仍帶著笑容。「不過他們不喜歡被稱為『經紀人』，他們比較喜歡『藝術品業者』這種字眼。」

「我們與杰特曼長談過有關藝術經紀人的事，」狄雷尼仍不願改口。「他們賺多少錢，他們的義務與責任，諸如此類的事。杰特曼不曾反對過我稱他為麥蘭的經紀人。」

「或許他不想讓你誤解，」達克聳聳肩。「不過我向你保證，藝術品『業者』才是他們想要的稱謂。就像清垃圾的人喜歡清潔工程人員這種頭銜。」

「你有經紀人嗎，達克先生？」布恩小隊長問。「或是藝術品業者？」

「見鬼了，沒有，」達克迅速回話。「做什麼用？我自製自銷。客戶直接來找我，我不需要去找客戶。我為什麼要付百分之三十的酬勞給那些不能替我代勞的吸血鬼？聽著，我的作品供不應求。我是最優秀的。」

「這你告訴過我們了，」狄雷尼低聲說道。「再回頭談貝拉．莎拉珍，你能否向我們透露她與維多．麥蘭的關係？」

「恨他，」達克回答得很快。他將咖啡擺在一旁，只喝了一半，身體癱斜在他的皮製棒球手套內，手指頭交叉擺在他圓滾滾的腹部上。「憎恨他的膽識。你知道，維多討厭虛偽，討厭各式各樣的虛情假意與偽君子。而貝拉是箇中翹楚。」

「是嗎？」狄雷尼說。

「不是才怪，」達克熱切的說著，撫摸著長滿鬍渣子的下巴。「聽著，維多．麥蘭是個很粗魯的傢伙。我是說，如果他認為你說的是狗屁，他會當面就說出來，立刻說出口，無論是誰在聽。我記得有一次貝拉在她的住處辦了一場大型派對，有許多重要人士到場。麥蘭在稍後才現身，或許他沒有接到邀約，極有可能沒有。不過反正他聽到有派對，於是就趕過來了。他不在乎。他知道他們不願意讓他到場，因為他老是會惹事生非。我告訴你，他會動粗。他會揍藝評家，還會砸東西。拿食物、飲料來砸他不喜歡的人，諸如此類的事。總之，貝拉正在舉辦這場精心籌畫的派對，而維多出現了，和往常一樣酩酊大醉，不過一直悶不吭聲，只是盯著那些俊男美女。然後貝拉開始談起她在華府時是多麼風光。你知道，款待過總統，與各國大使翩然起舞，與參議員打網球，教國會議員的夫人們做瑜伽，這類的狗屎。每個人都在洗耳恭聽貝拉吹噓，不想打岔。畢竟，她有舉足輕重的份量。然後麥蘭插嘴了，聲如洪鐘，每個人都聽到了。他說貝拉是全世界最會吹牛皮的人，他說她打爛了她老公的頭，在歐洲花光了一大筆錢，最後還把最高法院搞得雞飛狗跳。」

狄雷尼與布恩低頭看著筆記本竊笑。

「他把整個派對搞得天翻地覆，」達克露齒而笑，回想著。「我們忍不住笑個不停。他就是這麼一個口無遮攔的王八蛋，說話真的很毒，不過同時也真的很有趣。放蕩不羈。有時候。」

「貝拉．莎拉珍如何看待此事？」狄雷尼問。

「試著一笑置之，」達克聳聳肩。「她還能怎麼辦？不過她氣得咬牙切齒，我看得出來。當時就恨透他了。可能會殺了他。我知道她絕對不會釋懷的。」

「麥蘭為什麼要這麼做？說出這些事？」

「為什麼？我告訴你為什麼。因為他無法忍受虛偽，無法忍受虛情假意與偽君子。」

「這個……」狄雷尼嘆了口氣：「有時候人們會將毫不保留的坦率當成虐待別人的藉口。」

傑克．達克好奇的望著他。

「沒錯，組長，」他說。「麥蘭的人格特質中也有這種因子。他喜歡傷害別人，這一點無庸置疑。他稱之為戳破他們自我的氣球，不光是如此，至少我認為還有別的成份。他會變得很惡毒，不肯讓任何人有一絲幻想或自尊，就像他那晚對待貝拉那樣。你會恨那樣的人，將你的偽裝全部剝光，讓你赤身露體。」

兩位警官在筆記本振筆疾書。

「你說莎拉珍有舉足輕重的份量，」狄雷尼說，沒有抬頭。「這句話是什麼意思？」

「這……你知道，」達克說。「政治的影響力，她真的認識很多政要，知道很多祕辛。此外，她在紐約藝術界也有呼風喚雨的能耐。她可以幫名不見經傳的漫畫家推薦到畫廊開畫展，或者慫恿她的有錢朋友去買某個傢伙的作品。擅長做宣傳與促銷，經常辦派對，交遊廣闊。她對藝術家來說，可謂彌足珍貴；對業者、對收藏家而言亦然。」

「你認為她知道什麼是好作品嗎？」狄雷尼問。「我是說，她對藝術有好品味嗎？」

傑克．達克爆笑出聲。

「好品味？」他笑岔了氣。「貝拉．莎拉珍？算了吧！她會在格林威治村中找個滿頭長髮的孩子，將他的作品拿來給我看，說：『他是不是才華洋溢？他是不是很棒？』我就說：『貝拉，那孩子沒有天份。

他不是那塊料。』一個月後那孩子在麥迪森大道的一家畫廊辦畫展，然後再過一個月他就銷聲匿跡了，從此沒有人聽過他的消息。那樣也好，因為他根本就沒有什麼才華。全是貝拉在操弄。她相中了那個傢伙，替他辦一場展覽會，然後同樣迅速的甩掉他。在教他幾招連《慾經》中都沒有的體位之後就甩了他，然後她又去勾搭別人了，原先的那傢伙就回到格林威治村，三餐不繼，納悶到底出了什麼差錯。對貝拉而言，藝術只是一場規模浩大的遊戲。」

「不過你喜歡她？」狄雷尼問，面無表情凝視著達克。「你喜歡貝拉．莎拉珍？」

「貝拉？」達克複述了一次。「喜歡她？這……或許吧。物以類聚，我們兩個都是偽君子。我原本可以……唉，談這有什麼用。貝拉和我，我們都知道我們是誰，我們是什麼樣的人。」

「不過維多．麥蘭不是個偽君子？」亞伯納．布恩輕聲的說。

「不是，」達克斷然說道。「他的毛病很多，不過他不是偽君子。那可憐蟲。他悶悶不樂，你知道。他也有壓力。他和我們一樣貪婪，不過他追求的是不同的東西。」

「什麼東西？」狄雷尼問。

「噢……我不知道，」達克支吾其詞。「他是個他媽的爛畫家，沒有我行。我是說，就技巧而言。不過他有某種我不曾擁有的東西，或者我曾擁有過卻喪失了，我不知道。不過他沒有像他期待的那麼優秀，或許正因為如此他才那麼賣力，畫得那麼快。好像有人在逼迫他。」

隨後靜默了片刻，狄雷尼與布恩翻閱著他們的筆記本。他們聽到樓下傳來的聲音，以及達克的助理在佈置下一場攝影所需的佈景時發出的聲響。

「達克先生，」狄雷尼說：「你是否曾為麥蘭提供或推薦模特兒？」

「模特兒？一次或兩次。他大都是自己找，人高馬大、肌肉結實的婦人。不是我偏好的那一型。」

「你最近曾替他推薦過任何人嗎？一個很年輕的女孩？波多黎各人或拉丁民族的？」

達克想了一陣子。

「沒有，」他搖頭。「沒有那一類的，近六個月都沒有，或許一年了。怎麼了？」

狄雷尼組長告訴他在麥蘭的畫室中找到的素描。達克很感興趣。

「帶過來吧，」他提議。「我倒想瞧瞧。或許我可以認出那個女孩。我用過很多模特兒，拍照及插圖用的。當然，也有油畫。不過那種的我越來越少做了。真正有利可圖的是廣告攝影。我也開始拍影片了，廣告片。那個領域的利潤優渥。」

他突然搖晃了一下站起身來，栗色的扁帽偏斜至腦後。

「得下樓了，」他匆匆說道。「行嗎？」

兩個警察互望了一眼。狄雷尼微微點了點頭。他們將筆記本闔上，起身。

「謝謝你的合作，達克先生，」狄雷尼說。「我們很感激。」

「隨時候教，」那位藝術家說，誇張的揮揮手。「你知道，你的臉滿有意思的，組長。很厚實。我很想找個時間畫一張。或許我會——當你帶麥蘭的素描再過來時。」

狄雷尼再度點點頭，沒有笑容。

「我們能夠從這裡離開嗎？」布恩小隊長若無其事的問道。「或是一定要下樓才能出門？」

「喔，不用，」達克說：「你可以從這裡出門，那邊那扇門。通往五樓的樓梯與電梯。」

「還有一件事，」狄雷尼組長說。「貝拉·莎拉珍告訴我們，你在為她畫一幅畫。畫在鋁箔紙上的一幅裸女圖。」

「貝拉太多嘴了，」達克不悅的說。「話一傳出去，我還沒完成大家都在做這種畫了。」

「我們能否瞧瞧？」狄雷尼問。「我們不會向任何人提起。」

「當然。我想應該可以。有何不可？來吧——在樓下。」

他們在工作室內等達克——櫃台的接待人員有一堆留言要轉達，助理在他們的燈光後，一個模特兒坐在一張高腳凳上。她穿著一件單薄的印花長袍，嚼著口香糖，翻閱著《哈潑雜誌》。助理們在她身後的舞台搭起了一座閨房的佈景：一張鋪著錦緞的躺椅，旋轉台上有一扇高大的窗間壁玻璃，一張擺滿了化妝品的梳妝台，一張呈黑檀木色的銅床架。

「嗨，傑克，蜜糖，」達克下樓時她叫道。「你是當真的嗎？這真的是要拍來做一副撲克牌的？」

達克沒有回答。兩位警官無法看到他的臉。他帶他們走到倚著牆壁放置的一堆畫。他在其中翻挑著尋找他要的那一幅，抽出來後擺在附近的一座畫架上。他們湊近去看個仔細。

他將鋁箔貼在一片畫板上，並將表面處理過以便使用蛋彩作畫。背景漆黑，靠近中央處顏色漸亮呈深紅色，色澤亮得宛如古代的漆器。貝拉・莎拉珍在畫的中央部分，她趴跪著，隱約可看出她是趴在一張覆蓋著布的長椅上。

狄雷尼想，她那種姿勢幾乎像是一頭獵犬面向獵物：背部拱起僵硬、頭部抬高保持警覺，前肢僵直，大腿前伸。藝術家沒有使用肌膚的色調，而是讓未上色的鋁箔勾勒出肌膚。模特兒及身軀的陰影以紫羅蘭色快筆揮灑出來，臉部五官只可意會而未工筆細描。

這是一幅令人屏息的精心傑作。藝術家的技巧或他匠心獨具的效果無庸置疑。不過畫中傳達出一絲令人不安的氣息，一種冷漠而死氣沉沉的氛圍。女人肌肉結實的軀體有腐敗的況味。

狄雷尼判斷，那種效果是藝術家刻意營造的，藉著將鋁箔緊密壓皺而烘托出這種效果。然後達克在將它黏到畫板上之前先抹平。不過肌膚，未上色的鋁箔，仍帶著細密交錯的紋理，有數百條，造成碎裂的外觀，彷彿肌膚因經年累月的不斷頻繁使用而遭到侵蝕、破壞。這幅畫作似乎呈現的是貝拉・莎拉珍在香消玉殞化為塵土前的一瞬間，他搞不懂她為什麼會對這麼一幅作品感到如此自傲。

「非常好，」他告訴達克。「確實非常好。」

他與布恩慢慢走回他們停放的車子。他們望著人行道沉思……

「車庫也查過了嗎，組長？」布恩問。

「是的，」狄雷尼說。「他們唯一掌握的紀錄是他在當天傍晚開車出門。不過應該再去查一遍。」

「好的，」小隊長說。「你知道，這些人令我擔心。」

「令你擔心？」

「是的，長官，」布恩蹙眉說著。「我不習慣這種人。到目前為止，我掌握的資料都與藝文界人士有關。狂熱份子、話中帶刺、專業人士。你知道嗎？我沒有應付這種人的經驗。我是說，他們會『思考』。」

「他們也會睡覺，」狄雷尼漠然的說。「他們也會吃飯、拉屎，其中還有一個會殺人。我要說的是，他們之中有一個犯下了一件非常原始的罪行，與一些沒頭腦的窩囊廢一樣愚蠢又漫不經心就訴諸蠻力。別為頭腦而操心。我們會逮到他，或她。」

「你認為凶手留下了蛛絲馬跡？」

「我懷疑，」狄雷尼說。「我只是期待機會。一個意外，某種他們無從預期或計畫的事。我認識一個叫艾弗林・福樂斯特的人。他在紐約齊爾頓分局當局長，那是位於西點軍校附近一個迴轉道的分駐所。齊爾頓分局就只有福樂斯特一個人，或者應該說以前是如此。他是個嗜喝啤酒的老警察，我希望他仍健在。

「總之，這位福樂斯特告訴我一個被他逮到的仁兄。這位退休的教授、他的第二任妻子以及他的繼女，在齊爾頓附近買了一座老農舍及若干土地。那位教授正在撰寫作家梭羅的傳記，不過他仍有餘暇與他的繼女暗通款曲。於是他決定將老婆做掉，並安排成有如一場意外。他有一個絕佳的情境：他們的土地上有一座小蘋果園，當地的兒童與流浪漢總會溜進去偷摘蘋果。許多蘋果。不是撿拾掉落在地面的，而是由樹上摘下來的。於是這位教授買了一把二十口徑的獵槍及射鳥用的小彈丸，每次他們看到或聽到有人偷摘蘋果時，就衝出去大聲吼叫並以獵槍朝果園掃射。距離夠遠，不會有人受傷。只是想嚇嚇小孩子。

「於是那位與繼女有染的教授精心策畫了謀殺他妻子的計畫，計畫得很周詳。他在其中一棵蘋果樹下埋了一顆露出一半的石頭，每個人都可能不慎被絆倒的石頭。有天傍晚他帶妻子到那邊散步，到達那顆石頭時一槍就將她斃了。他戴著手套，將那把獵槍放入她的手中以便留下指紋。隨後他跑回屋子，將手套藏起來，再打電話聲嘶力竭的求救：他的妻子絆了一跤，獵槍撞擊到地面走火，她的胸部被炸穿了，真是恐怖的意外。這位福樂斯特分局長到場查看。他覺得事有蹊蹺，不過他又無法推翻教授的說詞。直到一位當地農人帶著他那個被嚇壞了的孩子去找福樂斯特，全盤托出他的證詞。那孩子目睹了整個過程，他就在樹上偷摘蘋果。儘管精心策畫……」

當天傍晚，兩個女兒在朋友家過夜，說要舉辦什麼「枕頭派對」，蒙妮卡與狄雷尼在廚房裡吃了一頓冷冷清清的晚餐。她試著使氣氛熱絡些；隨後，她知道他心情不好，因此不再試著跟他說話，在他告退進入書房並關上房門時也沒做任何表示。

他感到歲月不饒人：動作遲緩，步履蹣跚，有點笨手笨腳。他的衣服濕黏黏又笨重的貼在皮膚上，他的關節劈啪作響。他似乎是癱陷在旋轉椅內，全身麻木，精神萎靡。他腦海中忽然浮現一個少女傾靠在粉紅色洋傘上的影像，裸露的背部曬成褐色的皮膚。他搖搖沉重的頭，打起精神開始撰寫與貝拉．莎拉珍及傑克．達克約談的詳細報告。

他寫妥並歸檔後，將在維多．麥蘭畫室中找到的三張素描拿出來，擺在牆上軟木板上那幅二五一管區的地圖上面。他用圖釘固定，然後調整檯燈的角度照亮。他坐在書桌後，凝視著那些作品。

年輕。活力。朝氣蓬勃，神采飛揚。一個渴望這一切的狂熱藝術家揮灑著炭筆捕捉了下來。渴望擁有這一切，並展現出來。傑克・達克說，麥蘭好像受到逼迫。狄雷尼相信這一點。他由這些約談、晤談、對話中，開始清晰的看著那位過世的人。那位畫家、藝術家，維多・麥蘭。才氣縱橫的手如今已腐朽，然而不久前仍充滿著渴望與貪欲。他或許曾是個卑鄙的人，惡毒、愚痴，或許殘酷無情。不過，沒有法律規定只有聖人才可以才華洋溢。

狄雷尼思忖著，問題是他開始覺得同情。不只是為了受害者——那是天經地義的事——也為了那些被捲入謀殺案的所有人。他深信他們當中有一人犯下了此案。問題在於他喜歡他們——喜歡麥蘭太太、索爾・杰特曼、貝拉・莎拉珍、傑克・達克。還有，他也懷疑當他與麥蘭的兒子、母親及姊姊碰面時，他也會喜歡他們。感到憐憫。

「他們會『思考』，」布恩小隊長這麼說。不僅如此，他們也是精力充沛、聰穎、貪得無厭的人，他們的渴念與妄想會直觸人心。他無法憎恨任何一個人。沒有一個人是他期望中的凶手，然後被逮捕歸案，鋃鐺入獄。

他的同情心令他不安。警察領薪水不是為了要悲天憫人的。警察看事情必須黑白分明。『必須』如此。解釋與辯護是醫師、精神科醫師、社會學家、法官、陪審團的事，他們領薪水是要看出灰色地帶，了解並施捨同情心。

但是警察則必須是非分明。因為……呃，因為必須有一個固若磐石的標準，一道鋼鐵般的法律。警察依此行事，不能任由自己好言勸慰、拍拍肩膀、拭掉淚水。這很重要，因為那些其他人——那些可以施捨同情心的人——他們修正標準，撫平磐石、融化法律。不過如果毫無標準，如果警察棄守職務，那麼除了修正、撫平、融化之外將一無所有。全都只是甜蜜的人情。社會將淪為一種溫暖的稀泥：沒有磐石，沒有鋼鐵，誰能生活在這樣的世界中?無政府。叢林。

他將黃色的拍紙簿拉近，戴上厚重的閱讀用眼鏡，開始做今天的筆記：追查殺害維多．麥蘭凶手的待辦事項。

桌上電話響起時已近半夜三更。組長用左手拿起話筒，另一手仍在寫著筆記。

「我是艾德華．X．狄雷尼，」他說。

「艾德華，我是伊伐……」

索森副局長閒聊了幾分鐘，問候蒙妮卡及孩子們，然後隨口問道：「布恩的表現如何?」

「還可以，」狄雷尼說。「我喜歡他。」

「那就好。他沒再酗酒了吧?」

「就我所知沒有，我看到他時他很清醒。」

「有宿醉的跡象?」

「沒有，完全沒有。」狄雷尼不喜歡這個角色；他不是布恩的監護人，也不喜歡報告他的行為。

「有進展嗎，艾德華?」

「這個案子？還不明朗。我只是先了解發生了什麼事，以及涉案的關係人。要花點時間。」
「我不指望你能破案，艾德華，」索森趕忙說。「需要花多少時間都隨你。不急。」
隨後是一陣沉默。狄雷尼知道接下來索森想說什麼，但不想替他解圍。
「呃……艾德華，」索森支支吾吾的說：「你今天約談了貝拉·莎拉珍？」
「是的。」
「她是嫌疑人嗎？」
「他們全都是嫌疑人，」狄雷尼冷冷的說。
「這個，呃，情況有點敏感，艾德華。」
「是嗎？」
「那位女士有些重量級的友人，她顯然覺得你對她不大客氣。」
狄雷尼悶不吭聲。
「你對她不大客氣嗎，艾德華？」
「她可能會這麼想。」
「是的，她是這麼想。而且還打電話給幾個朋友抱怨。她說……」索森的聲音越來越小聲。
「你要我放手不辦此案嗎？」狄雷尼漠然說道。
「喔，老天，不是，」索森匆忙說道。「不是這樣。我只是要你了解情況。」

「我了解情況。」

「你會對待她——」

「一視同仁，」狄雷尼插嘴。

「老天，艾德華，你的脾氣真硬。我沒辦法讓你回心轉意。聽著，如果那位女士有罪，我很樂於看到她被倒吊起來剝皮。我不是要求你掩飾事實，我只是要求你謹慎一些。」

「我依我自己的方式辦案，」狄雷尼語氣嚴苛。「就是這種狗屁事讓我決定退休的，我如今不需要再聽這一套。」

「我知道，艾德華，」索森嘆了口氣。「我知道。好吧……就依你的方式做。要砲轟就由我來擋，設法擋。你有什麼需求嗎？局裡的配合？背景資料？或許再加派一名或兩名人手？」

「暫時不用，伊伐，」狄雷尼說，口氣也緩和了，心懷感激。「不過謝謝你的提議。」

「好吧……繼續努力。倘若有進展或需要什麼就打通電話給我。剛才我說的就別放在心上——關於對那位貝拉・莎拉珍不大客氣的事。」

「我早忘了，」狄雷尼說。

「鐵卵蛋！」索森笑著掛上電話。

狄雷尼呆坐了片刻，盯著手中的話筒，然後緩緩抬起眼睛。他的目光不由自主的望向釘在牆上的幾張素描。被害人的最後聲明。他的遺言……

狄雷尼將話筒掛上，一時心血來潮，在電話簿中查維多·麥蘭位於莫特街的畫室電話號碼。沒有登記，不過在警方的命案報告中有列入。

他撥那個電話。鈴聲一響再響，他聽了許久。不過，當然沒有回應。

7

「晚餐七點整開動，」蒙妮卡語氣堅決的說。「我希望你和布恩小隊長能趕得回來。」

「我們只是離開本郡，不是出國，」狄雷尼好脾氣的說。「七點以前，我們早就回來了。妳做了什麼好吃的？」

「倫敦烤肉及新鮮馬鈴薯。」

「什麼樣的倫敦烤肉？」他追問。

「上等的里肌牛排。」

「太好了。那種的口感最好。要我順便帶點什麼回來嗎？」

「不用——呃，我們的啤酒快沒了。或是你想喝烈酒？」

「都可以。不過我會買些啤酒回來——以防萬一。」

「他不會反對別人喝酒吧？」

「我問過他了，他說他不介意。」

「好的，親愛的。旅途愉快。午餐少吃點。」

「一言為定，」他說。「我知道在多伯渡船頭附近有一家不錯的客棧，他們也供應上等的倫敦烤肉及新鮮馬鈴薯。」

她笑著替兩人再倒了杯早餐咖啡。

亞伯納·布恩小隊長在外頭等他。所有的車窗都搖了下來，布恩用報紙在搧涼。

「今天會很熱，長官，」他語氣輕快的說。「都快二十三度了。」

狄雷尼點點頭，將他的氈帽丟到後座。兩人都取出筆記本，進行每天早上例行的筆記比對。

「我查過達克的車庫了，」布恩說。「沒有他在入夜前曾取車的紀錄。為了求慎重，我又去找貝拉·莎拉珍的大樓管理員談過。她沒有車子——或是說如果她有車子的話，也不停在那棟大樓。我不認為她有車；我做過調查，她沒有駕照。管理員說她偶爾會向提供司機的租車公司租用高級房車。他記得那家租車公司，我去查過了，沒有她在那個星期五租車的紀錄。我猜她或許會向別家租車公司租車。要我清查所有的租車公司嗎，組長？」

「不用了，」狄雷尼說。「暫緩。那要耗上許多時間。」

「反正，他們仍然可能搭地鐵，」布恩仍堅持他的想法。「我明天就去測一趟時間。」

「你仍然認為是他們兩人幹的？」

「可能，」布恩點點頭。「其中之一，或兩人聯手。他們只要有兩小時，就可以趕往莫特街幹下此案再回到原處。」

「好，」狄雷尼說。「持續追查直到你滿意為止，我不是說你錯了。索森昨天打電話過來，貝拉．莎拉珍向她的重量級友人告狀了。」

「索森光火了嗎？」

「還好。他會替我們擋，這種事他很在行。」

「還有一件事，」布恩翻閱著筆記本說。「我跟幾位辦過此案的同事聊過。其中一人曾經前往南亞克查過麥蘭的母親與妹妹，她們說那個星期五從上午十點至下午三點她們都在家。她們無法證明，而他也無法提出反證。她們有一位管家，不過當天剛好休假。沒有人看到她們在家，也沒有人看到她們離開家門。」

「她們有車嗎？」

「有，一部大型的老式賓士車，麥蘭的母親跟妹妹都會開車。不過那位同事倒記得一件事，沒有列入報告，就是當他離開時，麥蘭的母親揪住他的臂膀說了幾句類似『把殺害我兒子的凶手找出來，那對我很重要』之類的話。那位同事覺得有點可笑。『對我很重要，』她說。那令他印象深刻。」

「沒錯，」狄雷尼點點頭。「這種說法確實怪異。當然，或許她只是表示要維護麥蘭家族的聲譽之類的狗屁事。好吧，我們去找她談談。你認為我們該怎麼走？」

「我想我們就走州際高速公路，經過華府前往帕黎賽斷崖，然後再沿著9W公路進入南亞克。可以嗎，長官？」

「行。」

「我要脫掉外套，舒服一些，」小隊長說。「你呢，組長？」

「我夠舒服了，」狄雷尼說。

布恩將他的薄運動夾克脫下，傾身放在後座時，狄雷尼看到他臂部上方的黑色槍套內配帶著一把科特牌點三八的警用槍枝。在布恩行經街道上高速公路時，兩人聊起了槍枝的話題。

經過華盛頓橋時，交通順暢了不少，他們鬆了一口氣，看來可以輕鬆上路了。這時氣溫已經升高，敞開的車窗吹進一股河邊清涼的微風，空氣清新沒有污染。天氣晴朗，他們可以看到紐澤西那一側的新大樓高聳入雲。河面有幾艘平底船緩緩駛著，空中有幾部噴射客機嗡嗡飛過。好日子……

「組長，令尊是警察嗎？」布恩問道。

「不是，」狄雷尼說：「他經營一家酒吧。在第三街靠六十八街附近有一家店，後來在八十四街又開了一家，也是靠第三街。我以前讀夜校時，下午經常在店裡幫忙。」

「家父是個警察，」布恩說。

「我知道，」狄雷尼說。「我參加了他的喪禮。」

「是嗎？」狄雷尼說，似乎覺得很欣慰。「我不知道這件事。」

「我當時是個小隊長，還由第二三分局帶了一個小隊前往。」

「我當時真的很感動，」布恩說。「甚至還有從波士頓及費城趕來的警察。市長也蒞臨了，他致贈家母一面匾額。」

「沒錯，」狄雷尼說。「令堂仍健在？」

「不，走了。我在田納西州還有幾位表兄弟姊妹，不過已經幾年沒見面了。」

「你和你老婆沒有孩子？」

「沒有，」布恩說：「我們沒有孩子，這讓我鬆了一口氣。」

車子繼續前行，兩人都沒有說話。然後狄雷尼說：「我要你在偵辦這件麥蘭案時照我的吩咐做幾件事，但我不希望你心裡不舒服。」

「我不會覺得不舒服，」布恩說。「什麼事，組長？」

「首先，我要詢問麥蘭的兒子——他叫什麼名字？希奧多。他們都叫他泰德。我要親自詢問他，就我一人。」

「當然可以，組長，」布恩說。他的眼睛仍盯著道路。「沒問題。」

狄雷尼知道他受到傷害了。

「我的想法是這樣，」他解釋。「依照檔案看來，還有他母親的說法，我想那孩子應該是個自作聰明的傢伙。就是那種罵警察是『豬』或『笨蛋』的狂妄之徒。我想如果我們兩人一起去找他，他會覺得我們在逼問他。如果我自己去找他，慈祥親切，扮演善解人意的長輩，給他一點他不曾擁有過的父愛，也許他的態度會軟化些。」

布恩迅速瞄了他一眼，一臉訝異。

「很合理，」他說。「要是我就想不到這一點。」

「另一方面，」狄雷尼說：「我要你自己去約談那位蘇珊·韓莉。她在電話中的聲音聽起來年紀多大？年輕？年老？」

「年輕，」布恩說。「不過很有自信。聲音深沉，笑聲爽朗。」

「好，你就照以下的方式去做，」狄雷尼說。「我明天去找麥蘭的兒子，自己去。你去測試搭地鐵由達克的住處前往莫特街所需要的時間。在這之前或之後，再前往賽門與布魯斯特律師事務所找蘇珊·韓莉。你就藉口你路過當地，順道上門替你和我跟她的上司朱立安·賽門約個時間碰面。下星期任何一天都行，上午或下午，隨他方便。」

「了解，」布恩說，感覺好過了些。「你要我去跟她打情罵俏——對吧？」

「如果可以的話，」狄雷尼點點頭。「看看她是什麼樣的人。如果她對你也有意思，就請她吃午餐。我想那是一對一的情況，如果你自己來，我們或許可以多套出一些話來。你如果可以與她共餐，別操之過急。你知道——天南地北閒聊就行。談談她是否認識麥蘭，他發生這種事真悲慘，諸如此類的。你應該知道怎麼做。你可以靜靜的聽她說，沒問題吧？」

「我是個好聽眾，」布恩說。

「很好。那就是我要你做的事。別急著追根究柢，交個朋友就好。」

「若她問起這個案子的進展呢？」

「敷衍她幾句。什麼都別透露，不過要裝得像是說了不少。告訴她麥蘭沒有穿內褲，她會認為她打聽到了報紙上沒有報導的內幕消息。還有，事後我們再設法查查看她是否將內褲這件事告訴麥蘭太太，藉此可以推敲出她們兩人的關係有多親密。不過你要告訴蘇珊・韓莉必須三緘其口，守口如瓶。你湊到她身旁說：『我要妳答應我絕對不會向任何人透露這件事，不過——』她會很興奮，或許就開始向你透露祕密。你應付得來嗎？」

布恩深吸了一口氣，重重的吐了出來。

「噢，我是應付得來，」他說。「不過我要告訴你一件事，組長：如果我哪天做掉了某個人，我可不希望由你負責調查。」

他們在南亞克停車問路，中午過後不久就已緩緩駛過麥蘭家的住宅及庭院，仔細觀察了一番。

那座庭院相當壯觀：一大片草坪由路邊延伸，四周種著濃密的橡樹、楓樹，還有幾株冷杉。路邊的車道鋪著碎石，車道上還有一道門廊，通往一座規模較小但門相當寬敞的建築物，那座小建築看來像是原本蓋來當作穀倉，後來才改建為車庫。一部老式的黑色賓士車停在門廊下。

房子是幢不規則的結構體，兩層樓高，有一座陽台面對河川。建築物坐落在一座小山丘上，有完善的排水系統；為了觀賞優美的河景，已將後院的樹林砍除。

大門入口有四根與房子同高的木柱，用來支撐一道尖頂式的門廊。門廊、窗戶及門口旁都有天窗、小尖塔及許多俗麗的裝飾，另有一座加裝著紗窗的陽台懸垂在一道堤岸之上，堤岸陡峭的直通向河畔。在一側的樹林邊有座涼亭，看來早已棄置多時。

「我猜已有七十五年歷史了，」狄雷尼說。「或許一百年。看來一開始好像先蓋好中央那棟主屋，兩邊的廂房是後來陸續加蓋的；穀倉是原來就有的。」

「她應該很有錢，」布恩說：「不過看起來真不像是豪宅。至少她沒有花太多錢維修。」

草坪上亂草叢生有待整理，樹木也是早該修剪了，灌木叢應當砍除。涼亭的幾扇窗戶都已破損。鋪著碎石子的車道像補丁，露出了幾處光禿的地面。房子旁的花壇惡草繁生。房子本身，還有穀倉，都已久歷風霜，呈現出斑駁的暗灰色，有些地方近乎銀白色。

「真是破舊，」狄雷尼說。「房子看來還很完整，不過若想要像樣點，非得要一群人打打敲敲個半月才行。風景倒是絲毫不受影響。好，走吧……」

他們緩緩開進車道，停在有三個台階的正門前。布恩小隊長在他們走到門口前先將外套穿上。門上的漆都已剝落，銅製的門環也失去光澤。狄雷尼組長重重扣了兩次門。

門立刻打開來。皺眉怒視著他們的高大婦人身形消瘦，幾乎可說枯瘦如柴，面目黧黑，有一張五官粗大的農婦臉孔。她腳上穿著骯髒的室內拖鞋，後腳跟已經磨損了。耀眼的黑色長袍在領口及袖口處打著褶，留下了一處處的髒污。平坦的胸脯前配戴著一個鑲著浮雕的胸針，手腕上還出人意外的戴著一只男用的金色電子錶。

「什麼事？」她說，聲音粗糙、不客氣。

「麥蘭太太？」狄雷尼組長問。

「不是，」那婦人說。「你是警察？」

「是的，夫人，」狄雷尼輕聲說，試著擠出一絲笑容。「麥蘭太太在等我們。」

「這邊走，」婦人下令。「她們在陽台。」

狄雷尼聽不出她的口音，或許是維吉尼亞州的沿岸地區，他想。

她將門拉開，空隙只夠讓狄雷尼與布恩勉強側身進入，一次一個人。他們等她鎖門並扣上門閂，然後跟著她走過沒鋪地毯的拼花地板，經過一道狹長的走廊到達房子靠河的一側。兩位警官環顧四周，迅速瞄了一眼笨重的深色家具、玻璃風鈴下已乾枯的花、滿佈塵垢的天鵝絨窗簾、椅背套、破損的腳凳、鋪著暗淡桃花心木鑲板及骯髒壁紙的灰暗牆壁。有股霉味，其中混雜著貓出沒的味道、濃重的香水味和家具的亮光漆氣味。

走道往前延伸至一座加裝紗門、俯瞰著河川的陽台。安裝鉸鍊的窗戶往內拉開，以廉價的鉤扣及窗閂固定。陽台應該是房子蓋好後再加蓋的，約有二十呎長，八呎深，擺著一些原本是白色的破爛柳條家具，上頭有印花棉布椅墊；地板上鋪著一條磨損嚴重的破地毯。一部小型電視機擺在椅子上，另一張椅子則趴著一隻肥胖慵懶的斑點貓。

陽台上的兩名婦人將扶手椅拉近一張搖搖晃晃的柳條桌子。桌上擺了一個上了漆的黑色托盤，盤裡有壺看來像是裝著檸檬汁的水瓶，旁邊有四只珐瑯花紋的雅致高腳杯，每只杯子的花紋都不一樣。狄雷尼推斷那套茶具組應是維多利亞時期的真品。

兩個婦人都沒有起身迎接客人。

「麥蘭太太？」狄雷尼親切的問。

「我，」較年長的婦人說：「我是朵拉．麥蘭。」

她伸出手做出要接受吻手禮的姿態，狄雷尼上前匆匆握了一下她結實的手。

「紐約警局艾德華．X．狄雷尼組長，」他說。「幸會，夫人。」

「這一位，」麥蘭太太說，宛如昆蟲學家指著一隻稀有品種：「是我的女兒，艾蜜莉。」

較年輕的女人乖順的伸出手。狄雷尼發現她的手圓胖、柔軟、微濕。

「麥蘭小姐，」他說。「幸會。請容我介紹我的同事，亞伯納．布恩小隊長。」

布恩也行禮如儀的一一與她們握手，口中喃喃說了些難以辨識的客套話。然後兩位警官就這麼尷尬的站著。

「你們自己拉張椅子，兩位，」麥蘭太太聲如洪鐘的說。「我建議挑角落那兩張。拜託不要驚動那隻貓，我怕牠被激怒了會發脾氣。我準備了這壺檸檬汁，兩位遠道而來，想必都渴了。」

「非常感謝，夫人，」狄雷尼說，兩位警官於是將那出奇笨重的柳條椅拉到桌邊。「悶熱的一天。」

「瑪莎，」麥蘭太太頤指氣使的說：「麻煩妳倒一下飲料。」

「我要清洗床單，」那個枯瘦的婦人嘀咕著。她一直站在門口，此刻卻突然轉身，踩著破拖鞋拍搭拍搭的走開了。

「如今要找個好幫手可真難，」麥蘭太太若無其事的說。狄雷尼想，他已經有二十年沒有聽到這樣的說法了。「艾蜜莉，」她指揮她女兒：「倒水。」

較年輕的女人立刻撐起身體站起來。「是，媽媽。」她說。

她穿著一年無袖的束腰長袍，有中國長袍式的領口。不過即使這件長袍很寬鬆，也遮掩不了底下波濤洶湧的豐胸與肥臀；裸露的手臂圓滾滾的有如砧板上的蹄膀，領口上則露出了三層下巴。連手指頭都肥嘟嘟的；肥大的腳趾頭露在涼鞋外頭。

不過就像許多肥胖婦人那樣，她也擁有毫無瑕疵的肌膚，臉蛋乍看之下有點孩子氣，有時會發呆出神，態度相當平易近人、不帶惡意。她倒檸檬汁時溢出了幾滴，她叫了聲：「我的天！」然後滿臉通紅。狄雷尼猜她年約三十二歲，也忖度著她這種有如氣球般的臃腫身材，過的會是什麼樣的生活。

她將杯子遞給他時，他端詳著她褐色的眼眸，赫然發現她有股精明慧黠的氣質，這令他有點訝異。還有儘管她身材臃腫，動作卻穩健而優雅，幾乎可以稱為可愛嬌美。她的聲音輕細，聽起來比實際年齡輕，帶點小兒女的撒嬌腔調。她將杯子遞給布恩時，嫣然笑著說：「來了，小隊長！」狄雷尼注意到她刻意碰了一下他的手指頭。

檸檬汁是現榨的，只加了少許糖，冰得很透涼。相當好喝，狄雷尼組長也如此告訴麥蘭太太。她像個母儀天下的女人一樣頷首致意。

然後他欣賞著風景，望著一艘船在林蔭夾岸的河道間緩緩由紐約逆流而上，前往熊山。「美不勝收，」狄雷尼讚嘆，麥蘭太太回說：「謝謝，」彷彿那風景是她一手設計的。

然後，寒暄結束，她直截了當的問：「狄雷尼組長，你們追查殺害我兒子的凶手有何進展？」

「夫人，」狄雷尼說，傾身向前娓娓道來，後來他告訴布恩這段話是「狗屎連篇」，他直視著老婦人的眼眸：「我向妳保證，紐約警局的全部資源都用在追查殺害令郎的凶手上，只要有任何關於凶手或凶手們的蛛絲馬跡我們都沒有放過。布恩小隊長跟我現在是專人專案，全心全力偵辦此案，局裡的龐大人力及技術支援隨時都可供我們調遣。相信我，布恩小隊長和我都是將追查殺害令郎凶手列為當務之急。這案子正在積極偵辦中。」

他的一番懇切說辭似乎感動了麥蘭太太，過了片刻她才體認到狄雷尼組長其實什麼也沒有透露。

「可是，你們到底已經做了些什麼事？」她追問。「有任何嫌犯嗎？」

「我們有幾條相當有利的線索，」狄雷尼說。「非常有利。我希望能多透露一些，麥蘭太太，不過這麼一來難免會中傷或許是無辜受牽連的人。不過我向妳保證，我們已有進展了。」

「你認為你會找到凶手？」

「我相信我們的機會很大。」

「什麼時候動手逮人？」

「快了，」他親切的說。「這個案子很棘手，麥蘭太太。我想不起來曾經辦過更棘手或更重大的案子。你呢，小隊長？」

「空前的棘手，」布恩立刻接口。「非常難纏的案子。很複雜。」

「複雜，」狄雷尼大叫。「一點都沒錯！這就是為什麼我們會遠從紐約過來拜會妳和令嬡的原因，麥蘭太太。就是希望妳能提供消息，協助我們解開這些複雜的難題。」

「我們早就接受過約談了，」她不耐煩的說。「我們還做了筆錄。我們知道的全都說了。」

「那當然，」他安撫著。「不過那是在令郎遇害後不久做的。可想而知，當時妳們兩人是如何的悲傷、震驚、恐懼而感到茫然無措。但是如今，隨著時間流逝，當妳們逐漸撫平傷痛後，或許可以回想起當時未能想到的重要線索。」

「我看不出有什麼可能——」

「噢，媽媽，」女兒說，露出潔白的小貝齒燦然笑著：「何不就回答狄雷尼組長的問題，趕緊將此事結束？」

她母親火冒三丈。

「妳給我閉嘴！」她說，然後轉向兩位警官。「再來點檸檬汁，兩位？請自便。」

布恩小隊長起身倒飲料，先將兩位女士的杯子斟滿。

「謝謝你，先生，」艾蜜莉·麥蘭唐突的開口。

狄雷尼趁著小隊長起身倒飲料的空檔，藉機端詳著朵拉・麥蘭。

他下著評語，那張臉就像印在雪茄盒一樣，皮膚是灰濛濛的象牙色，眼眸深而發亮，嘴唇是胭脂紅，黑色鬈髮垂到肩下。那「應當」是一頂假髮，不過與她那具有異國風味的外表搭配得天衣無縫，一度讓狄雷尼認為那會不會就是她自己的頭髮，染黑上油後，在美髮師的巧手下妝扮成亮麗的鬈髮。

他推測她年約六十歲；臉孔與頭髮都與此不符，不過雙手就露出破綻了。她穿著居家的睡衣，不很乾淨，質料是深綠色絲綢。上衣裁剪得像是男性的襯衫，領口處露出沒有皺紋的寬大脖子，也看得出同樣寬厚的肩膀。她相當豐滿，不過不像她女兒那麼臃腫。

兩位警官都留意到她帶著麝香的香水味，更留意到她成熟性感的胴體上沒有穿內衣。她光著腳踝，腳趾甲的顏色與手指甲和嘴唇一樣是艷紅色。她的一邊嘴角下有一顆小黑痣，也可能是一粒柔軟的小黑斑。

她很少改變姿勢，有一股獨特的安詳沉穩氣息，與在一旁椅子上漫不經心睡著覺的貓頗為神似。她散發出一絲原始的性感，而且不會因為是出於做作而稍有遜色。她的姿態有如埃及艷后在駁船上刻意擺弄，同樣充滿自信。如果是一個較年輕或缺乏天份的女人來演出這個角色只會惹來一陣訕笑。兩位警官都笑不出來，有的只是折服。

「好吧，狄雷尼組長，」她說。「你想知道什麼？」

她的聲音低沉，帶著喉音，有點刺耳。從他們到達後到現在，她並未點菸，不過狄雷尼認為她的聲音聽起來像個老菸槍。

他取出筆記本，布恩小隊長也照著做。狄雷尼戴上他厚重的閱讀用眼鏡。

「麥蘭太太，」他開口：「妳曾表示在妳兒子遇害當天，妳和妳女兒從上午十點到當天下午三點都在這裡，在這間屋子裡。沒錯吧？」

「是的。」

「那個星期五，管家因為放假而不在？」

「沒錯。」

「那位管家就是帶我們進來的那位瑪莎？」

「是的。」

「在那段期間，妳們可有任何訪客？」

「沒有。」

「可曾打過電話或接到任何電話？」

「我不記得了。我想應該沒有。沒有，我沒有打過也沒有接到任何電話。艾蜜莉，妳呢？」

「沒有，媽媽。」

「妳們會不會曾經開車到哪個地方？」狄雷尼問。「或許去購物？訪友？或只是兜兜風？」

「沒有，那個星期五我們什麼地方也沒去。我頭痛的要命，我相信我當天幾乎都病懨懨的躺在床上。對吧，艾蜜莉？」

「是的，媽媽。我還把午餐端到妳的房間裡。」

「現在我要兩位仔細聽好我下一個問題，」狄雷尼正色說道：「也要想清楚後再回答。妳們兩位是否知道或懷疑有任何人基於任何理由，無論真有其事或出於想像，不喜歡或厭恨維多．麥蘭，以至於想要致他於死地？」

兩個女人面面相覷了片刻。

「我相信有人不喜歡或者甚至厭恨我兒子，」朵拉．麥蘭最後開口說道。「他在那個競爭激烈的圈子裡是個成功的藝術家，有才華的人難免會遭人嫉妒。這種事我見多了，你知道。我在嫁給麥蘭先生之前原本是個舞台演員，出色的舞台演員，也因此招惹到不少惡意的流言和各類卑鄙的謠言。在藝術創作這個圈子裡，難免會遇上這種事。沒有天份的庸才受到嚴重挫折後，在嫉妒心的驅使下難免會做出惡毒的殘酷行徑。我確信我的兒子就曾遭受諸多此類的攻訐。」

「不過妳可知道有任何特定人士能夠殺死他，或者曾經威脅他的人身安危？」

「不，我不知道。艾蜜莉？」

「我不知道，媽媽。」

「令郎不曾提起過有人威脅他？」

「沒有，他不曾提過，」朵拉．麥蘭說。

「妳和令郎經常碰面？」

她遲疑了一下才回答：「不如我期待的那麼頻繁。」

「令郎多久探視妳一次呢，麥蘭太太？」

她再度遲疑了一下才說：「他一有空就來。」

「多久一次？一星期一次？一個月一次？沒有這麼頻繁或更為頻繁？」

「我真的看不出來這與追查殺我兒子的凶手有什麼關係，狄雷尼組長。」她冷冷的說。

他嘆了口氣，趨身靠向她，表現出推心置腹般的誠意。

「麥蘭太太，我不是想要造成妳的痛苦，或打聽妳與令郎之間的關係。畢竟，那是一種正常的母子親情。不是嗎？」

「當然，」她說。

「當然，」他複述了一次。「他愛妳，妳也愛他。沒錯吧？」

「是的。」

「麥蘭小姐，妳有何看法？」

「媽媽說的沒錯，」較年輕的女人說。

「當然，」狄雷尼點點頭。「所以當我問起令郎多久探望妳一次時，並不是質疑這種關係；只是想建構出他的行為模式。他見過什麼人？什麼時候見的？他到過何處，還有多久去一次？他是否一個月會來這裡一次，麥蘭太太？」

「沒那麼頻繁，」她簡單扼要的說。

「一年一次？」

「或許，」她說。「有空的話。他是一個成功的藝術家，忙得不可開交。」

「當然，」狄雷尼說。「當然。」他摘下眼鏡，望著緩緩流向大海的灰濛濛河流。「一個非常成功的藝術家，」他若有所思的說。「妳可知道令郎的畫作曾以一幅十萬美金的價格賣出？」

「我讀過這則報導，」她淡然說道。

「想想看！」狄雷尼說。「一幅畫十萬美金！」然後他突然轉身瞪著她看。「他可曾拿賣畫的錢給妳，麥蘭太太？」

「沒有。」

「他可曾資助過妳的生活費？是否想讓他的母親分享他的豐厚收入？」

「他一毛錢也不曾拿給我們，」艾蜜莉・麥蘭脫口而出，他們全都轉頭望著她。她滿臉通紅，吃吃笑著，啜了一口檸檬汁。「我的天！」她說道。「我太激動了。不過那是事實——對吧，媽媽？」

「我不曾跟他要過什麼，」麥蘭太太說。「我自己也有點錢，狄雷尼組長。我相信如果我缺錢用，維多會二話不說拿錢出來。」

「我相信他會，」狄雷尼咕噥說道。「妳的手頭寬裕嗎，麥蘭太太？」

「過得還算舒服，」她說。「亡夫麥蘭先生……」她的聲音漸微弱。

「妳先生是何時過世的，麥蘭太太？」布恩小隊長平靜的問道。

「噢……」她說。「好久以前了。」

「二十六年前的十一月，」艾蜜莉・麥蘭說。

「病逝？」布恩追問。

「不是，」朵拉・麥蘭說。

「家父是自殺，」艾蜜莉說。「媽媽，別用那種眼光看我。我的天，他們反正遲早會發現的。家父是在穀倉內自縊身亡。」

「是的，」朵拉・麥蘭說。「在穀倉內。所以我們一直沒去使用那座穀倉。門已經釘死了。」

狄雷尼忙著低頭翻閱筆記本，說道：「還有幾個問題，兩位女士，然後就可以告一段落了。暫時告一段落。以下我會提起幾個人名，請告訴我妳是否認識這些人或聽令郎談起他們。第一位是傑克・達克，馬達的達，克服的克，一位藝術家。」

「我從來沒聽過，」朵拉・麥蘭說。「艾蜜莉？」

「沒有，媽媽。」

「貝拉・莎拉珍。草字頭的莎，拉丁的拉，珍珠的珍。」

朵拉・麥蘭搖頭。

「我從來沒有聽過維多談起她，」艾蜜莉・麥蘭說：「不過我聽說過她，是不是就是那個經常舉辦豪華派對的金髮美女？她常贊助慈善義賣會，也擔任藝術家及攝影師的裸體模特兒。」

「艾蜜莉！」朵拉．麥蘭說。「妳是從哪裡讀來這些東西的？」

「噢，媽媽，報章雜誌都有啊。她也上過電視的脫口秀。」

朵拉．麥蘭含糊嘀咕了幾句，沒有人聽得清楚。

「是的，就是那位女士，」狄雷尼點點頭。

「女士！」麥蘭太太突然說。

「妳從來沒聽過令郎提起她的名字？」

「沒有。從來沒聽過。」

「妳也沒有，麥蘭小姐？」

「沒有。」

「那麼索爾．杰特曼呢？木火杰，特別的特，曼妙的曼。他是令郎的經紀人或藝術品業者。妳認識他或知道他這個人嗎？」

「索爾？我當然認識他，」朵拉．麥蘭說。「一個貼心可愛的小個子，他曾到這裡來探視我們。」

「噢？」狄雷尼說。「常來？」

「不，不常，偶爾。」

「多久來一次？」

「一年二或三次，也許更多。」

「比令郎來得更頻繁，」狄雷尼說，是直述句，不是問句。

「噢，媽媽，」艾蜜莉輕聲笑著。「妳會讓兩位警官認為索爾・杰特曼是專門來探視我們的。」她笑著轉向他。「當然，他不是。索爾經常到士西多公園探訪他的友人。他從紐約開車來，路過此地時會來打聲招呼。他總是來去匆匆。」

「妳可知道他在士西多公園的友人名字？」布恩隨口問道。

艾蜜莉・麥蘭想了一下才回答。

「不知道，小隊長，我不認為他曾提過他們的名字。只是幾個好男孩，他說，常舉行派對。我記得有一次我揶揄他為何從來沒有邀請我去參加那些派對，他說我或許會覺得無趣。我想他說得沒錯。」

狄雷尼點點頭，然後望著朵拉・麥蘭說：「名單上的最後一個是艾瑪・麥蘭，令郎的遺孀。不知道妳能否告訴我們一些與妳媳婦有關的資料，麥蘭太太？」

她瞪大了杏眼望著他。

「告訴你什麼？」她厲聲問。

「呃，就從妳們的私人關係談起吧。妳們相處融洽嗎？」

「夠融洽了，稱不上所謂的親密。她過她的，我們過我們的。」

「我猜她的先生過來這裡時，她沒有同行？」

「你猜得沒錯。」一陣刺耳的笑聲。「不過別搞錯了，狄雷尼組長。艾瑪和我沒有爭執過，不曾公然宣戰。」

「算是休兵?」他問道。

「是的，」她附和。「類似。這在婆媳之間也是司空見慣的事。」

「說的也是，」他同意。「妳能否告訴我，妳們之間，呃，意見不合的原因?」

「我對她撫養泰德的方式不以為然，也這麼告訴她。那孩子需要管教，但沒人在乎。此後我們就很少交談了。」

「不過我們每年都會收到她的耶誕卡，媽媽。」艾蜜莉頑皮的說，她母親瞪了她一眼。

「最後一個問題，麥蘭太太，」狄雷尼組長說。「令郎來此探視妳時，他是怎麼來的?搭火車或公車?還是開車?」

「開車，」她說。

「噢?」狄雷尼說。「就我所知他沒有車子，難道是他租的。」

「不是，」她說。「他向索爾·杰特曼借車。」

「那是休旅車，媽媽，」艾蜜莉說。

「是嗎?」她母親說。「我對車子沒什麼概念。」

狄雷尼緩緩起身，將筆記本及眼鏡收妥，走向門口。布恩小隊長也跟了上去。

「麥蘭太太，」狄雷尼組長彬彬有禮的說：「麥蘭小姐，我們感謝兩位的熱忱款待與耐心。妳們的合作讓我們獲益匪淺。」

「我看不出來有什麼幫助，」朵拉．麥蘭說。

狄雷尼置若罔聞。

「請幫最後一個忙……」他說。「如果我們可以再叨擾片刻，能否讓我們在妳可愛的土地上四處看看？我們很少出城，在清新的空氣中呼吸，欣賞這美麗靜謐的園地，真是件賞心樂事。我們在上路之前能否再多瞧瞧？」

他的一句「這美麗靜謐的園地」無意間激發了她的熱情。她立刻活力十足的堅持要穿上網狀涼鞋，引領兩位警官遊覽一番。他們成雙成對離開，麥蘭太太與狄雷尼，艾蜜莉與布恩小隊長，在庭院內閒逛。管家不知人在何處，不過由廂房傳來收音機播放的鄉村音樂。

朵拉．麥蘭向狄雷尼組長介紹花園中花團錦簇的牡丹花、鳶尾花、百合花；還有一棵橡樹，她宣稱已有一百五十年歷史；灌樹叢中隱約可看到一個供小鳥飲水用的破舊水盤；通往河岸的斜坡上長滿了糾結的野草；房子的磚石地基中有一塊沙岩小石碑，上頭依稀可辨識出「T．M．1898」的字跡。

「我先生的父親，提摩西．麥蘭，在那一年開始興建這棟房子，」她向狄雷尼解釋。「他在房子落成前就死於肺炎。他的妻子，也就是我婆婆，完成主要的建築，並增建了兩翼廂房，還親自規畫大部分的庭園景觀。我先生跟我加蓋了涼亭，鋪設了車道，並在房子內加裝許多現代化設備。當然那全都工程浩大，你也看得出來。我原本打算大舉重修，重現往日風華，不過維多死後，我就意興闌珊了。但是我覺得我的力氣與決心每天都在恢復中，我打算完成整修計畫。那真的是一個夢想，你知道。噢，狄雷尼組長，你應當在我還是個新娘被抱入門檻的那個時代看看這個地方。那是這個地區景色最怡人的住宅，擁有全洛克蘭郡最出色的景觀。柔軟如天鵝絨的草坪，整個環境井然有序，讓人留連。河水波光瀲灩。空氣，天空，鳥語花香。我和你一樣，是都市人，這地方對我而言就像個樂園。我決定重新打造出一座樂園。噢，是的。全部都在。我沒有賣過一吋土地。你無法『相信』稅有多重！這棟房子可堅固得很，我還記得我第一次看到它時那種迷人的模樣。瞧著吧，它會在我的手中煥然一新。」

「我相信妳做得到，」他喃喃說道。

她急切的拉住他的袖口。

「你會找到他吧？」她低聲說著，聲音中充滿了渴望。「我是說，那個凶手？」

「我會全力以赴，」他說。「這一點我可以向妳保證。」

他們再度繞到房子正面。艾蜜莉與布恩小隊長在車庫與涼亭間漫步，她談得興高采烈，狄雷尼聽不到她在說些什麼。小隊長略佝僂著身子，垂著頭，仔細聽著。

朵拉．麥蘭與狄雷尼在門口等他們跟上來。麥蘭太太誇張的用雙手拍打胸脯，抬眼望向蔚藍的蒼穹。

「多麼美好的一天！」她大聲讚嘆。

狄雷尼相信她確實是劇場出身的。

最後，兩位警官向兩位女士告別，也再度行禮如儀與她們握手，面帶微笑點頭致意。然後他們驅車經過鋪著碎石子的車道。

「你有沒有看到那些門？」狄雷尼問。

「有，長官，」布恩說。「門確實都已被釘死了。」

「你對杰特曼的看法沒有錯，」狄雷尼說。「他是個同性戀。」

「而她則是個酒鬼，」布恩木然說道。

「你確定？」

「酒鬼認得出同類，」布恩淡淡的說。

「怎麼看出來的？」

「沙啞的聲音——威士忌造成的，不是抽菸。」

「她的手指頭有尼古丁的漬痕，」狄雷尼表示。

「不過她不敢在我們面前點菸，我們會看出她的手在顫抖。她也沒有移動，好像害怕她設法維持平衡的頭會掉下去似的。我了解那種感受。還有她緊抓住椅子的把手，也是想掩飾顫抖。灌了兩大杯檸檬汁想壓抑住酒癮。」

「你認為她在我們到達前已經喝了好幾杯？」

「沒有，」布恩說：「否則她會神智不清。她想要保持絕對的清醒，即使很不好受。她不想因為一時多嘴而洩露了祕密。」

「她和我倒是聊了不少，」狄雷尼說。「最後的時候。」

「那時她認為危機已經解除了，」布恩說。「相信我吧，組長，她是個酒鬼。」

「以前我們會說她是『身材曼妙的女人』，」狄雷尼說。

「依我看她仍然如此，」小隊長說。「肺活量很好。長官，我們能否停下來買點吃的？」

「我的天，好啊，」狄雷尼說。「我餓壞了。不過得留點肚子給今天的晚餐，否則我老婆會讓我的日子很難過。順便一提，今晚的菜色是倫敦烤肉及新鮮馬鈴薯。」

「我垂涎三尺了。」布恩說。「要我去接蕾貝嘉？」

「不用，」狄雷尼說。「她會早點過去幫忙。」

他們在路過的第一家簡速餐廳停車。店內人滿為患，人聲鼎沸，不過他們運氣不錯遇到好店家，火腿與炒蛋美味可口。他們飽餐了一頓才漫步走回車子，布恩叼著一支有薄荷口味的牙籤，狄雷尼開車。

狄雷尼組長謹慎的開著車，越開越順手。過橋後，他放鬆心情，車速保持在速限之下，一直留在右方車道，讓那些趕時間的車子從身旁飛馳而過。

「你向那女孩打聽到了什麼？」他問布恩。「我不懂我為什麼會稱她為『女孩』，依我看她大概有三十二歲了。」

「三十五，」布恩說。「她主動說出來的，或許那意味著實際上是三十八了。你聽到那老媽子說她的孫子要嚴加管教？依我看應該是這樣：她把維多與艾蜜莉管得太緊了，所以維多受不了，離家出走。艾蜜莉則繼續受到媽媽的控制。」

「我不確定，」狄雷尼緩緩的說。「那個女孩活潑敢言；她沒遭到毒打。或許那老媽子酗酒是最近的事，她已經管不住女兒了。她老爸為什麼要自殺？你有沒有打聽出來？」

「他擁有一座木材場，建材之類的，做得有聲有色，是郡上的風雲人物。不過他老是認為可以在牌桌上大撈一筆，還賭馬、玩骰子。最後傾家蕩產，一文不名，所以就走上絕路了。律師能清理出的財產只有那棟房子和周圍的土地，再加上股票紅利的收入，足以讓兩個女人生活下去。維多沒有拿過一毛錢給她們。她們還不致挨餓受凍，沒落魄到那種地步，不過也不是很好過。」

「真可笑，」狄雷尼說。「索森認為她是個老富婆。」

「艾蜜莉說大家都這麼想。事實並非如此，只是日子還過得去。」

「還請了一個管家，」狄雷尼提醒他。「不能算窮。朵拉還吹噓她不曾賣過一吋土地。那片土地想必值不少錢。不過她還可以付得出稅金，抓緊不放。」

「為了什麼？」布恩說。

「實現夢想，」狄雷尼說。「恢復往日風華，一座鳥語花香的樂園。她想要實現這個夢想。」

「不是，」布恩說。「我指的不是這一點。她要抓緊什麼東西不放？意外之財？例如一筆遺產？」

「噢，」狄雷尼說。「好問題。一個精明的女人。你有沒有聽到她說自己在劇場時如何成為惡毒流言的受害者?出色的演出!狗屁連篇只是為了消除我們的疑慮，以防我們繼續挖掘下去。好啊，今天早上真是大有嶄獲。」

「真的嗎，長官?」布恩問道。「怎麼說?」

「我們現在還有很多事情要做。我們必須再來這裡一趟，至少再一趟。我們挑個星期五那個管家休假時過來。我們可以透過當地的郵差或其他方式查出她的全名及地址，我要你去查查她。」

「我?」

「你聽得出她的口音嗎?我猜是維吉尼亞州人。」

「更南部一點，組長，」布恩說。「可能是喬治亞州。」

「所以我才要你去查查。你們會談得來，你也有那種口音。」

「我有嗎?」布恩說。「我不覺得我有。」

「你當然有，」狄雷尼殷勤的說。「不很明顯，不過還是有。你不需佯裝就可以強化這種口音。」

「你想要打聽維多．麥蘭以及索爾．杰特曼多久去看她一次?」布恩揣測。

「沒錯，」狄雷尼點點頭。「先由此開始，看看還能挖出什麼。例如朵拉酗酒的問題，還有我們胖胖的艾蜜莉是否有任何素行不良的男朋友。」

「還有什麼?」

「我來處理銀行帳戶的事。我不知道要如何著手，或許需要一紙法院的命令，也許只要索森寫封信或打一通電話到當地警局就行了。我們得步步為營。畢竟，朵拉的哥哥是邦斯．蕭賓，我們最不願意見到的就是驚動到他。不過我得瞧瞧那些銀行紀錄才行。」

「組長，你真的認為朵拉或艾蜜莉或她們兩人在那個星期五開著那部大型的老式賓士車到紐約，做掉了她的兒子？就為了錢？」

「有此可能。他沒有留下遺囑，不過或許母親可以分到一筆遺產。那是我必須查出來的另一點。不過也許不用她們親自動手，如果最近六個月內有大筆的提款紀錄，那就有問題了。」

布恩沉吟了半晌。

「她雇人下手？」

「有可能，」狄雷尼說。「屢見不鮮。」

「天啊，組長，她可是他的『母親』啊！」

「又如何？」狄雷尼冷冷的說。「以前有百分之七十五的凶殺案都是受害者的親友舊識所為。最近五年情況已有了改變，『陌生凶手』的比例增加了。不過親友涉案的比例仍高佔三分之二。那是基本原則，如果你要偵辦凶殺案，先由家人清查起。」

布恩嘆了口氣。「真可悲，」他說。

狄雷尼瞄了他一眼。

「有時候，小隊長，」他說。「我認為你可能是個理想主義者。我們是有什麼就辦什麼。刻意忽略百分比就太笨了。而且我認為朵拉與艾蜜莉兩人的塊頭都夠大也夠強壯，足以犯下此案。一開始，我不認為那會是女人幹的，我老婆也不這麼想。不過我現在開始懷疑，要把刀子戳進去需要多少力氣？」

「至少要比我大才行，」布恩小隊長說。

他們已進入市區，沿著哥倫布大道朝市中心前進。這時狄雷尼將車子停到路邊，並排停車。

「一下子就好，」他說，進入一家酒店買了六罐裝的百齡罈牌冰麥酒。他回來後，布恩要他稍等一下，然後衝到對街的花店內，不久就帶著一束用綠色棉紙包裹著的白色小雛菊回來。

「送你老婆，」他說。

「你不用破費的，」狄雷尼說，相當開心。

他們必須停在二五一派出所前的禁止停車區，不過當地警方已經認得布恩的車子了，不會開單也不會拖吊。為了以防萬一，小隊長還是在擋風玻璃後擺出了「執行勤務中」的牌子。

女士們都在廚房內，不時興奮大笑。這與蒙妮卡拿出來的一瓶馬丁尼酒多少有點關係。狄雷尼替自己倒了一杯雙份馬丁尼加冰塊，再加一片帶皮檸檬。布恩則喝了一小瓶加了冰塊及萊姆汁的奎寧蘇打水。

兩位男士樂得坐在廚房裡袖手旁觀，不過被女士趕了出去。他們進入狄雷尼的書房，悠閒得癱坐在老舊的俱樂部椅子上，伸長了腿。就這樣舒服的默默坐了許久。

「我記得以前辦過的一件命案，或許是二十年前的事了，」最後狄雷尼開口了。「看起來好像是一件單純的案子。現場的那個年輕人，年紀大約二十五歲，說他殺了他父親。年輕人曾在韓國服役，走私了一把點四五手槍回國。那個老爸很可怕，一直對老婆暴力相向，家暴的紀錄長長一串。她曾經報案，但都拿他沒有辦法。兒子說他忍無可忍，終於爆發了。我的天，你真應該看看那個房間。他們必須將牆壁重新粉刷。一整個彈匣的子彈全打光了，都在父親身上。我是說，他就像個蜂窩一樣。那個兒子走進分局，將手槍重重擺在桌子上。執勤的員警差點昏了過去。兒子坦承犯行。不過說不通，他曾當過憲兵，也不是笨蛋。他知道如何使用科特手槍，他不會用掃射的，只要一槍就足以斃命。」

「是母親，」布恩黯然說道。

「當然，」狄雷尼點點頭。「兒子替她頂罪，每個人都這麼想。誰能怪她？經年累月遭受凌虐。她會被判什麼罪？沒有人想讓一個飽受丈夫拳腳相向的老婦人身繫囹圄。她會被判什麼罪？點到為止的懲戒一下，或許會緩刑。大家心知肚明；皆大歡喜。」

狄雷尼停下來啜了一口馬丁尼。布恩滿臉不解的望著他。狄雷尼組長面無表情。

「所以呢？」布恩說。「你的言下之意是什麼，長官？」

「言下之意？」狄雷尼說，幾乎像在發牢騷，他的下巴低垂抵著胸口。「我的言下之意是我不信這一套。我深入調查。那個年輕人原本有機會買下一家修車廠，不過老先生不肯借錢。老爸有錢，不過就是不肯給他兒子一個機會。『我的每一分錢都是辛苦賺來的血汗錢。你要錢自己去賣命賺——不管你怎麼賺。』那一類的狗屁話，吵得面紅耳赤。所以，兒子最後在盛怒之下將他斃了，不過他並沒有氣瘋了，他還很冷靜的故佈疑陣，讓現場看起來像是老媽媽犯下的，他知道她可以脫罪。全都是那個兒子幹的。他認為我們會以為他是在頂罪。我說過他不是笨蛋。」

「雜碎，」布恩緩緩說道。「結果呢？」

「我把調查結果交給隊長，」狄雷尼說。「他幾乎要將我宰了。他都已準備好要起訴老婦人了，然後看著她脫罪，如今他卻要決定是否要起訴那個年輕人。最後他還是決定起訴老婦人。他藏起我的報告並告訴我他要怎麼做，我如果想告發他的話儘管做。我沒有。他是個好警察，或許不算很好，不過他也是個凡人。所以他藏起我的調查報告，老婦人遭到起訴，並一如大家預期，她脫罪了。老爸爸留下一筆保險金，年輕人用來投資他的修車廠，從此過著幸福快樂的生活。循規蹈矩，不曾惹事生非。那個案子的公理正義何在？」

「它的結果就是公理正義，」布恩堅持己見。「一個窩囊廢被宰了，一個妻子脫離了不幸的婚姻，而兒子則開始過著正正當當的生活。」

「那是你的看法？」狄雷尼問，抬起眼凝視著布恩。「自從二十年前發生這件案子後，我每一天都在後悔當初沒有堅持下去。我應該將那個小子繩之以法，如果我的隊長從中作梗，我應該也將他一併移送法辦才對。小隊長，那個年輕人謀害了一條人命，沒有人能夠殺人後完全置身事外。那是不對的。我自己也犯過錯，讓那個年輕人逍遙法外就是其中之一。」

布恩沉默了半晌，看著疲憊的癱坐在椅子內沉思的那個身影。

「你確定嗎，長官？」他輕聲說道。

「是的，」狄雷尼說。「我確定。」

布恩嘆了口氣，灌了一大口奎寧蘇打水。

「你是如何破案的？」他問。「你如何推敲出不是那個受虐的妻子槍殺了老頭？」

「她下不了手，」狄雷尼說。「她愛他。」

過了片刻，組長說：「我為什麼要告訴你這個故事？噢……我想起來了。我在想是否有人愛維多．麥蘭。」

蕾貝嘉．赫許推開門，裝模作樣的擺好姿勢站著，一條抹布摺妥掛在一隻手臂上。

「各位男士，」她宣布：「晚餐上桌了。」

他們笑出聲來，站起身走入廚房。桌上擺著六人份的餐具，還有一座燭檯，布恩小隊長的花擺在餐桌中央一只高大的花瓶裡。狄雷尼組長坐在一端，蒙妮卡坐在另一端，瑪莉與蕾貝嘉坐在一側，希薇雅與布恩小隊長在另一側。

他們先享用開味菜魚子醬，每個人都知道是鰭魚子，但都不在乎。隨後是酸奶油、洋蔥切片、白花菜以及榨檸檬汁。一道油漬菊苣沙拉及小番茄。還有倫敦烤肉佐新鮮馬鈴薯，外加鮮嫩四季豆及一碗熱菠菜葉及醃燻厚片豬肉。

艾德華．X．狄雷尼站起來切肉，他問道：「誰要腿部？」蒙妮卡與蕾貝嘉．赫許都笑得前俯後仰，狄雷尼組長狐疑的望著他老婆。

「妳跟蕾貝嘉說過我會這麼說？」他質疑。

晚餐豐盛可口，一個美好的夜晚。有時會有兩人、三人、甚至四人同時在交談。大家對倫敦烤肉的評語是有點難咬但很美味。每個人都吃了第二份，這令掌廚的樂不可支。沙拉一掃而光，那瓶冰涼的兩年份薄酒來紅葡萄酒也一滴不剩。馬鈴薯、四季豆、蔬菜也都有人捧場，當萊姆餡餅端出來時，每個人早已酒足飯飽，一派懶洋洋的了。

兩個小女孩輪流親吻蒙妮卡、蕾貝嘉及她們的繼父道晚安，鄭重其事的與布恩小隊長握手，竊笑著，然後帶著她們的餡餅及牛奶上樓回到房間。狄雷尼繞過餐桌倒咖啡，他停下來傾身親吻老婆的面頰。

「美好的一餐，親愛的，」他說。

「太棒了，狄雷尼太太，」布恩熱切的說。「沒有比這更好的一餐了。」

「很高興你喜歡，」她眉飛色舞。「你們男生午餐在哪裡吃的？」

「簡速餐館，」布恩說。

「你們不該在那種地方用餐，」蕾貝嘉正色說道。「如果沒有胃潰瘍，也會立刻感到胃灼不舒服。」

這時她與布恩面對面坐著。他們四目交會時，若無其事的將眼光移開。她稱呼他「小隊長，」他則避免直接叫她名字。他們對彼此的態度是相敬如賓過了頭。

臭小子，狄雷尼恍然大悟：他們上過床了。

喝雞尾酒時亞伯納．布恩飽受煎熬——他晚餐時只喝水——狄雷尼不忍心因為自己想多喝杯康乃克白蘭地而看著他再受折磨，所以他以心滿意足的神情喝著咖啡，並靜靜聽著布恩與蕾貝嘉討論烤鵝肉的最佳方式。

談話聲斷斷續續，雖然沒有人覺得拘束，不過也沒有必要刻意東拉西扯。每個人都希望其他人同樣感到心滿意足：一頓美好的晚餐，夫復何求。當所有的慾求都已滿足，隨之而來的是一片祥和，即使只是一時片刻。

「蕾貝嘉，」狄雷尼組長懶懶的開口問：「令堂還健在嗎？」

「噢，是的，」她說。「在佛州。感謝上帝。」

「為什麼要『感謝上帝』？」他問。「因為她還健在，還是因為她住在佛州？」

她笑著垂下頭來，漂亮的長髮蓋住她的臉龐。然後她突然將頭往後仰，頭髮一甩又回復原位。布恩小隊長看得心頭小鹿亂撞，坐不安席。

「我不該這麼說，」她承認：「不過她有點過份。一個專職的母親。她住在紐約時，總是逼得我難以招架。即使她遠在佛州，還是躲不開她的嘮叨。吃什麼、穿什麼、怎麼做。」

「她想控制妳的生活？」狄雷尼問。

「控制？她想要『擁有』我的生活！」

蒙妮卡轉頭看著他。

「艾德華，怎麼對蕾貝嘉的母親感到興趣了？」

他嘆了口氣，不知什麼該說，什麼不該說。然而，她們是女人，她們的見解或許有些幫助。他要善用每一個人，而且不會為此感到歉疚。

「布恩小隊長和我正在偵辦的這個案子……」他說。「我們今天遇到一個很有意思的情況。一對母女的關係……」

他盡可能精確的描述朵拉．麥蘭與艾蜜莉．麥蘭，她們的年齡、外貌、衣著、住處、聲音、神情以及言行舉止。

「我的描述是否正確，小隊長？」他說完後問布恩。

「是的，長官，我認為很正確。只不過我不認為那個女孩像你形容的那麼有活力，我認為那個母親更熱切些。」

「嗯，」狄雷尼說。然後，他沒有先告訴蒙妮卡及蕾貝嘉他們所討論的這兩個女人是偵查中的命案涉嫌人（雖然蒙妮卡想必已猜到了），就直接問她們：「妳們如何看待這樣的關係？更明確來說，就是那個女兒為什麼還留在家裡？她為何不走得遠遠的？是媽媽控制了女兒，還是相反？」

「要走到哪裡去？」蒙妮卡反問。「拿什麼要走？錢在媽媽手裡，對吧？你說女兒能怎麼辦——到紐約來，在第八大道討生活？依照你對她的描述，我不認為她能如願。她受過任何專業訓練嗎？她能從事任何工作嗎？」

「那麼她十五年前為什麼不離開家，學習自力更生？」蕾貝嘉問。「或許她喜歡那個地方。舒適、安全的繭。」

「這與我的看法不謀而合，」布恩小隊長說。「組長，如果她像你所說的這麼厚臉皮——」

「呵——哈！」蕾貝嘉大叫。「厚臉皮。形容得這麼難聽！」

布恩滿臉通紅笑著。

「這個……你知道，」他支支吾吾說。「組長，如果那個女孩像你說的這麼有勇氣，她在幾年前早就離家了。」

「或許她是害怕，」蒙妮卡說。

「害怕？」狄雷尼說。「怕什麼？」

「怕外頭的世界。」他老婆說。「怕真實的人生。」

「你說她體重過重，」蕾貝嘉說。「原因可能是寂寞。相信我，我知道！如果你心情鬱卒，就會大吃大喝。跟瘋狂的母親困在鄉下地區——我形容的是否太過份了？——除了大吃大喝之外還能做什麼？她要的不是這個，她想要不一樣的，更好的人生。這就是『人生難道就只如此』症候群？不過就像蒙妮卡說的，她害怕，怕改變，等到一年一年過去了，要想突破就更困難了。」

「也許她在等她母親死掉，」蒙妮卡說。「有時候會有這種情況。不過有時候等待的時間太久了，當事情如願時，女兒自己已成了母親的翻版了。你能了解我的意思吧？」

「我了解妳的意思，」狄雷尼點點頭：「不過我不確定妳說的對不對。這個女孩並沒有死。我是說，她的心還沒死。她仍然有感受。她有衝動、需求、慾望。我的問題是，為什麼她不採取行動來獲得她想要的東西？」

「或許她採取過行動，」蕾貝嘉說。「或許她現在就在遂行她的企圖心，而你對此一無所悉。」

「有可能，」狄雷尼承認。「非常有可能。另一個可能的解釋是她太懶了。我知道這聽起來太簡單了，不過有時候我們把事情看得太複雜了。這個女孩也許只是天生懶骨頭，而且喜歡她目前所過的這種悠哉懶散的生活。」

「你相信這個假設嗎，長官？」布恩問。

「不，」狄雷尼說：「我不相信。應該還有某種原因，某種原因。她不是白痴，她不是傻大個兒。若依教科書上的說法，我會說那個母親在掌控她。不過我一直有個感覺，或許是她在掌控她的母親。」

「那就出人意表了，」蕾貝嘉說。

「不過卻是可以理解的，」狄雷尼說。「你們看看這個如何：一開始母親是主子，對子女施以鐵血教育。然後，她年紀越來越大，精力衰退了。母親變得虛弱了，女兒察覺到這一點。母親似乎還活在過去，一年比一年嚴重。然後權力真空，女兒趁虛而入，慢慢的，一次一小步。記住，那棟房子內沒有男人。老婦人的活力越來越差，女兒則越來越強。母親為了支付開銷，設法過得像樣一點，已經疲於奔命，唯一所寄就是恢復昔日榮光的這個夢想。她適應不來今日的景況。這就像解X方程式，此消彼長，母親擁有的越少就意味著女兒擁有的越多。有如沙漏，沙子由容器的一端流向另一端。母親的失，就是女兒的得。這個……」他輕笑。「異想天開，不過那是我的看法。」

「母親想要實現夢想，」布恩說。「整修老房子，讓她的土地美得就像她當新嫁娘時一樣。好，這一點我同意。可是女兒要的是什麼？」

「逃走，」狄雷尼說。

他們帶著異樣的神情望著他。

「艾德華，」他老婆說：「警探都是這樣辦案的嗎？揣測行為背後的原因？」

「通常不是，」他說。「通常我們是看證據辦案。鐵證、百分比、時機、武器、目擊者的證詞，還有可以看得見、摸得著或擺在顯微鏡下分析的東西。不過有時候若一無頭緒，或者證據不足以破案，你就得將目標放在人們身上了。就像妳所說的，揣測行為背後的原因。你要將心比心，揣摩他們的想法。他們的動機是什麼？他們要什麼？每個人都有『欲求』，不過有些人無法控制，這時欲求就會變成需求。而需求──我指的是貪得無厭的需求──會讓人朝思暮想的那種──那就是足以犯下各種罪行的動機。」

幾個人都聽得啞口無言，坐立不安。狄雷尼望著小隊長。布恩立刻一躍而起。

「時候不早了！」他輕快的說。「明天還有得忙。得走了。」

隨後是告別之前常見的紛亂場面；「再來點餡餅？」「噢，不了！」「咖啡？」「什麼都吃不下了！」

然後蕾貝嘉與布恩相偕離去。狄雷尼將門鎖上再回頭幫老婆清理餐桌，一切收拾妥當，擺入洗碗機，沒吃完的殘羹剩菜收入冰箱。

「他們已經在交往了，對吧？」他若無其事的問。

「是的，」她點點頭。

「我希望她不會受到傷害，」他說。

他老婆聳聳肩。「她已經長大了，艾德華。她可以照顧自己。」

8

這不是亞伯納・布恩小隊長第一次思索警察的工作與劇場是多麼類似。當然，臥底的警察最像在演戲，還要道具、化裝、變換口音、假冒身分。不過警探也要入戲，巡街的警員也不例外。你很快就會學到如何裝模作樣、見人說人話見鬼說鬼話，以及什麼時候應該扮演什麼樣的角色。

「好了，好了，」一個巡邏員警會婉言相勸，拍拍一個抓狂丈夫的肩膀安撫。「我很清楚你的感受。我自己不也是過來人嗎？我知道，我知道。不過敲打她的頭對你沒好處，把那塊磚頭乖乖交給我。我知道，我告訴你。我感同身受。」

「我知道妳沒有涉案，」警探滿臉羞愧的說。「聽著，我甚至連想都不想來打擾妳。像妳這種既聰慧又美貌的女孩，他根本配不上妳，這是顯而易見的。不過我還是得問這幾個問題，妳知道。我並不『想要』這麼做，但職責所在。好了……那家店遭搶劫時他『真的』是和妳在一起嗎？」

當然，也不全都是這麼慈眉善目的。若需要來硬的，也得隨時上場……

「你被捕了，蠢蛋。簽名，捺手印，移送法辦。別想逍遙法外了。至少要在苦牢內蹲個三到五年，你在一個星期內就會變成同性戀了。與那些色瞇瞇的豬哥關在一起，第一晚你就會被輪暴。情況就是這樣，老兄，而你老婆就在外頭琵琶別抱。你搞清楚了嗎？你的人生已經玩完了，小子。不過如果你告訴我還有誰也涉案，或許我們可以網開一面。有辦法可以……」

諸如此類的事。總而言之，什麼場合演什麼角色。因此亞伯納·布恩那個星期五的早上特意打扮了一番。不是居家的寬鬆長褲及顏色刺眼的夾克，而是一套保守的咖啡色府綢西裝，再搭配白襯衫與黑領帶。這身打扮不致於嚇走一個在律師事務所工作的女祕書。他也仔細的將鬍子刮乾淨，還用上了他最好的古龍水。他也在腋窩撲了些痱子粉。那頭薑黃色的短髮沒什麼好讓他大費周章的，不過至少還算乾淨。

他將外套摺妥後放在車子後座，然後開車到市中心的中央公園南路，在傑克·達克的工作室外頭並排停車。管理員走上前來，布恩只好亮出警徽。他耐心等候，抽著他當天早上的第三根菸，直到手錶顯示已經十點整。然後他開車上路。

他往東開往公園大道再轉向南方。他打算一路開到以前稱為第四大道而如今成為公園大道南街的地方，然後在第十四街轉往百老匯，再往南前往春天街，然後到達維多·麥蘭位於莫特街的畫室。還有其他數十條路線可以走，不過每一條路線的路況都相去無幾。

他一路遵守交通規則，沒有闖紅燈，塞車時也不急著趕路。他花了四十三分鐘才抵達莫特街的畫室。布恩在筆記本上仔細的記錄下來。他在麥蘭的畫室前坐了整整十分鐘，從容不迫的再抽一根菸，然後開始折返。他在剛好十一點五十三分到了達克位於中央公園南路的住所。北向車流量很大，他在四十二街曾塞車三分鐘。然而，他還是在一小時又五十三分鐘完成了這趟來回之旅，還有十分鐘可以亂刀戳死維多・麥蘭。傑克・達克或貝拉・莎拉珍，或兩人共謀，都可能在那個星期五做出同樣的事。至少他已經證明了有可能在兩小時內完成。他不知道狄雷尼組長對這個答案會感到欣慰或失望。或許都不會。只是在檔案中多添了另一個事證。

布恩隨後再往東及往南行，在距離東六十八街的賽門與布魯斯特律師事務所一個街區處找到一個停車位。他穿上西裝，鎖好車門，放了一片葉綠素口香錠在口中含著。他走到律師事務所，刻意挺起胸膛，盡量擺出友善、孩子氣的警官形象，充滿熱忱而且討人喜歡。

她獨自坐在靠外側的辦公室內，運指如飛的使用一部IBM電動打字機在打字。他走進門停步在她那張鋪著玻璃桌面的碩大辦公桌前，她仍繼續工作了一陣子。他利用這段時間打量她，是個瘦高的骨感美人，沒有胸部的太平公主。然後她放下手中的打字工作，抬頭看他。

「韓莉小姐？」他面帶笑容。「蘇珊・韓莉？」

「有何指教？」她說，將頭偏向一側，滿臉困惑。

「我前幾天晚上曾跟妳通過電話，」他笑著說。「我是刑事組小隊長亞伯納・布恩。」

他亮出他的證件遞過去。她接過來仔細看了看，很少有人會這麼做。

「你要來逮捕我？」她頑皮的問。

「當然，」他笑著說。「罪名是誘拐警官。其實，這只是一般的社交拜訪，韓莉小姐。我來感謝妳的合作，也替我的上司艾德華．狄雷尼組長傳個話，他希望能與賽門先生約個時間碰面。」

「組長，」她說。「哇塞。聽起來很嚴重。」

「不盡然，」他笑著說。「只是請教幾個例行性的問題，確認一下紀錄。」

「麥蘭命案？」她壓低聲音問道。

他點點頭，仍然笑容可掬。「下星期，上午或下午都行，看賽門先生哪天方便。」

「請稍候，小隊長，」她說。「我去確定看看。」

她起身走入一道通往內室的門，敲門後進入，隨手將門帶上。布恩鬆了一口氣，覺得臉部肌肉緊繃。過了一陣子她走了回來。她走路時有一股隨興、慵懶的優雅。瘦得像根鉛筆，有一雙修長的美腿；臉蛋光滑無瑕，瓜子臉。金髮燙成短而密實的小波浪；黑色的玳瑁框眼鏡平添性感的韻味。他認為她在床上的表現或許會很可怕。叫床。亂踢一通。

「星期二上午十點，可以嗎？」她問。

「行，」他說著，再度展露微笑。「我們到時候會過來。」

他開始往外走，遲疑了一下，再轉身面對她。

「再麻煩妳幫個忙，」他笑著說。「這附近有什麼地方可以讓一個餓腸轆轆的警察填飽肚子？」

二十分鐘後，兩人面對面坐在麥迪森大道一家餐廳的樓上用餐。

「他們恐怕不供應酒，」她表示歉意。

「沒關係，」他向她保證。「喜歡什麼隨妳點。我們就讓紐約市來買單。妳是納稅人，對吧？」

「當然是！」她說著，兩人都開懷暢笑。

他表現得彬彬有禮，兩人相談甚歡。他們談論兩人都感興趣的話題：她。他告訴過狄雷尼他知道如何當個聽眾，這點可是所言不虛。在開始享用冰茶與果凍之前，他已經打聽出了她的背景：俄亥俄州人，商學院畢業，受過商業速記的專業訓練，在律師事務所工作了十一年。他依此推算，她的年紀大概是三十七至三十八歲。薪水高，假期多，福利優，有一間很小但相當舒適的辦公室可供使用。朱立安‧賽門人很好。她的用詞是：「那個人讓人很愉快。」布恩猜想她指的是為他工作很開心。

「你呢？」最後她問道。「你在偵辦麥蘭案？」

他點點頭，垂眼望著餐桌，隨手撥動餐具。

「我知道你不能談論案情，」她說。

他這才抬眼望向她。

「我原本不該說的，」他說。「不過……」

他謹慎的環顧四周，這時有個女服務生正在清理隔壁桌子，他於是住了嘴。

「快破案了，」他低聲說。

「真的？」她也低聲回話。她將椅子往前靠，手肘撐在桌上，湊近他一些。「我最後一次看到報紙上的報導是警方毫無頭緒。」

「報紙，」他嗤之以鼻。「我們不會什麼都向他們透露的。妳了解吧？」

「當然，」她迫不及待的說。「這麼說有新的進展了？」

他再度點點頭，也再度小心翼翼的環視四周，再往前靠了些。

「妳認識他嗎？」他問。「維多·麥蘭？妳曾與他碰過面？」

「噢，是的，」她說。「見過幾次，在辦公室，有一次是在杰特曼住處的派對上。」

「噢？」布恩說。「在辦公室？賽門先生也是他的律師？」

「不是，」她說。「他只是與杰特曼先生一起來過一次或兩次。我不認為他有自己的私人律師。有一次他告訴賽門先生：『我們要做的第一件事，是將所有的律師趕盡殺絕。』我覺得說這種話很不得體。」

「的確不得體。」布恩說。「不過我猜麥蘭也算不上什麼好人，似乎沒有人喜歡他。」

「我就不喜歡他，」她直言不諱的說。「我覺得他既粗魯又下流。」

「我知道，」他同情的說。「大家都這麼說。我想他老婆也受夠了他的氣。」

「那當然。她是那麼可愛的女人。」

「可不是？」他熱切的附和。「我和她碰過面，我也有同感：一個可愛的女人。偏偏嫁給那頭野獸。妳可知道——」他再壓低聲音，身體湊得更近了些。蘇珊·韓莉也湊向他，直到兩人的頭幾乎碰在一起。

「妳可知道——呃，這件事報上沒有登。妳必須保證不會向任何人透露。」

「我保證，」她由衷說道。「我會守口如瓶。」

「我相信妳，」他說。「好，當他們發現他時，他已經死透了，身上沒有穿內褲。」

她的身體猛然往後傾，杏眼圓睜。

「不會吧，」她吁了口氣。「真的？」

他舉起一隻手，掌心朝外。

「真的，」他說。「天地良心。我們不知道那有何意義，不過他確實沒有穿內褲。」

她再將身體湊近。

「我就說他很下流，」她說。「由此可證。」

「噢，沒錯，」他說。「妳說得對。我們知道他對待杰特曼先生很惡劣。」

「可不是，」她說。「你應該聽聽麥蘭用什麼口氣和索爾說話，而且還是在眾目睽睽之下。當著眾人的面，他好卑鄙。」

「想想看，麥蘭遇害時杰特曼就在你們的辦公室內，」布恩說著，搖搖頭。「難免讓人聯想，如果當時杰特曼沒在你們的辦公室，我們或許就會懷疑他涉案了。不過他確實在你們的辦公室。對吧？」

「噢，當然，」她說著，頭猛點個不停，一頭金髮抖動不已。「我看到他進來。我和他聊了一或兩分鐘，然後他走進賽門先生的辦公室。」

「那是大約十點鐘的事吧，」布恩回想著。「然後妳看到他在下午一點半左右走出來。對吧？」

「噢，不是，」她說。「我一點半時和艾瑪一起吃午餐。艾瑪·麥蘭，你不記得了？」

「當然記得，」布恩說著，彈了一下手指頭。「我怎會忘了？反正，辦公室內還有其他人看到他出門。對吧？」

「不對，」她緩緩的說。「只有賽門先生。布魯斯特先生當天一整天都在出庭，而書記洛・布羅尼夫因為感冒請假。」

「呃，」他說：「賽門先生告訴我們他是何時離開的，那就行了。」

「那當然，」她說。「賽門先生是個好人，一個讓人愉快的人。」

「杰特曼對他讚不絕口，」布恩隨口編了個謊言。

「我想也是，」她笑道。「他們是多年好友了，我是說他們不只是律師與客戶的關係，他們還一起打手球。畢章，他們兩人都離婚了。」

「算是哥兒們囉，」布恩很高興能發覺這一點。

「那當然，杰特曼是那麼好的一個人。他真會說笑話。我喜歡他。」

「我也是，」布恩附和。「很有個人魅力。只可惜麥蘭太太似乎跟他處不來。」

「噢，那個啊，」蘇珊・韓莉說。「只是小誤會。麥蘭畫了一些作品並要求杰特曼偷偷賣掉，不要讓他老婆知道。我告訴過艾瑪那不是索爾的錯。畢竟，他必須將麥蘭委託他的作品賣出，對吧？那是他的工作，不是嗎？至於麥蘭要如何運用那筆錢，那就不關索爾的事，對吧？如果麥蘭沒有告訴他老婆他賺了多少錢，她真的不應該怪罪杰特曼先生。」

「我同意妳的看法，」布恩說。「妳也這麼告訴艾瑪．麥蘭？」

「當然。不過她似乎認為事情另有蹊蹺。」

「另有蹊蹺？」布恩問。「我聽不懂。她這句話是什麼意思？」

「天啊！」蘇珊．韓莉大叫。「看看時間！我得趕回辦公室了。謝謝你這頓午餐，小隊長。我吃得很開心，希望能再與你見面。」

「妳會再看到我的，」他再度露出笑容。「星期二上午十點，與狄雷尼組長。」

他走回傑克．達克位於中央公園南路的工作室。這時將近下午兩點，與命案發生的時間不盡相符，不過他覺得在此刻搭地下鐵測量時間差別不會太大。

他在五十九街北側找到一個停車位，鎖好車子後，看了一下手錶。他決定徒步前往雷辛頓大道的地下鐵車站，不想在路邊等計程車。他健步如飛，在人潮間快速穿梭，偶爾還走進排水溝以爭取時間。他就像一個滿腦子只想要逞凶的人一般，在街上橫衝直撞，對紅綠燈視若無睹，對計程車司機的猛按喇叭與破口大罵也置若罔聞。

他在五十九街的地下鐵車站等了將近四分鐘，搭上一班通往市中心的特快列車。然後他在十四街改搭一班區間車前往春天街，下車後迅速走到麥蘭在莫特街的畫室。他看了看手錶；離開達克的工作室後花了四十六分鐘。

然後他在附近街區閒逛，打發掉殺害麥蘭所需要的十分鐘。隨後他沿著原路折返。這次他花了很久的時間等區間車，眼看著兩部特快車在內側軌道內呼嘯而過而感到懊惱。他一搭上那班區間車，就決定直接搭到五十九街。列車在大約五分鐘後突然停在十四街與二十三街之間，那是紐約地下鐵經常會出現的無預警誤點，也不曾為此向在車上熱得發昏的乘客解釋過原因。

他在五十九街匆匆下車離開車站，閃過摩肩接踵的人潮，往西直奔達克的工作室。他到達騎樓的遮雨篷下已經氣喘如牛，西裝外套全濕透了。他看了看手錶，來回共花了一小時又四十九分鐘。他簡直不敢相信。他徒步再搭地下鐵竟然比全程開車還要快，顯然證實了他的理論似乎有道理：達克或莎拉珍可以趕去莫特街，做掉麥蘭後返回原處，不會讓樓下的模特兒與助理發現他們不在。當然，這也意味著兩人都有可能涉案。

他滿意極了，脫下西裝外套，解開領帶與領口，開車回到東八十五街的住處。他住在一棟相當新的大樓內，房租與地下室停車場的租金總讓他焦頭爛額，不過離婚後他就是無法下定決心搬家。如果菲莉絲要求贍養費，他就非得搬到租金低一些的住處不可了。幸好她是婦女解放運動的擁護者，接受現金五千美金的安家費，取走大部分家具，然後握手告別。高尚而文明。可是也令他難受得每次一想起就泫然欲泣。

他拿了郵件、帳單及廣告垃圾，獨自搭電梯上十八樓的住處。菲莉絲搬走家具後，這裡稱得上是家徒四壁，不過客廳內還有一張長沙發、椅子及雞尾酒桌；臥室內有床、附抽屜的櫥櫃以及一張他用來當書桌的牌桌，還有一張摺疊椅。蕾貝嘉・赫許帶了一張橡木茶几過來，還將幾張顯目的海報掛在客廳牆上，總算還差強人意。蕾貝嘉一直提起要安裝窗簾門簾之類的，他想他終究還是會裝上，不過目前那組威尼斯風格的百葉窗已綽綽有餘。

他打開空調，然後脫到只剩下一條短褲。他由冰箱內取出一罐無糖蘇打水，坐在臥室的牌桌旁撰寫今天的報告，他想趁著與蘇珊・韓莉的晤談仍印象清晰時趕快完成。他使用的是前妻留下來的一部老式安德伍打字機。

他打完報告後，又查閱他的筆記本確認時間，再將他兩次測量時間的報告打好。然後他將所有報告歸檔，置於麥蘭命案的檔案夾內，再次納悶著不知是否有人會翻閱或用作參考。不過狄雷尼要他每天寫報告，所以他就每天做報告。組長的這個要求他還做得到。

他用溫水沖了個澡，在冷氣機前吹乾身體，感覺舒服多了。他開始抽他今天的第二包菸，腦中閃過想要喝一罐吉伯森牌冰啤酒的念頭。他打開另一罐無糖蘇打水。

他查看皮夾，迅速算計著他在下次領薪水前每天可以花多少錢，也在腦中列出了哪些信用卡債可以暫時不管它、哪些可以延後繳款、哪些必須立刻償還。他知道當警察辦卡舉債是輕而易舉的事，但是他不想被卡債逼得走投無路。

最後他打電話給蕾貝嘉・赫許。她聽起來很高興接到他的電話，也說他如果不介意吃鮪魚沙拉的話，她可以請他吃一頓。他告訴她，他整天一直想著要吃鮪魚沙拉，也會立刻趕過去。晚餐後，他說他們可以開車出去兜兜風，或去看場電影或看電視，或做什麼都行。

她說她比較喜歡做什麼都行。

9

亞伯納．布恩小隊長開始測時間的同一個星期五上午，艾德華．X．狄雷尼組長在他的書房內計畫當天的行程。他列出了一張「待辦事項」清單，摺好後放入上衣口袋。他將麥蘭那三張素描從地圖板上取了下來，捲好後用橡皮筋綁住。然後他打電話告訴蒙妮卡他不會在家吃午餐，隨後便出門去了。出門時，他將大門帶上並仔細的鎖上兩道鎖。

他的第一站是前往第二大道一家提供影印服務的沖印店。狄雷尼要求將麥蘭的每張素描以十一乘十四的尺寸各印三張，承辦人員檢視幾張裸女畫，然後自作聰明的露齒笑著抬頭望向狄雷尼，但一見到狄雷尼冷峻的眼神，趕緊收斂起笑容。他答應在中午時將影印本備妥。

組長隨後沿著東五十八街緩緩走向市中心；他與希奧多．麥蘭約定的會晤時間是十一點整。狄雷尼最近太常搭布恩的車子，他認為安步當車運動一下對他有益。有一陣子他試著數息：從一數到十三緩緩深吸一口氣，再閉氣同樣的時間，然後再數十二下緩緩將氣吐出。他採取這套養生功法走了兩個街區，不過覺得並沒有因此舒服一些。他恢復正常的呼吸，往南悠哉的前進，觀察著城市上午喧鬧忙碌的生活，納悶著他不知何時才能掌握麥蘭案：一個突破、一條線索、一個途徑，任何可以指點他迷津與方向的契機都好。經驗告訴他，偵辦一個案件剛開始那幾個小時及前幾天是最難熬的，有堆積如山的事證與證物，證詞有真有假——不過那些該死的證據又代表何種意義？你必須照單全收，繃緊神經，讓混亂不斷擴大，直到你找出一個模式；有兩片拼圖相符，然後越拼越多。情形就像他在第二大道與六十六街所看到的大塞車。四面八方的車輛全糾結在一個路口。喇叭齊鳴。臉紅脖子粗的駕駛破口大罵，揮拳咆哮。然後一個交通警察將關鍵的那輛車子移開，塞車的癥結解開了，幾分鐘後交通再度井然有序的順暢通行。可是他要到何時才能找出麥蘭案的關鍵點？或許是今天，或許明天。他也懊惱想著，或許他早就找到了，只不過沒能辨識出來。

艾瑪·麥蘭太太不見人影，狄雷尼暗自慶幸。波多黎各籍的女佣帶他進入那間冷冰冰的起居室，他坐在長沙發的邊緣，氈帽放在膝上。他等了將近五分鐘，心想這可能是那個兒子表現敵意的一種方式，因此心甘情願的耐著性子等候。

他看過維多·麥蘭的照片，當麥蘭的兒子高視闊步走入房間時，他對父子倆長相之酷似大吃一驚。同樣健壯的身材、虎背熊腰。碩大的頭往前傾；粗糙的紅髮；蹙眉怒視；雙手粗大，手指頭也粗厚得有如湯匙；步伐沉重。年輕的臉上有著醒目的黑色濃眉，稜角分明的嘴唇。等他年紀稍長後，那張臉可能會變得臃腫、滿臉皺紋、嘴巴變薄而且扭曲。不過此時那是一張年輕稚嫩的臉孔。狄雷尼認為，其中有傷痛、憤怒以及欲求。

他起身，不過泰德·麥蘭根本無意歡迎他或與他握手，反倒一屁股坐在一張金黃色的木質扶手椅上，開始狠狠咬著大拇指指甲附近長繭的皮膚。他穿著藍色牛仔褲及一件紅色條紋亞麻衫，釦子幾乎全部敞開到腰際。不可免俗的戴著條印第安珠飾項鍊，穿著鹿皮鞋沒穿襪子，還戴著以藍寶石鑲在銀質基座上製成的手鐲。

「我不知道我為什麼得跟你談，」那男孩耍著性子說。「只是媽已經交待過我了。我已經和一百個其他警察做過這套狗屎一百遍了。」

他的聲音令狄雷尼吃了一驚：尖銳、高亢。他納悶這年輕人是否快崩潰了。他的動作與神情痙攣笨拙，看起來就像狄雷尼以前見過的精神病患正要試圖爬鐵絲網，或即將開始不斷驚聲尖叫前那副模樣。因此他緩緩坐下，緩緩將帽子置於一旁，緩緩開口，以低沉、平靜，盡可能親切的語氣說話。

「我了解，麥蘭先生，」他說。「真抱歉要讓你再度經歷這種過程。不過光是閱讀或聆聽報告總嫌不足，我想最好是能親自走訪一次。一對一，男人對男人的交談，比較不會造成誤解。你可同意？」

「我同不同意有差嗎？」希奧多·麥蘭質問。他的眼睛看向他正在咬的大拇指，然後飄向地毯、天花板、牆壁、空中，就是不看狄雷尼。他不願或無法與他眼神交會。

「我了解你曾經歷過的事，」組長安撫他。「真的。這次不會太久。只有幾個問題，幾分鐘……」

男孩不屑的悶哼了一聲，忽然翹起二郎腿。狄雷尼想，他是個火爆浪子型的帥哥——有其父必有其子——他不曉得這孩子是否有女朋友。他希望有。

「麥蘭先生——」他開口，然後頓了一下。「你介意我叫你泰德嗎？」他親切問道。「如果你不喜歡，那我就不叫。」

「愛怎麼叫隨你便啦，」男孩粗聲粗氣的說。

「好，」狄雷尼說，仍然以悠緩、親切、平靜的語氣說話。「那就叫你泰德了。先讓我扼要的將令尊遇害當天你的行程敘述一遍，看看我有沒有弄錯。好嗎，泰德？」

麥蘭哼了一聲，既未表示同意也不反對，將翹起的二郎腿分開，再換一邊翹起二郎腿。他在他的扶手椅內轉身挪個角度，只有一邊的肩膀向著狄雷尼。

「你在那個星期五上午大約九點半離開這裡，」組長說。「在五十九街搭地下鐵前往市中心，一班區間車。在亞士德廣場下車。十點至十二點在柯柏聯校上課，中午你在台階上與同學聊了一陣子，然後買了兩份三明治及一罐啤酒在華盛頓廣場公園吃午餐。你在那邊待到一點半左右，然後你趕回柯柏聯校上兩點至四點的課，上完課後你就直接回家了。到此為止都正確嗎？」

「是的。」

「你獨自一個人在公園吃午餐？」

「我說過是我自己一個人。」

「有遇到任何你認識的人嗎，泰德？」

麥蘭瞪了他一眼。

「沒有，我沒有遇到任何我認識的人，」他幾乎要大吼。「我自己吃午餐。那犯法了嗎？」

狄雷尼組長舉起雙手，掌心朝外。

「喔，」他說。「沒有犯法。沒有人指控你犯了什麼法，我只是試著查證你的行程。你和每一位認識你父親的人我都要知道他們當天的行蹤，那很合情合理，不是嗎？沒有，自己在公園內吃午餐沒有犯法。你沒有遇到任何你認識的人，這一點我也沒有什麼好懷疑的，那很正常。你通常都自己一個人吃午餐嗎，泰德？」

「有時候。當我想自己吃的時候。」

「經常？」

「一星期兩次或三次。幹嘛？」他質問。「那很重要嗎？」

「噢，泰德，」狄雷尼不慍不火的說：「偵辦這種案子每件事都很重要。你在柯柏聯校主修什麼？」

「平面設計，」麥蘭咕噥道。

「裝潢與印刷？」狄雷尼問。「諸如此類的？」

「對啦，」男孩咬牙切齒一肚子火。「諸如此類的。」

「比例？」狄雷尼問。「視覺構圖？藝術史與理論？版面設計與圖樣？」

泰德．麥蘭首度與他眼神交會。

「是的，」他心不甘情不願的說。「就是那些課程。警察怎麼會知道那些？」

「我是業餘玩家，」狄雷尼聳聳肩。「我對藝術所知不多，不過——」

「不過你知道你喜歡的是什麼，」那男孩不屑的插嘴。

「沒錯，」狄雷尼溫和的說。「例如，我喜歡令尊的作品。你的看法呢，泰德？」

「荒謬，」泰德說，嗤之以鼻的冷冷笑著。「老套、老古板、乏味、過時、老古董、自大、情緒化、幼稚、庸俗。這樣夠了嗎？」

「索爾．杰特曼說令尊是一個偉大的畫家、偉大的解剖家、偉大的——」

「索爾．杰特曼！」泰德忿然打斷他的話，激動得差點嗆到。「我知道『他』那一種類型的！」

「哪一種類型？」狄雷尼問。

「你對現代社會的藝術根本什麼都不懂，」那男孩輕蔑的說。「你是笨蛋！」

「告訴我，」狄雷尼說。「我想學。」

希奧多．麥蘭轉身與他面對面。身體前傾，手臂支撐在膝蓋上。黑色的眼眸冒出怒火，臉龐因激動而扭曲。他顫抖著想發洩出來，因為憤怒而全身顫動。

「一座上下倒置的金字塔。你了解嗎？靠塔尖維持平衡。上頭就是像索爾．杰特曼那種狗屎東西，藝術品業者，美術館館長，藝評家，腰纏萬貫的收藏家，像貝拉．莎拉珍那類的寄生蟲，像傑克．達克那種跟著流行起舞的市場紅人，藝術圖書與複製品的出版商，仿冒品的盜版商，參加預展與慈善演出的那些自命不凡的人，全是些爛人。藝術愛好者！拼了命想躋身進這個圈子。找出一種新的風格，一個新的人才，把他捧紅，然後出售，獲利，再繼續尋找另一個曇花一現的才子。吸血鬼！全都是！你可知道那座上下倒置的金字塔是靠什麼維持平衡？靠什麼支撐？最底層是什麼？藝術創作者。噢，是的！就在那一堆吸血鬼的最底層。可是卻是整座金字塔的關鍵點。這些創作者展現才華，因為他只有才華。那些吸血鬼的香檳派對、榮華富貴，全都是靠他供養的。是的！那些可憐又悲慘的笨蛋，想要用紙或畫布或木頭或金屬來展現才華。他們譏笑他。他們真的這麼做！他們真的這麼做！嘲笑他！我父親教訓了他們一頓，他狠狠教訓了他們一頓。他看出他們的齷齪。寄生蟲！他們怕他。我是說他們真的怕他！不過他太出色，令他們無法忽視他，無法打壓他。他可以在他們頭上拉屎，他們也只能忍氣吞聲。因為他們知道他擁有什麼。那是他們不曾擁有過的，那是他們想要卻永遠無法擁有的。我父親是個天才，天才！」

狄雷尼組長訝異的望著他。男孩的熱情無庸置疑。他的眼中冒出熊熊烈焰，由他緊握的拳頭、顫抖的膝蓋全都看得出來。

「可是你剛才說你不喜歡令尊的作品，」狄雷尼說。

泰德．麥蘭猛然往後靠回椅子內，像洩了氣的皮球，四肢攤開成大字型。他嫌惡的望著狄雷尼。

「噢，老天爺！」他搖著頭說道。「我說的話你根本聽不懂，一句也不懂。笨條子！」

「讓我試試，」狄雷尼說。「你或許不喜歡令尊的作品，他的風格，他的畫作，不過那與他的才華無關。而『那』才是你所賞識的。你所喜歡的不是他如何運用他的才華，那不是你的風格。不過沒有人能否認他的才華，你當然不能。你是這個意思嗎？」

「是的，」麥蘭說。他的聲音輕得讓狄雷尼幾乎聽不清楚。「大概就是這個意思……大概就是這個意思……」

「你呢？」狄雷尼柔聲問。「你擁有令尊的才華嗎？」

「沒有。」

「你會有嗎？你能有嗎？我是說如果你學習、努力……」

「不，」男孩說。「永遠不可能。我知道。那讓我生不如死。我要……噢，去他的！」

他一躍而起，轉過身，幾乎是跑出房間。狄雷尼望著他離去，未試圖阻止他。他在長椅上又坐了一陣子，望著空蕩蕩的門口。每個人都有欲求。不是想要他們所無法擁有的，就是想要更多他們已經擁有的。這種可憐、貪婪的人多如過江之鯽。才華、金錢、名氣、財產、忠於自己——獎品就懸掛在上頭閃閃發光，只是他們再怎麼縱身伸手去抓，總是撲個空，再跌回地面，暗暗啜泣……

組長起身走向門口，這時艾瑪．麥蘭快步走入房間，昂首闊步，拳頭緊握：一個復仇的女戰神。他有短暫的空檔可以欣賞她高高盤起的古銅色頭髮、剪裁合身的紅褐色羊毛套裝、她美好的身材及晶瑩無瑕的肌膚。

然後她便與他面對面，欺身靠近，堵住他的去路。有一瞬間他還以為她打算扁他。

「麥蘭太太……」他喃喃說道。

「你對泰德做了什麼事？」她高聲質問。「你對他『做』了什麼事？」

「我什麼也沒做，」狄雷尼板起臉說。「我們討論他父親遇害當天他的行蹤，討論藝術及泰德對他父親作品的看法。如果這樣就讓他情緒失控，我向妳保證那不是我的原意，夫人。」

她突然軟化下來，肩膀下垂，頭也垂了下來。她手中握著一條小手絹，不斷的扭絞、拉扯。狄雷尼冷冷的望著她。

「那孩子有沒有接受專業協助？」他問。「心理學家、精神科醫師？」

「沒有，有，他去找過——」

「精神科醫師？」

「他真的不是——」

「多久去一次？」

「一週三個下午。不過他表現得——」

「這種情況已經多久了？」

「快三年了。不過他的精神分析師說——」

「他有暴力傾向嗎？」

「沒有。呃，他是會——」

「對他父親？他攻擊過他的父親或與他打架？」

「你根本不讓我有時間回答，」她歇斯底里大叫。

「真相不用時間，」他頂了她一句。「妳要我詢問女佣？管理員？鄰居？妳的兒子是否曾經攻擊他的父親？」

「是的，」她低聲說道。

「多少次？」

「兩次。」

「在過去一年之內？」

「是的。」

「很激烈？有人受傷嗎？」

「沒有，只是——」

「麥蘭太太！」他吼道。

她距離扶手椅只有一步之遙，於是順勢跌坐在椅子上，綣縮起身體，渾身顫抖，精神狂亂。不過他注意到她癱坐下來時姿勢仍不失優雅，即使坐在椅子上時她悲痛的神情也風情萬種，兩膝並攏側向一邊，腳踝交叉得恰到好處。低垂的頭展露頸肩部優雅的線條。他想，維多·麥蘭不是這個家庭中唯一的藝術家。

「怎麼樣？」他說。

「有一次他們打架，」她木然說道。「維多將他打倒在地。真可怕。」

「還有一次……？」他追問。

「有一次，」她說，聲音抖動著：「有一次泰德攻擊他。突如其來，無緣無故。」

「攻擊他？用拳頭？武器？」

她答不出來，或者不願回答。

「一把刀子，」狄雷尼說，不是詢問。

她茫然點點頭，沒有正面望向他。

「什麼樣的刀子？獵刀？雕刻刀？」

「水果刀，」她喃喃說道。「很小一把，在廚房拿的。」

「妳先生受傷了嗎？」

「一個小傷口，」她說。「在他的上手臂。不深，其實沒什麼。」

「有找醫師嗎？」

「噢，沒有，沒有。只是個小傷口，沒事。維多不肯去看醫生，我——我幫他消毒以及——以及上繃帶，用膠帶。真的，沒什麼事。」

「你們的醫師叫什麼名字？你們的家庭醫師，他的診所在哪裡？」

她告訴他，他仔細記下來。

「令郎有刀子嗎？獵刀？彈簧刀、折疊式小刀？任何形式的刀子？」

「沒有，」她說，搖搖頭。「他有一把——好像是摺疊式的刀子。瑞士刀，紅色刀柄。不過在他變得——變得——情緒失控之後，我就把刀子拿走了。」

「從他手中拿走？」

「我是說從他櫃子抽屜內把刀子拿走。」

「那把刀子呢？」

「我丟了，丟進焚化爐。」

他雙腳挺直站著，目不轉睛盯著她的頭頂。他深吸了一口氣再嘆了口氣呼出來。

「好吧，」他說。「我相信妳。」

這時她抬起頭來，望向他，臉上沒有淚痕。

「不是他做的，」她說。「我向你發誓，不是泰德做的。他崇拜他父親。」

「是的，」狄雷尼冷冷說：「他也這麼告訴我。」

他轉身走向門口，停下腳步再轉過頭來。

「還有一件事，麥蘭太太，」他說。「妳可認識妳先生用的模特兒？」

她滿臉困惑的望著他。

「就是妳先生畫中的那些女孩或女人，」狄雷尼耐著性子。「妳認識其中任何一個？知道名字？」

她搖搖頭。「幾年前還認識，不過最近的都不認識了，最近五年。」

「一個女孩？很年輕，可能是波多黎各人或義大利人。拉丁民族。」

「沒有，我不認識類似那樣的。為什麼問這個問題？」

他解釋在麥蘭畫室內找到的那三張少女炭筆素描。

「當然，它們是屬於妳的，」他說。「或是說是妳先生的財產。我要妳知道它們目前由我保管，一旦我們的調查完成後就會物歸原主。」

她點點頭，顯然不在乎。他朝她輕輕點頭致意，然後離去。

他緩緩走向第三大道然後轉向住宅區。在這處繁忙的購物區——大型百貨公司、精品店、速食店，全都人滿為患——他思索著較貼切的拉丁文。是 *qui bono* 或是 *cui bono*？他認為應該是後一種拼法。

Cui bono？這是偵辦命案的警探都會自問的第一個問題：誰獲利？他手中的關係人包括一個精神錯亂、嫉妒父親才華的兒子；一個因為丈夫劈腿而妒火中燒的性冷感老婆；一個曾被公然羞辱的藝術品業者；一個嫉妒受害者能忠於自我的藝術家友人；一個因為受到他鄙視而痛恨他的前任情婦；遭到棄養而生活陷入困境的母親與妹妹。

各有謀殺的充分動機——但是誰獲利？

艾德華．X．狄雷尼往北緩步前進，思索著若將他的調查侷限在這七名嫌疑人身上，失敗的可能性有多大。不過局內的探員已清查過麥蘭所有的酒伴、模特兒、鄰居、妓女，甚至遠親及軍中的舊袍澤，都毫無所獲。狄雷尼過濾後只留下這七人。那麼誰獲利？

他去取回那些影印的畫作，付過錢後拿了一張收據。他將所有的花費都仔細列成清單，要向局裡報帳。他不期待領薪水，不過若要他自掏腰包協助紐約警局辦案，那就真是豈有此理了。

他回家時屋內空無一人。不過蒙妮卡用圓磁石在冰箱門上留了張小字條：「上超市。你需要新襯衫。買幾件。」

他笑了笑。他幾件襯衫的領口確實都已磨損。他記得以前男士們遇到這種情形都會縫補，他們的老婆會縫補，或者就請當地的裁縫幫忙，那些裁縫店會掛上「縫補領口」的招牌。如今若掛上這種招牌，恐怕沒有幾個人知道那是做什麼的。

他拿了一罐冰啤酒走入書房，脫下西裝外套，披在旋轉椅的椅背上，不過他沒有解開領帶或捲起袖口。他將麥蘭的炭筆素描再釘回地圖板上，將影印複製品收在書桌下層的抽屜內。他打算讓傑克・達克及貝拉・莎拉珍看看這些畫，期待能有幫助。

他灌了一大口啤酒，然後撥伊伐・索森副局長辦公室的電話。他不在辦公室，狄雷尼在電話中告訴索森的助理艾迪・蓋利小隊長，說明他的請求：請警局的法律顧問提供意見，依照紐約州的遺產繼承法，維多・麥蘭的財產會如何分配。

「那個人沒有留下遺囑，」狄雷尼告訴蓋利。「不過他有一個妻子及一個十八歲大的兒子，還有一個母親及一個妹妹。我想知道誰能分到什麼財產。了解嗎？」

「了解，組長，」艾迪・蓋利說。「我都記下來了。妻子與兒子，十八歲大。母親與妹妹。他們怎麼分配？」

「沒錯，」狄雷尼說。「就是這樣。」

「那個妹妹是否未成年？」

「不，」狄雷尼說，很慶幸跟他談的是個精明的警察。「她三十多歲了。你看我什麼時候可以取得這資料？」

「至少要一、兩天吧。不過我們會設法催他們快點。」

「好。謝謝你。還有一件事，小隊長——以前那個『藝術品竊盜與偽造小組』還在嗎？」

「就我所知還在。很小的單位，兩名或三名人員。他們在總部作業，要分機號碼嗎？」

「是的，麻煩你。」

「請稍候。」

過了一會兒蓋利小隊長拿著電話號碼回來了，他還提供了帶隊警官的名字，伯納·伍爾夫隊長。

狄雷尼抄記下來，向他道謝，然後掛上電話。再喝兩口啤酒後，他撥電話到藝術品竊盜與偽造小組，忙線中。再喝些啤酒。又是忙線中。再喝點啤酒，總算打通了，不過隊長不在辦公室。他留下姓名與電話號碼，要求伍爾夫盡快回電。

他喝光啤酒，開始撰寫他與希奧多·麥蘭及艾瑪·麥蘭的訪談報告。即將完成時，電話響了，他邊寫邊接電話。

「我是組長艾德華·X·狄雷尼。」

「組長，我是伯納·伍爾夫隊長，藝術小組的。聽說你找我？」

「是的，隊長。我目前正以半官方的身分在偵辦維多·麥蘭命案。」

「我聽說了。」

「局裡的傳言？」

「不是局裡傳出的，而是藝術界。那是個小圈子，組長；一有風吹草動就會人盡皆知。」

「我想也是，」狄雷尼說。「我猜你已經摸透了那個小圈子，我想你可以幫我大忙，隊長，我希望我們可以碰個面。」

「樂於奉陪，」伍爾夫說。「時間地點由你決定。」

狄雷尼正打算敲定一個日期，這時才想起布恩小隊長正在安排與朱立安·賽門的會面時間。

「我想我星期一上午再打電話給你，到時候再決定確切的時間與地點，」他說。「我大約十點打過去。可以嗎？」

伍爾夫說可以，然後他們掛上電話。

10

星期一上午，布恩與往常一樣於九點到達。狄雷尼沒有披上外套就到門外邀小隊長進門。

「我想我們今天要趕一下進度，」他告訴布恩。「文書工作之類的，還要計畫接下來要如何進行。」

「我可以配合，組長，」布恩點點頭。「我把星期五的偵辦筆記帶來了。」

他們進入狄雷尼的書房，幾分鐘後蒙妮卡端著杯子與一壺咖啡進來，還有一碟肉桂口味的小甜甜圈。她與布恩小隊長聊了幾分鐘，然後就讓兩人獨處。

狄雷尼想知道的第一件事是與朱立安・賽門的約會。布恩說已經安排在隔天上午十點鐘，組長仔細的寫了下來。

然後，兩人喝著不加奶精的咖啡，嚼著甜甜圈，布恩談起他由達克的工作室前往麥蘭位於莫特街畫室那兩次的時間測試。狄雷尼在布恩說明時抄寫著筆記，兩人都覺得沒必要對這兩趟測試的結果做評論。

到了十點，狄雷尼組長打電話給藝術品竊盜與偽造小組的伯納・伍爾夫隊長，約定於星期二中午在西三十六街的基恩英式排骨店共進午餐。

「去過嗎？」他掛上電話後問布恩。

「從來沒去過，長官。」

「風味絕佳的羊排，如果你中午不介意吃羊排的話。」

「你認為伍爾夫可以提供什麼消息？」

「沒什麼特別的。或許對紐約的藝術界會有些有用的背景資料，或許他也能幫我們四處打聽一下與麥蘭有關的消息。到了這個關頭，我什麼資料都來者不拒——謠言、小道消息、流言蜚語，什麼都行。好，你先來；你和蘇珊‧韓莉談了後有什麼收穫？」

布恩將他與蘇珊‧韓莉共進午餐的談話內容做了詳盡的報告，他記憶猶新，只偶爾參考了幾次筆記。他說完後，兩人默不作聲呆坐了片刻。

「有意思，」狄雷尼最後才說出口。「她告訴你麥蘭太太說『事情另有蹊蹺』。你再追問她時，她突然必須趕回辦公室去。你的印象是什麼？她是否想掩飾？或者她真的不知道而是必須趕回去上班？你說哪一種？」

「我不知道，」布恩不安的說。「我事後也一直在想，可是無法確定。」

「猜猜看。」

「我想她不知道艾瑪‧麥蘭指的是什麼。」

「好。我們目前先接受這種可能性。杰特曼的不在場證明呢？她在十點左右看到他進門，但她並沒有在一點半看到他出門？」

「是的，組長。她當時與艾瑪·麥蘭吃午餐，或是在外出用餐的途中。」

「辦公室內沒有其他人看到杰特曼出來？」

「再度說對了。辦公室空無一人，每個人都出去了。因此只有一個人可以提供杰特曼的不在場證明：朱立安·賽門。」

「會不會是這樣……」狄雷尼說。「韓莉與艾瑪·麥蘭共進午餐的普羅文克餐廳距離賽門的辦公室不遠，所以假設她在一點十五分左右離開辦公室。她前腳一出門，杰特曼就趁四下無人溜出門到市中心把麥蘭做掉。不，不，不。這一段刪掉，說不通。杰特曼的員工及顧客都看到他在一點半回到畫廊，所以不可能是他幹的。」

「狗娘養的！」布恩咬牙切齒說著，看到狄雷尼瞪著他時，小隊長滿臉通紅。

「抱歉，長官，」他說。「賽門與布魯斯特律師事務所的辦公室就在從電梯出來的那條長廊上，有一道木框門通往外頭的辦公室，蘇珊·韓莉的辦公桌就擺在那邊。她說她在那個星期五上午與杰特曼聊了幾分鐘，然後他走入後頭賽門的辦公室，她也是走入那個辦公室安排我們的約談時間。可是我卻笨得沒有加以查看。」

狄雷尼眨眨眼，然後笑了。

「另有私人出入口，」他說。「可以從賽門的辦公室通往走道，這種格局很常見。要是外頭辦公室有律師們不想見的人，他們就可以由此悄悄進出，例如送法院傳票的人或持搜索票的警察。」

「沒錯！」布恩說。「如果賽門在他的私人辦公室內有一道門可以通往走道，杰特曼就可以在十點到達後不久再溜出去。那他就有充裕的時間可以前往莫特街幹掉麥蘭，然後不是回到賽門的辦公室就是直接回到他的畫廊。抱歉我忽略了那道門，組長。」

「無妨，我們明天就可以查看。韓莉說賽門與杰特曼是老朋友？」

「是的。一起玩手球。」

「有意思，一起打球。這……我們等著瞧。那位韓莉是什麼樣的女人？美嗎？」

「迷人，稱不上漂亮。很瘦，年紀不小了，金色鬈髮，沒有傲人的胸部沒有臀部，有美腿，聲音甜美。沒什麼頭腦。」

「性感？」

布恩思索了片刻。

「應該算是，有點魅力，如果她放得開會更迷人。」

「如果杰特曼說艾瑪．麥蘭可能是同性戀的說法屬實，她們兩人之間會不會有曖昧關係？」

布恩再度思索片刻，然後嘆了口氣。

「或許，」他說。「有可能。我不敢確定，誰敢確定？」

「當然不是我，」狄雷尼沉著聲音說。「她有沒有對你賣弄風情？你知道，就是異性相吸那類的事？

騷首弄姿？勾引你再約會一次？」

「沒有，」布恩緩緩的說。「稱不上。友善有禮，但不會太做作。或許我不對她的味。我只能告訴你我的感覺，如果我邀請她去參加狂歡派對，她或許會吃吃笑著說：『好啊！』。」

「嗯，我明天上午就會見到她，到時候再看看我的看法跟你一不一樣。現在換我來告訴你我跟泰德及艾瑪．麥蘭的碰面情形。」

他鉅細靡遺的向布恩描述他與兩人約談的詳細過程，小隊長聽得很專心，偶爾低頭做筆記但不曾插嘴。等狄雷尼說完後，布恩抬眼看著組長，十分興奮。

「哇，」他說。「這個線索很重要，而且是前所未聞。泰德動粗的事在檔案中沒有任何紀錄，有嗎，長官？」

「沒有，隻字未提。」

「我們能否找那個精神科醫師來談談？」

「沒有用，他不會實話實說，他有權可以這麼做。」

「所以泰德那孩子獨自在華盛頓廣場公園吃午餐，他說的。你了解那是什麼意思嗎，組長？艾瑪說她自己一個人去購物；莎拉珍與達克聲稱他們兩人在一起，但他們可能犯下此案；甚至連麥蘭的母親與妹妹都可能不遠千里由洛克蘭郡開車前來藉此取樂。至於索爾．杰特曼不夠充份的不在場證明得靠他的老球友朱立安．賽門。太美了。他們全都有嫌疑，接下來我們要怎麼辦？」

「接下來我們要做的，」艾德華·X·狄雷尼說：「是列出一張時間表，名字列成一欄，時間另列一欄，我們就可以一眼看出這七個人在那個星期五上午由九點至下午五點每十五分鐘之間各自身在何處，或是他們說他們人在那裡。我手邊有幾張方格紙，我們就由此著手。」

他們才剛開始繪製圖表，蒙妮卡就招呼他們去吃午餐了。她將午餐擺在餐廳內，是三明治，不過全要自己動手，有發酵裸麥、黑麵包、鬆軟的白麵包，還有義大利香腸、燻香腸、燻肝腸、火雞、番茄切片、小蘿蔔切片、黃瓜切片、西班牙洋蔥切片、鯡魚抹酸奶油、橄欖、茴香、德國馬鈴薯沙拉與烤豆冷盤。狄雷尼配黑啤酒，布恩選擇冰茶。蒙妮卡跟他們坐在一起用餐，不准他們吃飯談公事，所以他們只能埋頭猛吃。飯後，他們幫她收拾餐桌，清洗碗盤，將殘羹剩菜放入冰箱。

「很對味，」狄雷尼說，親她的臉頰。「正合我的口味。」

「真好吃，狄雷尼太太，」布恩小隊長說。「我很少能吃到這麼棒的料理。」

他彷彿聽到她喃喃說著：「你可以的，」不過他無法確定。

然後兩位男士回到書房繼續繪製時間表。他們完成了一幅尺寸可觀的圖表，可以顯示各個嫌疑人在凶案發生當天幾乎每一分鐘的動向。此外，他們也用色筆標示嫌疑人的行蹤只是自己聲稱的或有一個或多個證人佐證。

當然，那無法證明什麼；他們也不做此期待，不過那讓他們能夠對所有人的行動一目了然。他們將圖表與麥蘭的炭筆素描並排釘在地圖板上，滿意的看著。一切似乎都對焦了。

組長走入廚房，拿了罐自己要喝的啤酒，也替布恩拿了瓶奎寧蘇打水。然後他們再坐下來看那張時間表，並開始吞雲吐霧，交叉比對各人的行蹤。

「我辦過一個案子——」他們幾乎同時開口，然後同時住口，也同時笑了出來。

「你先說，」狄雷尼組長說。

「也沒什麼，長官，」布恩說：「那是我剛升上三級警探時的事。當時管區有他們自己的刑事組，我在偵辦二零管區的案子。那時百老匯有一家時髦的珠寶店，賣的是上等的珍奇古玩，店家不斷有貨品不見。規律的，每星期或許會遺失一件或兩件。店裡只有老闆和他老婆，所以我們認為應該是有人佯裝顧客再順手牽羊。沒有清潔人員，沒有闖空門的跡象。我們安排了一個員警埋伏在店內的後方房間內，有客人上門時就由窺視孔監視，不過沒有發現有人順手牽羊。事情讓人費疑猜。有一天這個珠寶商在第五大道搭公車，準備前往市中心，他看到對面坐著一個美麗的小妞，身上就戴著他的失竊物品。他堅稱那是他店裡失竊的，是打造成玫瑰花形狀的一只紅寶石胸針。他說那是維多利亞時期的古董，天底下不會有另一個一模一樣的。總之，他不動聲色，只是跟蹤她回家，然後報警。結果，長話短說，我們發現那只紅寶石胸針是小妞的男朋友送的。而他是從哪裡拿來的？那位珠寶商的老婆，你相信嗎？那男人是個吃軟飯的小白臉，與師奶逢場作戲，設法揩些油。我必須告訴那個珠寶商實情；但實在難以啟齒。我要說的重點是：如果不是那位珠寶商湊巧在第五大道的公車上遇見那個小妞，我懷疑我們能夠破案，那個珠寶商可能會被一件件偷個精光。那是偶然，破案機率只有百萬分之一。」

狄雷尼點點頭。「我要說的故事也大同小異，不過破案的關鍵在於歹徒的愚蠢而不純屬巧合。這是件恐嚇勒索的案件，歹徒要求的不多：五百元，以小鈔支付，與他所觸犯的重罪所要承擔的風險相較而言簡直就是小兒科。他寫恐嚇信要求付五百元，否則他就要對那位名人的妻子或兒子潑硫酸。很好。天曉得在其中一名受害者機警報案之前，已有多少人花錢消災了。你相信嗎，那字體扭曲的恐嚇信是用大宗郵件的方式寄出去的。我猜那個傻瓜為了省錢，就與他所任職的公司郵件一起交寄。我們去找郵局的督察人員，只花了一天就從郵戳上的號碼追查出來了，然後再花四天埋伏，在那傢伙再度交寄時當場逮捕。他食髓知味，又想故技重施。我記得他說他需要錢，因為他正在迪里漢堤補習——當時他們開了公職特考的課程——打算報考警專。我不認為他真的會考上。你認為我們會靠運氣獲得突破，我也有同樣的期盼，不過我更希望是因為凶手愚蠢而行跡敗露。」

布恩朝他露齒而笑。

「組長，那是假設我們比歹徒聰明。」

「你若對這一點開始感到懷疑，小隊長，」艾德華．X．狄雷尼正色說道：「你最好轉行。」

11

星期二上午，布恩將車子停在狄雷尼住處外，狄雷尼坐在他的車上。小隊長向狄雷尼報告，他向辦過麥蘭案的警探打聽，希望從他們的回憶中找到蛛絲馬跡，但徒勞無功。

「白忙一場，」布恩黯然說道。「他們都說他們所看到、聽到或知道的，全都寫在報告中了。我們在這方面可能是毫無所獲了，組長。」

「我仍然認為那是個好主意，」狄雷尼固執的說。「還有人尚未聯絡上嗎？」

「兩位，」小隊長說。「我今晚再試試。一個剛放假回來，另一個出外跟監埋伏，他的同事不肯向我透露地點。我們現在要前往賽門的辦公室了嗎？」

「好啊，」狄雷尼說。「首先我們要看看有沒有門可以通往走道——」他突然住口，然後說道：「等一下。」

他下車回到屋內，進入廚房。蒙妮卡坐在流理台旁的一張高腳凳上，喝她當天上午的第三杯咖啡，列出當天的採購清單，收聽廚房內的收音機內播放的ＷＱＸＲ節目。他進門時，她抬頭看著他。

「忘了什麼東西，親愛的？」她問。

「膠帶，」他說。「我知道我們有一些，不知道擺在什麼地方。」

「最底下的抽屜，」她說。「與保險絲、電池、手電筒、鐵鎚、螺絲起子、扳手、橡皮筋、強力膠、蠟燭、OK繃帶、油漆刷、一罐——」

「好了，好了，」他笑道。「我保證會把東西整理好，也一定會。」

他找到那捲膠帶，撕下約一吋長。然後他從蒙妮卡的小便條紙簿上撕下一張，將膠帶輕輕貼在紙上。

「你在做什麼？」她好奇的問。

「這是我的專業機密，」他擺出高傲的模樣。「我守口如瓶。」

他匆匆親了她一下，然後再度出門。

「我根本不在乎，」她在他身後大聲叫道。

他回到車上後，向布恩小隊長展示那張浮貼著膠帶的便條紙。

「這是一個老一輩的竊盜大師教我的小訣竅，」他解釋。「假設你有許多扇毛玻璃，你想要在其中一扇上做記號。以他為例，就是他想要切割下來的那一扇。當光線照射玻璃時，它們看起來全都一模一樣。如果你能到屋內，在一個角落貼上一小片膠布，沒有人會注意到。當你在外面時，隨著光線照射，就可以輕易挑出你要的那扇玻璃。如果朱立安・賽門有一扇門可以由他的私人辦公室通往走道，我們就將這一套獨門絕招反過來使用。我到時候再教你怎麼做。」

布恩於是開車前往市中心的賽門與布魯斯特律師事務所。他們最後終於找到一個計時停車位，在三個街區外，將車停妥後再走回來。

這家律師事務所位於一棟十層樓高的現代化辦公大樓第六樓。大廳很乾淨，沒有管理員，自行操作的電梯。狄雷尼組長環顧四周，然後檢視牆上的名牌。

「律師、藝術品業者、三個基金會，」他說道。「一家商業雜誌，一個修理小提琴的技師。諸如此類的。訪客不多，我想。」

電梯很小，但很有效率，安靜無聲。他們在六樓跨出電梯，仍未遇見任何人。布恩沿著走道走過去，他在懸掛著「賽門與布魯斯特律師事務所」金質招牌的胡桃木門外頭停下腳步。他帶著詢問的眼神望著狄雷尼，組長揮手示意他沿著鋪著磁磚的走道再往前走一段路，然後停下來。他將嘴巴湊近布恩的耳朵。

「蘇珊．韓莉往內走入賽門的辦公室時，」他低聲說道：「她朝哪個方向走？」

布恩想了一下，轉了轉身，試著搞清楚方向。他朝走道的盡頭比了比。他們朝那個方向走，經過一道裝著毛玻璃的門，門上什麼都沒有，只有一個燙金的門牌號碼。他們再往前走，又找到完全一樣的另一道門，不過號碼變大了。狄雷尼望著布恩，可是小隊長也無奈的聳聳肩。

組長走回第一道毛玻璃門，站在一側以免室內的人看到，他將小膠帶由便條紙上撕下來，再輕輕黏貼在玻璃的窗框邊，約與眼睛同高的位置上。

「這外頭的燈光很亮，」他告訴布恩。「如果那是賽門的私人辦公室，我們應當能夠由室內看見這塊膠帶。如此我們就不會與其他通往洗手間或倉庫的門搞混了。走吧……」

他帶頭往前走，在進入辦公室時摘下他的寬邊草帽。這時是六月一日。

「我們來了，韓莉小姐，」布恩面帶微笑。「準時到達。」

「確實準時，」她說。「事實上，稍微早了一點。賽門先生在講電話，他一掛上電話我就通知他你們來了。」

「韓莉小姐，我向妳介紹一下，這位是狄雷尼組長。組長，這位是蘇珊·韓莉小姐。」

她伸出手，狄雷尼與她握手並彬彬有禮的欠身鞠躬致意。

「韓莉小姐，」他說。「幸會。現在我明白小隊長為什麼會那麼迫不及待了。」

「噢，組長！」她說。「這真是——我受寵若驚。我讀過好多關於你的報導，你偵辦的案子。你真是大名鼎鼎！」

「噢，」他說，擺出無奈的姿勢。「報紙……我相信妳也了解。他們喜歡渲染。妳替賽門先生工作多久了？」

「快六年了，」她說。「他真是個讓人愉快的人。」

「我了解，」他說。「好，我們不會花太多時間，只待一下子，可能比妳整理妳那迷人的秀髮還快。」

她的手不自覺的抬起來，指頭撥弄著金色鬈髮，黑色玳瑁眼鏡後方的眼睛綻放神采。

「是麥蘭案，對吧？」她屏氣說道。

他慎重其事的點點頭，伸出食指貼在緊閉的雙唇上。

「我了解，」她低聲說。「我不會說半個字的。」

她那部有六個按鈕的話機上有一個光影熄了，她立刻注意到。

「他掛上電話了，」她說。「我去告訴他，你們來了。」

她起身輕快的向內走入賽門辦公室那道門，裙襬在美麗的雙腿邊飄動著。她敲一下門，將門推開，進門後再將門帶上。有如一場芭蕾舞。

「你說得對，」狄雷尼朝布恩低語。「是這個方向。」

過了一會兒，她回到他們面前。

「賽門先生現在可以接見你們了，兩位，」她爽朗的說。

她帶著他們走進去，再輕輕將門帶上。辦公桌後面那個人起身，面帶微笑迎上前來，手往前伸。

「組長，」他說。「小隊長。我是J・朱立安・賽門。」

他們握手致意，狄雷尼想起了林肯曾說過「前名縮寫，使用中間名」的男人那一套說法。

賽門動作穩健而充滿自信，他請他們坐在一張綠皮長沙發上。然後他拉過一張有同樣皮套、帶輪子的扶手椅，與他們面對面坐著。他遞給他們一個銀質香菸盒，他們婉謝後，他將那盒香菸再收回他的外套口袋內，自己也沒有點菸。他將身體往後靠，若無其事的翹著腿。

「兩位，」他說：「我能幫什麼忙嗎？」

他是個體面的人，打扮得很光鮮，彷彿全身都散發著光采。一頭銀髮梳得如鏡子般光潔，白色的鬍髭修剪得很整齊，白裡透紅的膚色顯示健康良好，牙齒太過潔白整齊不可能是真牙，眼眸如蔚藍的蒼穹，塗上透明指甲油的指甲閃亮耀眼；金錶、金領帶夾，金戒指上還鑲著一顆四方形鑽石，有如一顆小冰塊。

衣著更是講究！大翻領的灰色鯊魚皮西裝，水藍色的襯衫，領帶有如是由一塊鉻金屬剪裁下來似的。黑色的鹿皮鞋上綴飾著濃密的流蘇，亮得像上過油一般。

他的舉止也和外表一樣講究，一絲不苟。嘹亮的聲音如潺潺流水，笑聲震耳欲聾，一舉手一投足都和深海潛水員一樣悠緩。他的眼神顯得真摯熱忱，燦爛的笑容顯得誠懇篤實。他揚起一道白眉或隨意將翹起的腿放下，都可看出他的優雅。總而言之，他整個人如玉樹臨風，不可思議的一件「產品」。

「很抱歉要再度為了麥蘭案的幾個問題來打擾你，律師，」組長說：「我們不甘心就此罷手。」

「當然不行，」律師聲如洪鐘的說。「我們都希望能破案，伸張公理正義。」

「你這間辦公室真漂亮，」組長說著，環顧四周。長沙發後方有一道玻璃門，距離太遠，從他們所坐的位置看不清楚。

「過獎了，狄雷尼組長，」賽門很得意。他滿意的看著他的鑲板牆壁、書櫃、裱框的版畫。「沒有什麼比橡木及皮革更能讓客戶印象深刻了——叫什麼來著，衣食父母？」

他開懷大笑，他們也客套的跟著笑。

「我想你們是來打聽索爾·杰特曼的事，」律師說：「因為那是我與此案唯一的關連。我以前就曾說過了，他在維多．麥蘭遇害當天上午大約十點鐘來到我的辦公室，就這一間。索爾和我都是大忙人，我們會面的時間已經延過太多次了。」

「他的所有法律事務都是由你處理嗎，先生？」布恩小隊長說。「包括畫廊在內？」

「沒錯，」賽門點點頭。「此外，我還幫他處理稅務問題及財產規畫，偶爾還對他的投資理財提供建議，不過我得承認他有時候根本聽不進去！」嘴巴張開，瓷牙閃閃發光。「所以那個星期五上午我們終於能會面時，有很多事情要討論。我再重複一次，他在上午十點左右抵達。我們討論很多話題，快中午時我打電話叫三明治與飲料。這倒提醒我了：我這個主人真是怠慢你們了。我這裡有一套設備完善的小吧檯。兩位要不要來點什麼？」

「謝謝你，不用，」狄雷尼說。「心領了。然後你們用完餐再繼續討論？」

「其實，我們是邊吃邊談，當然。這次會談一直持續到約一點半索爾才離開，就我所知，他是回到杰特曼畫廊。我能提供你們的就只有這些了，兩位。」

「他在剛好一點半離開嗎，律師？」狄雷尼問。

「噢，不是剛好一點半。」賽門揮手表示沒那麼精確：那無關緊要。「之前或之後五分鐘吧。我最多只能記得如此。」

「律師，杰特曼先生在那個星期五的十點至一點半之間，曾離開過你的視線嗎？」

「大約那個時間，」律師糾正他。

「大約那個時間，」狄雷尼同意。

「沒有，他在那個星期五大約十點至一點半那段期間不曾離開過我的視線。噢，等一下！」他清脆的彈了一下手指。「他是有上過洗手間，後面那邊。」他以大拇指往他肩後比了比，指向兩座橡木書櫃之間的一道堅固木門。「不過他只去了二或三分鐘。」

「除此之外，他在剛才指明的那段期間內的每一分鐘都在你的視線內？」

「是的。」

「感謝不盡，」狄雷尼組長突然將筆記本闔上，倏然起身。「你一直很合作，我們很感激。」

布恩站了起來，朱立安・賽門也跟著起身。律師對這次的偵訊這麼出其不意就結束了似乎感到很訝異，驚喜的他露出笑容，笑容越來越燦爛，就差沒有敞開雙臂攬住兩位警官的肩膀。

「隨時樂意協助紐約最出色的警探，」他歌功頌德一番。

「午餐送來時，是韓莉小姐拿進來的嗎？」狄雷尼冷不防追問。

「什麼？」賽門吃了一驚說道。「我不懂。」

「你和杰特曼叫的外賣，三明治。當餐點送來時，是不是蘇珊・韓莉拿進你的辦公室？」

「這——呃——不，不是她。」

「那麼說是外送人員送進來的囉？」

「不是，情況不是這樣，」賽門說著，鎮定了下來。「韓莉小姐以對講機通知我外送人員已將午餐送到外頭了。所以我走出去，付錢給他，再將午餐拿回來這裡。不過我看不出來——」

「沒什麼事，」狄雷尼要他安心。「我像個老太婆，我承認。我喜歡將所有的小細節都查個一清二楚，看看每件事到底是怎麼發生的。現在我明白了。你這間辦公室真的很體面，律師。」

他信步逛了一下，布恩小隊長也跟上去。組長檢視牆上的畫作、撫摸著橡木書櫃，觸碰一座小櫥櫃的大理石面板，然後瞄向玻璃門。布恩也跟著望過去。他們兩人都清楚的看到那片小膠帶，在走道的燈光照射下顯現出輪廓。

隨後是行禮如儀的感謝與握手。兩人走到外頭的辦公室時，再與蘇珊．韓莉握手道別。走入空蕩蕩的走道後，狄雷尼示意布恩留在原地。然後他走回到那扇毛玻璃門，再度站在一側，將膠帶撕下。他回到布恩身邊，用手指頭將膠帶捏成一團後塞入他的口袋裡。

「湮滅證據，」他說。「重罪一條。」

電梯下樓時，還有另一個乘客在場，因此他們沒有交談。走入街道前往他們停車處時，狄雷尼說：「我不認為他對午餐如何送進內側辦公室的那段話是在說謊，不過為了確認，你去查一下那家外賣店。看看當時那個外送人員有沒有看到杰特曼；也向蘇珊．韓莉查證一下，是她將三明治送入內側辦公室，還是像賽門告訴我們的那樣?若真如他所言，門打開時她是否看到杰特曼?也許你最好再和她吃一頓午餐。」

「不能用電話嗎，組長?」布恩問。

狄雷尼訝異的瞄了他一眼。

「你不喜歡她？」他問。

「她嚇壞我了，」小隊長坦承。

「別這樣，再和她吃頓午餐吧，」狄雷尼笑著說。「她不會咬你的。」

「那我可沒把握，」布恩愁眉苦臉的說。

他們上車坐了片刻沒發動，車窗搖下，等車子降溫。兩個人都沒有說話，忙著重新整理事證。

「他是有可能溜到走道上，」布恩最後說道。「而不被韓莉看到。」

「可能，」狄雷尼同意，「有點冒險但有可能。所以，我們又得將另一個不在場證明刪除。如今他們之中沒有任何人是完全清白的了。」

布恩黯然點點頭。

「小隊長，」狄雷尼像說著囈語：「我是個偏執狂。」

布恩轉頭望著他。

「什麼，長官？」

「沒錯，我是，」狄雷尼堅持。「我有兩個無法理喻的偏見。第一，我討厭芽甘藍，第二——」他戲劇化的停頓片刻，「——我不信任小指上戴著戒指的男人。」

「噢，那個，」布恩咯咯笑著。

「是的，」狄雷尼說。「所以查一下他的紀錄，好不好？或許他有前科也不一定。」

「朱立安・賽門？」布恩難以置信的說。「有前科？」

「噢，是的，」狄雷尼點點頭。「可能。」

「哇，」亞伯納・布恩說著，望向頭頂上放置客人煙斗的架子。「這地方想必有一千年歷史了。」

「沒那麼久，」狄雷尼說。「不過他們也不是昨天才開張的。」

他們在基恩英式排骨店內等伯納・伍爾夫隊長，組長訂了一間包廂。穿著古裝的侍者問道：「要來點什麼嗎，先生們？」組長點了一杯不含甜味的吉伯森啤酒，然後望向布恩。

「我只要一杯番茄汁，」小隊長漠然說道。

「一杯聖母瑪莉亞，」侍者善解人意的點點頭。「也有人稱為血腥瑪莉。」

布恩朝他露齒而笑。

「你真上道，」他說。

「如果這家店關門大吉了，」狄雷尼說，看了看四周：「我就玩完了。我是說，我指的是像二十三街的史都賓酒館、藍帶、柯隆尼斯這些店家。美味、豐盛的菜餚，斜面玻璃、第凡內檯燈、桃花心木吧檯，全都沒了。還有格林威治村的恩里柯及派格黎里那種店家；第二街的莫斯科維茲與路波維茲，那種料理！你不會相信的。如果你想廣為宣傳的話，那是真真正正的警察餐廳。像燉牛肉沾山菜根辣醬、醃牛肉配包心菜、當令的鹿肉，我有一次在史都賓酒館吃野豬排。你能想像嗎？喝最純正的飲料，知道怎麼招待客人的侍者。都在消失中，小隊長，」他悵然做了結語。「這家店是那些頂級餐廳之一，也是碩果僅存的一家。如果它也消失了，你在曼哈頓要到什麼鬼地方去吃羊排？」

「考倒我了，長官，」布恩一本正經的說，狄雷尼笑了出來。

「是啊，」他說。「我太深陷其中，不可自拔了。不過實在很難眼睜睜看著這些老地方就此成為過眼雲煙。雖然我想有些很好的新店家也不斷冒出。這座城市的福氣，不斷的自我修復。好了……我們的飲料來了。伍爾夫呢？」

他來了，就站在他們的包廂旁邊——不過他們無法置信。

高大、修長有如一根馬鞭，蓄著大把落腮鬍。一身深綠色天鵝絨西裝，腰身剪裁得宜，還有華麗的燕尾；深褐色的襯衫，領口敞開，肌肉結實的脖子上裹著條佩斯尼花紋的絲綢領巾。一個皮膚黝黑、引人注目的男人，清瘦精實，眼睛炯炯有神，面帶淡淡的笑容。他全身散發出一股如刀刃般冰冷的帥氣，對全世界的女人及半數的男人都有威脅性。他任他們訝異的望著他，將頭往後仰，展現加州白種人的風采。

「別讓我的打扮給騙了，」他說。「那是我的工作服，我在布魯克林的家中時都穿著邋遢的斜紋棉褲及籃球鞋。你想必就是狄雷尼組長。我是伯納·伍爾夫。別起身。」

他們依次握手，然後他坐到布恩旁邊的位子。侍者立刻出現，他點了一杯櫻桃白蘭地。他似乎隨時都掛著那玩世不恭的微笑。

「太好了，」他說，環視著燻黑的牆壁及褪色的回憶。「我想點一份烤乳豬。你們可相信，上一次我來這家店是我求婚的時候？」

「你結婚多久了？」狄雷尼問。

「誰結婚了？」伍爾夫問。「不過我們仍是好朋友。藕斷絲連。」

這一餐每個人都是一份三分熟牛排三明治，狄雷尼與伍爾夫另外點了以白鑞大酒杯盛裝的啤酒。伍爾夫興致高昂，一直談個不停，他們也樂於聽他活力十足的談話。他說，他剛破了一個有趣的案子。

「這位在東區擁有一棟頂樓華宅的暴發戶，顯然腰纏萬貫——反正，他經營過很多種行業。你知道，進出口、大賣場，諸如此類的。突然間，他缺錢用了。誰知道，或許他投資了一家經營不善的公司或什麼的。反正，他湊不出錢來，需款孔急。銀行不願貸款給他，而他對地下錢莊也懷著戒心。這位老兄收藏了很多馬蒂斯及畢卡索的名畫，絕對合法。真跡，至少曾借給三家博物館展示過，真偽無庸置疑，而且還投保了鉅額的保險。但那對他而言還不夠；他需要的錢數目更大。你得知道，現代畫，在白紙上畫簡單的黑色線條，是全世界最容易仿造的東西。照相製版、臨摹，任何方式都行。我的意思是如果想偽造林布蘭的作品，就不一樣了，而偽造畢卡索的塗鴉之作，水電工人也做得來。好，我們這位心懷不軌的老兄雇用一群蒙面歹徒來搶走他自己的收藏品，搜刮一空。這起搶案是這位老兄在舉辦晚宴時發生的。四個人在燭光下用餐，蒙面歹徒闖了進來，掏出槍，將牆上的畫全部搜刮一空，揚長而去。目擊證人——對吧？他估算那可以讓他領取十萬美金的保險理賠，他也知道那些畫永遠找不回來，因為他告訴那些蒙面歹徒，將那些狗屎東西全部燒掉。那真的是狗屎東西，因為他們搶走的都是他偽造的贗品。真跡已拿到日內瓦出售——就是在瑞士。所以那老兄打算藉著保險金賺一筆，再加上他在歐洲販售真跡的所得。偵辦？好，各位同學，老師是怎麼破案的？」

他朝他們兩人露齒而笑，狄雷尼與布恩都在動腦筋。

最後，小隊長說：「你收到日內瓦的通知，說有人在當地兜售那些真跡？」

「不是，」伯納·伍爾夫隊長說。「跨國合作還不成熟，不過我們已在朝這方向努力了。如果偷的是達文西的畫，他們可能就會提高警覺。不過現代畫則不同。你的高見呢，組長？」

「那些蒙面歹徒想將那些贗品在本地脫手，而不是燒掉？」

「沒錯！」伍爾夫說。「他們收了五千美金進行這場假搶劫，不過隨後他們一想——這麼一來就錯了，因為他們都是笨蛋，根本不會想通這其中的道理。他們認為，為什麼收了五千美金就算了事？他們可以和保險公司聯絡，或許還可以再多撈個一、兩萬美金。保險公司應當會樂於付錢贖回來。於是他們就這麼進行。安排了一場會面，保險公司的人帶著一位藝術品鑑定專家同行，以確保他買回來的是真跡。那個藝術家只看了一眼就大笑。因此保險公司人員掉頭就走，並通知我。我們循線追查，將他們全部一網打盡。好了，你正在辦的這件麥蘭案，我能幫上什麼忙？」

這時他們已經開始喝咖啡吃甜點了。狄雷尼及布恩點的是美國咖啡與新鮮草莓，伍爾夫則是點蒸餾濃咖啡與櫻桃酒。

「這個藝術界，」組長懊惱的說。「我們所知有限，一個全然不同的世界。索爾·杰特曼，也就是麥蘭的經紀人——對了，你認識他嗎？」

「當然，」伍爾夫開心的說。「很不錯的小個子。你要與他握手前，記得將戒指取下。」

「不會吧，」狄雷尼說。「也是這副德性？好吧，反正，杰特曼告訴我一些有關經紀人與藝術家如何合作的事。就是畫廊這一行的運作方式。我希望你能提供的，是由藝術家的觀點來進一步了解美術界。那些從中牟利者如何運作。」

「金錢，」伍爾夫點點頭。「那是使這個世界運轉的要素之一。由藝術家的觀點？好。一個不成功的藝術家會窮途潦倒，你對那一類的不感興趣。一個成功的藝術家，他的麻煩才剛開始。就以麥蘭這樣的人來說吧，是誰造就他的？十或十五年前，他的畫作只能賣區區一點錢。如今他的作品已水漲船高，或許值二十萬美金。很好，可是他早期沒沒無聞時為了餬口而賣出的那些作品呢？我告訴你那些作品的結局：那些買下來待價而沽的投機客，錢都是『他們』賺走了。一百元買入，一千元賣出，利潤之高令人咋舌。藝術家則無法分一杯羹，一毛錢也沒有。這樣做對嗎？當然不對。藉別人的心血牟利。令人嫌惡。」

「我同意，」狄雷尼點點頭。「藝術家都不吭聲嗎？」

「當然會，」伍爾夫說。「抗議好處全歸他們了，低價買進，高價賣出，但是沒有哪條法律規定不准如此。那是第十一誡。如今他們開始採取行動了。他們說如果你買了一個畫家的作品，你應當簽一份同意書，表明如果你日後要轉售圖利，藝術家可以分享利潤，例如利潤的百分之十或二十。而向原先的買家買下畫作的那個人，如果他後來也要轉售，他也必須與藝術家分享利潤。諸如此類的。」

「我覺得很合理，」布恩說。

「當然合理，」伍爾夫忿忿不平的說。「現今的制度太荒謬了。藝術家費盡心思才畫出作品來；如果他成名了，他至少也應當分享這筆利潤。可是經紀人、畫廊及美術館都反對。老掉牙的故事了：錢，錢，錢。如果藝術家可以分享，他們的獲利就減少了。真是一派胡言，我告訴你。一個藝術家若在十年前以五千元賣出一幅作品，如今在報上讀到那幅作品剛以五十萬成交——你認為他有何感想？」

「那就是麥蘭的處境嗎？」狄雷尼問。

「當然，」伍爾夫說。「麥蘭就是面對這種處境。我曾跟他見過一次面。他是個混球，不過他這一點的看法是對的。那令他氣得快撞牆。我能否再來一杯，組長？聊了這麼多，我口乾舌燥。」

「當然，」狄雷尼說。「市警局買單。再一杯櫻桃酒？」

「不，」伍爾夫說。「我想我還是回頭喝麥酒，比較潤喉。你不喝酒，小隊長？」

「今天不喝，」布恩淡然一笑。

「好人，」伍爾夫說。「我有一半的時間花在展覽的預展及雞尾酒會上。經常要不斷仰頭猛灌，傷肝啊。不過那全都是為了局裡——對吧？」

新鮮麥酒端給狄雷尼及伍爾夫，隊長喝了一大口，然後身體靠近桌子，湊向組長。他的黑色鬍髭上沾著白色的冰泡沫。

「好，」他說。「像維多・麥蘭這種成功的畫家會被這麼搞：他早期出售時只值區區小錢的作品，後來以天文數字成交，而他什麼好處也得不到。不過他在其他方面也被剝削了。我們就以一個剛出道的年輕畫家為例，嘔心瀝血的創作，有滿腔的熱忱與滿腦子的點子，不眠不休。如果他運氣好，或許每十張畫作有一張賣得出去，其他賣不出去的作品則堆積如山——對吧？堆放在他的畫室、地下室、閣樓、友人家中——無論何處。或許他會送人，清掉一些。許多這種年輕的藝術家只能以畫作來換取溫飽。隨著時光消逝，那畫家娶妻生子了，他的作品也開始有市場了，而且價格不斷攀升。這期間，他手中仍有一些乏人問津的舊作，可是他想繼續留下來，因為那是他唯一能留給他妻兒的東西。一旦他死了，那就是他們的遺產。然後有一天他真的翹辮子了，他留給他老婆幾塊錢及滿滿一畫室的舊作。這時剝削就開始了：美國政府戴著國稅局的帽子，前來鑑定那位畫家的遺產。他們說他的舊作必須依目前的市場行情來核價，無論那是何時畫的。換句話說，如果麥蘭的最近幾幅畫作都在市場上以十萬美金賣出，那麼他所有的早期畫作也都值十萬美金。他們就依此來課稅。紐約州政府則依照國稅局的鑑定價格來估算『他們』的課稅額度，有時候可憐的遺孀為了付這筆稅金而破產，有時她必須將全部作品變賣一空才能繳清稅款。那只是社會如何壓榨藝術家的一個例子。好吧……這些對你有任何幫助嗎？」

「幫助非常大，隊長，」狄雷尼說。「你讓我們有很多事情可以好好想一想。不過告訴我這一點……你說當藝術家成名了也開始以較高的價格賣出他的作品，既然仍保有許多他早期乏人問津的畫作，那麼為什麼不趁著價格看漲時脫手？為何不變賣成現金而要留著成為遺產？」

「原因很多，」伍爾夫說。「或許他的風格變了，對他而言那些舊作就像廢物，他引以為恥；或許他的經紀人叫他不要讓那些作品在市面上流通。因為物以稀為貴，那是經紀人索取高價的一個手段。如果那傢伙有滿倉庫的作品，價格就會下跌。如果市面上只找得到少數幾件，價格就會上揚而且會居高不下。你想想畢卡索死時為何有那麼多未賣出的作品?此外，有許多藝術家對遺產稅毫無概念，他們不是精明的生意人。可憐的笨蛋以為自己留了一窩的蛋給妻子兒子，沒料到還得課稅。還有，或許那個畫家畫出了一幅他愛不釋手的傑作，他不想割愛，掛在牆上自己欣賞，可能在幾年間還會再略做修飾。這裡亮一點，那邊陰影深一點。不過他會保留個幾年，也可能永遠不會出售。聽著，組長，當你談論的是藝術家時，你面對的是一群瘋子。不要期待他們會有合理的行徑或常識，他們沒有。如果他們正常的話，就會去當卡車司機或推銷鞋子了，這一行不好混，大部分的人都會半途而廢。」

「我所以會問你為什麼成功的畫家不將他的舊作賣出，」狄雷尼解釋：「是因為當維多．麥蘭遇害時，他的畫室內找不到他的畫。」

伯納．伍爾夫隊長吃了一驚，他的身體往後仰，訝異的望向狄雷尼與布恩。

「沒有畫?」他複述。「沒有剛開始動筆的畫?沒有完成一半的油畫?畫架上什麼都沒有?沒有整堆已完成的作品?沒有畫掛著讓顏料風乾?牆上沒有他自己的作品?」

「沒有，」狄雷尼耐著性子說。「一張也沒有。」

「老天爺，」伍爾夫說。「我不相信。我到過上百萬個畫家的畫室，每一間都塞滿了各個時期的畫作品。我唯一能想到的是有人將麥蘭的作品搜刮一空了，或許就是做掉他的那個傢伙。他的畫室內至少應當有『一幅』作品，他是個出了名的快手。可是『一幅也沒有』？那不大對勁。」

「我們是有找到三幅炭筆素描，」布恩小隊長說。「杰特曼說那應該是麥蘭為試用的新模特兒所畫的練習之作。」

「有可能，」伯納．伍爾夫點點頭。「他們有時會這麼做：為一個新採用的女孩畫幾張草圖，看看她是否能入畫。」

「還有另一件事，」組長說。「你認識的模特兒多嗎？」

「這我就可以貢獻心力了，」伍爾夫露齒而笑。「要我瞧瞧那些素描，看看我能否認出她來？」

「你願意嗎？感激不盡。」

「樂意之至，只要告訴我地點和時間。我常在辦公室內進進出出，不過你隨時可以留言。」

狄雷尼點點頭，然後招呼侍者過來買單。他付款後，他們全都起身走向門口。到了人行道，他們與隊長握手感謝他的協助。他揮手示意沒什麼，也謝謝他們請的這頓飯。

「要查查畫室內沒有畫這一點，」他說。

夜未央，還不到半夜，或許他們想再聊聊，甚或再下樓吃頓宵夜。總之，當床邊的電話響起時，房內的燈仍亮著，他們意識清醒的躺著小憩。

他清了清喉嚨，然後接電話。

「我是艾德華・X・狄雷尼。」

蕾貝嘉・赫許打來的，她語無倫次，聲音尖銳、高亢，幾乎要倒嗓了。他試著打斷她，讓她平靜，不過她太激動了，停不下來，然後開始啜泣，沒有回答他的問題。最後他乾脆任她喋喋不休說個沒完，直到她抽噎著說不下去。他這才搞清楚發生了什麼事，正在發生什麼事。

亞伯納・布恩在將近一個小時前打電話給她，顯然是喝醉了。那是訣別的電話，他說他要用他的警用配槍轟掉自己的腦袋。蕾貝嘉當時已就寢了，接完電話後匆匆換了衣服，搭計程車趕過去。布恩已經醉倒，爛醉如泥。他喝了幾乎一整瓶，正在喝另一瓶，嘴裡嘰哩呱啦說個不停。當她要搶走他手中的威士忌時，他衝入浴室，將門反鎖。他仍在裡面，不肯出來，不肯應聲。

「好，」狄雷尼冷靜的說。「留在那裡。如果他出來，不要試圖搶走酒瓶。輕聲細語和他說話，不要阻擋他，我馬上就到。這段期間四處找找，各個角落都找，找其他的酒，也要找槍。我會盡快趕過去。」

他掛上電話下床，邊著裝邊告訴蒙妮卡出了什麼事。她聽了愁眉苦臉。

「你說對了，」她說。

「我會叫蕾貝嘉回到這裡來，」他說。「搭計程車，好好照顧她。我可能要在那邊待一整晚。我會打電話給妳，告訴妳情況。」

「艾德華，小心點，」她說。

他點點頭，將床邊茶几內他放裝備的那個抽屜的鎖打開，裡面有他的槍、子彈及清槍工具，還放著一條配槍腰帶、兩個槍套、手銬、一條鋼鐵鏈條、一組開鎖工具。不過他只拿走裡面一根套著皮套的短棍，約八吋長。他將棍子插在褲子的後口袋，露出一些來，不過被西裝的下襬遮住了。他仔細的鎖好抽屜。

「跟我一起下樓，我出門後將門鏈扣上，」他吩咐蒙妮卡。「只有蕾貝嘉來了才可以開門。替她煮些熱咖啡，或許給她一杯白蘭地。」

「小心一點，艾德華，」她又叮嚀了一次。

他出門後停下腳步，直到聽到門鏈已扣上的喀嗒聲才走開。然後他盤算著怎麼前往比較快，搭計程車或走路。他決定搭計程車，於是快步走到第一大道。他等了約五分鐘，然後在一部亮著「下班」燈誌的計程車迎面而來時，跨入它的車道內。計程車緊急煞車，保險槓距他僅一呎遠。憤怒的司機探頭出來。

「你沒看到——」他開始咆哮。

「到東八十五街算五塊錢，」狄雷尼說，晃晃那張鈔票。

「上車，」司機說。

到了布恩住的大樓，有一個值班的夜間管理員坐在一張高高的櫃台後面。他望著狄雷尼大步走進來。

「什麼事？」他說。

「我要到亞伯納·布恩的公寓。」

「我需要你的姓名，」管理員說。「我必須先按鈴通知，照規定來。」

「狄雷尼。」

管理員拿起話筒，撥了一個三個號碼的內線。

「有位狄雷尼先生要找布恩先生，」他說。

他掛上電話望著組長。

「一個女人接的，」他狐疑的說。

「我女兒，」狄雷尼冷冷的說。

「我不想惹麻煩，」管理員說。

「我也不想，」狄雷尼說。「我會安安靜靜的帶她離開，你什麼也沒看到。」

管理員伸手接住遞過來的十元紙鈔。

「好的，」他說。

他走出電梯時，蕾貝嘉在走道上等著，雙手不住的扭絞。她看來很狼狽：臉色發綠、頭髮濕而凌亂、瞳孔放大、抿著嘴唇。他太清楚這些了。

「好了，好了，」他柔聲說，伸出一隻手臂輕輕攬住她的肩膀。「現在沒事了。沒事了。」

「我沒有，」她語無倫次。「他不願，我不能。」

「好了，好了，」他溫柔的又說了一次，扶她進公寓，將門帶上。「他仍在裡面？」

她木然點點頭，開始發抖，柔軟的身軀震動著。他離開她站在一旁，不過仍以手安撫她：拍拍她的肩膀，撫摸著她的臂膀，輕輕按按她的手。

「好了，好了，」他誦唸著。「沒事了。現在沒事了。不會有事的。深呼吸。來，做個深呼吸。再一次。就是這樣。很好。」

「他不能——」她哽咽著。

「是的，」他說。「是的。當然。到這裡來坐下，一下子就好。靠在我身上。對了，就是這樣。現在深呼吸就好。閉住氣。好，好。」

他在她身旁坐了片刻，直到她的呼吸緩和了，也不再顫抖了。他到廚房倒了杯水給她。她瘋了似的一仰而盡，水溢出流到她的下巴。他進入臥室走到浴室門口，將耳朵附在薄薄的木板門上。他聽到囁嚅自語的聲音，幾句顛三倒四的話。他輕輕試著扭轉門把，門仍然反鎖著。

他走回去，坐在她身旁，再度握著她的手。

「蕾貝嘉？」他說。「好一點了？」

她點點頭。

「好，」他平靜的說。「那就好。妳看起來也好多了，妳有找到其他的酒嗎？」

她用力的搖頭，頭髮飛揚。

「槍？」

再度搖頭。

「好。現在我要採取行動，不過我需要妳的協助。妳覺得妳可以幫我忙嗎？」

「什麼？」她說。「他是否會——」

「我們得拿走他的威士忌，」他耐心解釋，看著她的眼睛。「以及他的槍。妳了解嗎？」

她點點頭。

「我要闖進去，盡可能出其不意。我會設法先將那瓶酒搶過來，他或許會抵抗。這妳了解的，對吧，蕾貝嘉？」

她再點點頭。

「如果我拿到那瓶酒，我會遞給妳或丟給妳。接著我要處理那把槍。不過妳的責任是那瓶酒，想辦法拿到手然後跑開。拿到廚房的洗滌槽倒光，掉到地上也無妨，只要確定全部倒光了就行，倒入洗滌槽、倒在地板上、倒到窗戶外——我不在乎。只要把酒倒掉就好。妳能做到嗎，蕾貝嘉？」

「我——我想我可以。你不會——不會傷害他吧？」

「我不想，」他說。「不過妳只管將威士忌倒掉就行。好嗎？」

「好，」她低聲說。「請別傷害他，艾德華。他病了。」

「我知道，」他神情凝重的說。「他會病得更嚴重。妳覺得現在應付得來了嗎？好。來吧。」

他帶她到浴室門口，一手扶著她的手肘。他叫她站在他身後，他的右側。他設法將皮套內的短棍移到上衣的右邊口袋。他不認為她看到了。

他瞄了她一眼，希望她能做得來。他筆直站在浴室門口。

「我是艾德華・X・狄雷尼組長，」他大聲叫道。「出來，布恩。」

裡面傳來喃喃的低語聲，然後是含糊不清的：「去你的。」

「我是艾德華——」狄雷尼再度開口，然後將他的右膝抬高，幾乎靠到下巴，然後右腳朝門踹過去，就踹在門把上方。浴室門傳來碎裂聲，門也應聲彈開，撞向鋪著瓷磚的牆壁再彈回來。不過這時狄雷尼已經一個箭步衝了進去。

亞伯納・布恩蜷縮著身體坐在馬桶蓋上，酒瓶就湊在嘴邊，一時反應不及。狄雷尼一把搶走那瓶酒，往身後丟，聽到酒瓶掉到臥室地毯發出的砰聲，也聽到蕾貝嘉驚叫了一聲。他沒有回頭看。

布恩醉眼惺忪的抬起頭，神情戲劇性的由驚訝變成憤怒。狄雷尼一手抱住他的肩膀，用另一手在小隊長的臉上打了個耳光。這一掌讓他的頭轉了個方向，身體顫動，滿臉通紅。

「混蛋，」狄雷尼說，面無表情。

他立刻由門口退回臥室內，全神戒備的等著。兩膝微曲，右手握著短棍，擺在背後。他聽到廚房內傳出水流聲，聽到蕾貝嘉大聲嗚咽。

布恩怒吼著衝了出來，雙手往前伸。狄雷尼往一邊閃開，站穩腳步。布恩跌跌撞撞經過他身邊時，他將短棍移向布恩的頭蓋骨。不是重擊，只是輕敲，點到為止，幾乎像放在頭上一樣。街警式的輕輕敲打，不會皮破肉綻、腦震盪或者骨頭碎裂。這是經驗，這一擊會使人膝蓋癱軟，兩眼翻白。布恩趴倒在臥室的地毯上。

組長迅速彎身找出小隊長的槍，他將槍由槍套內取出，放入他自己的上衣口袋內。然後他收起短棍，插在靠臀部的口袋，看不見。蕾貝嘉由廚房走出來，茫然的拿著一個空酒瓶。她看到布恩成大字形趴著，她哀號出聲。

「他——」她吞吞吐吐的說。

「昏過去了，」狄雷尼說得乾脆。他由她軟弱的手中接過空酒瓶，丟到長沙發上。「妳做得很好，可圈可點。妳身上有錢嗎？」

「什麼？」她說。

「錢，」他耐心的再說一次。「妳的錢包呢？」

他們在地板上找到她的錢包，就在長沙發旁邊。她有幾張一元小鈔及一張五元紙鈔。

「搭計程車回去找蒙妮卡，」狄雷尼吩咐她。「到樓下的大廳內讓管理員替妳叫部計程車。給他一塊錢。懂嗎？搭計程車去找蒙妮卡，她在等妳，聽清楚了？」

「他是——？他會——？」

「我剛才說的聽懂了沒？叫部計程車，蒙妮卡在等妳。」

她點點頭，茫然的神色又回到了臉上。他將她的皮包掛在她的手臂上，輕輕推著她走向門口。她出門後，他將門鎖上，扣上門鏈。回頭再搜尋是否還有另一瓶酒、另一把槍，毫無所獲。布恩開始有動靜了，呢喃自語，發出濁重、哽咽的聲音。

狄雷尼打電話給蒙妮卡，向她簡短說明經過，吩咐她照顧好蕾貝嘉，如果她在二十分鐘內尚未到達就打電話給他。然後他將所有的百葉窗都拉下，他脫下衣服，只剩一條短褲。布恩發出乾嘔的喘息聲。他提起布恩的頸部：揪住襯衫的衣領及夾克的衣領，將他拖過臥室地板，拖進浴室，小隊長的腳趾在地毯上拖行，形成一道凹痕。他將布恩的臉抬高再放入浴缸內，布恩的頭、手臂、肩膀、上身都在浴缸內。然後將他的腰部靠在缸緣來維持平衡，臀部與腿部在浴缸外。

布恩立刻開始嘔吐，食物、液體、膽汁，嘔吐物如洩洪般大量湧出。義大利麵殘渣、肉丸、黏液。臭氣沖天，不過狄雷尼是警察出身，他聞過更難聞的味道。

他打開蓮蓬頭，讓一股強大冰涼的水柱噴灑在布恩的頭部與肩膀上，同時也將嘔吐物沖到排水管，排水口幾乎立刻堵住了，黏稠的穢物開始回流。狄雷尼抓住布恩的右手腕，那隻手軟弱無力。他使用已麻痺無知覺的手指頭當耙子，將塞住的排水口清理乾淨，直到黏液排流出去。那沒有令他作嘔。

他關掉水龍頭，將布恩拉回臥室的地毯上。等他身上的水稍微乾了一些，再將他翻身。這時小隊長開始咳個不停，不過他的氣管還算通暢，帶著濁重、刺耳的抽噎聲喘著氣。

狄雷尼跪在他身旁，剝下他溼淋淋的衣服。那費了他好一番工夫，等到布恩身上只剩下一條已沾污的內褲時，他已氣喘吁吁滿頭大汗。他將布恩扛到床上，躺在一條皺巴巴的床單及薄毛毯上。他觀察布恩的呼吸還算順暢，不過偶爾會喃喃自言自語，不斷抽搐，頭左右晃動。

狄雷尼到廚房內找了些紙巾，盡可能將臥室浴缸內的嘔吐物清乾淨，再將那些穢物沖入馬桶中。他探頭查看布恩，沒有動靜。於是狄雷尼穿著內褲沖了個熱水澡，用肥皂將全身上下清洗了一番。他將內褲擰乾，掛在一格毛巾架上；用布恩的一條浴巾擦乾身體，然後將毛巾裹在腰際，打著赤腳回到臥室。布恩在打鼾，嘴巴張開，眉頭緊蹙。

狄雷尼再度打電話給蒙妮卡，他們談了一陣子。她已經讓蕾貝嘉平靜下來並在客房中就寢。他告訴她一切都在掌控中，他一早就會回家。他們談了一會兒，滿心憂戚，兩人在掛上電話前都說了聲：「我愛你。」那是一定要的。

他仍然裹著浴巾，再度檢查公寓，找遍各個角落都找不到其他的威士忌或槍枝，只除了幾瓶刮鬍水及按摩用的酒精。他將這些全倒入洗滌槽內，空瓶子丟入廚房的垃圾桶。他也找看看是否有錢，不過只在布恩溼透的長褲後口袋找到一個皮夾，裡頭有五元及一元紙鈔共十八元。狄雷尼將皮夾塞在客廳沙發的座墊底下。

布恩仍在臥室內睡著，輾轉反側。打鼾、抽搐、翻轉身體。狄雷尼任由他去睡，自己從衣櫥裡面找著了一些沒燙過的床單與枕頭套。他拿了條床單鋪在客廳的長沙發上，再用一個空的枕頭套鋪在沙發的扶手上，再用另一條床單蓋住身體。他安頓妥要就寢前，先將他那支用皮套套著的短棍及布恩的左輪槍塞到沙發底下，就在他伸手可及之處。隨後他將頭枕在沙發硬梆梆的扶手上。他可以聽到布恩在臥室內的動靜，鼾聲如雷，喘著大氣呻吟著，偶爾咳幾聲，嗚咽聲。

狄雷尼打著瞌睡，時睡時醒，保持警覺。許久後，他聽到房裡傳來一些動靜，還有呻吟聲。狄雷尼伸手拿起短棍，腳移到地板上。他躡手躡腳走到臥室門口，往內窺探。在小夜燈昏暗的燈光中可以看到布恩坐在床沿，拿著紙筆在床邊的茶几上摸黑寫著，自言自語，有著喝醉酒的人想聚精會神時會誇張吐著舌頭的動作。仍在自言自語，然後再躺回床上，又開始打鼾。

狄雷尼悄悄走進去，將布恩的雙腳扶到皺巴巴的床單上，再替他蓋上毛毯。布恩一身惡臭。狄雷尼拿著那張小紙條進入浴室，打開電燈，讀布恩潦草的字跡。他勉強辨識出上頭寫著：「一二清。」狄雷尼將紙條收起來，熄燈，再躡手躡腳的走回長沙發，躺下來就寢。

隔天他一早就醒來，沒好氣的瞪視著陌生的環境。他嫌惡的想起了前一晚的手忙腳亂，也慶幸情況沒有更惡化。他搖搖晃晃起身，往房內探視布恩。小隊長睡在床的中央，頭垂下，弓著背，膝蓋收縮，如腹中胎兒的睡姿。

狄雷尼走入浴室，用冷水抹把臉，摸到了鬍渣子。他望向鏡子，看到一個老人的鬍渣子。布恩的刮鬍用具置於醫藥櫃內，不過組長沒有動用。他在食指上擠了些牙膏，開始刷牙。他也用布恩的梳子梳頭髮。

他走入廚房，裡頭的用品及設備寥寥無幾，令他一陣錯愕。這樣要怎麼過日子！高級公寓中竟然只有屈指可數的幾件家具，冰箱內只有一些厚片乳酪、一包已開封乾乾癟癟的香腸、兩粒快爛了的番茄。

狄雷尼在洗滌槽上的櫃子內找到一罐即溶咖啡。他自己泡了一杯，懶得煮開水，直接用水龍頭流出的熱水沖泡。

他就這麼坐著，慢慢啜著咖啡，一肚子悶氣的沉思著，這時布恩走了進來。小隊長披著一件破舊的浴袍，打著赤腳。兩人都默不作聲，也沒有望向對方。布恩也和狄雷尼一樣，直接用水龍頭流出的熱水泡了杯咖啡。他另外由洗滌槽上的櫃子內取出一個小瓶子，倒出兩粒阿斯匹靈，沒配水直接吞服。然後他坐在那張搖搖晃晃的桌子旁，面對狄雷尼。

布恩無法端起整個杯子，他俯身吸了幾口熱咖啡。這時咖啡的高度已遠低於杯沿，於是他用一雙顫抖的手捧起杯子，小心翼翼的將杯子移向嘴邊，頭低垂著湊過去。

「你這兔崽子，」狄雷尼組長沒好氣的說。「你這吃狗屎的王八蛋、小雜種、你這沒出息的窩囊廢。你可以一頭鑽進酒瓶裡，再將瓶塞封起來，我也不在乎。可是如果你傷害了一個相信你的好女人，一個我喜歡而且欣賞的女人，那我就非管不可了。你是怎麼對待我老婆的。我們邀你到我們家，你在我們家的餐桌吃飯。還有伊伐·索森，他奮不顧身挺你，不只一次，十多次了。你就這樣糟蹋我們，你這下流、不知感恩的賤骨頭。」

布恩這才抬眼看他。兩眼無神、眼袋浮腫，眼角有許多白色的眼屎，眼眶下有黑眼圈。

「算了吧，」他說著，聲音微弱，差點咳出來。「你只是在發脾氣。你根本不懂。」

「你倒說說看。」

「如果我不在乎，就沒有人在乎了。」

「噢？」狄雷尼說。「就這樣？」

「是的。」

「你為什麼不在乎？」

「我就是不在乎，我什麼都不是。」

「那是『你』說的，」狄雷尼忿然說道。他才剛剛將布恩罵得狗血淋頭，這下子若不稱讚他一番，也不知要如何替他打氣，因此一時也說不下去了。

兩人默默坐著。過了一陣子，狄雷尼又替自己泡了一杯咖啡。他再度坐下時，布恩起身也同樣泡了一杯。這次他可以將咖啡捧到嘴邊了。

「我出局了？」他聲音嘶啞的問道。

「由索森決定。」

「你會告訴他？」

「當然。我可不想替你掩飾，我會一五一十全告訴他。」

「他會採納你的建議，」布恩充滿期待的說。「留下或淘汰。」

狄雷尼沒有答腔。

「如果我告訴你不會再犯了，」小隊長說：「你會相信我嗎？」

「不會。」

「我不怪你，」布恩懊惱的說。「我那麼說的話就是在說謊了，我無法做出那種承諾。」

狄雷尼滿心同情的望著他。

「你到底是怎麼又把持不住的？」

「我打電話給以前曾辦過麥蘭案的一個警探。他剛結束一項跟監任務，與兩個哥兒們在約克鎮一家廉價酒館內輕鬆一下。距離這裡不遠，我覺得那是與他聊聊的好機會，於是就過去找他。他們剛喝完威士忌正在喝第二攤的啤酒，不過沒有人醉了，還沒醉。所以我就跟他們坐在一個包廂內，我已經好久沒有這樣了，我早已忘了那是多麼美好，四個警察聚在一起吞雲吐霧，談笑風生。過了一陣子他們注意到我沒有喝酒，於是說我太掃興了。我不怪他們，沒有人逼我。所以我就喝了一杯啤酒，那是我喝過最美味的一杯，沁涼暢快，凝結的水珠沿著瓶身往下流動，杯子上層有乳白色泡沫。那股濃烈的麥芽酒味。過了一陣子，我也跟著他們喝第二攤了。然後我們都爛醉如泥，我不記得是怎麼回家的，我記得蕾貝嘉來過。」

「你打電話給她，」狄雷尼說。

「我想也是，」布恩傷心的說。「我也隱約記得你來了，我有打電話給你嗎？」

「沒有。蕾貝嘉打的。」

「大部分的過程都記不清了，」布恩坦承。「老天！」他說著，輕輕撫了撫他耳後的後腦勺。「腫了一包。痛得要命，我一定跌倒了。」

「沒有，」狄雷尼說：「你沒有跌倒，我敲了你一棍。」

「敲我一棍？」小隊長說。「我猜我該打。」

「是該打，」狄雷尼冷冷的說。

他起身，走進客廳，拿著那張便條紙回來。他遞給布恩。

「這是什麼鬼東西？」他問道。「你昨天晚上寫的，在我扶你上床之後。你昏睡了過去，然後又起床潦草的寫下這字條，隨後又倒頭再睡。『一二清。』那是什麼意思？」

布恩看著那張紙條，然後以手矇住眼睛。

「一二清，」他複述，然後抬頭看。「對了，我想起來了。我剛到那邊時，在我們還沒發酒瘋之前，我問那個曾辦過麥蘭案的警探，有沒有什麼事情沒有寫入他的報告中的。他聽過、看過或發現或猜測的任何事情。他說沒有。然後，過了將近五分鐘，他彈了一下手指頭，說是有一件事，一件小事。這件命案是星期天發現的——對吧？所以他們當然就將那棟房子封鎖，當地分局派了兩位巡邏員警去防止好奇的民眾進入。然後，到了星期一，他們開始讓住戶進出，不過麥蘭的畫室仍然禁止進出。有幾位實驗室的人員在裡面工作，樓梯口也有一位管區員警在把關。」

布恩小隊長起身，走到洗滌槽一口氣灌了兩杯水。他端著第三杯到桌邊，再度坐下來。

「兩、三天後——告訴我的那位警探說或許是星期三或星期四，他記不得了——星期一時曾在麥蘭畫室門口站崗的那位管區員警去找他，說星期一上午有兩個女人曾走到通往麥蘭畫室的最後一段樓梯。他問她們要做什麼，那個較老的女人說她們要找清潔的工作——你知道，掃地、除塵、清洗窗戶等等的。那位員警告訴她們不能上樓；住在裡面的那個人死了。所以她們就走掉了。」

「較老的女人？」狄雷尼說。「那麼說，還有一個較年輕的了。多年輕？年紀多大？」

「那個警探不知道，」布恩說。「他只說那位員警曾提過有兩個女的，說話的是較老的那個。」

「口音呢？」

「他不知道。」

「白人？黑人？西班牙人？什麼樣的？」

「那位警探不知道，管區員警沒有說明。」

「管區員警為什麼等了兩天或三天才向那位警探透露這件事？」

「他說他原本以為沒有什麼事，以為那兩個女人真的是去找清潔工作的。後來，他聽說那個案子的偵辦毫無進展，他就認為那或許會是有利的線索。」

「聰明。」

「當然，組長，」布恩點點頭。「此外，管區員警或許也認為，如果他告訴那位警探，那他就沒有責任了。接下來是那位警探的問題，與他無關。」

「沒錯。那位警探可記得管區員警的名字？」

「不記得。之前及之後都不曾見過他。只說是個黑人，他只記得這一點。」

「他曾試著去調查嗎？找出那兩個女人？」

「沒有，他根本不當一回事，只當事實就像那個女人說的：她們是去找清潔工作。」

「好，」狄雷尼說：「接下來你就這麼辦：到莫特街的分局查看他們的勤務簿，跟他們要在那個星期一上午在麥蘭畫室外站崗的那位員警的姓名、住址、臂章號碼。別施壓，我要親自出馬。你先確認是哪一個即可，然後再回去麥蘭位於莫特街的畫室。白天去，然後晚上大部分住戶下班回家時也去。問問他們是否有人曾經去找過清潔工作。在麥蘭遇害的那個星期之間，或前後的任何時候。今晚打電話給我。全都記住了？」

「是的，長官，」布恩小隊長說。「組長，那麼說我還可以留下來了？」

「只有今天，」狄雷尼說。「直到我有機會向索森副局長報告為止。你這混蛋！」

待他洗過澡、刮了鬍子、穿上乾淨的亞麻布衫及他最偏愛的法蘭絨長褲（腰際還有雙層的褲褶），蒙妮卡也正好將他遲來的早餐準備就緒：炒蛋、洋蔥及醃鮭魚、烤甜甜圈加乳酪，還有不像是直接由水龍頭熱水沖泡的咖啡。

她陪他坐在橡木餐桌旁，一起吃著甜甜圈，喝咖啡。她告訴他，她和蕾貝嘉前一晚所碰到的問題。

「她每隔五分鐘就想打電話，」蒙妮卡說。「她很擔心你會傷害他。你沒有吧，艾德華？」

「恨不得有，」他沒好氣的說。

「反正，她已經去找他了。我一告訴她你即將回來，她立刻就趕了過去——看看他是否平安無事。」

「他沒事，」狄雷尼保證。「她是個傻瓜。沒有辦法保證他不會故態復萌，他自己也承認這一點。」

「你將他的槍還給他了？」

「是的。他是個正在執行勤務的警察，需要配槍。那沒有什麼差別，如果他真想自殺，就會想辦法，有沒有槍都一樣。蕾貝嘉應該離他遠一點，跟他分了吧。他不是好東西。」

「你打算怎麼處置他？」

「我不知道。如果我將他開除，要求索森替我另外再找一個人，他會徹底放棄布恩。」

「每個人都應該有改過自新的機會，艾德華。」

他猛然抬頭，凝視著她。

「是嗎？」他說。「妳真的相信這一點？凶殘的殺人犯與連續強姦犯呢？炸掉飛機殺害嬰兒的人呢？他們也應該有改過自新的機會？」

「你別這樣行不行？」她忿忿不平的說。「布恩不是那種人，你也知道。」

「我只是想要說明『每個人都應該有改過自新的機會』這句話並不是對所有情況都適用。聽起來很善良而且具有基督精神，不過我可不想看到它成為我國的法律。此外，布恩已經有過一次、兩次、三次以上改過自新的機會了。索森已經給過他一次改過自新的機會，而且還不止一次！」

「但是你沒有，」蒙妮卡溫柔的說。「他的表現真的那麼惡劣嗎？那會妨礙到他的工作嗎？」

「不會，」他不想多說，「不過如果他故態復萌，可能就會。」

「你是對他感到失望，」她說。當她看到他的表情時，匆匆補上：「我也一樣。可是你就不能讓他繼續待下來嗎，艾德華？我知道——我想——我是覺得如果你現在對他棄之不顧，他就沒有翻身的機會了。真的是走投無路了，沒有任何希望了。」

「我考慮考慮，」他勉為其難的說。

他將椅子往後挪，翹起腿來。他點一根雪茄，享用今天早上的最後一杯咖啡。他吐了一口煙，然後望著蒙妮卡。她悶悶不樂的望著她的杯子。

朝陽在她潔亮的頭髮上映射出閃亮的光采。他看著她頸部與臉頰甜美的曲線，結實的身軀端坐著，渾身散發出女人味。生命力！

然後他環視著溫暖、香氣撲鼻的廚房：舊餐具閃閃發光，長桌上有麵包屑，一整個櫃子的食物、存糧。家中最好的一個房間內溫馨、熟悉的景象全映入眼簾。吊橋拉起來，護城河放滿水。

她看出他的神情中有絲異樣，因此問道：「你在想什麼？」

「一部空空如也的冰箱，」他說著，起身親她。

亞伯納．布恩洗過澡也刮過鬍子，蹙眉怒視著他空洞的眼睛及深陷的臉頰。他著裝，檢查他的證件與配槍，然後出門。他將門打開時，發現蕾貝嘉．赫許站在門外，正抬起手準備敲門。他們凝視著對方，她的手緩緩垂了下來。

「我只是——」她囁嚅的說，然後恢復正常。「我只是想來看看你是否沒事。」

「我沒事，」他點點頭。「進來吧。」

他替她將門拉開，她躊躇了一下才進門，坐在長沙發的一端。他坐在房間的另一頭。

「你要出門？」她說。「那我或許該走了。」

「等一下無妨，」他說。「我想和妳談談。我對昨晚的事感到很抱歉。『抱歉』。無論那是什麼意思。蕾貝嘉，我認為我們不應該再見面了。」

「你不想再見我了？」

「我沒這麼說，不過我們不會有結果的。昨天晚上就足以證明了。」

「你為什麼會這樣，布恩？」

「原因很多。我告訴組長是因為我在擔任警探時看到了太多的齷齪事，那是原因之一，也是事實。跟我前妻仳離是另一個原因，那也是事實。還想聽另一個原因嗎？我喜歡威士忌，還有啤酒及烈酒。我喜歡那種味道，我喜歡酒精對我產生的作用。」

「對你有什麼作用？」

「紓解焦慮，使一切似乎好過一些。這可分兩方面，一種是那使我抱著希望，另一種是如果沒有希望反正也沒什麼差別。無論是哪一種，反正都有幫助。妳能了解嗎？」

「不能，」她說。「我不懂。」

「我知道妳不會懂的，」他說。「我不期待妳懂，也不會怪妳。是我的錯，這我很清楚。」

「戒酒協會呢？」她說。「服藥？諮商？治療？」

「全試過了，」他木然說道。「我就是戒不掉。妳還是走吧。」

「有辦法，」她說。

他搖搖頭。「我不以為然。看看我，我像個行屍走肉，醉生夢死。」

「天啊，」她大叫。「別說這種話！」

「我是說真的，趁早分了吧。」

他們坐著彼此凝視，像兩種截然不同的物種。她散發出身心健全的光彩，他則病懨懨無精打采。

「如果你能夠愛我……」她試著說。

「因為一個善良女子的愛而獲得救贖？」他苦笑著。「真有妳的。」

「我沒有這麼說，」她生氣的說。「你早已擁有我的愛，你心裡有數。但是那並不能讓你免於……不是，我的意思是你對我的愛。以及知道如果——如果再發生一次——你就會失去我。那或許有用——如果你能愛我。」

「那不難，」他很有風度的說。

「你說的哦，」她取笑他。「不過我認為或許很難。對你而言，沒那麼容易。你必須努力才行。」

他好奇的望著她。

她將頭髮往後攏，用雙掌將額際的頭髮撫平。

「噢，沒錯，」她說。「我的動機全是出於自私。不過如果那能讓你戒酒，讓你保住工作，那麼你的動機也是因為自私，不是嗎？」

「妳像個猶太耶穌會的教友。」

「是嗎？」她說。「不盡然，我只是個知道自己想要什麼而且設法爭取的女人。我昨晚整夜沒睡一直想著這件事。值得一試。你不覺得那值得一試嗎？」

他不作聲。

她說：「還是徹底毀滅比較吸引你？」

他猛然搖頭。「我不喜歡，我發誓我不喜歡。那嚇壞我了。」

「那你到底決定怎樣？」

「好吧，」他點點頭。「不過先說好，妳想走隨時都可以走。可以嗎？」

「可以，」她說。

「還有一件事，」他說。「拜託千萬不要替我向組長求情。他若想開除我，就讓他開除，就這樣。」

「我了解，」她神情黯然的說。

「妳知道，」他淡然笑著說：「我不要我所愛的女人向別人搖尾乞憐。」

她這才展露笑靨，眼神亮了起來。

「你看，」她說。「已經開始發揮作用了。」

他們一起走入電梯，邊走邊研擬計畫。步入街道時，他親了親她的手指頭，她則撫摸著他的臉頰。

12

隔天上午狄雷尼帶著麥蘭的那幾幅素描跨入布恩的車子時，兩人刻意迴避彼此的眼光。

「早，長官，」小隊長說。

「早，」組長說。「好像要下雨了。」

「收音機說是局部地區多雲，」布恩說。

「我腫脹的腳趾說會下雨，」狄雷尼斬釘截鐵的說。「我們來更新一下資料……」

兩人都打開筆記本。

「有兩點，」狄雷尼說。「關於麥蘭未留下遺囑就身亡，局裡的法律顧問提供給我的還是那一套陳腔濫調：或許這樣，或許那樣。不過依照紐約州的法律，遺孀可以獲得兩千元現金或財產以及遺產的一半。課稅後剩下的遺產則歸兒女——就此案而言，就是泰德．麥蘭。」

「也就是說，艾瑪．麥蘭是大贏家？」布恩問。

「顯然如此，」狄雷尼點點頭。「不過銀行存款及若干微不足道的投資，以及東五十八街的寓所——

那是共同擁有——全部加起來也不會超過十萬美金。他最大筆的遺產是在索爾・杰特曼的畫廊展示的那些待價而沽的遺作。對了，這是你的邀請函，昨天下午寄來的，每張入場券可以讓兩人進場。」

布恩接過入場券，以指尖撫過上頭所印的字體。

「不錯，」他說。「杰特曼要展示戰利品了。」

「你要帶蕾貝嘉一起去？」狄雷尼問。

布恩點點頭。

「蒙妮卡會打電話給她，」組長說。「我們先找個地方吃晚餐，然後再一起前往畫廊。你方便嗎？」

「當然。你估計那些作品值多少錢？」

「杰特曼不是說一幅值二十五萬美金？即使他只是唬弄我們，那麼多幅總價至少也值個上百萬。」

「那動機就比十萬元強多了，」布恩說。

「噢，沒錯，」狄雷尼同意。「或許凶手就是想：麥蘭遇害後，他的遺作行情自然會水漲船高。當然，國稅局會分好大一杯羹，州政府也是，不過應當足夠讓艾瑪・麥蘭吃香喝辣了。」

「你猜是她？」小隊長問。

「有可能，」狄雷尼沉著聲音說道。「極為可能。希奧多・麥蘭也是。到目前為止，就是他們有謀財害命的動機。我也打過電話到索森的辦公室，要求查閱朵拉・麥蘭在南亞克的銀行帳戶。索森希望盡可能不要透過法院下令。那只會讓邦斯・蕭賓大動肝火，而我們這次任務的重點就是要討他歡心。所以索森打算動用他在南亞克的人脈。或許他們可以要求銀行配合，我會親自到銀行內做點筆記，沒有人會知道。」

小隊長不出聲。組長知道他在想什麼：狄雷尼是否已向索森談起了？他是否已經透露布恩的墮落？狄雷尼絕口不談此事，這讓他冷汗直流。讓他緊張一下也好。

「好，」組長最後說：「你有什麼進展？」

「不少，」布恩說著，翻閱他的筆記本。「有些頗有意思。我查過杰特曼與朱立安．賽門一起討論時，外送三明治給他們的那家熟食店。那位外送人員說情況就像賽門告訴我們的：律師到前面的辦公室，付錢後將午餐帶回裡面的那間辦公室。外送人員沒有看到辦公室內還有其他人，只看到賽門與蘇珊．韓莉。我打了通電話給她，邀她共進午餐，查證賽門出來拿三明治時她是否看到杰特曼。」

「或是十點至一點半之間的任何時段，」狄雷尼補充。

「沒錯，」布恩點點頭，做了個筆記。

「還有嗎？」

「有，長官，還有。有意思的事就在這裡。你對尾戒的成見有了代價。朱立安．賽門有前科。」

「我就知道，」狄雷尼滿意的說。「他做了什麼事——大鬧托兒所？」

「不是，長官。那是二十多年前的事了，確切時間是二十四年前。曼哈頓區及布朗克斯區的公車肇事率反常的偏高，他們的司機似乎突然神智不清了，將行人撞得東倒西歪。」

「詐領保險金，」狄雷尼說。

「正是，」布恩說。「保險公司將所有的理賠案全部輸入電腦做分析比對，其中有大約百分之二十五的理賠案是由朱立安．賽門及與他有業務往來的兩個醫師經手的。當然，還有一群佯裝被撞倒的熟面孔，就是膝蓋及背部被撞傷而且可以提出X光照片的那些人。於是賽門被勒令停業，差點被吊銷律師執照。我翻閱那些檔案資料，覺得應該是有人收受賄賂。反正，最後他保住了他的執照。然後，且看，他居然又混到麥迪森大道那間以橡木及皮革裝潢的辦公室了，而且出手闊綽，或許還穿著絲綢的內褲，褲子上也許還印著『巨根之家』的商標。」

「好啊，」狄雷尼冷笑著說。「這個訟棍。真想不到。」

「你就想到了，長官，」布恩說。「你認為他仍在耍詐嗎？」

「依照百分比來看應該是，」組長說。「有些歹徒會洗心革面，重新做人。不過別對他們期待太高。他們大多數會對為非作歹樂在其中。好，賽門律師有前科。你在市中心有沒有查出什麼？」

「我和莫特街那棟建築物的所有住戶都談過了，他們都沒有雇用女清潔工，也沒有人聽說有人去找過清潔工作。在麥蘭遇害之前、當時或之後都沒有。他們全都當我是瘋子。那是個窮社區，組長。誰會花錢請清潔工？」

「我也是這麼想，」狄雷尼點點頭。「在那個星期一上午現身的那個婦人腦筋動得很快，也騙過了管區警察。你查出他是誰了嗎？」

「查到了，」布恩說，查看他的筆記本。「在這裡……傑森．T．傑森。他的朋友都叫他傑森二號，因為他們的分局裡還有另一個傑森，勞伯・傑森。傑森二號是個高大魁梧的黑人，在局裡三年了，曾兩度因功獲得表揚，是個能奮勇逮捕人犯及協助辦案的好警察。他這個星期負責巡街，今天他輪八點到四點的班。」

「好，」狄雷尼說。「我們請他吃午餐。」

「這地方以前叫做『老運河客棧』，」組長說，環視熙攘的餐廳。「在那之前，我不知道店名叫什麼。不過以前紐約的這個地方有一家酒館或餐廳，當時運河街是住宅區。對了，當時真的有一條運河，如今成為下水道了。我要點一份起司堡，加炸馬鈴薯及甘藍沙拉，不加奶精的咖啡。」

他叫他們隨意點菜，市警局買單。不過他們都跟著他點。傑森・T・傑森坐在狄雷尼及布恩的對面。這個黑人警察人高馬大，幾乎佔了包廂一半的空間。

「你看起來好像可以一次吃兩客漢堡。」布恩小隊長告訴他。「或是三客。」

「或是四客，」傑森露齒而笑。「不過我正要減肥。你有沒有看到最近給超重警察的那份備忘錄？我的小隊長限我一個月內甩掉二十磅。我正在試，不過談何容易。」

狄雷尼估計，他的身高將近六呎四，體重至少兩百五十磅。他的膚色像是深色的柯多華皮革上頭再加一層柔軟的粉狀塗飾，修剪整齊的鬍髭橫跨臉部，由一頰到另一頰；黝黑靈動的眼睛；飽滿的雙唇往外翻；雙手有如煙燻過的火腿。狄雷尼認為，傑森的腳丫子一定比他自己的十三號還要大。

他的塊頭大得嚇人。左輪槍、無線電以及其他裝備，有如掛在耶誕樹上的小飾品在他身上晃盪著。布恩心想，歹徒遇到這個如小山般的壯漢時，最好的自保之道就是高舉雙手大喊：「我投降！我投降！」

「打美式足球？」狄雷尼問。

「沒有，」傑森說。「我的塊頭夠大，但是速度不夠快。我曾去參加甄選，不過那位教練說：『傑森，你在原地跑太久了。』組長，我是不是把麥蘭案搞砸了？」

「剛好相反，」狄雷尼叫他安心。「你向刑事組的警探反映，做得真好。如果有人搞砸了，是他——沒有繼續追查。不過其實也不能怪他，他或許還有上百條線索要追查，因此認為那沒什麼。」

「或許真的就沒什麼，傑森，」布恩接口。「我們仍不知道。不過我們想查證看看。」

「上菜了，」狄雷尼說。「要等吃完再談嗎？」

「我最好是邊吃邊談，」傑森說。「我沒有在街上巡邏，總覺得不大自在。」

「我知道那種感覺，」狄雷尼組長點頭。「聽著，如果你要暫停今天的勤務，我可以和你的隊長打聲招呼。」

「不，不，」傑森說。「不會花太多時間。沒有多少可以說的。好，我們看看……那個星期一上午他們將我由巡街的勤務調去麥蘭的畫室門口站崗。八點到四點。」

「那棟房子四周的拒馬已經撤離了？」布恩問。

「對，」傑森說。「撤走了。我在頂樓的樓梯口站崗，就在門外。實驗室的人員在室內採集排水管雜物、灰塵樣本，諸如此類的東西。他們真有一套！他們甚至還在馬桶內側刮下碎屑。總之，我在快十一點時就在那裡的樓梯口執勤。」

「確定是那個時間？」狄雷尼說。

「絕對確定，那時瞄過我的手錶，想要看看到中午還有多久。隊上有兩個同事答應要在中午時帶三明治及咖啡給我。所以在大約十一點時，那兩個女的走上樓梯。她們走到那一層樓梯的一半，就是樓梯的轉角處，這時她們看到我站在上頭，就停下腳步。」

「看到你在場感到驚訝？」組長問。

「是的，驚訝。」

「嚇了一跳？」

傑森咬了一大口起司漢堡嚼了一陣子，思索著。

「嚇了一跳，是的，」他說。「不過我不認為那有什麼特別意義。我是一個又黑又大的壯漢，組長，還穿著警察制服，揮舞著警棍。我曾嚇過很多人。那很有幫助，」他笑道。

「我想也是，」布恩說。「她們是什麼族裔？白人？黑人？西班牙裔？」

「西班牙裔，」傑森立刻接口。「無庸置疑。不過到底是波多黎各、古巴、多明尼加或哪一個國家，我無法斷定。不過絕對是西班牙裔。服裝鮮艷——紅色及粉紅色和橘色。類似這種的。」

這時只剩他還在吃，狄雷尼與布恩都忙著做筆記。傑森似乎對自己忽然間如此重要感到沾沾自喜。

「特徵？」組長問。

「較老的婦人大約五十至五十五歲，胖嘟嘟的，或許有一百四十磅。矮小，約五呎二吋或三吋。你知道，我當時俯瞰著她們，由上往下很難斷定身高。還有，這距今已有兩個月了。」

「你做得很好，」狄雷尼要他放心。

「都是她在說，我很確定她是西班牙裔。還有，她看來像是流鶯。不過她又老又胖，或許她是在包瓦立街那種地方拉客，稀疏的頭髮染成艷紅色。另一個是小女孩，我猜她大概十二歲至十五歲，差不多這個年紀。身高可能有五呎七或五呎八，一百二十磅。依我看來身材很好，黑色長髮垂在背後。」

「美嗎？」布恩問。

「是的，很美，」傑森說。「梳洗乾淨，頭髮做一做，再穿上體面的衣服及化妝，她就他媽的美呆了。抱歉，組長。」

「我以前也聽過髒話，」狄雷尼說，忙著寫筆記。「談了些什麼？」

「要不要我先停一下，讓你們能夠用餐？」傑森問。

「不，不，」狄雷尼說。「別管我們，你只管繼續說。你和她們談了些什麼，她們又說了些什麼？」

「只有那個老婦人開口說話，那個小女孩一句話都沒有說。我問她們到那邊幹什麼，那個女人說她們在那附近挨家挨戶敲門打聽是否有清潔工的工作。」

「你問她時，她立刻就這麼回答嗎？」

發問的是狄雷尼組長。傑森不再往口中塞東西，蹙著眉，試著回想。

「我記不清楚了，」他說。

「猜猜看，」布恩說。

「我猜或許她遲疑了一下才回答。」

「你沒想到她可能是在騙你？」

「當時沒有。事後，我想想覺得她可能是在說謊。你知道，我當警察也有三年了，逐漸領悟到每個人都會和警察說謊。我是說『每個人』！即使他們不需要說謊時也一樣，那是自然反應。便衣刑警遇到的情況也一樣嗎？」

「如果民眾知道你是條子，就完全一樣，」狄雷尼點點頭。「所以她們說她們在找清潔工的工作。你當時說些什麼？」

「我說頂樓這裡沒有工作給她們做，要她們快點滾蛋。那個女人說她聽說頂樓住著一個人，她想問問他。我告訴她他已經一命嗚呼了，除非她想去清洗血跡，否則最好快點閃人。或許我不應該向她透露，不過我不想站在那邊跟她沒完沒了。總之，這句話很有效。她沒再說任何話。兩人轉身下樓。」

「後來曾再見過她們嗎？」布恩問。

「沒有，」傑森說。「從來沒有。」

「還有什麼與她們有關的可以告訴我們嗎？」狄雷尼問。「外貌？任何細節？」

「我想想看……」傑森說，吃完他的甘藍沙拉。「那個年長的婦人有一顆金牙，門牙。有幫助嗎？」

「可能有，」狄雷尼說。「還有嗎？」

「那個年輕的女孩，」傑森說。「有點好玩的……」

「好玩？」布恩說。

「不是有趣的那種好玩，」傑森說：「而是有點古怪。她的眼神空洞，一直望著半空，神情恍惚。」

「吸毒？」布恩問。

「我想不是，比較像是智障或少根筋，看起來不大對勁。我是說，她一句話也沒說，所以很難判斷。不過我覺得她好像搞不清楚狀況，不知身在何處。」

「如果你再看到她們，能認得出來嗎？」狄雷尼問。

「化成灰也認得。」傑森說。

「很好，」組長說。他從筆記本撕下一頁空白頁，寫下他與布恩的電話號碼。「這是我們的電話號碼。巡街時留意一下，如果遇到她們，打電話給我們，留言也可以。」

「你要我留置她們嗎？」

「不，不，不要。只要跟蹤她們，直到她們進入餐廳、商店或電影院或回家。無論是在何處落腳。然後就打電話通知我們。不要擔心那會脫離你原來的巡邏路線。我會向你們的分局打聲招呼。」

「好，」傑森點點頭。他接過那張紙條，收入皮夾內。「我最好去巡街了。很高興能和兩位聊，希望能有好結果。」

「我們也是，」布恩說。他和狄雷尼起身與傑森握手。「多謝。你幫了大忙。」

「若還有需要我效勞之處，請通知一聲。」

他們看著他離去。他必須側著身子才能擠出大門。

「好警察，」狄雷尼說。「觀察力敏銳，而且記憶力好。」

「想想看，如果你是個強盜或扒手，」布恩說。「作案後拿著戰利品拔腿狂奔，衝過一個街角，結果卻遇上了傑森·T·傑森。」

「我可不想落得如此下場，」狄雷尼組長說。「我的天，這年頭人們的塊頭真是越來越大了！我們用餐吧。來杯熱咖啡？」

他們叫了杯現煮的咖啡，不過仍將已經冷掉的起司堡及炸薯條吃完，沒有怨言。

「你想那個女孩就是麥蘭素描中的那個模特兒嗎？」布恩問。

「條件符合，」狄雷尼點點頭。「你聽聽看：我們的第一種假設是對的，麥蘭在星期五找到一個年輕嬌嫩的小妞。不過她不是自己一個人。那個女人似乎太老了，不像她的母親，不過或許是個親戚或朋友什麼的。」

「或是媽媽桑，」小隊長建議。「傑森說她看起來像個流鶯，或許她替那個小妞拉客。」

「有可能，」組長說。「所以她們星期五時前往畫室。女孩脫掉衣服，麥蘭畫下他的素描。」

「那個老女人則喝了杯酒，將她的部分指紋留在酒杯與酒瓶上。」

「沒錯。麥蘭喜歡他那幾幅畫，因此約好在星期一上午十一點雇用那個女孩。聽起來很合理，不是嗎？」

「我覺得合理，」布恩說。「那個老女人應該不會在星期五那天把他給做掉了，對吧？因為他想非禮那個女孩？」

「不可能，」狄雷尼說，搖搖頭。「如果是這樣，她們星期一就絕對不會再現身。不，我想當她們兩人在那個星期五離開畫室時，麥蘭仍好端端的。她們或許是最後看到他仍健在的人。」

「凶手除外，」布恩說。

「凶手除外，」狄雷尼點點頭。「我想要找出這兩個女的，或許她們看到了什麼，或許她們在那個星期五剛要下樓時，我們想找的那個凶手正要上樓。」

「要找到她們有如大海撈針，組長，」布恩嘆了口氣。「除非傑森．T．傑森福星高照，巡街時湊巧遇上她們。」

「更湊巧的事也發生過，」組長說。「你吃完了？我們到住宅區去，先找艾瑪．麥蘭進一步談談。」

他們再度進入那間死氣沉沉的起居室，這一天這個房間聞起來隱隱有一絲機器上過油的味道。他們尚未落座，艾瑪．麥蘭就已如旋風般進門，手中扯弄著白手套。

「真是的，狄雷尼組長，」她不悅的說。「我正要出門，這很不方便。」

他冷冷的盯著她。

「不方便，夫人？」

她明白他的言下之意，她的臉色蒼白，嘴唇抿緊。

「我當然想要幫忙，」她說。「盡力而為。不過你應該先打個電話過來的。」

兩位警察都面無表情的望著她，這一招屢試不爽：不發一語讓對方說個不停，有時他們會因為沉不住氣而露了口風。

「何況，我已經將我所知道的都告訴你了，」她說著，抬高下巴。

「是嗎？」狄雷尼說，再度悶不吭聲。

最後，她滿臉為難，輕聲嘆了口氣，請他們入座。他們坐在長沙發上，幾乎肩並著肩，有如一座堡壘。她坐在一張扶手椅內，仍是貴夫人的坐姿：腰桿挺直、足踝交叉、膝蓋併攏側向一邊、戴著手套的雙手端莊的擺在腿上。

「妳和妳的婆婆及小姑處不來，對吧？」狄雷尼劈頭就問，口氣是直述句而不是問句。

「她們這麼說？」她問。

「我在問妳，」狄雷尼說。

「我們是不大親密，」她承認，勉強笑了笑。「我們都喜歡這樣。」

「妳的亡夫呢？他和他母親及妹妹有多親？」

「很親，」她生硬的說。

「噢？」組長說。「他一年只與她們見個一次或兩次面。」

「一派胡言，」她不客氣的反駁。「他至少一個月與她們見一次面，有時候還一星期一次。她們經常過來與他一起共進午餐或晚餐。」

狄雷尼與布恩都沒有露出訝異的神情。

「而妳都沒有參與這些午餐或晚餐，麥蘭太太？」小隊長問。

「沒有。」

「她們是否曾去過他位於莫特街的畫室？」

「我不知道。」

「他從來沒告訴過妳她們是否去過？」

「沒有，從來沒有。這到底是怎麼了？」

狄雷尼問：「妳先生是否曾資助他母親及妹妹的生活費？就妳所知？」

她冷笑出聲。「我深表懷疑，除非是跟他個人的享樂有關，否則我先生很少花錢。」

「貝拉·莎拉珍認為他是一個很慷慨的人。」

「我相信她會這麼認為，」艾瑪·麥蘭口氣很差。「而我得省吃儉用勉強應付開銷。」

狄雷尼環視著房間。

「妳可不窮啊，」他含蓄的說。「麥蘭太太，妳可知道除非有人提出申請，否則妳和令郎或許就是妳先生遺產的唯一受益人？」

「遺產！」她叫道。「什麼遺產？這棟價格已大不如前的寓所？勉強能支付帳單的銀行帳戶？」

「尚未售出的畫作……」布恩低聲說。

「噢，對！」她說，音調近乎無奈。「在索爾・杰特曼抽成以及各個稅捐機關課稅之後，還能剩下多少？我向你保證，我先生並沒有讓我成為一個富有的遺孀。差遠了！」

狄雷尼專注的盯著她。

「妳有自己的收入？」他猜測。

「有一些，」她勉為其難說出口。「那不干你們的事，不過我想你們遲早會查出來——如果你們還沒查出來的話。我父親留了一些市政府的公債給我，他至少還懂得男人的責任感。」

「那筆收入有多少？」狄雷尼問。「就如妳說的，我們遲早可以查出來。」

「大約一年兩萬美金，」她說。

「妳先生知道有這筆收入嗎？」

「他當然知道。」她頓了一下，然後嘆了口氣。「二十年前那像是一筆天大的鉅款，如今根本是聊勝於無。」

「不只是聊勝於無吧，」狄雷尼一本正經的說：「不過我不想跟妳爭辯這一點。麥蘭太太，我這裡有三幅在妳先生畫室內找到的素描。我知道妳曾告訴我，妳不認識他最近雇用的模特兒，不過我還是想請妳看一眼，或許妳見過。我承認畫中的臉孔只是一筆帶過，不過或許足以辨識了。」

他起身，在布恩小隊長的協助下將那幾幅素描攤開，一幅幅展示給艾瑪．麥蘭看。

「畫得不錯，」她細聲的說。

「可不是？」狄雷尼說。「認得那女孩？」

「不。從來沒見過她或像這樣的。你要使用這些畫到什麼時候？它們是遺產的一部分，你知道。」

「我很清楚，夫人。一旦我們偵查結束就立刻奉還。」

「那到底是什麼時候？」她追問。

他沒有回答，只將幾幅素描再捲收起來，用橡皮筋綁好。他向布恩示意，兩人於是朝門口走。然後組長停下腳步轉過身來。

「麥蘭太太，」他說：「還有一件事……我們在他的畫室內只找到這三幅素描，妳不覺得這有點怪異嗎？」

「怪異？」她不解的問。「何怪之有？」

「妳告訴過我們，妳也曾當過模特兒，所以妳想必到過許多畫家的畫室。我們聽說大部分的畫家手中通常都有許多作品，未賣出的畫作、半成品、他們不想賣的舊作，諸如此類的。然而我們在妳先生的畫室中卻只找到這三幅素描。妳不覺得這有點怪異嗎？」

「不，我不覺得，」她說。「我先生是個搶手的畫家。成名之後，所有的舊作都賣掉了。他不是個多愁善感的人，不會為了念舊而保留任何舊作。加上他的風格沒有改變過，他的早期作品與最近的作品一樣出色。他一畫完一幅新作品，就送交索爾．杰特曼託售。無論賣出時有沒有告訴我，」她咬牙切齒的補上最後這一句。

「原來如此．」狄雷尼若有所思的說。「感謝妳撥出時間。妳會參加在杰特曼畫廊舉行的麥蘭先生紀念畫展的酒會嗎？」

「當然，」她說，感到訝異。

「令郎也會去？」

「是的，我們都會參加。怎麼了？」

「我們期待到時候能再與你們見面，」狄雷尼彬彬有禮的說。「祝妳有個愉快的一天，麥蘭太太。」

他們驅車前往傑克．達克的畫室，路上組長告訴布恩：

「傑森．T．傑森所說的，每個人都會向警察說謊——那是事實。不過他還有一點得學：沒有人會主動提供情報。我指的是住在南亞克的朵拉及艾蜜莉．麥蘭。她們說麥蘭一年只探視她們一、兩次。她們也回答我的問題。不過你可瞧出了偵訊的不足之處？如果你沒問對問題，就會落得白忙一場。我離開她們時的印象是麥蘭是個狼心狗肺的畜生，置他的母親和妹妹於不顧。你也有同感嗎？」

「絕對有，」布恩說。

「因為我沒有問她們多久『看到』麥蘭一次，我問的是他多久到南亞克探視一次。如今艾瑪．麥蘭聲稱她們經常過來與麥蘭共進午餐和晚餐，那可真是個和樂融融的家庭大團圓了。王八蛋！是我的錯。」

「沒有什麼損失，組長，」小隊長說。

「有，有損失，」狄雷尼氣忿的說。「不只因為朵拉與艾蜜莉唬弄了我們，也因為如今她們認為我們很好騙，也會再度欺瞞我們。好，走著瞧。我們一定要好好給她們一點顏色瞧瞧！」

他們默默開車前行幾分鐘，然後布恩戰戰兢兢問道：「她提到她自己的收入——一年兩萬元。你認為那很重要嗎？」

「不，」狄雷尼說，仍生著悶氣。「那只證明了維多．麥蘭與大部分狡詐、貪財、見錢眼開的人一樣貪得無厭，我們如今總算明白他為什麼要娶冰山處女了。」

狄雷尼在搭上通往傑克．達克工作室的那部老舊電梯時說：「第二回合。出其不意，讓他們措手不及。艾瑪．麥蘭的反應很快，你真的認為她正打算出門？」

「不是嗎？」布恩說。

「我敢打賭不是，」組長說。「一聽到我們來了，隨手抓頂帽子及手套，再匆匆忙忙走出來。不是個有智慧的女人，不過很精明。我們且看看傑克寶貝如何反應。」

他的反應是將警官前來偵查命案當成家常便飯，親切的到會客室接待他們，說他正要結束一組攝影工作，再過幾分鐘就可以過來，並請他們喝咖啡，然後他又回頭工作。他穿著一件黑色皮革跳傘衣，上頭裝飾著亮晶晶的金屬飾釦。坑坑疤疤的臉頰仍是汗水縱橫，握手也只是點到為止。

他果然依約在十分鐘後請他們進入他的工作室。助手們正在拆除一組佈景，那顯然是仿照中產階級郊區的客廳而設計。沒有看到模特兒，不過他們聽到不知何處傳來狗吠聲。

「除蚤劑，」達克解釋。「平面媒體用的。不要讓愛犬的跳蚤跑進你的家具內，請用『克蚤』。狗比模特兒容易搞定。我們到樓上輕鬆一下。」

他帶路走上迴旋梯，邀請他們再坐入那種唇形的沙發，他們選擇較傳統的椅子就座。達克再度躺靠在棒球手套型的椅子內。

「你們有何進展？」他開心的問。「有新的線索嗎？」

他們望著他。他整個人癱坐著，雙手的手指頭交叉擺在如保齡球般的肚皮上。黑皮跳傘裝晶晶亮亮的，他的臉及裸露的上臂也是閃閃發光。他親切的和他們微笑，露出污黃的牙齒。

「我們測量過這裡到麥蘭的莫特街畫室往返的時間，」狄雷尼告訴他。「你可以辦得到。」

笑容還在，但笑意全消失了。隨後他的神情變成瞠目結舌，下垂的史達林式鬍髭覆在張開的嘴巴上。

「我告訴過你們，我和貝拉．莎拉珍一起在這裡，」達克聲音沙啞。

「你是說過，」布恩聳聳肩。「她也這麼說。那不代表什麼。」

「你說那不代表什麼是什麼意思？」達克忿然說。「你們真的認為——」

「她說你喜歡挨打，」狄雷尼說。「那也是事實嗎？」

「還有你嫉妒他，」布恩說。「他走自己的路，而你追求財富，你因而痛恨他。」

「那臭婊子！」達克大吼出聲，身體猛然前傾，坐在椅子邊緣處。「你們要不要聽——我告訴你們，她——我不相信你們真的認為我——好，她賣毒品給他——她有沒有告訴你們這一點？我很清楚這一點。猛哥，壯哥，她全都供應他。噢，沒錯！一點不假。她還膽敢——」

他突然住嘴，忽然又靠回棒球手套座椅內，手指頭抵著嘴巴。

「我沒有，」他喃喃說道。「我向天發誓我沒做。我不可能殺害他。『不可能』。」

「為什麼不可能？」布恩說。

「呃，因為，」達克說。「我不是那種人。」

兩位警察面面相覷。前所未聞的辯解之詞。

「我們猜你們兩人或許一起涉案，」狄雷尼組長親切的說。「你們兩人都有理由。瘋狂的理由，不過你們兩人都沒有所謂正常的、循規蹈矩的性格。你們兩人在那個星期五都在這裡吃午餐，模特兒與助手都在樓下。你們由那道門溜出去，搭電梯下樓，開車或搭地鐵到市中心，將麥蘭做掉，然後回來。你們可以辦得到。」

「很簡單，」布恩說。「我親自測時間的。」

「我不相信有這種事，」達克說著，不斷搖頭。「我——不——相——信——有——這——種——事。天啊。」

「有可能，」狄雷尼笑著說。「對不對？算了吧，承認吧；有此可能。」

「你們要逮捕我？」達克說。

「不是今天，」狄雷尼說。「你問我們有何新線索。我們只是告訴你——我們發現你可以辦到，有可能。那就是新的線索。」

他們神情嚴肅的凝視著他，他則逐漸平靜下來、安靜下來，不再咬指關節。他試著擠出一絲笑容。笑得很勉強。

「我明白了，」他說。「只是嚇唬我——對吧？」

他們沒有回答。

「沒有真憑實據——對吧？」

「你曾到過麥蘭的畫室嗎？」布恩小隊長問。「是否去過？」

「當然去過，」達克緊張的說。「一次或兩次。不過有好幾個月沒去了，或許有一年沒去過了。」

「他那邊有畫作嗎？」狄雷尼追問。「畫室內？」

「什麼？」達克說。「我聽不懂。」

他們如連珠炮問他，由各個角度問他，令他一時摸不清頭緒。

「在麥蘭的畫室裡，」狄雷尼再問一次。「他是否將畫作堆放在牆邊？就像你一樣。未賣出的作品、他正在處理的作品、舊作。」

「沒有，」達克說。「不多。他的作品全賣掉了，他沒有保留作品。杰特曼很快就將他的作品脫手了。」

「你也說過他動作很快，」布恩說。「一個快手。他賣掉所有的作品？」

「當然。他可以——」

「你有沒有嗑藥？」狄雷尼問。「大麻？迷幻藥？或藥性更強的？貝拉．莎拉珍提供的？」

「什麼？見鬼了，沒有！偶爾嗑一點點大麻。不是她給的。」

「不過她有在販售？」布恩說。

「我不知道，不能確定。我發誓我不確定，不過我曾聽過傳聞。」

「你提起猛哥、壯哥時似乎是一口咬定，」狄雷尼說。「為什麼賣給麥蘭？他有毒癮嗎？」

「天啊，沒有！只是讓他提提神，開始作畫時必須讓情緒亢奮些。」

「不是為了性？」

「麥蘭？根本用不上！他是一頭種馬。種馬！」

「你有前科嗎？」布恩問。「犯罪紀錄？」

「你在開玩笑？」

「我們可以查出來。我們只是禮貌詢問。」

「交通罰單，諸如此類的。還有……」

「還有？」狄雷尼說。

「一場派對，一場搖頭狂歡派對。他們將我們全部飭回，我甚至不知道他們是否有登錄我們的名字。不過我已經向你說了。你看，我已經都說了。」

「有捺指紋？」

「沒有。我發誓我沒有。」

「你付錢給貝拉．莎拉珍幫你找風塵女郎嗎？」布恩問。「來打你屁股？或許用鞭子？」

「從來沒有！從來沒有！」

「不過你們兩人有合作關係，」狄雷尼說。「對吧？她會來看你的模特兒，或許是安排與她的重要友人約會，或許她也會替你介紹模特兒。拍色情的撲克牌。彼此互蒙其利。她也當你的模特兒，那幅鋁箔畫作，她的一個友人買下來了，你和她分帳——對吧？真正的朋友，很貼心的朋友，提供女孩子，毒品隨叫隨送，或許甚至還提供男孩子——誰知道？各種供人享樂的玩意兒。或許是狂歡派對？天體秀？這類紙醉金迷的生活。捧著很多現金、想吸毒的人。諸如此類的，對吧？」

「我發誓……」達克低聲說。「我發誓……」

「達克先生，」狄雷尼嚴肅的說。：「不知能否請你幫我們一個忙？」

「什麼？什麼？呃……當然。」

「看看這幾幅素描，我們在麥蘭的畫室內找到的。看看你能否認出那個女孩。」

他和布恩將素描攤開在已經昏頭轉向的達克面前，他茫然望著畫作。

「那個狗娘養的，」他喃喃說道。「他真有一套。他根本不假思索，意到筆隨，揮毫即就。」

「你認得這個女孩？」

「不，從來沒見過。」

「我們下樓吧，」狄雷尼說。「好嗎？」

下樓後，組長走到牆角的畫桌。他將那幾幅素描攤開，再將畫紙的各角落壓住讓其攤平。

「你說你和麥蘭一樣行，」他告訴達克。「你說你可以模仿他的風格。你的牆上也有一幅模仿麥蘭的畫作，好到讓他看了都火冒三丈，不過後來他也落款了。現在我要你做的是看著這三幅素描，再將那女孩畫出來。就依照麥蘭的風格來畫，只要畫臉就行。他勾勒出了輪廓與五官，你來完成細部。」

「老天爺，」達克說：「你不會期待太高吧?幾乎沒有什麼可以參考的。」

「盡力而為，」狄雷尼說。「我們知道你會樂於合作。」

達克找出一本十一乘十四見方的速寫本，四處翻找後挑出了一根木匠用的軟心鉛筆。他瞄了那三幅素描一眼，然後開始動筆。一開始下筆略顯遲疑，然後便充滿自信。他們看著他作畫，深感嘆服。他以粗黑的線條勾勒出那個女孩的臉部輪廓，然後用工筆畫出面貌。凹處、陰影、飽滿處、眼睛的神采、下巴的角度及眉毛的弧度。

「天殺的！」他熱情洋溢的說。「好一個美人！麥蘭應該會這樣畫她。很年輕，或許十四歲，大約這個年紀，天真無邪，而且呆滯。一無是處，就只有美。就這樣，就是她。行了。」

不到三分鐘，狄雷尼估算。他得到了一幅年輕貌美、眼神空洞無神的女孩肖像。一頭瀑布似的黑髮飄垂下來，性感的嘴巴，兩唇微張露出潔亮的牙齒，顴骨很高，全身上下散發出年輕的氣息，但是眼神空洞恍惚，呆滯無神。

他將麥蘭的三幅素描及達克那一幅收起來，小心翼翼的捲收在一起。

「非常感謝你，」他說。「我們會再碰面的。」

「很快，」布恩小隊長補充。

他們離開一臉錯愕、瞠目結舌的達克。狄雷尼在搭電梯下樓時說：「我們開始合作無間了。」

「我也有同感，組長，」布恩露齒而笑。「他現在應該在打電話給貝拉．莎拉珍，對她咆哮。」

「噢，對，」狄雷尼點點頭。「狗咬狗。我想我們大致上已經掌握目前所需要的了。」

布恩詫異的望著他。

「你是說你已經……？」

「想出來了？」狄雷尼笑著說。「還早呢。我只是說，我認為我們已經掌握住一些關鍵的環節了。將這些拼在一起，就可以環環相扣，牽引出其他的線索出來。貝拉．莎拉珍一定已經有所防備，我來扮黑臉，你來演白臉。我們一搭一唱讓她昏頭轉向。」

「我喜歡，」布恩說。

「善有善報，惡有惡報，時候到了。」狄雷尼說。「下流的人！齷齪的生活！」

那位菲律賓管家打開門看到他們杵在門口時，並不覺得訝異。「這邊請，兩位，」他說。

他在前帶路走到一間小房間，那個房間位於艷紅色的臥房與像是鋪滿了大理石與黃金擺飾的浴室之間，看來幾乎像是一條走道。通道上有一張按摩桌，幾盞紫外線燈懸掛在天花板下。這些燈發出一種藍白相間的冷光，將室內映照得像是一只魚缸。

按摩桌上鋪著一條印花床罩。貝拉．莎拉珍面朝下趴著，臉頰靠在前臂上。她顯然一絲不掛，一條粉紅色浴巾披在她的臀部上。她戴著墨鏡：兩片銅板大的半透明圓形玻璃，以鬆緊帶綁在一起。

傾靠在按摩桌旁的那個身材健美的年輕人也戴著同樣的墨鏡，他正以強有力的指壓替她推拿上臂及肩膀的肌肉。他穿著白色的運動鞋、白色的長褲，以及一件顯然是用來凸顯出健美肌肉的白色T恤。他擁有舉重選手的二頭肌與三角肌，淡黃色頭髮精巧的打理成小波浪型，額頭處還有一綹瀏海。

「哈囉，甜心們！」貝拉．莎拉珍開心的吟詠著，沒有抬頭。「別進來這個房間，否則你們的眼睛會瞎掉或變成性無能或什麼的。這位猛男是波比。波比，和這兩位善心人士打聲招呼吧，他們是紐約最出色的幹員。」

波比將他的墨鏡轉向他們，並露出一嘴整潔的牙齒。

「出去走走，波比，」狄雷尼不客氣的說。「去修修指甲或什麼的。」

貝拉．莎拉珍爆出銀鈴般的笑聲。

「你出去吧，波比，」她提議。「找拉蒙玩牌去。不過別離開，不會太久的。會嗎，艾德華．X．狄雷尼？」

他沒有回答。

戴著墨鏡的波比離開了，走之前沒忘了在經過兩位警官身旁時鼓起他健美的胸肌並扭動三頭肌。他們站在門口，避開紫外線燈的光線。貝拉．莎拉珍的頭向著他們，但他們無法看到她的臉。只有修長、抹著油的背部，還有大腿及小腿勻稱的肌肉。在她伸手可及之處有一張小茶几，上頭擺著一只高腳杯，杯內有許多新鮮水果切片在泡沫中漂浮著。

「可憐的傑克，」她喃喃低語。「他打電話給我了，你知道。你恐怕已經把他嚇得半死了。」

「妳賣猛哥、壯哥給麥蘭，」狄雷尼忽然說道。

「賣？」她說。「胡說。他經常過來，他或許由我的藥櫃內拿走了一些。」

「這些藥品你有處方嗎？」狄雷尼追問。

「當然有，親愛的，」貝拉懶洋洋的說。「我可以告訴你我的醫師姓名，如果你想追查的話。」

「我他媽的當然要查，」狄雷尼咆哮。

「嘿，組長，」布恩緊張的說。「別激動。」

「噢，讓他去吼，稻草人，」她說。「他會大發雷霆，他會大吼大叫，不過不會把我的房子吹倒的。」

「妳可以由達克的工作室趕到麥蘭的畫室去，」狄雷尼告訴她。「我們測過時間了。妳和達克可以溜出去搭電梯，前往莫特街將麥蘭做掉，你們再循原路回來，樓下工作室內的人都不會察覺。」

「我又幹嘛做這種傻事，艾德華·X·狄雷尼？」

「因為妳恨他的放肆，」他朝她吼道。「他曾在公開場合罵妳是個妓女，妳的自尊心無法忍受這種羞辱。而且或許他——」

「組長，」布恩小隊長急忙打岔：「拜託，冷靜一點。我們沒有——」

「不，休想！」狄雷尼說。「我不會放過她。或許麥蘭正準備要檢舉她的非法行徑。應召女郎、毒品、性愛秀，諸如此類的。動機夠充分了。」

「聽著，」貝拉·莎拉珍說，抬起頭來，不再那麼輕佻了。「你憑什麼——」

「噢，是的，」狄雷尼點點頭。「達克向我們透露的可多了，有些事情他已經向我們透露卻沒有告訴妳。我們知道那些模特兒及妳那些重要友人的一切。波比呢？那個猛男花蝴蝶！他是不是也有份？我敢說他也是！我們得——」

「瞎猜，」她高聲叫道。「你和你齷齪的狹隘思想。你只是在瞎猜。」

「麥蘭多久來這裡一次？」狄雷尼追問。「一星期一次？三次？每天來？我們可以去找管理員問個明白，所以別說謊。」

「我何必說謊，」她說，語氣變得冷冰冰。「維多·麥蘭是我的密友，一個非常特別的朋友。朋友來訪犯法了嗎？」

「他給妳錢？」

「他給我禮物，沒錯。我已經告訴過你了。」

「禮物！」狄雷尼說。「很好，很好！或許妳的價碼漲了。或許他想要分手了。或許他——」

「組長，組長，」布恩唉聲嘆氣。「放輕鬆。拜託！我們沒有證據，你這只是臆測，我們沒辦法——」

「我不在乎，」狄雷尼大吼。「她殺過人卻脫罪了，她可別想在我的城市故技重施。她無罪才怪。即使沒殺人，也有拉皮條及販毒的勾當。我要讓她悔不當初。我發誓，我要將她繩之以法！」

這時貝拉・莎拉珍已撐起她的上半身，隔著墨鏡盯著眼前這個煞星。她以前臂支撐著，他們可以看到她小而挺的乳房，像是有兩個粉紅色突出物的堅硬盾牌。

「你給我試試看！」她啐了他一口。「試試看！我會讓你成為全紐約的笑柄。我會提出告訴，相信我，我可以聘請全國最高明的律師。待我收拾你之後，你若還能保有退休金就算你走運。我會將你壓乾榨盡為止！」

「妳玩完了，」他朝她大叫。「妳的腦筋像漿糊，真的想不透嗎?妳已經玩完了，小妞。妳完了，而且會身敗名裂。」

他將那捲麥蘭的素描塞進布恩的手中，猛然轉身，趾高氣昂的離去。他們聽到他砰砰作響的腳步聲，然後遠處的大門傳來摔門聲。貝拉・莎拉珍隔著墨鏡望著布恩。

「哇！」他說。「從來沒有看過他這樣子。」

她悶哼一聲下桌，以一條大毛巾裹著身體，由胸部裹到大腿。她關掉紫外線燈，摘下墨鏡。

「婊子養的！」她說。「那個去他媽的混帳畜生！我會給他好看！」

「我向妳道歉，莎拉珍小姐，」布恩誠摯的說。「他只是隨口說說，不會真的硬幹的。他最近壓力太大了……拜託，妳就大人大量，一笑置之吧。」

「一笑置之？」她想笑但笑不出來。「休想，寶貝！艾德華．X．狄雷尼組長大人搞不清楚我在這座歡樂之都有什麼呼風喚雨的能耐，他會怎麼死的都不知道。」

她在他的攙扶下進入臥室。她跌坐在一張艷紅色的扶手椅上，一隻手臂環抱住一腳的膝蓋，腳擺盪個不停。她開始瘋狂的吸吮大拇指，一個精神錯亂的娃娃吸吮著長指甲的奶嘴。

「聽著，莎拉珍小姐，」布恩懇求她。「他已經退休了，妳也知道，妳根本奈何不了他。可是我仍在線上執勤。如果妳去找妳的重要友人，他們開鍘的對象會是我，我會成為砲灰。這妳也很清楚。我覺得他做得太過火了。如果因為他情緒失控而毀了我的前程，那公平嗎？聽著，我站在妳這邊。我們沒有任何對妳不利的線索，什麼都沒有，他只是信口開河。」

終於，勾起的腳不再瘋狂抖動，大拇指也「啵！」的一聲由雙唇間抽出來。她朝他嫣然一笑。

「稻草人，」她說。「我喜歡你。幫我把隔壁房間那個杯子端過來。」

他順從的去將那杯有水果切片漂浮在泡沫上的杯子端過來。她緩緩啜了一口，沉思著。他如履薄冰的坐下來，身體向前傾，雙手像在哀求似的合掌。

「那是事實嗎？」她問。「你們沒有任何對我不利的證據？」

「是事實，」布恩發誓。「全都是謠言與傳聞，包括達克所說的在內。我是說關於毒品及女孩子那些的。我們怎麼能採納這種說詞，他自己也有份，不是嗎？」

「沒有才怪！」她說。

「這不就得了，」小隊長說，身體往後靠。「現在妳明白了，他總不會簽署一份會牽連到他自己的筆錄吧？」

「沒錯，」她點點頭說道。「達克個性軟弱，這一點我早就知道了。他如果受到壓力，就會噤若寒蟬了。我有辦法確保他守口如瓶。」

「當然，」布恩替她打氣。「狄雷尼剛才說麥蘭為妳提供的性服務而付錢——見鬼了，那是妳的私事。沒有人會為此而按鈴申告的。」

「麥蘭為我提供的性服務而付錢？」貝拉．莎拉珍說，仰頭大笑。真心開懷暢笑，使她腰部的毛巾起伏不已。「如果麥蘭會為了搞女人而付錢，那可真是天大的新聞了。沒這回事，稻草人！不，麥蘭和我是有在做些交易。你不妨說我們是合夥人，那純粹是生意往來。」

「我很欣慰能聽到妳這麼澄清，」布恩面帶微笑說。「我也不認為妳是那種女人，貝拉。不管狄雷尼說了些什麼。」

「那個畜生，」她咬牙切齒。

「既然純粹是生意，」小隊長說，輕鬆的吐了一口大氣。「你們兩位做的是什麼生意？」

「我幫他談成了幾筆交易，」她聳聳肩。「我有一些有錢的朋友，遍及全國各地，到處都有。國內及歐洲。」

「噢，我明白了，」布恩點點頭，仍帶著微笑。「妳是說妳幫他打知名度？幫他賣畫？」

「差不多，」她說。

「那沒有什麼不對啊，」布恩說。「完全合法。我想妳一定認識很多藝術界的人士。」

「每一個都認識，寶貝。『每一個人』。」

「我是說，那種有錢的收藏家？」

「你最好相信。出手最闊綽的收藏家。」

「哇，那妳當然對任何藝術家來說都是彌足珍貴了，」布恩熱忱的說。「可是我還以為麥蘭的畫全都是由索爾・杰特曼代理的。」

「這，可以說是，也可以說不是，」貝拉・莎拉珍含糊其詞。「將貓剝皮的方法不止一種。聽著，稻草人，你是否確定狄雷尼所說的——關於拉皮條及販毒等等的那些狗屁——全『是』狗屁，是吧？他沒有任何證據可以交給檢察官吧？」

「別擔心，」小隊長向她保證。「全都沒有真憑實據，那只是他急著想破案所以才會口不擇言。聽著，就天知地知，妳知我知，妳在麥蘭遇害當天的中午至下午大約兩點那段期間，是否真的每一分鐘都跟達克在一起？我之所以要問，是因為目前達克是頭號嫌犯。」

她凝視著他良久，以杯緣碰觸她潔白的牙齒。她雖然看著他，不過他可以看得出來其實她是視而不見。她的目光沒有聚焦，穿透他，望向遠方。

最後，她嘆了口氣，舉杯一飲而盡。她挑出一片新鮮的鳳梨開始咬了起來。他耐心等候。

「我無法在法庭上發誓，」她如同說著囈語般。「我或許曾經睡著了。我真的不知道我睡著時他做了些什麼，真的說不上來。」

「謝謝妳，貝拉，」他低聲下氣的說。「感激不盡。還有一件事……我這裡有三幅我們在麥蘭畫室中找到的素描。妳能否看一眼，看看是否認識那個模特兒？」

「沒問題，」她說，坐直身體。「我們來看看。」

他將橡皮筋拆掉，再將畫遞給她，她一幅幅慢慢的觀賞。

「好作品，」她說。「我只要打一通電話就可以將這些全部賣出。」

「恐怕不行，」他說。「這是遺產的一部分。」

「身材真好。哇塞。這一張是什麼——已完成的頭部肖像？」

「那張是達克畫的，他仿照麥蘭的畫風，揣摩這個女孩子應該長什麼樣子。認得出這個女孩子嗎？」

「不，從來沒見過。希望能幫得上忙——你真好——可是我愛莫能助。抱歉。」

「只是抱著一絲希望，」他聳聳肩，將幾幅素描再度捲收起來。「好了，我該告辭了。」

「出去時順便叫波比進來，」她下著命令。「你們這些王八蛋打斷了我的馬殺雞。波比會戴貂皮手套替我做完。曾接受過戴著貂皮手套按摩嗎，稻草人？」

「沒有，」他說，站起身來：「從來沒有。」

「嗯……」她若有所思的說，望向他：「你一直對我很好，也向我透露目前狀況，說不定……」

狄雷尼組長耐心的在樓下的車子裡等著。他正抽著雪茄，草帽壓低蓋住眼睛。布恩坐入駕駛座時他將帽子再戴正。

「查出了什麼？」他問。

「不錯，組長，」布恩說。「你把她氣壞了，我就像聽信徒告解的神父一樣聽她自白。」

「你問出了什麼？」

「首先，她不認識畫中的女孩，說她從來沒見過。至於毒品及拉皮條的事，她和達克都有份。正如我們所料。不過他們或許在我們偵查期間歇手了。」

「只是暫時的，」狄雷尼說。

「當然，」布恩同意。「此外，她也打算要出賣達克了。如今改口說她在他的住處時可能曾睡著，無法證明他一直都在場。」

「呵呵，」組長說。「她可真是個善良的淑女。達克向我們透露猛哥的事，就落得如此下場。」

「不過最重要的是：麥蘭不是為了她提供的性服務而付錢給她，她說的。她聲稱他們在合夥做生意。

我無法問出詳情，不過聽起來好像是她找她的富豪朋友們買下麥蘭的畫，她則從中抽成。」

狄雷尼針對這點想了片刻。

「暗槓索爾．杰特曼？」

「依我看來應該是如此，組長。她說她認識美國及歐洲各地出手最闊綽的收藏家，或許他們打算甩掉杰特曼自立門戶。」

「有可能，」狄雷尼點點頭。「我們得查查看麥蘭與杰特曼是否有專屬經紀約或簽署的協議書之類的。聽著，小隊長，我們知道麥蘭曾瞞著他老婆賣畫，很有可能他也瞞著杰特曼賣畫。」

「如此一來，杰特曼就有充足的動機了，」布恩評道。「或者……」

「或者什麼？」狄雷尼說。

「這是異想天開，組長。」

「但說無妨，試試看。」

「呃，這只是個初步的構想……我們知道達克可以模仿麥蘭的風格。天啊，他還曾當著我們的面證明。現在假設——」

「我明白了，」狄雷尼打岔。「或許達克在偽造麥蘭的作品，再交由莎拉珍賣給她那些富有的收藏家友人，後來麥蘭發現了。所以他們乾脆將他做掉了。」

「沒錯，」布恩說。

「這全屬臆測，」狄雷尼組長說。「不過我會請伍爾夫隊長查看看能否找到有某人在某處不是透過杰特曼購得麥蘭的畫作。如此我們就可以證實是麥蘭暗中將自己的作品脫手，或是達克在兜售偽作。幹得好，小隊長。」

「謝謝你，長官。」

「至於現在，」狄雷尼說著，嘆了口氣：「可想而知索森副局長會打電話給我，轉達貝拉．莎拉珍的所有重要友人對我的粗野態度表示不悅。」

「不，我不以為然，」布恩說。「我告訴她你並沒有任何對她不利的證據，而且如果她抱怨了，被刮鬍子的是我。我不認為她會聲張。」

「我欠你一份人情，」狄雷尼說。

布恩原本打算說：「我們扯平了，」不過沒說出口。

在偵訊達克及貝拉．莎拉珍的當天晚上，蒙妮卡與狄雷尼端著飯後啤酒在書房中輕鬆一下，他將當天的活動扼要的告訴她。她慵懶的坐在老舊的皮椅內，光著腳翹到他的書桌上。他坐在書桌後的旋轉椅內，在向她轉述他的進展時，偶爾會查閱筆記本。

他在說完傑森．T．傑森遇見兩名西班牙裔的婦女之後，將達克依據麥蘭素描所畫的那張年輕模特兒的肖像拿給蒙妮卡看。蒙妮卡猜那個女孩的年紀約十五歲或十六歲。她問組長是否要將這張肖像畫拷貝後分送至市內各分局，以便找出那個女孩。

狄雷尼起身將那張素描釘在他的地圖板上，與麥蘭的作品並列在一起。他告訴她，他和布恩曾討論過這種做法，不過決定暫時不這麼做，因為他們只是抱著一絲希望，期望那兩個女人對於指認凶手能有所幫助。等其他更有利的線索都毫無所獲時，再請傑森・T・傑森和警方專屬的畫家合作，兩個女人的肖像也會分送出去，以便找出她們。

組長描述他和布恩在對付貝拉・莎拉珍所採取的一搭一唱手法，他認為結果證實這一套相當有用，只是他也承認那或許意味著往後布恩得單槍匹馬去應付莎拉珍了。蒙妮卡說莎拉珍聽起來像是個很可怕的女人，狄雷尼告訴她，她或許可以在杰特曼的酒會中親自跟那個女人碰面。事實上，組長說，他希望蒙妮卡能夠在酒會中設法與涉案的所有重要關係人碰面，他要知道她對他們的看法。

蒙妮卡問他是否真的認為貝拉・莎拉珍有足夠動機殺害麥蘭。例如，陪審團是否會相信一個女人會因為一個男人曾公然羞辱她，而揮刀置他於死地？蒙妮卡不以為然。

狄雷尼說貝拉・莎拉珍自稱與麥蘭有「生意往來」，其中或許另有動機。不過即使沒有發現其他的動機，他仍然相信貝拉・莎拉珍是那種會為了遭到羞辱而報復的女人。他說蒙妮卡對此存疑的原因，是因為她將貝拉・莎拉珍當成是有理性的人類，言行舉止合乎常理。他說，事實上她卻是個喜怒無常的女人，過著無法理喻的生活，也曾做過失去理性的行為。

他像是告訴蒙妮卡也像在自言自語，他說警察最難學的一件事就是人們的行為不只經常會悖離社會的法律，有時連心智也會違背常理。狄雷尼說，警察有時之所以無法破案，是因為他們在一個通常是既無理性又不合邏輯的世界中尋找理性與邏輯。他們無法掌握身為人類的一種本質上的狂亂。狄雷尼告訴蒙妮卡一件他在格林威治村擔任隊長時曾經手的凶殺案……

那個小伙子來自中西部。一個大學生，出身名門世家，家境富裕。他想要進軍演藝界，他的父母同意資助他兩年的費用。於是他前往紐約，在一家演藝學校就讀，開始四處爭取演出機會。

一九六〇年代格林威治村的自由風氣讓他迷失了自己。毒品、性、他高興怎樣就怎樣。他把持不住。後來警方在偵辦他這個案件時，可以循線追查到若干蛛絲馬跡，其他的則是用猜的。那小伙子不曾因為吸毒被捕，不過他幾乎大部分時間都在吸食迷幻藥。他與五六個人搬入一間閣樓，男女雜居。每天晚上都扮演不同的角色，不過戲碼從未換過。他一直和不三不四的人濫交。他必須體驗一切：那是追求至高無上的藝術所必經的啟蒙之路。過了一陣子，他甚至無法判斷有何樂趣可言。

有一天晚上，他和一個年輕女孩肛交時把她給勒死了，他的對象原本可能是另一個男人或小孩，當晚碰巧是個女人。等他們把他弄清醒後，問他為什麼要這麼做。他茫茫然望著他們。他不知道。他真的不知道。受害人對他而言幾乎是個陌生人，他只是臨時起意殺了她，想體驗這種感覺，也真的做了。

問題就出在自由，狄雷尼神色憂戚的告訴蒙妮卡。他也同意，有部分原因是毒品的問題，不過主要還是自由惹的禍。完全無拘無束，沒有規則，不講法律，一無禁忌，道德上的無政府狀態。狄雷尼說，那小伙子後來發現他必須為他的所做所為受到懲罰時，吃了一驚。他無法理解，那對他而言似乎沒有什麼好大驚小怪的。

狄雷尼告訴蒙妮卡，無法善用自由的人經常會發生這種狀況，他們不懂得自我約束，他們的行為全出於一時衝動。他們無法為了明天的滿足而犧牲掉今天的享樂。

他認為貝拉．莎拉珍或許就是這種情形。她過的是賺錢容易、縱情聲色的生活。沒有規則，沒有法律，沒有禁忌。全然的自由，汲汲於尋求刺激。狄雷尼認為，這樣的動機很難說服陪審團。他們要的是更真實的理由：復仇、仇恨、慾念、嫉妒。很難說服有理性的人，有人會將殺人不當一回事，沒有任何動機。不過確有其事，而且發生的頻率越來越高。

他告訴蒙妮卡，動機很重要，不過還沒重要到讓一個經驗豐富的警察排除沒有動機的刑案。貝拉．莎拉珍販毒以及拉皮條，事證明確。有這種背景的人被惹火時要刺人一刀需要經歷一番天人交戰的心理煎熬嗎？尤其如果你相信自己的所做所為全都是對的時候？

蒙妮卡打了個寒顫，用雙手緊緊環抱住自己。她問狄雷尼那是否意味著貝拉．莎拉珍是頭號嫌犯。他說不是，他剛才對她的描述，也可以套用在傑克．達克身上。至於艾瑪．麥蘭、泰德．麥蘭、索爾．杰特曼等人，則有較確實也較傳統的動機。

麥蘭的母親跟妹妹呢？蒙妮卡想要知道，她們是否也有動機？

狄雷尼說目前尚無明確動機，不過那並不意味著就沒有動機。

蒙妮卡嘆了口氣，過了片刻她問他當了一輩子的警察，經常得偵辦類似麥蘭案之類的命案——這種案子，他必須承認，確實讓人心灰意冷——在面對人性的醜陋面時，是否會使他嫌惡人類。

他沉思了良久，最後說他不認為會如此。他告訴她，他已經學會了不要對人抱持太大的期望，如此便不致於老是會大失所望。狄雷尼說，而布恩是個不切實際的浪漫主義者，那或許是他借酒澆愁的原因。布恩說是警察勤務所面對的「齷齪事」導致他酗酒，不過他指的其實是人性的邪惡面。他懷抱著理想，以為可以期待善良，但找到的卻微乎其微。

狄雷尼說他自己幾乎不抱任何期望，有時還會感到驚喜，因此他才能神智正常到今天。他語氣堅定的補充，他自己的人生、他的個人生活都要有條不紊，這一點很重要。那是警察的自我救贖之道。

蒙妮卡說她希望蕾貝嘉能夠幫助布恩達到這個目標，組長說他也希望如此。然後他們再斟了一杯裸麥啤酒，聊起兩個女兒的夏令營，也睡眼惺忪的爭論起馬鈴薯煎餅中是否應該加入洋蔥泥。

13

他們點了咖啡及甜點，然後狄雷尼組長起身告退，布恩小隊長立刻跟過去。蒙妮卡與蕾貝嘉望著兩人相隨離去，狄雷尼步履沉重，布恩腳步輕快跟在他身後。

「他的表現還好吧？」蒙妮卡問。

「到目前為止，」蕾貝嘉說。

「千萬不可以信任他，」蒙妮卡正色說道。然後她苦笑著。「我的口氣開始像艾德華了。」

蕾貝嘉按住蒙妮卡的手。「沒關係，我們了解。我們會慢慢來。」

蒙妮卡將手抽出，瞄了一下手錶。

「不放心兩個女兒？」蕾貝嘉問。

「這是她們第一次晚上獨自在家。她們遲早得學習，不過我想我會打通電話向她們道個晚安。等兩個男生回來就去。」

狄雷尼與布恩在洗手間內並排站在比鄰的便池小解。

「我和蘇珊．韓莉吃過午餐了，」布恩壓低聲音說。「她在杰特曼十點左右進入那間辦公室後就不曾再看到他。當賽門出來付三明治的錢時，他將他私人辦公室的門帶上。」

「其中必有蹊蹺，」狄雷尼說。

「你認為他們兩人敢做出那種事？」

「當然，」狄雷尼平靜的說。「風險不大。」

「還有，我接到傑森．T．傑森的電話，」布恩在他們拉上拉鏈開始洗手時說。「他最近每天都用自己的時間，穿著便服四處閒逛，尋找那個西班牙裔的婦人及女孩。」

「真有他的。」

「他認為她們可能是來自包瓦立街以東，或許在果園街附近。他說那邊有許多波多黎各人。我想他是在暗示，我們或許可以將他調離平時的巡邏勤務，讓他得以全心全力尋找那兩個女人。」

「呃……還不到時候，」狄雷尼說。「他的企圖心很強，是吧？那也沒什麼不好。我會將檔案中麥蘭經常出入的場所列出一張清單，然後叫傑森去清查。或許麥蘭是在酒吧內或在酒吧附近遇到那個女人。蘇珊．韓莉會參加今晚的酒會嗎？」

「她說會。」

「蕾貝嘉知道你跟她共進午餐嗎？」

「是的，長官。我告訴她了。」

「那就好，」狄雷尼說，帶著淡淡的笑容。「我可不希望如果韓莉說了什麼，會造成什麼誤會。如果艾蜜莉．麥蘭也會到場，而且你有機會與她交談，就若無其事的提起，我們知道她和她母親經常由南亞克到這裡來跟麥蘭一起吃午餐和晚餐。」

布恩凝視了他許久，然後才往外走。

「我懂了，」他最後才說。「你想要知道她們是搭公車或火車，或是開那部大型的老爺賓士車。」

「沒錯，」狄雷尼說。「你開始和我心有靈犀一點通了。」

狄雷尼組長看到人潮一波波湧入杰特曼畫廊，於是轉身向其他幾個人說：「如果我們在人群中走散了，不妨就於午夜時分在人行道這裡會合。這樣我們就有兩個多小時可以利用。應該夠久了，想看的都可以看到了。」

他們全都同意，然後就走入人群中。

狄雷尼看到伯納．伍爾夫隊長那張稜角分明的臉孔。伍爾夫穿著一套黑色天鵝絨的無領西裝、淡紫色有褶飾的襯衫、亮晶晶的飾釦，還有看似玻璃眼珠的袖釦。他欠身對蒙妮卡行吻手禮。

「提防這傢伙，」狄雷尼組長打趣著叮囑他老婆。「他是危險人物。」

「想必如此，」她說，讚賞的望著隊長。「我還以為所有的警察都在勞伯會館買衣服呢。」

「服裝是一種偽裝，」伍爾夫朝她笑了笑。「其實我通常都是穿褐色鞋子及白襪子。」

「我想也是，」她嘲笑他。

「這些人你全都認識？」狄雷尼問，左躲右閃避免被人擠開。

「大部分，」伍爾夫點點頭。「有想認識哪一位嗎？」

「暫時不用，」狄雷尼說。「如果你能和杰特曼單獨聊一陣子，能否問他，貝拉．莎拉珍是否曾幫他尋找麥蘭作品的買主？要若無其事提起，不要談到我。」

「沒問題，」伍爾夫說。「狄雷尼太太，後頭有食物及吧檯，要我拿點什麼過來？」

「我跟你一起去，」她說。「我應該四處走走。奉命如此。」

「妳先生信得過妳？」隊長說，放蕩不羈的轉頭朝狄雷尼笑了笑。

「是的，他很放心，」蒙妮卡說。「真是可惡。」

「艾德華．X．狄雷尼！」一陣銀鈴般的笑聲傳來，組長緩緩轉過身，與貝拉．莎拉珍面對面。她打扮得就像一根鋼棒般光滑，銀髮服服貼貼閃著光澤，柔若無骨的嬌軀裹著一層有如噴灑上去的緊身衣。

「你名字中那個X代表什麼？」她問道。

「藏寶處，」他說，這個「笑話」他已經面無表情的說了一輩子。

「你們兩個男生在唱雙簧，對吧？」她說，露出口香糖廣告般的貝齒。

他的頭略往旁邊偏了偏。

「真是高明，」她說，好奇的望著他。「而我居然上當了，我還以為我不至於那麼笨。」

「我也這麼想，」他說。

她笑開了，挽起他的臂膀靠向她堅挺的乳房。

「想要認識什麼人嗎？」她問。

「不了，謝謝，」他說。「不過我倒很想欣賞那些作品。」

「作品？」她誇張的裝出難以置信的神情。「有誰來參加這種酒會是為了看畫的？」

「麥蘭太太，」布恩小隊長說。「很高興再度見到妳。請容我介紹，這位是蕾貝嘉·赫許。」

兩位女士互望了一眼。

「我兒子，泰德，」艾瑪·麥蘭說。「赫許小姐、紐約警察局的布恩小隊長。」

泰德·麥蘭盯著他們，悶不吭聲。

「我們正想去看畫，」布恩說。「不過人潮……」

「你對那些畫有何看法？」蕾貝嘉問泰德·麥蘭。

他幾乎是帶著恨意瞪著她。

「妳不會懂的，」他說。

狄雷尼組長奮力朝牆邊擠了過去。最後，人潮總算將他推到牆邊了。他被擠到一間有三面牆的小房間內。有三幅畫，每一幅的右下角都有工整的落款：維多．麥蘭，一九七八。簽名的筆跡令他感到訝異，不是他預期的那種龍飛鳳舞的手寫體，而是整齊、像記帳員字跡般的黑色印刷體。姓名與日期，精確又清晰，幾乎像簽署法律文件。

三幅畫的題材顯然是同一個模特兒的三個不同角度：正面、背面、側面。三幅擺在一起展示，產生的效果是模特兒的各個角度都可以一覽無遺。一個肌肉結實的褐髮婦人，眼露怒意，繃著嘴，怒氣沖沖的緊握著拳頭，大腿肌肉緊繃。她躍然紙上，挑釁著。

「看那厚塗畫法，」有人說。「想來光是顏料就花了上百元。」

「一年內就會龜裂了，」有人說。「他從來不會規規矩矩的讓畫風乾，總是拿了錢就跑。」

「機能性躁鬱症，」有人說。「憤怒的大地之母。那個王八蛋真能畫，不過全然是表面的，我可以抗拒它——和她。」

「最好如此，親愛的，」一個婦人說著，冷笑了一聲。「他們得將你從天花板上剝下來才行。」

狄雷尼漫不經心的聽著。他凝視著畫中桀驁不馴的裸女，耳中聽著精闢的評述。他眼中只看到鮮活、刺眼的色彩揮灑出栩栩如生的生命，迫使他不得不看著他前所未見的影像。

「你喜歡？」達克問，轉頭瞄狄雷尼的臉。「我認識那個模特兒，扮演男人的女同性戀者。」

「是嗎？」狄雷尼說。「她很美，他捕捉到了那股怒意。」

「還有那陰部，」達克笑著說。「看看那被閹割後的陰部。你找到那個女孩了沒？幾張素描中的那個年輕女孩？」

「沒有，」狄雷尼說。「還沒有。」

「我看到妳和狄雷尼一起進來，」貝拉・莎拉珍說。「妳是他老婆？」

「是的。蒙妮卡・狄雷尼。妳想必就是貝拉・莎拉珍。」

「噢，妳知道？」

「我老公描述過妳，他說妳很美。」

「哦，妳嘴巴真甜。他將我的一切全都告訴妳了？」

「恐怕不多。我老公從來不跟我談他的案子。」

「太可惜了，我還以為和警察上床或許很刺激。聽他高談闊論。」

「他即使不高談闊論也很刺激。」

「待會見了，姊妹。」

「很高興再見到妳，麥蘭小姐，」布恩說。「令堂也來了？」

「在附近吧，」艾蜜莉・麥蘭氣喘吁吁的說。「天啊，好迷人，我喜歡！」

「喜歡那些畫？」

「畫也喜歡。維多真是個頑皮鬼！不過這麼多人！名人！你可曾見過這麼美麗的人？」

「男人還是女人？」他問。

「都一樣，」她嘆了口氣。「高貴，苗條。」

「妳是開車來的？」小隊長問，真希望她沒有穿著那件破破爛爛的印花寬鬆長袍。

「噢，是的，」她說著張大眼睛環顧四周。「我們一向都是開車過來。」

「跟妳哥哥吃午餐及晚餐時也是？」他追問。「妳開車？」

「噢，看！」她喘著大氣。「那個穿著天鵝絨西裝及褶飾襯衫的帥哥。好一個魔鬼！」

「妳想認識他嗎？」布恩問。「我認得他，我替妳介紹。」

「真的？」她喜不自勝。「或許他會讓我帶他回南亞克，將他藏在一個鐘形甕子裡。」

布恩望著她。

「開心嗎，親愛的，」狄雷尼問。「有沒有拿到酒？魚子醬？」

「我可以自己來，」蒙妮卡向他保證。「我總算知道你對他的畫的評語是什麼意思了，艾德華。他的畫風很強烈，是不是？有點……」

「有點……」他問。

「有點瘋狂？」她字斟句酌的說。

「是的，」他同意。「有點瘋狂。他什麼都想知道，都想擁有，然後用畫筆表現出來。如此他才能夠擁有。」

她不確定他說的是什麼意思。

「我遇見貝拉·莎拉珍了，」她說。

「結果呢？」

「很性感、冷酷、陰險。」

「她可能殺人嗎？」

蒙妮卡不解的望著他。

「我想是吧，」她緩緩的說。「她很不快樂。」

「不，」他說。「只是貪婪。能否幫我一個忙？」

「當然。什麼忙？」

「看到那個年輕人了嗎？在迴旋梯底下？自己一個人？那個就是泰德·麥蘭，維多的兒子。去找他聊聊。告訴我妳的想法。」

「他會……？」

「妳告訴我。」

「和索爾聊過了，」伍爾夫隊長笑著說。人潮擠得他和狄雷尼緊緊貼在一起。

「噢？」狄雷尼也咧開嘴笑著。兩個朋友開懷笑著，分享一個笑話。

「他說他和莎拉珍合作，類似麥迪森大道的畫廊合夥人。她去找買主，國內及歐洲，抽一成。」

「抽業者的還是藝術家的？」

「你開玩笑？當然是抽藝術家的，沒有業者會壓低自己的抽成的。」

「那麼說他們也曾合作兜售麥蘭的作品了？」

「偶爾，」他說。

「再四處打聽看看，好不好，隊長？或許她和麥蘭在暗槓他。」

「呵呵。有這種事？」

「可能。」

「我看看能打聽出什麼來。對了，我可能會和你老婆私奔。」

「我會盯緊點，」狄雷尼說。「廚藝一流，來吃頓便飯？」

「時間由你訂。」

布恩背靠著牆壁，他將手中那杯薑汁汽水端到胸口處，皮笑肉不笑的盯視著。賓客擠來擠去踩在他的腳上，他手中的飲料也濺了出來。他全不在意。他正看著索爾．杰特曼跟麥蘭的母親與妹妹。杰特曼將兩個女人帶到角落，他說得很快，比手畫腳。艾蜜莉垂著頭專注的聽著；朵拉似乎事不關己，身體往後靠，晃來晃去，閉著眼睛。

依小隊長看來，杰特曼似乎是在向她們推銷什麼東西。他幾乎是氣急敗壞的想說服她們。他扳住朵拉的肩膀，輕輕的搖動。她的眼睛張開。杰特曼靠近一些，湊在她臉旁說話。她的手握拳，緩緩舉起。有一瞬間布恩以為她要揍杰特曼：揍他的嘴巴或敲他的頭。不過艾蜜莉．麥蘭抓住她母親的手臂，安撫她，拉住那帶著敵意的手。她將握緊的拳頭扳開，將手指頭扳直，微笑，微笑，微笑……

「組長！」滿臉苦惱的杰特曼說。「很高興你能來。你見過朵拉．麥蘭太太了吧？維多的母親？」

「有幸見過，」狄雷尼說，鞠躬致意。「很榮幸再度見面，夫人。很精彩的展覽，令郎的畫作真是了不起。」

「精彩，」她繃著臉點點頭。

醉了，狄雷尼想。布恩說得對：她有酒癮。

「失陪一下，」索爾．杰特曼說。「藝評家、攝影師，情況還不錯，不是嗎？」

他轉過身，狄雷尼揪住他的手臂，將他拉回來。

「只問一個問題，」他說。「你和麥蘭有定契約嗎？」

杰特曼困惑的望著他，然後他想通了，也笑開了。

「沒有合約，」他說。「甚至連握手都免了。他想走隨時可以走，如果他認為我做得不好的話。有時候藝術家常會換經紀人。二流的藝術家想要一夕成名。我得走了……」

他不見人影了。狄雷尼攙扶著麥蘭太太的手肘讓她站穩，他技巧的扶著她，讓她靠到牆壁。一個侍者經過，狄雷尼由托盤中端起一杯飲料。他讓朵拉・麥蘭的手指頭環握著杯子。她醉眼朦朧的望著杯子。

「威士忌？」她說。

「妳說是就是，」他說。「上次去拜訪妳雅致的家園，令我回味不已。」

她抬起朦朧醉眼試著看仔細，湊近了些。抹了髮油的鬈髮拂過他的臉上，他聞到了麝香味。

「你會看到的，」她口齒不清的說。「像以前一樣。等我有了錢……」

「噢？」他若無其事的說。「我可以想像妳會大肆整修，等妳有了錢。不過要重建那座老宅子及庭園，恐怕要花好大一筆錢吧？」

「別擔心，」她說，以虛弱無力的手指頭拍拍他的臂膀。「很多——」

「妳在這裡啊，媽！」艾蜜莉・麥蘭開心的說。「我正在想妳會到哪裡去了。狄雷尼組長，真高興能再見到你。天啊，好熱，不是嗎？我真想喝一杯水果潘趣。組長？能否麻煩你？」

「我的榮幸，」狄雷尼組長說著，朝吧檯走去。不過等他端著那杯潘趣酒回來時，麥蘭母女已經不見人影。他環顧四周，尋找她們。

「如果你這一杯找不到客人，就交給我吧，」蘇珊・韓莉說著，將狄雷尼手中的杯子取走。「記得我嗎？蘇珊・韓莉？你喜歡我的頭髮。」

「我怎麼能忘記？」他很有風度的說。「妳自得其樂？」

「到處都是男同志，」她說。「你和小隊長是這裡唯一不搞同性戀的男人。」

「妳人真好，」他說，沒有諷刺意味。「畫呢？妳對那些作品有何看法？」

「艾瑪說……」她吃吃笑著，然後再開口。「艾瑪認為它們都很低級下流，全都是赤身露體的。艾瑪認為看來像是，你知道，色情圖片。」

「她真這麼想？」他笑著。「原來艾瑪有這種想法，那妳認為呢？」

「彼此包容吧，」她聳聳肩。

「我也有同感，」他告訴她。「很遺憾聽到麥蘭太太不欣賞她先生的作品。她也曾當過他的模特兒，不是嗎？」

「好久以前的事了，」蘇珊・韓莉說。「她變了。」

「如今她不喜歡裸體了？」

「呃，可以說喜歡，也可以說不喜歡，」蘇珊・韓莉含糊其詞。「不喜歡赤身露體的。不過，這種畫好賣，不是嗎？有錢賺誰會抱怨？」

「我不會，」他向她保證。

「你們在開玩笑吧？」傑克・達克問亞伯納・布恩小隊長。

「開玩笑?什麼玩笑?」

「你和組長說的那些話。說我是嫌犯。」

「噢，那件事，」布恩說。「不，我們不是開玩笑。貝拉．莎拉珍聲稱她那個星期五的中午是和你在樓上沒錯，不過她睡著了，她說。所以她無法發誓你在一點半到兩點那段時期一直都在。她不知道你在做什麼。」

達克的臉色蒼白，臉頰上的坑坑疤疤更顯眼了。他的嘴巴張開再闔起。

「她……」他欲言又止。

「噢，沒錯，」布恩說，點點頭。「她什麼也不記得了。」

他笑著走開了。

「我和泰德．麥蘭聊過了，」蒙妮卡說。「至少我試過了。」

「結果呢?」組長問。

「毫無所獲，他只是不斷的抱怨。你有沒有注意到那條繃帶?」

「什麼繃帶?」

「哈，」蒙妮卡得意洋洋的說。「我當刑警比你能幹。」

「我否認過這一點嗎?」他說。「什麼繃帶?」

「泰德的手腕。」

「哪隻手？還是兩手？」

「左手的手腕，在袖口下。」

「原來如此，」狄雷尼說，冷笑著。「那孩子偏愛鋒利的刀刃。」

「或許是意外，」蒙妮卡說。

「或許是內疚，」組長說。「我會找泰德及艾瑪問問，不過我現在就能知道由他們身上可以問出什麼來：什麼都沒有。」

令他感到不快的不是大麻，他以前也聞過大麻。香水味與除狐臭的體香劑，他能夠辨識也能接受；是別的味道，不是氣味，而是氣氛，是瀰漫在空氣中的喧嘩談笑聲。

或許是他們對維多・麥蘭的作品視若無睹，或是冷漠的爭論這些畫作的價碼。他瞥見泰德・麥蘭孤寂的身影就站在精明的朱立安・賽門身旁，他也想起了那孩子曾經說過：藝術界是上下倒置的金字塔。眼前這些光鮮耀眼的奢華場面，全都出自於一個窮畢生精力從事創作的孤寂藝術家，在金字塔的底部遭人嘲弄。如果可能的話，這些人寧願希望藝術不是出自於個人的煎熬，或許可委由工廠生廠或由電腦代勞。任何他們可以了解及掌控的。至於瘋狂的天才，則會讓他們畏縮；接受這種藝術會貶低他們的身分。他們藉著別人的才華及煎熬而獲取榮華富貴，然後又藉著蔑視他來掩飾他們自己的嫉妒及貪得無厭。

那就是他聞到的氣息：滿臉鄙夷的吸血鬼所散發的貪婪氣味。他們的不屑瀰漫在空氣中，他們對牆上那些飽受煎熬、引人入勝的畫作置之不理。他們什麼都知道，可是他們也什麼都不懂。這群囂嚷笑鬧、厚顏無恥的群眾，使他想起了聚集在旅館篷架下方的酒鬼，他們抬起蒼白的臉及濕潤的嘴唇往上大叫：「跳下來！跳下來！」

狄雷尼與布恩站到一旁，交換心得。

「我們得再去一趟南亞克，」組長說。「朵拉在等一筆錢。『很多錢，』她說。錢從哪裡來？誰給的？她並沒有繼承權。」

「她們是開車過來的，」布恩說。「吃午餐及晚餐時。艾蜜莉沒有這麼說，不過我知道。天啊，真是一團混亂。」

「不，」狄雷尼說：「不是一團混亂，只是理不出頭緒。完全沒有模式可以依循。我們——」

這時候一聲尖叫引發一陣騷動。群眾湧向吧檯，尖叫聲此起彼落。然後是笑聲，叫聲。

「搞什麼鬼，」狄雷尼說。「咱們過去瞧瞧。」

人群摩肩接踵，他們又推又擠的，左躲右閃，勉強擠到吧檯邊。每個人都在高聲喧嚷，激動興奮，眼中漾著光采。

「他揍她，」一個男人高興的說。「打在臉頰上，她整個人跌入潘趣酒的大桶子裡。我親眼目睹的。」

太正點了。」

布恩抓住他的肩膀。

「誰？」他厲聲說道。「誰揍誰？」

「誰，」那男人說。「傑克・達克揍貝拉・莎拉珍，就打在臉頰上。我看到了。將她打得一屁股撞翻了茶壺。太帥了！這場酒會真夠味！」

狄雷尼按住布恩的手臂。

「我們別插手，」他湊到小隊長的耳邊說著。

「是我挑起的，」布恩露齒而笑。「我告訴他，她出賣了他。」

「好，」狄雷尼點點頭。「或許我們應該再去拜訪他們兩人。這次只聽就好。我們去找回我們的女伴，該回家了。我受夠了。」

「看完畫了，組長？」布恩問。

「一部分，過幾天可以好整以暇的欣賞時我會再來。一個人。」

他們在布恩的車內坐了一陣子，討論當晚所發生的事，回報各自的所見所聞。狄雷尼組長與小隊長專注的聽著蒙妮卡與蕾貝嘉敘述她們對所遇到的人的看法，包括容貌、禮儀、服裝、風格等。

「艾瑪・麥蘭怎麼樣？」狄雷尼問。「那個遺孀？」

「什麼怎麼樣？」蒙妮卡說。

組長設法說得委婉一點。「她是不是──嗯──喜歡──呃──女人？」

兩個女人互看了一眼，一陣爆笑。

蒙妮卡握住她老公的手。

「你有時候真是老古板，」她說。「她是不是同性戀？你想知道的就是這一點？」

「是的，」他鬆了一口氣說道。

蒙妮卡想了一下。

「有可能，」她說。「蕾貝嘉，妳有何看法？」

「依我看她應該是，」蕾貝嘉點點頭。「她本人或許不知道，不過她是。至於索爾．杰特曼則是個男同志，很明顯。貝拉．莎拉珍是個冷酷無情的賤人，我很高興她挨揍了。傑克．達克是個十足的瘋子。不過真正嚇到我的是泰德．麥蘭。」

「怎麼說？」布恩問。

「受壓抑的暴力，」蕾貝嘉說。「他快崩潰了。你們有沒有注意到他的指甲？都咬到快見到肉了。」

「妳們兩位有遇到那對母女嗎？」

「我沒有，」蕾貝嘉說。

「我碰到那個女兒，」蒙妮卡說。「寂寞的女孩。不過在那身肥肉之下有強烈的衝勁與企圖心。」

「夢想？」狄雷尼問。

「絕對有，」蒙妮卡說。「遠大的期望。她一直看著其他女人的穿著，然後說：『我喜歡那一套，我也要去買那種衣服。』我問她什麼時候，她說：『快了。』她知道她要的是什麼。」

「有趣的夜晚，」組長說。「我們回家吧。兩位要不要跟我們喝杯咖啡以及……？」

「以及什麼？」蕾貝嘉問。「我今晚攝取太多熱量了。」

「以及什麼都沒有，」蒙妮卡說。「不對，等一下，冰箱裡有蛋糕。」

「那就行了，」狄雷尼說。「烤蛋糕，勉強可以接受。我們就邊吃邊討論案情。」

他們必須將車子停在將近一個街區外，再散步走回狄雷尼的住處，兩位男士在前，兩位女士在後，幾個人全都聊個不停。

兩位男士走上台階，仍在交談，狄雷尼組長取出他的鑰匙。還剩兩階時，他突然停下腳步。布恩沒有留意，朝他身上撞了過去。他低聲道歉，然後停了下來。他也看到了。

前門，古色古香的橡木門，拉開了幾吋的縫隙。走道的光燈射了出來。鎖頭及門把附近有刮痕、凹痕、裂痕。門被硬生生打破，有一片木塊掉在台階頂層。

「留在這裡，」狄雷尼告訴布恩。

狄雷尼走回人行道。兩位女士剛要走過來，狄雷尼阻止她們。他站在蒙妮卡面前，挽住她的手臂。

「聽我說，」他以冷峻的語氣說。「照我的吩咐做。」

「艾德華，怎麼——」

「聽好。有人破門而入，門被撬開了。」

「孩子們！」她哭了出來。他將她再抓緊一點。

「我要妳和蕾貝嘉慢慢走到隔壁的派出所。不要用跑的，不要尖叫或大喊。到警察局裡面去，告訴值班員警妳是誰。告訴他發生了什麼事，叫他派幾個人過來，能找多少人就調多少人。了解嗎？」

她木然的點點頭。

「告訴值班的員警布恩和我要進門。那很重要。我們兩人都在屋子內，務必要讓值班的員警跟他派過來的人都知道。我不希望他們一進門就胡亂掃射。妳了解嗎，蒙妮卡？」

她再度點點頭。蕾貝嘉往她靠近了些。狄雷尼則退開來。兩個女士勾著手臂。組長勉強朝蒙妮卡擠出一絲笑容。

「好了，」他說。「快去吧。」

她躊躇了一下。

「沒事，」他向她保證。「去找救兵吧。」

兩個女士轉身。狄雷尼望著她們回頭朝警察局緩緩走去，然後他再回去找布恩。他們靜悄悄的緩緩走上台階的最頂層。他們站在門口靠鉸鏈的那一側。

「你有帶傢伙？」布恩低聲說。

狄雷尼搖搖頭。

小隊長由西裝外套後方的槍套掏出他的左輪手槍。

「後院有出入口？」他低聲問。

「封死了，」狄雷尼說。「庭院，沒有通道。」

布恩點點頭，將保險栓推開，往下蹲伏。

「你待在這裡，」他說。「我會俯身衝進去。離門遠一點，長官。」

狄雷尼沒有回答。布恩調整好姿勢，壓低身體，一個箭步往前衝，以肩膀朝門撞過去。門應聲被撞開，碰到牆壁後再反彈回來。

這時小隊長已經進門了，他趴伏在地上，翻了個身，靠在牆邊。雙手握著槍往前比畫。

什麼都沒有。沒有聲響，沒有動靜。

「我要進門了，」狄雷尼叫道。「樓上。沿著走道。二樓右側。我的槍在那邊。你帶路，我會緊隨在後。準備好了？上！」

他們衝了出去，布恩三步併兩步奔上樓，狄雷尼也跟了上去，沿著走道前往半開的臥室門口。

布恩再度一個翻滾衝入房內，擺妥架勢。沒多久狄雷尼也進來，飛快將燈打開，匆匆掃視一眼。什麼都沒有。他拿出鑰匙，將床邊茶几內放置裝備的抽屜打開，取出他那把組長專用的點三八手槍。很笨重的一把槍，有兩吋的槍管。他將保險栓撥開。

「你，」他告訴布恩：「查樓下及地下室。將所有的燈打開，一直開著。各個角落都要查——櫥櫃、簾子後面、沙發底下……全部清查一遍。小心分局派過來的人。」

小隊長點點頭離去。

狄雷尼沿著走道前往兩個女兒的臥室，槍枝比在前頭。他抬頭挺胸，成為一個醒目的槍靶，不過他不在乎。他的胃部因憤怒與恐懼而絞痛，口中有胃酸的味道。

她們的房內燈亮著。他持槍進門，沒有蹲伏。這一刻，他可能會開槍，他很清楚這一點。

房內空無一人。床鋪亂成一團，毛毯與床單凌亂的擺著。組長緩緩轉身，單腳跪著俯身探視床下。他將簾子撥開，走入浴室。空無一人。

他再回到臥室。櫥櫃裡有聲音。微弱、嗚咽的啜泣聲。他站在一側，握住門把，猛然將門拉開，槍擺在身體前面。

瑪莉與希薇雅蜷縮在掛著的衣服後面。她們互相擁抱著，抽噎著。她們抬頭看他，瞪大眼睛眨個不停。

他長吁了一口氣，跪下來將她們摟入懷中，跟她們哭成一團，將她們又親又抱的。三個人全都淚流滿面，抹著淚濕的面頰，全都一起開口，抽噎著。緊抱著彼此，相互輕撫著。

他聽到有腳步聲奔上樓梯，沿著走道過來。然後是蒙妮卡絕望的呼喚：「艾德華！艾德華！」

「這裡！」他回應，笑著將兩個孩子摟在懷中。「我們在這裡。沒事了，沒事了。」

一個小時後，整個房子已徹底搜查了兩次。找不到闖入者留下的任何蛛絲馬跡。分局派來的人走了，他們對竟然有人敢在太歲爺頭上動土，挑警察局旁邊的住家破門而入，不禁悲哀的搖頭。

狄雷尼組長堅持自己要將房內的每一個角落再查一遍，包括閣樓、地下室、後院。恐懼感消失後，憤怒隨之而起。最難受的是那股厭惡感，知道自己的家、神聖不可侵犯的殿堂、個人最隱祕的天地，竟然被人強行闖入。那就像一個陌生人將手擺在你的身上，撫摸你，毛手毛腳。最令人費解的是，自己竟然為此而感到羞恥，彷彿自己也參與了劫掠。

兩個孩子經過一番安撫，冷靜下來之後，述說了一則離奇的故事。她們已經就寢，什麼都沒聽到。不過隨後她們臥室內的燈被打開了，一個人站在門口。他戴著一個網狀的滑雪面罩。瑪莉認為他很高，希薇雅則認為他很矮。她們都同意他穿著一件雨衣，手中不知拿著什麼東西。好像是一根鐵棍，不過有一端是扁平的。

那個闖入者命令她們進入衣櫥內，他說他會待在她們的房間，如果她們走出衣櫥或發出任何聲響，他就要殺了她們。然後他將衣櫥的門用力關上。她們蜷縮在一起，嚇壞了，眼淚流個不停，動也不敢動。

蒙妮卡與蕾貝嘉氣壞了，將兩個孩子安頓到床上。她們與兩個孩子坐在燈火通明的臥室裡。狄雷尼組長與布恩小隊長回到廚房內，神經緊繃。這時已經將近凌晨兩點了。他們喝了杯遲來的咖啡，吃了點蛋糕，端著杯子的手顫抖著。他們討論「為什麼？」因為顯然沒有什麼東西遭竊。擺在醒目位置的物品——收音機、電視、銀器——都原封不動。沒有什麼東西遭到破壞，沒有掉了什麼東西。

蕾貝嘉臉色蒼白的進入廚房，聽到他們討論的最後一段內容。

「或許他被嚇跑了，」她緊張的說。「他破門而入，將孩子們關進衣櫥。這時有警察由警察局內出來，或是他看到警車停在附近，或者他聽到警笛聲。所以他就落荒而逃。」

「有可能是這樣，」布恩小隊長緩緩說著，望向狄雷尼。「一個慣竊，一時技癢而不顧一切。」

「或許是如此，」組長說，感覺篤定了些。「也許是一個毒蟲想要撈點東西買毒品，他只是隨便挑中他遇上的第一戶住家。我們比較倒楣。他破門而入，然後受到驚嚇落荒而逃。沒有傷害兩個孩子，這是我們運氣好。然後他又去找其他住家了。我明天查查看，也許這個街區內有其他住家也遭竊賊光顧。」

他們全都不相信這種說法。

蕾貝嘉默不作聲，她縮著身體坐著，雙手合著夾在兩膝之間。狄雷尼覺得她的氣色很差。

「我想喝杯白蘭地會有幫助，」他熱心的說。「喝一小口老酒。」

蕾貝嘉抬起頭。「我會端上去給蒙妮卡，也端杯溫牛奶給孩子們。」

組長起身，走入書房。然後他看見了。這一個小時來他已經三度進出這個房間，這時他才發現。他再回到廚房內找其他人，堅持要他們到書房裡去，然後指著他那空蕩蕩的地圖板。

「原因就在此，」他說。「我們在麥蘭的畫室內找到的那三幅素描，以及傑克．達克畫的那個年輕模特兒肖像。他就是衝著這幾幅畫來的，他也只拿走這幾幅畫。」

「天啊，」布恩說。

14

狄雷尼組長在星期六上午坐在書房內讀著《紐約時報》，耐心的等候著，打算在九點時打電話到伊伐·索森副局長家中。不過他自己的電話在八點四十五分就響了。

「我是艾德華·X·狄雷尼。」

「艾德華，我是伊伐。我剛聽說府上出狀況了。我的天，就在警察局隔壁！你們沒事吧？蒙妮卡？孩子們？」

「大家都很平安，伊伐，謝謝。沒有人受到傷害。」

「那就謝天謝地。他們偷走了什麼東西？」

狄雷尼告訴他，隨後是一陣沉默。然後……

「你有何看法，艾德華？」

「可能只是看中了麥蘭最後遺作的價值。不過我對此表示懷疑，他們也拿走了達克的畫。我想應當就是凶手，或是凶手雇用的人。布恩向你報告過了嗎，伊伐？」

又是一陣沉默，然後：「是的，他報告過了，艾德華。我不想麻煩——」

「沒關係。至少我不必說得太詳細。竊案是杰特曼畫廊正在舉行麥蘭遺作展的酒會時發生的。他們全都在場——每個與此案有關的關係人。不過當時場面很混亂，伊伐。他們當中任何一人都有可能溜出去，叫部計程車到這裡來，竊走那幾幅畫，然後在半小時內回到酒會中。或者是雇人來偷。」

「風險很大，艾德華。就在警察局隔壁？」

「當然，風險很大。因此想必很重要。我想我們所期待的事是真的：那個西班牙裔女人和那個少女在那個星期五看到了凶手。如果不是在畫室附近，就是在畫室內，或許是在樓梯上。凶手看到了那些素描，才想起了那兩個女人，也認為她們或許可以指認他。所以他將那些素描偷走，認為這樣一來我們就沒有機會找到目擊證人了。但他萬萬沒料到我已經先拷貝，他也沒料到傑森警官在星期一曾見過那兩個女人。」

「誰知道有那幾幅素描？」索森問。

「他們全都知道，」狄雷尼說。「朵拉跟艾蜜莉．麥蘭除外，但是她們也可能已聽其他人談起了。」

「提起朵拉及艾蜜莉．麥蘭……」索森說。「我有消息要提供給你，『可能』很重要，也可能毫無用處。邦斯．蕭賓的助理來電，說朵拉人在醫院裡。艾蜜莉今天上午發現她躺在一個斷崖下，就在她們那棟房子的後方。」

「我知道那個地方。通往河道的一個陡坡。」

「跌倒或被推下去的，提供消息的那個人不知道。反正，那位女士手摔斷了，膝蓋韌帶撕裂傷，遍體鱗傷。」

「我在杰特曼的酒會中見到她時，她喝得醉醺醺的。」

「艾德華，那場派對想必是燈紅酒綠，紙醉金迷了。」

「沒錯。」

「那麼她是失足跌倒的？」

「不見得，」狄雷尼說，想起了布恩回報他曾看到杰特曼與朵拉及艾蜜莉・麥蘭交談的情景。「也許有人輕輕推了她一把。」

索森嘆了一口氣。「我會要求南亞克警方調查一下。我們隨後要如何繼續偵辦？」

「我正想打電話告訴你，」狄雷尼說。「以下是我們需要的支援……」

他滔滔不絕說了將近五分鐘，詳細解釋他為何提出這些申請。他說完後，索森一口答應。

傑森・T・傑森將暫時卸下巡街勤務，調派來參與偵辦麥蘭案。他的第一項任務就是與警方的特約藝術家合作，畫出他所見到的那個西班牙裔婦人與少女的肖像。這些畫的影印本將會分發到曼哈頓的各分局，註明要求「留置偵訊」。

「報社及電視台呢？」索森問。「那會有幫助的，艾德華；也向邦斯・蕭賓證明，我們正積極偵辦而且已有進展。」

狄雷尼想了一下。

「好吧，」他最後說道。「這樣做的風險是凶手會比我們早一步找到那兩個女人，殺人滅口。不過我願意冒這個風險，那可以讓凶手方寸大亂，或許在慌亂中會做出什麼蠢事。依我看，他到目前為止還沒犯下任何錯誤。我們就讓他或她有機會忙中有錯。南亞克的銀行情況如何？」

「我正在想辦法，艾德華，真的。不過得花點時間，這你也很清楚。我希望星期一能有消息。」

「那就行了。如果他們不肯配合，我們就得申請法院的強制令，那會令邦斯．蕭賓大動肝火。」

「有那麼重要嗎？」

「是的，」狄雷尼組長堅持的說。「有那麼重要。」

「好吧，鐵卵蛋，」索森嘆了口氣。「這也不是我第一次為了你而被叮得滿頭包了。」

「沒讓你被叮到腦袋開花吧？」

「沒有，」索森笑道。「還沒有。布恩情況如何？」

「不錯。」

「沒再酗酒？」

狄雷尼遲疑了一下才說：「就我所知，沒有。」

索森一掛上電話，狄雷尼就立刻打給布恩，告訴他情況。

「傑森二號由你負責，」他告訴小隊長。「星期一上午立刻帶他去找警方的肖像畫家，將我交給你的那些拷貝也帶著。如果那個肖像畫家畫得不像，就拿拷貝去找達克，叫他再畫另一個女人的肖像。」

「他應當會樂於合作，」布恩說。

「我看應該會，」狄雷尼就事論事的說。「即使他就是偷走麥蘭原作的人。他不知道我們手上有拷貝，如果你去找他，留意他在看到那些拷貝時的表情。他的反應想必會很有意思。」

「好的，」布恩說。「還有別的事嗎？」

「最好確定傑森二號知道應該如何行動。星期一上午我會將麥蘭常出入的場所列成清單，你要前往市中心時可以順便過來拿。我想目前就這些了。」

「組長，傑森二號應該穿制服或便服？」

「由你決定，」狄雷尼說。「也由他自己判斷。看看哪種方式能得到最好的結果。還有，動動腦筋看看我們要如何查出瑪莎的住址，就是麥蘭老家的那個管家。如果一切順利，我們下個星期五就可前往。」

一切處理妥當後，狄雷尼小心翼翼的將《紐約時報》上刊登維多．麥蘭紀念展酒會的報導剪下來。標題寫道：「酒會追思遇害藝術家」，報上登出一幀杰特曼的小幅照片，以及一幀貝拉．莎拉珍的大幅照片，照片中她就站在麥蘭的一幅油畫旁邊。她硬梆梆、銀白色的苗條軀體與畫中的豐滿裸女形成強烈對比。圖說上頭提到「貝拉．莎拉珍，知名的藝術贊助人……」狄雷尼悶哼了一聲。

瑪莉與希薇雅即將在星期一去參加夏令營，蒙妮卡和兩個孩子趁著出發前到布魯明黛公司採購必備用品。窗戶敞開著，一絲和風輕輕拂過。這是六月初一個風和日麗的日子，也是令人心曠神怡的好時節：無垠無涯的蒼穹、淡淡的雲朵、灰濛濛的太陽、空氣中飄散著翠綠與渴望的氣息。

狄雷尼細細品味這靜靜獨處的悠閒，思忖著現在喝杯冰啤酒是否太早了，想想覺得是早了點，因此將麥蘭案的官方文件檔案夾拿到書桌，坐下來準備將麥蘭到過的酒吧、餐廳、夜總會，以及其他的公共場所列成清單。如此傑森．T．傑森便可……

不過，就像他在偵辦其他案件時一樣，他發現自己再度埋首研讀那些檔案資料。他倒不是期待能發現先前沒注意到的，而是這些文件總會令他痴迷。狄雷尼組長想著，簡明扼要的警方文件有如洋蔥，一層層的剝開，越剝越小，直到最後只剩一個小小的白色核心，可以用拇指與食指捏住。而那又是什麼？真相？別抱持這種希望。千萬別懷有這個冀盼。

他的眼光第三度落在法醫的驗屍報告。在「附註」這一欄內——會令人忽略的一個標題——他讀到其中提到肝臟腫大；手臂曾受傷，正常痊癒；肺部曾有舊疾，正常痊癒；或許麥蘭年輕時曾心律不整，正常痊癒。接著法醫像是若無其事的補上一筆：「可能有多重性肌肉組織炎。」

狄雷尼眨眨眼，讀完這一段再將文件收妥。

他自從接手偵辦麥蘭案迄今，已經寫了六本隨身筆記本（他猜布恩小隊長也差不多）。他做事一向有條有理，在每一本筆記本的扉頁都編列一頁的綱要，如此他想要查資料時就可以一目了然。因此他沒有花多少時間就找出他第二次偵訊艾瑪．麥蘭時的筆記本，也查出了麥蘭家的家庭醫師姓名。

狄雷尼寫下：艾倫．赫羅茲醫師，隨後又再加了個「巷尾」，意指那個醫師的辦公室位於東五十八街麥蘭家的那個街區。

他拿出一具放大鏡，在曼哈頓區的電話號碼簿中查出艾倫・赫羅茲醫師的電話號碼。他撥電話過去，當天是星期六，接線生請他留話，狄雷尼毫不猶豫就告訴她要掛急診，是攸關生死的警方刑案，請赫羅茲醫師立刻回電。

他才剛坐穩，將當天第一支雪茄的包裝紙拆掉，電話鈴聲已經漫天嘎響。他覺得連電話鈴聲似乎都充滿了怒氣，不過那或許是事後的印象——在他聽到赫羅茲醫師的聲音之後。

「搞什麼東西？」醫師聽到狄雷尼報上姓名後質問。「什麼狗屁急診？什麼攸關生死的急診？你在搞什麼東西？」

「醫師，醫師，」狄雷尼設法安撫他。「那『確實』是急診，攸關生死，也確實是警方的刑案。那關係到你的一個病人。他的名字是——」

「你是頭殼壞了還是怎樣？」赫羅茲醫師質問。「醫病關係是有法律免責權的。你不知道嗎？我不會向你透露與我的任何病患有關的任何資料。」

狄雷尼組長深吸一口氣。「這是一個『已故』病人，」他朝赫羅茲醫師吼回去。「你沒有什麼操他媽的免責權，沒有權利拒絕向警方提供一個死亡病患的資料。」

「誰說的？」醫師也不甘示弱。

「法院說的，」狄雷尼咆哮道，然後靈機一動，信口胡扯。「一個接一個的案例——最近的一件是強森槓上了紐約州政府——法院認定醫護人員，無論是依據法令規定或按照先例，都無權拒絕向執行公權力的警官提供已故病人的病歷資料。」

受過高等教育的人那麼容易受騙，真令人訝異。

「你說的是哪一個病患？」赫羅茲醫師心有不甘的說。他不再大吼大叫了。

「維多．麥蘭。」

「噢……他。」

「對，他，」狄雷尼冷冷的說。「我只佔用你五分鐘。你難道就不能由你打高爾夫球的時間中抽出五分鐘？」

「高爾夫！」赫羅茲醫師咬牙切齒的說。「很好笑，我快笑翻了。不妨告訴你吧，親愛的狄雷尼組長，我目前正在羅斯福醫院，處理一個奄奄一息的孩子。是什麼病？沒有人知道。或許是急性腦膜炎。什麼高爾夫球！」

「我如果立刻趕過去，你能撥出五分鐘給我嗎？」

「不能等到星期一？」

「不行，」狄雷尼說。「等不及了。我只要五分鐘。我半小時後可以趕到。」

「你既然都要來了，我能說不嗎？」赫羅茲醫師說。

狄雷尼將這句話當成是已經默許了，於是掛上電話，拿起老花眼鏡與筆記本匆匆出門。

艾德華．X．狄雷尼對所有的醫院都沒有好感，不過對羅斯福醫院卻格外感冒：他的第一任妻子芭芭拉就是在這家醫院病逝的。他承認，要一棟建築物為此負責，是很不合理的，不過他就是有這種感覺。他知道如果萬一他因任何傷病被送到羅斯福醫院，他對前來診治他的醫護人員的第一句話將是：「送我到西奈山，他媽的。」

他終於在醫師休息室內找到赫羅茲醫師，那是一個死氣沉沉的小房間，有一部電視，一張長沙發及兩部扶手椅，都鋪著橘色塑膠椅套，有一張牌桌及四張摺疊椅，就此而已。

赫羅茲醫師身材矮小，大約比狄雷尼矮了一個頭，不過年紀相仿，或許更老些。他有一張歷盡滄桑、世故的臉孔。他戴著鋼絲邊眼鏡，頭上有一圈馬蹄型的白髮，不過頭頂大部分都已禿光了，只剩長著褐色老人斑的皮膚。他穿著一件白色的醫師袍，脖子下懸垂著一個口罩。他沒有握手，狄雷尼站得離他遠遠的，在房間另一頭。

「你好大的狗膽，」醫師怒氣沖沖的說。「維多・麥蘭有什麼屁事那麼重要，不能等到星期一？」

「你曾替他治療刀傷嗎？」狄雷尼問。「手臂處？」

「沒有。這就叫急診？攸關生死？」

「不止如此，」狄雷尼說。「驗屍報告提到『可能有多重性肌肉組織炎』。」

「可能，」赫羅茲醫師不屑的說。「說得好。我喜歡。」

「你知道？」狄雷尼問。

「知道？我當然知道。他是我的病人，不是嗎？」

「那是什麼病——多重性肌肉組織炎？」狄雷尼問。「像是黏液囊炎或是關節炎之類的？」

「噢，當然，」赫羅茲醫師說。「就是那類的，就如死亡像是昏倒一樣。」

狄雷尼凝視他許久，搞不懂他想說什麼。

「死亡？」他說。「你是說這種病會致命？」

「維多·麥蘭已是末期了。如果不是先遭人殺害的話，也會因為這種病而死亡。」

狄雷尼倒退了一小步。

「末期？」他沙啞著聲音複述一次。「你確定？」

赫羅茲醫師嫌惡的舉起手。

「你何不去找醫師評鑑會來調查我？」他嘲弄道。「我確定嗎？你想調閱麥蘭的病歷？你想閱讀檢驗報告？腎上腺皮質類脂醇療法為何失敗？你要另外兩位醫師的意見——」

「好啦，好啦，」狄雷尼忙不迭的說。「我相信你。他罹患這種病多久了？」

赫羅茲醫師思索片刻。

「或許有五年了吧，」他說。「我得查閱他的病歷才能確定。」

「他原本還能活多久？」

「他原本應當在一年前就嗚呼哀哉了，那個人的體質壯得像頭牛。」

「他如果沒有遇害，應該還能活多久？猜猜看，醫師。我不會請你出庭作證，我也不會列入紀錄。」

「猜?或許一年吧，頂多兩年或三年。這一科並不精密，你知道。每個人的情況不同。」

「他知道嗎?你告訴過他?」

「他快死了?當然，我告訴過他。」

「他有何反應?」

「他大笑。」

狄雷尼盯著醫師。

「他大笑?」

「沒錯。有什麼不尋常的?有些人哭，有些人情緒崩潰，有些人毫無反應。每個人都有不同的反應。

麥蘭大笑。」

「他是否曾向任何人提起他快死了?」

「我怎麼會知道?」

「不過你自己從來沒有告訴過別人嗎?例如，他的妻子?」

「我從來沒有向任何人透露。只告訴麥蘭。你的五分鐘到了。」

「好吧，醫師，」狄雷尼組長說。「感謝你的時間。」他轉身離去，在通往走道的門打開時停了下來，轉過身。「你提到的那個孩子情況如何了?」

「大約二十分鐘前過世了。」

「真遺憾，」狄雷尼說。

「*Zol dich chapen beim boych*！」（譯註：此為意第緒語，意思是「你應該得胃痙攣」）

「*Zol vaksen tsibelis fun pipik*！」艾德華．X．狄雷尼說，令赫羅茲醫師一臉驚訝。（譯註：上文意第緒語的意思是「從肚臍長出洋蔥」）

狄雷尼組長立刻到大廳內的一座公共電話亭，查索爾．杰特曼的電話號碼。杰特曼在家，狄雷尼聽得出來，他在這種風和日麗的六月午後接到警察的電話，顯然不是很開心。不過他同意與狄雷尼見面，還邀狄雷尼到他的住處。原來杰特曼的住處在東區另一頭，在新落成的高樓中的一棟，俯瞰東河與布魯克林區。狄雷尼叫了一部計程車，也總算可以將他在一個小時前就打算享用的雪茄拿出來。計程車內有一張貼紙，上頭寫著：「請勿吸煙。駕駛過敏。」不過狄雷尼照樣點火，運匠也不出聲，那是明智之舉，狄雷尼目前正一肚子氣。

狄雷尼曾告訴過布恩小隊長，他想前往杰特曼的住處見識一下，他相信要判斷一個人的性格，最好的途徑就是瞧瞧他的住家。那是人們摘下他們偽裝面具的一個祕密天地，那可顯露出他的品味、癖好、需求與欲求、優點與缺點。如果一個人坐擁書城，你就得從中了解他的一些層面。那些書的書名可以讓你知道得更多；而如果「一本書也沒有」，同樣也會讓你知道得更多。

藉著觀察是否有無個人藏書可以很容易看出一個人的性格，不過狄雷尼組長也相信由牆上懸掛的畫作、地板上的地毯、桌上的煙灰缸，也可以加以研判。如果這些東西都是他的妻子或室內設計師幫他挑的

——那也顯露出了他的某種性格，不是嗎？

不過狄雷尼感到興趣的除了地毯、畫作、煙灰缸或書籍之外，還有整個家中的氣氛。是冷冰冰又矯揉造作，或是溫暖而活潑開朗？是像屋主的思緒一樣紊亂，或是像他的心靈一樣恬靜？狄雷尼曾見過許多作奸犯科者住在旅館、出租套房、汽車旅館，他們漂泊不定的生活可以由他們作客般的環境看出一斑。狄雷尼也和大多數警察一樣，看過許多前科累累的人住在簡陋的家中，只有行軍床、櫥櫃、椅子。不是因為他們買不起更好的，而是因為他們在下意識裡就是要塑造出牢獄生活的氣氛，而且他們終究也會鋃鐺入獄。

藝術品業者索爾·杰特曼的住處位於一棟大樓第十七樓的東側。那棟大樓的主體是由淺綠色的磚塊打造而成，有一整排橫條狀的觀景落地窗。樓下大廳小而簡約，鋪了磁磚，唯一的擺飾是一座抽象的不銹鋼雕塑品。

狄雷尼估算，杰特曼的客廳應當有四十呎長二十呎寬。東側整面牆都是玻璃，兩端各有一扇玻璃門通往客廳外的一座陽台，長度與客廳相當，但寬度只有一半。有兩間臥室、兩間浴室、一間廚房兼餐廳由鋪著砧板的櫃子隔開。所有的房間都格局方正、通風良好，視野極佳。天花板較狄雷尼預期的高；地面是拼花地板。

真正讓狄雷尼感到心曠神怡的是房間內洋溢的歡樂氣息。房內有各式各樣的古董，擺在來自法國鄉間的松木架上。有令人目不暇給的銅器、黃銅器、白鑞器裝飾品。一張表層鍍鋅的餐桌架設在一座鑄鐵製的基座上；雕成女體模樣的磨光橡木柱子支撐著一座黑色的大理石餐具架；拼花地板上鋪著老舊的波斯地毯及土耳其地毯；椅套是色彩繽紛的格子花呢、紅白條紋布以及鮮艷的毛料。

全都一塵不染，光可鑑人，有如百貨公司的展覽區。狄雷尼沒有忽略了丟在雞尾酒餐桌上的藝術雜誌，那是「漫不經心的優雅」，刻意擺設得很不拘形式的書架，架上有幾本傾斜的藝術類書籍，有幾本則平放著，不過整體的佈置有條不紊，令人覺得賞心悅目，狄雷尼不曉得若不刻意經營，是否有任何藝術能夠渾然天成。

「真美，」他告訴杰特曼，杰特曼也熱心的引領他四下參觀，告訴他各件古董的年代（以及價碼），說明一件件精巧的小古董，要狄雷尼費心研究一張十七世紀的書桌，據說其中有六個祕密抽屜——不過杰特曼只找到五個——以及一組十八世紀的胡桃木雕製的書夾，將兩邊書夾組合起來，就成為一個老人在與一頭山羊在獸姦。

「對一個出身於艾薩克街的窮小子而言，混得還算不錯吧？」杰特曼笑道。「如今我只要將錢付清就行了。」

「這地方是你自己佈置的？」狄雷尼問。

「全都是我精挑細選的，」這位五短身材的藝術品業者自豪的說。「每件椅套、每條毛毯、每個煙灰缸——全部都是。我還在繼續蒐羅。我看到一些非買不可的，就買下，然後擺出來，並淘汰掉一些。否則這地方會像倉庫一樣。」

「哇，你真有一套，」狄雷尼告訴他。「這裡的每件擺設，我都希望我的家裡也能擁有。」

「真的？」杰特曼眉開眼笑的說。「你是說真的？」

「一點不假，」狄雷尼說，不曉得杰特曼為什麼需要人再三保證。「品味絕佳。」

「品味！」杰特曼大叫著環顧四周，眼中綻放光采。「沒錯！我既不會演奏小提琴，也不會繪畫，所以我的創作天份就只有藉此發揮了。」他低頭看著一座迷人的松木櫃，任指尖輕輕滑過櫃子表層，櫃子的抽屜與拉門都以黃銅器打造而成。「我喜愛這個地方，」杰特曼喃喃說道。「我喜愛這地方。聽起來滿愚蠢的，我知道，不過——」他忽然停下來，抬起頭，朝狄雷尼笑了笑。「好吧，」他活力十足的說著，摩挲著雙掌：「要我幫你倒點什麼飲料？葡萄酒？威士忌？」

「有啤酒嗎？」狄雷尼問。

「啤酒。我當然有啤酒。海尼根，怎麼樣？」

「正合我意，謝謝。」

「隨便坐，我馬上回來。」

狄雷尼挑了一張位於房間後方的高背安樂椅，面對一扇寬敞的玻璃。他坐定下來，這才發現陽台上竟然有兩個人，坐在一張白色鑄鐵製的桌子旁的白色鐵條椅上。狄雷尼嚇了一跳。他剛才沒有看到他們，杰特曼也沒有提起他有訪客。

那兩個男士，其實還是年輕小伙子，穿著幾乎一模一樣的短袖白襯衫、白長褲、白運動鞋。他們懶洋洋的坐在椅子上，不是面對面坐著，而是各自轉過身望著底下的車水馬龍。

白色的桌面上有一瓶玫瑰葡萄酒，泡沫在陽光下瑩亮發光。狄雷尼望著他們，兩個年輕人緩緩端起水晶杯啜飲著。隔著米黃色的透明紗窗，那幅景象有如英國愛德華七世時期的園遊會，祥和愜意，讓人難以忘懷，凍結在一幀泛黃的老照片中，褪色了，感光乳劑龜裂了，邊角彎曲或不見了，可是那個時空像一場記憶猶新的夢境般捕捉了下來：慵懶的青春歲月，遍地陽光，輕風拂面，永不止息的一天。

「真抱歉，」他在杰特曼回來時說：「我不知道你已經有客人了。」

「噢，只是附近的兩個小男生，」杰特曼開心的說。「路過此地順便掠劫我的私藏美酒。」

他以一個銀質托盤端著那瓶已開瓶的啤酒，盤上還有一只有鬱金香圖案的酒杯。杯子已冰過了，杯面上覆著一層霜。

「這是用一種電器設備做出來的效果，」杰特曼笑著說。「急速冷凍。滿蠢的，不過看起來不錯。」

「喝起來也比較美味，」狄雷尼說著，倒了杯啤酒。「你自己不喝？」

「暫時不喝。好吧，我能幫什麼忙，組長，還有問題要問？」

杰特曼坐在一張俱樂部椅子的扶手上，側著一個角度面朝狄雷尼。他背向窗戶，臉在逆光的陰影中。他穿著淡灰色的法蘭絨長褲，白色的高領毛線衣，鹿皮鞋閃著寒光；沉甸甸的金手鐲在陽光下顯得非常醒目，不過狄雷尼看不出杰特曼在他的畫廊時那股旺盛的活力。沒有重重的落坐在椅子內、抬頭挺胸、比手畫腳；沒有敲打手指頭或撫弄額際的灰褐色髮梢。杰特曼似乎從容不迫，泰然自若。狄雷尼想，那是因為他是在自己家裡。

「是的，還有些問題要問，」組長說。「不過我要先感謝你邀請我們參加酒會。我們玩得很開心。」

「很高興能夠賓主盡歡。」杰特曼露齒而笑。「有沒有看到今天早上《紐約時報》的報導?太精彩了!當然貝拉與達克的表現失態了，不過一場藝術展覽如果沒有至少打上一架，就稱不上是成功圓滿。人山人海的，你有看到那些畫作嗎?」

「沒能看得盡興。我想找個時間再回去欣賞。」

「當然，隨時歡迎，至少會展出一個月。我們要收門票，捐給慈善機構。不過你到時通知我一聲。」

狄雷尼對他的建議揮揮手，表示無所謂。

「那些畫賣得好嗎?」他問。

「好極了，」杰特曼點點頭。「大都賣出去了。只有幾幅還在待價而沽，不久就會搶購一空。」

狄雷尼環顧這個雅致的房間。

「你沒有任何麥蘭的作品?」他說，像問題也像敘述。

「買不起，」杰特曼笑著說。「更何況，將自己所代理的藝術家作品留在家裡對業務不利，買家會懷疑你將最好的留給自己。當然，那是事實。」

狄雷尼將他那杯結霜的杯子端向陽光，欣賞琥珀色的啤酒光暈。他開懷暢飲了一大口，然後將杯子捧在兩手中，以杯緣輕輕敲打著牙齒。

「你知道他不久於人世?」他問。

這時他首次聽到陽台上傳來微弱的笑聲。兩個年輕人端著酒杯站在欄杆旁，俯瞰著東河。他轉回頭時，看到杰特曼已經由椅子的把手滑坐入椅子內，側坐著，他的腿翹在另一邊的把手上。

「是的，」他告訴狄雷尼：「我知道。」

「你沒有告訴我們，」組長淡淡的說。

「這……」杰特曼嘆了口氣：「那不是一般人喜歡談起的話題。此外，我也看不出來那對找出凶手有什麼幫助。我是說，有什麼幫助？」

狄雷尼又喝了一口啤酒。他決定，以後他也要將杯子冰過了再喝。

「可能有幫助，」他說。「只是有可能。我不是說那可以解釋別人的行為，不過或許有助於說明麥蘭的言行。」

杰特曼看著他片刻，然後搖搖頭。「我恐怕是聽不懂。」

「醫師說當他告訴麥蘭他已經罹患不治之症時，麥蘭大笑。這一點我相信。那符合我們對麥蘭這個人性格的了解。不過我不在乎他多麼強悍、多麼憤世嫉俗，或是酒鬼一個。聽到這種事難免會改變他的生活，他僅剩的生命。『一定』會。他會做一些原本不會做的事，或許會做計畫，或是設法在剩下的日子裡活得精彩一些。一定會採取某種行動，那一定會造成某種改變。他也是人。你不妨自問，如果聽到這麼沉重的消息，你會有何反應。那不會影響你的生活方式嗎？」

「我想會，」杰特曼低聲說。「不過我知道這件事，也沒有看到他有何改變。他還是依然我行我素，仍和以前一樣是個粗魯卑鄙的王八蛋。」

「你是什麼時候知道他罹病的?」

「大約五年前吧，我想。是的，大約那時候。」

「他自己告訴你的?」

「是的。」

「他有沒有告訴別人，就你所知?例如，他的妻子?他的兒子?」

「沒有，」杰特曼說。「他告訴我他只告訴我一個人。他要我發誓保守祕密。還說如果我告訴任何人，讓他知道了，他就會把我閹了。他也真的可能會這麼做。」

「你曾向任何人透露嗎?」狄雷尼問。

「天啊，沒有!」

「他母親?他妹妹?任何人?」

「我發誓我沒有，組長。那不是一般人想要四處散佈的祕密。」

「的確不是，」狄雷尼說。「我想不是。你說你看不出他的行為有任何改變?他的性格?」

「沒錯。完全沒變。」

「就你所知，他沒有做任何特別的計畫?照理說，一般被判死刑的人都會變得較為整潔，將事情處理得有條不紊。」

「他沒有任何特別的行為。就我所知沒有。」

「好吧，」狄雷尼嘆了口氣，將啤酒一仰而盡：「他似乎沒有特別賣力要讓妻兒無後顧之憂。他們是繼承了他的遺產，但為數不多。」

「他們的日子可以過得不錯，」杰特曼簡單的說。「銷售遺作所得就很可觀。即使是扣稅後，他們也能拿到五十萬美金，至少。我可不會為他們掬一把同情之淚。再來杯啤酒，組長？」

「不了，謝謝你。酒量僅止於此。」

他再度望向陽台。兩個懶散的年輕人再度癱坐在白色的鐵條椅內，悠哉愜意。狄雷尼正注視著時，其中一個金髮男孩將頭往後仰，酒杯舉高，讓最後幾滴酒落在他的口中及臉上。另一個年輕人開懷大笑。

「那是肌肉失調，」狄雷尼說。「就我所知。」

「那沒有影響他畫畫？這五年來？」

「是的，」杰特曼說。

「不明顯，」杰特曼說。

「什麼意思？」

「買方看不出來，」杰特曼說。「藝評家也看不出來。不過麥蘭注意到了，我也是。」

「怎麼影響？怎麼影響他的作品？」

「他說會——呃，不是疼痛，而是僵硬。那是他的說法——僵硬。他的手、臂膀、肩膀。所以他就服用一些似乎有幫助的藥物。」

「猛哥？壯哥？」

「是的。」

「貝拉・莎拉珍提供的？」

「我不知道他是從哪裡弄來的。」

「不過那種藥確實有幫助？」

「麥蘭是這麼說的，他說那使他放鬆。你由他的遺作中就可以看得出來，他最近一兩年來的作品，感覺比較放得開，線條不像以前那麼尖銳，色彩更強烈、明亮，這種差異有如秋毫之末般的細微。我想只有維多和我看得出來，其他人都看不出有任何改變。那些作品仍舊是麥蘭原來的風格，一樣的精彩，依然引人入勝，撼動人心。」

「沒錯，」狄雷尼說。「撼動人心。」

他站起來，清了清喉嚨。

「感謝你，杰特曼先生，」他說。「謝謝你肯見我，以及熱情款待。」

「我的榮幸，」杰特曼說。他將身體撐高，由椅子內一躍而起，兩腿跨過扶手，輕巧的以腳尖著地。

「希望能有所幫助，查出頭緒了吧？」

「噢，是的，」狄雷尼組長說。「絕對有。」

「好，」杰特曼說。「很高興聽到這一點。」

他們走向門口的走道，狄雷尼再度轉身環視這個不可思議的房間。

「有如夢境，」他說。

「是的，」杰特曼望著狄雷尼說。「正是如此，有如夢境。」

這時組長瞥見陽台外兩個年輕人又站了起來，靠在欄杆邊。他們飄逸的長髮在微風中飛揚，有如火焰。其中一個伸出手臂攬著另一個人的腰。

狄雷尼再度感覺此情此景有如舊照片中捕捉到的情景。一身白色打扮的年輕人與蔚藍的天空相映成趣。永遠不會來的明天，完全沒有將來，有的是永無止盡的現在，捕捉住也保留住了。

「美吧？」杰特曼輕聲說道。

狄雷尼轉向他，淡然一笑。他引述一句名言：「金色年華的少男少女，全都與掃煙囪的工人一樣，終將化成塵土。」

他轉身離去時，杰特曼仍在試著找話來答腔，神情呆滯而掙扎。

15

隔週的星期三，警方特約肖像畫家所繪製的西班牙婦人及少女肖像的影印本已經分送到全曼哈頓各個分局，還有各家報紙及電視台。《每日新聞》在第四頁醒目的位置刊出畫像，還以兩欄的大標題說明：「麥蘭案新線索」。第二及第七頻道的晚間新聞也播出畫像，以及供民眾指認的報案電話。

此外，傑森．T．傑森已免除其他勤務，全力偵辦麥蘭案。他對自己的新職務顯得興致高昂，依照小隊長布恩的說法，傑森每天都花大約十八個小時前往麥蘭生前經常出入的場所，或是走遍下東區的大街小巷，拿著警方繪製的肖像圖縮小版，找流動攤販、酒保、美髮師、店家、小販、皮條客、娼妓、遊民等等任何可能見過這兩個或其中一個女人者詢問。

布恩在這個星期再度做了一次測量時間的試驗，結果令他和狄雷尼組長相當滿意，目標是泰德．麥蘭由柯柏聯校前往莫特街畫室做掉他的父親，再趕回柯柏聯校上兩點鐘的那堂課，時間綽綽有餘。

布恩也查出了朵拉與艾蜜莉．麥蘭南亞克住處的管家瑪莎的姓氏。她姓碧絲莉。小隊長查出這個姓氏的方式是直接打電話到麥蘭的老家。第一次他打過去時是艾蜜莉．麥蘭接的，布恩立刻掛上電話。第二次接電話的是粗啞的聲音，說道：「麥蘭公館。」

布恩說：「我要找瑪莎・鍾斯。妳是瑪莎嗎？」

「我是瑪莎，」那個管家說：「不過我的姓不是鍾斯，我是碧絲莉。」

「抱歉打擾了，」布恩說，掛上電話。然後他由南亞克的電話簿中查出瑪莎・碧絲莉的住址。

到了星期四，索森副局長打電話給狄雷尼，告訴他朵拉・麥蘭在南亞克開戶的銀行已同意配合，狄雷尼可以去查閱她的帳戶了。不過不得對外張揚，而且狄雷尼只能與一位助理副總裁交涉，他會在狄雷尼查閱時在場，確定狄雷尼沒有更動或取走任何紀錄。狄雷尼欣然同意。

所以，整體看來，那是繁忙而成果豐碩的一個星期——打了許多電話、開了許多場會議、撰寫許多報告及擬定新的時程表——狄雷尼組長與布恩小隊長於星期五上午驅車前往南亞克時，百般無奈的同意，他們在追查麥蘭的凶手身分這方面至今仍一籌莫展。他們雖然都不承認對此感到灰心，但一路上的話題也都不怎麼樂觀。

「然而，」狄雷尼說：「很難說何時會有突破，或線索突然從何處冒出來。我以前在一八分局時曾有一個同事，他偵辦一件妙齡女子在她的住處遭人姦殺的凶殺案。毫無任何線索。他們摸索了幾個星期，幾個月，然後這個檔案就束之高閣。你也知道那是什麼情況：新案件接二連三發生，根本沒有餘暇處理舊的案子。在一年多之後，紐約市警局收到一位女子由俄亥俄州、密西根州或印第安那州——某個類似這種地方——寄來的信。她參加和平工作團，前往非洲服務，因為感染了某種熱病而打道回府。這個和平工作團的女孩將她的郵件都轉寄到非洲——對吧？她是那個在紐約遭到姦殺的女孩的閨中好友。當她在非洲時，那個女孩寄了一封信到非洲給她，整封信都是在談她新認識的一個男人所鬧的笑話，他蓄著紅色的鬍子，他叫大衛，他人很好，諸如此類的，她說她必須趕緊寫完那封信，因為那位大衛要去她那裡與她共進晚餐。那位和平工作團的女人將這封信保留下來，並轉交給紐約市警方，信上的郵戳日期就是那個女孩遇害當天。和平工作團的那個女人在回國後才知道她的好友已經遇害。於是警方回頭查舊檔案，找到一個已婚男子，名叫大衛——他也蓄著紅色的鬍子——他是那個遇害女子的公司同事。他們終於突破他的心防，讓他俯首認罪。不過由此也可看出，突破的關鍵可能會在令人意想不到的情況下出現。」

「我們應該也可以那麼幸運，」布恩懊惱的說。

「我們會福星高照的，」狄雷尼信心十足的說。「別忘了，我們是替天行道。」

布恩小隊長不知道他是否在開玩笑，改天他得打聽一下組長的幽默感。

他們一路上聊起麥蘭的不治之症。小隊長覺得百思不解。

「每個人都說他像匹種馬，看到的都想搞，」布恩說。「如今我們卻查出他已經身罹絕症，而且他自己早已知道。組長，你想他會不會是因此而過那種放浪形骸的生活？設法在嚥下最後一口氣之前縱情聲色，享受人生？」

「不，」狄雷尼說：「我不以為然。他很早以前就有種馬這個封號了。可記得杰特曼提過他二十年前在格林威治村的往事？他當時比如今更放蕩不羈。不，我不認為是赫羅茲醫師向他宣判死刑而導致他縱慾無度。不過我敢打賭他一定做了某種安排。小隊長，聽到這種消息，不可能對生活模式毫無影響。」

「可是杰特曼卻說沒有影響，」布恩提醒他。「他說麥蘭沒有任何改變。」

「杰特曼，」狄雷尼若有所思的說。「我喜歡那個小個子，真的。不過他有點特殊……」狄雷尼將一隻手舉到太陽穴旁幾吋，手指張開，手掌成爪狀，比出扭轉的手勢。「腦筋有點怪怪的。太狂熱了。」

「陽台上的年輕人？」

「不是。呃……或許是其中之一。不過他的住處，他擁有的那些漂亮的東西。那些『物品』！他熱愛那些收藏。你應該看看他撫觸那些東西時的模樣，只差沒去親吻那些桌子。我從來沒見過有人對物品那麼狂熱的。我承認，那些收藏品確實令人愛不釋手。然而，它們畢竟只是物品。等他和我一樣年紀一大把了，就會體認到人的前半輩子都花在收藏東西，而後半輩子則花在丟掉那些收藏品。我想如果我弄破了他的水晶鬱金香酒杯，他會當場痛哭失聲。」

「我對物品一向沒什麼興趣，」小隊長說。

「沒有嗎？」狄雷尼說。「你的住處擺飾得那麼豪華，我真是看不出來。」

布恩咯咯笑著，當下決定到他住處附近的精品店買些像樣的玻璃杯。

小隊長在銀行門前讓狄雷尼下車。狄雷尼要他自己去找瑪莎．碧絲莉聊聊。等他聊完後，可以到銀行接狄雷尼，如果他已經離開銀行了，就到對街的酒館去找他。那家酒館的窗戶以斗大的字體寫著：『是的，我們有裸麥啤酒！』

銀行的助理副總裁竟然是個年輕小伙子，神情沉著穩重，蓄著金黃色略顯稀疏的鬍髭。他領著狄雷尼進入金庫內一間隱密的小房間。桌上擺著一疊電腦列印的報表，兩小捲的縮影微卷置於貼著標籤的盒子裡，還有一部縮影微卷的閱讀機。

「知道怎麼操作這東西嗎？」他問狄雷尼。

「當然，」狄雷尼說。「開。關。向前。向後。我會操作。」

「好，」銀行家說。「呃……嗯……」

然後他熱切的問了幾個與警方工作有關的問題。（「想必是多采多姿的生活。告訴我，你是否……？」）不過等他發現紐約市警察的回答不是悶哼一聲，就是根本悶不吭聲時，他終於放棄，也不理會原本談妥的約定，說道：「看完後告訴外頭那個人。」然後掉頭就走，留下一絲淡淡的香水味。

狄雷尼組長將門關上並上鎖。他戴上閱讀用的眼鏡，脫掉西裝上衣，坐在一張鋪著薄椅墊的鋼椅內。他取出紙筆，先由那疊電腦列印的報表看起，花了不到十五分鐘就知道紙和筆根本派不上用場。徒勞無功。

那些報表是朵拉·麥蘭的帳戶在過去六個月來的存、提款紀錄，縮影微卷的內容也是一樣，時間則長達七年。待狄雷尼組長了解到無法找到任何驚人的發現後，便開始走馬看花的瀏覽，不斷按著那部縮影微卷閱讀機的「向前」鍵。他花了一個多小時就全部看完。

朵拉·麥蘭的存款一開始有六千餘元，然後隨著小額的提款（通常是五十或一百元），漸漸減少至目前不到四千元。由提款看不出任何定期提領的模式。在紀錄所列出的期間內，除了利息外沒有任何存款。

支票入帳的紀錄則有固定模式，不過狄雷尼看不出所以然來。例如每年有四次入帳，金額全都是一一七點五美元，那或許是股票的紅利。還有固定的半年入帳，金額是三七五美元，或許是市府公債的利息。此外，每星期開出一張一二五美元的支票，狄雷尼猜那應當是瑪莎．碧絲莉的薪水。還有一些零星的小錢是支付電費、電話費，還有，他認為，是生活費。

還有每年開出一張超過兩千美元的支票，狄雷尼認為那應當是土地稅。他找不到任何支出款項的金額大到足以雇凶殺人，所以他認為麥蘭的家人應該沒有涉案。

他查閱完畢後，又坐了片刻，垂頭喪氣、愁眉苦臉的望著筆記本上空白的一頁。當然，他原本期望能找到大筆的存款或提款。例如，若有一筆大額提款，或許就可顯示是付給殺手的費用。若是定期的開出巨額支票，有時則表示是付錢給恐嚇勒索者。不過狄雷尼想找的是大額的存款紀錄。如此便可合理假設維多．麥蘭這個名利雙收的畫家暗中資助他的母親及妹妹大筆生活費，他與她們關係融洽。不過顯然朵拉與艾蜜莉．麥蘭說的是實話，維多一毛錢也沒有拿給她們。至少銀行帳戶中看不出來。

由所有往來帳款看來，朵拉與艾蜜莉．麥蘭過得還不錯——不過只是過得去。她們擁有自己的房子及土地，不過她們的財產淨值——她們的現金——很少超過五千美元。那個母子情深的兒子一幅畫可以賣到十萬美金，這實在說不通，狄雷尼也不相信。他嗅得出來一定有問題——而且不是香水味。

狄雷尼告訴金庫管理員他要走了，然後走過陽光下炙熱的街道，進入酒館。那是一個酷熱的下午，他拎著西裝外套與草帽。那座酒館與狄雷尼的心情一樣淒涼——寬大、空蕩蕩的屋子內有走味啤酒的味道，還有木餾油消毒劑的氣味，地板上有木屑，一隻雜色貓打著呵欠四處遛躂。吧檯處坐著兩個一語不發的顧客，埋頭喝著啤酒，酒保也一樣沉默。他吸著一根牙籤，瞪著破舊的窗戶，耐心等待著世界末日。

狄雷尼組長點了一瓶百威啤酒，付錢後端著酒瓶與杯子到後頭一間雅座內。那地方夠昏暗，夠涼爽，也很安靜。他緩緩喝著啤酒，淺斟慢酌，文風不動的坐著，避免任何不必要的動作。

他知道，讓他一肚子火的是他覺得自己被耍了，也被愚弄了。有個足智多謀的人在玩弄他。無論他朝哪個方向偵查，別人都早已料到，而且最後都是此路不通。他所受過的訓練、經驗、技巧及本能，面對一個或許是『首度』作案的凶手竟然一無用處！那最令他痛心：一個生手，一個可惡的業餘殺手，竟然讓狄雷尼栽了跟頭。他在這種一肚子悶氣的情緒下，可以理解為什麼有些警察會動粗。這種挫折感會讓胃絞痛折磨著神經末梢。

布恩進來時他正在喝他的第二杯啤酒。布恩摘下墨鏡，四下張望，看到狄雷尼後點了點頭。他到吧檯點了瓶可樂，一飲而盡，再點一瓶。他帶著那瓶可樂到組長的雅座，坐在他的對面。

「天啊，」他說：「感覺好像已經三十二、三度了，而且濕度很高。等很久了？」

「不算久，」狄雷尼說。「我在想吃的，不過不是真的很餓。你呢？」

「不吃無妨，」小隊長說。「此刻我只想涼快一下，我的襯衫都黏住了。」

「脫掉外套，」狄雷尼建議。

「噢，我帶著槍，」布恩說。「若有人看到了，會報警。我這樣可以。」他由上衣口袋內取出筆記本。「我希望你的收穫比我多，組長。」

「我收穫個屁！」狄雷尼說著，他咬牙切齒的強烈語氣令布恩訝異的抬眼看他。

狄雷尼告訴小隊長他發現了什麼——或是說，沒發現什麼。

「全都排除了，」他說。「唯一可以證實的或是顯然證實的，是麥蘭沒有資助他的母親及妹妹生活費。她們早已告訴我們這一點了。」

「朵拉會不會在其他銀行還有帳戶？或是艾蜜莉？或是在銀行的保管箱內藏有大筆現金？」

狄雷尼搖搖頭。「索森已經先查過了。她們只在這家銀行開戶。你和瑪莎·碧絲莉談得怎麼樣？」

「問得多，答得少，」布恩說，翻閱筆記本。「最讓我心灰意冷的就是這樣：每次我們追查新線索時，就會面臨更多的問題。例如，瑪莎·碧絲莉聲稱她已經替麥蘭家工作近四年了。在這期間她不曾見過維多·麥蘭或是索爾·杰特曼。她是知道有這麼兩個人，也知道他們偶爾會來訪，因為朵拉與艾蜜莉提起過他們。不過瑪莎·碧絲莉不曾見過他們。你對這一點有何看法？」

「簡單，」狄雷尼說，打直腰桿，向前傾靠，這時提起勁了。「麥蘭與杰特曼專挑瑪莎·碧絲莉休假時才前往，或是在夜間她不在時才過去。」

「可是，『為什麼』？」

「那又是另一個必須追查的疑點了。我不知道，小隊長。不過我敢說他們是刻意挑時間前往，藉此避開那個管家。還有什麼發現？」

「一大堆芝麻蒜皮的小事。朵拉酗酒，就如我們的揣測一樣。她午睡都睡很久，有時候她下午甚至無法站立。就瑪莎‧碧絲莉的了解，艾蜜莉不曾單獨出門過。沒有約會，沒有男友來訪。除了親友舊識外沒有電話。」

「唔……」狄雷尼嘆了口氣：「就這樣了。」

「不，長官，」布恩小隊長說。「不盡然，還有別的，另一個疑點。這個瑪莎‧碧絲莉一開始口風很緊，滿腹疑慮，不肯鬆口。不過後來我告訴她，那與維多‧麥蘭的稅務問題有關，並說他聲稱他曾資助他的母親及妹妹生活費，而我們認為他沒這麼做。她這才鬆口，開始埋怨她在麥蘭家的薪水有多麼微薄。她說她每星期工作五天半，只賺到一百二十五美元。她得打掃洗衣，通常還得替她們煮午餐。她說她們的錢比她還少，因此維多不可能供養她們。然後我說那棟房子還有那麼大的庭園，整理起來可不容易——你知道，就是以好心為她設想的語氣說出來——而她說艾蜜莉與朵拉得自己整理庭園，因為她們付不起錢請男工每個月來整理一次。反正，就這麼聊開了——這位瑪莎‧碧絲莉是個寡婦，而且一聊開就很嘮叨——她說艾蜜莉除草、砍枯枝、整修房舍都滿行的。我說那麼一大片草坪，要除草可得大費周章，她說兩年前她們買了一部二手的電動割草機，艾蜜莉也學會如何使用。她還提起艾蜜莉將那部電動割草機及許多園藝用品、耙子、工具、雜七雜八的，全都堆放在那間舊穀倉裡。」

「哦，」狄雷尼說。

「是啊，」布恩點點頭。「我的耳朵也豎起來了，我問她怎麼會？我說她們曾告訴過我們，那座舊穀倉的門在多年前男主人自縊身亡後就已經封死了，而且我還曾去『查看』過門確實釘得緊緊的。這位瑪莎．碧絲莉說沒錯，前門都用釘子封住了，還有一個老舊的鎖頭鎖住。不過還有另一道門，一道很窄小的後門，裡面就是一間小儲藏室，割草機及園藝工具都堆放在裡面。很抱歉我上回沒有查到還有另一扇門，組長。」

「沒關係，」狄雷尼說。「或許是艾蜜莉刻意要你別去注意的。」

「唔，她們幹麻大費周章將男主人自縊的地方封住，然後又留一道後門？那聽起來不大合理，是吧，長官？」

「不合理，」狄雷尼緩緩的說。「是不合理。後門沒上鎖？」

「瑪莎．碧絲莉說沒鎖。她說她曾進去一次或兩次。裡面什麼也沒有，只有那部割草機、耙子等等的，還有一罐汽油、一些舊桶子、防水布，諸如此類的。都是些破破爛爛的東西。然而……」

「是的……然而，」狄雷尼點點頭。「我原本也不會多費心思考這個問題，只是她們卻要我們知道那些門已經釘死了。她們大可不必提起的。誰在乎？我們不在乎，因為那與我們的偵辦毫無關係。有關嗎？」他思索片刻，然後將啤酒一仰而盡。「你確定你不餓？」他問布恩。

「我可以等到我們回市區再吃。」

「你的車子停在什麼地方？」

「轉角處。」

「好，我們這麼辦……我來開車，我們到麥蘭的老家。我在我們到達他們的車道前就讓你下車，你先躲在樹林中幾分鐘，我會將車子開入她們住處。反正我原本就想找朵拉與艾蜜莉·麥蘭，問問看她們是否知道維多羅患了多重性肌肉組織炎。杰特曼說她們不知道。不過或許他在說謊，或者也許他不知道她們知道。反正，我會設法將她們留在屋內大約十五分鐘。這樣夠你用嗎？」

「當然，」布恩說。「夠用了。我會藏身在穀倉後面，即使她們往窗戶外眺望，或在陽台上往外看，也看不到我。你會到路上接我吧？」

「對，」狄雷尼說。「就是我讓你下車的地點。那個管家沒有說那個儲藏室有多大？」

「沒有。她稱之為工具間。像這種小倉庫，頂多應該是十呎見方吧。或許更小。」

「那座穀倉至少有五十呎長三十呎寬，」他說。

狄雷尼聚精會神的設法回想。

「至少，」布恩點點頭。

「所以還有很大的空間沒用，」狄雷尼說。「那我可好奇了。」

「我也是，」布恩小隊長說。

他們於是前往麥蘭的老家，狄雷尼開車，布恩說：「你不會剛好帶了一組萬能鑰匙吧，長官？」

「我是有一組，但沒有帶在身上，」狄雷尼說。

「我的也沒帶，」小隊長說。「我們真是一對好警察。好吧，車子後行李廂有螺絲起子、鉗子、小鐵橇。我得將就著用用看。」

狄雷尼在他們即將轉入麥蘭老家的那個路口停車。樹林遮住視線，將他們與那棟老屋隔開。布恩下車，抽下車鑰匙打開後車廂，取出他的工具。然後兩個警察看著手錶對時。

「我們在十五至二十分鐘內完成，」狄雷尼說。「大約這個時間。不過要花多久你自己斟酌；我會在這裡等你。」

「我應該可以在這個時間內完成，」布恩同意。「我若沒能在半小時內回來，就派陸戰隊來支援。」

狄雷尼點頭，發動車子緩緩上路。他瞥了後視鏡一眼，小隊長已不見人影。他轉入麥蘭家的車道。

他確定她們在家——那部大型的黑色賓士車就停在車道上——不過他再度扣那個老舊的銅門環時，卻沒有人應門。他正在想她們會不會出外散步了，這時門開了個小縫，一對明亮的眼睛打量著他，然後門才拉開來。

「天啊！」艾蜜莉．麥蘭說。「是狄雷尼組長。可真『是』個驚喜啊！」

她站在門口，光著腳丫子站在暖和的地板上，穿著一件棉質薄長袍。他知道她在那件半透明的薄紗裡面什麼都沒穿，橢圓形的乳暈及三角形的恥毛叢都隱約可見。不過大致而言，他看到的是圓滾滾福態的軀體，大腿臃腫，像甜瓜般的乳房抖動不已，整個身體就像是隨時會向外爆裂開來，幾乎要撐破薄紗的接縫處。而在這薄紗之上的，是她圓胖的喉嚨、下巴有好幾層肥肉，純真的臉上有一對精明、清澈的明眸。

「麥蘭小姐，」狄雷尼親切的笑著說：「很高興再見到妳。請原諒我沒有事先打電話通知，不過因為突然有重大事件，我決定立刻出發，希望能在府上找到妳。」

「沒關係，」她含糊說著，望向他的後方。「布恩小隊長呢？」

「噢，他休假，」狄雷尼說。「即使是警察偶爾也得休息一下。我能進來嗎？」

「天啊！」她說。「我們竟然就在門檻上聊了起來！你當然能進來，狄雷尼組長。媽今天身體不大舒服，不過我相信她會樂於見你的。媽，看是誰來了！」

她帶他進入一間昏暗、有霉味的接待室，朵拉．麥蘭斜靠在一張維多利亞時代的情人座上，椅套是褪色的栗色天鵝絨，已經磨損老舊。狄雷尼在這昏暗的光線中幾乎認不出她來：有如另一個洛可可風格的古董和裝飾品，完全溶入了椅背套、鐘形燈罩及乾燥花、陶瓷小玩偶、羽毛飾品、華麗的紙鎮、桃花心木門板、印染壁紙、灰塵與陰暗之中——有如考古學挖掘出土的文物，已湮沒幾個世代的文化。

她穿著綢緞的浴袍，由編織的手法看來年代已相當久遠。她的一隻手臂打上石膏，以帆布吊帶支撐著。一隻腳的膝蓋裹著厚厚繃帶，旁邊的肌肉腫脹沒有血色。肥胖的身體癱軟的躺著，靠在麂皮枕頭上的頭部有如雪茄煙盒般大：膨鬆光澤的黑色鬈髮、象牙白色的肌膚、閃閃發光的眼睛，胭脂色的朱唇半啟著，有如期待一個吻。

「真好，」她病懨懨的低聲說著，伸出一隻柔弱無力的手。「真好。」

狄雷尼組長輕輕觸握那柔軟溫熱的手指頭，然後，未待她們邀請，便逕自坐在一張有彈簧墊的扶手椅上，他坐在那張椅子上可以在昏暗中看見長椅上的朵拉，以及站在旁邊的艾蜜莉。艾蜜莉手中捧著一個玻璃球，裡面有模擬下雪的雪花在飄動。她讓那顆球在她肥胖的手中滾動著，幾乎像在愛撫那堅硬的球體，感受它，撫摸它，她的眼睛則望著狄雷尼。

「請原諒我不請自來，」他嚴肅的說，覺得自己的聲音聽起來像錄音機播放出來的。「很遺憾妳發生了意外，麥蘭太太。至少南亞克的警方稱之為意外。不過我不是來談論這件事的。妳——無論是妳或妳們兩人——是否知道維多．麥蘭罹患了絕症？」

周圍靜寂了幾秒鐘，只聽到濃重的喘息聲。然後：

「老天爺！」艾蜜莉．麥蘭說。

「什麼？」朵拉．麥蘭說。

「你是什麼意思，狄雷尼組長？」艾蜜莉問。「絕症？」

「噢，是的，」他點點頭。「多重性肌肉組織炎，一種肌肉失調的疾病，我跟他的醫師談過了。我真不願意是由我來告訴妳們這件事，不過維多．麥蘭原本就已病入膏肓了，一年前就應該病故的。總之一句話，他不久人世，頂多再活一兩年。」

他凝視著朵拉．麥蘭，在昏暗中仍可看出她的臉逐漸緊繃，緩緩凝結，眼淚奪眶而出，涕泗縱橫。

「維多，」她哽咽著。「我的寶貝。」

「我很遺憾，」狄雷尼帶著抱歉的口吻說。「不過那是事實。妳們兩人知道嗎？」

她們都搖頭，像兩個搪瓷娃娃，圓滾滾的頭來回搖動著。

「他不曾告訴過妳們？從來沒提過。」

再度搖頭晃腦。

「噢，媽媽，」艾蜜莉說。她將那個水晶球紙鎮放妥，雙手輕輕按住她母親的肩頭。「怎麼這麼悲慘？天啊，我不知道要說什麼好？妳呢，媽媽？」

「艾蜜莉，我的藥，」朵拉．麥蘭故作姿態的說。「先生，你是否要來一點……？」

「噢，不用了，」狄雷尼趕忙說。「我什麼都不用。謝謝。」

他凝神注視著朵拉，連杯子由哪裡端來的都沒留意，那杯飲料像變魔術般出現在艾蜜莉的手中。或許是由地板端起來的，狄雷尼想，想必我進來時就擺在那張情人椅的下方。他望著艾蜜莉將飲料遞給朵拉，將她母親的手指頭按壓在杯子上。一種無色的液體，杜松子酒或伏特加。沒加冰。她也可能是在喝水。

「你認為那與我兒子遭到謀殺有關？」朵拉問道，她的聲音低沉、沙啞，不算刺耳，但和那張老舊的天鵝絨長椅一樣吱吱嘎嘎的。

「可能有關，」狄雷尼組長說，設法將這場聲東擊西的牽制延長至十五至二十分鐘。「也可能無關。維多的妻子從來沒有提過他的病情？」

「我們很少見到她，」艾蜜莉說。「她從來沒說過，沒有。」

「索爾．杰特曼呢？從來沒告訴過妳們？」

「索爾？索爾知道？」

「是的，他知道。」

「沒有，索爾沒有告訴我們這件事。」

狄雷尼點點頭。他環顧凌亂的房間。「我很訝異妳沒有令郎的任何畫作，麥蘭太太。他從來沒有送畫給妳？」

「他送過兩幅，」艾蜜莉說。「肖像畫，畫媽媽和我。就掛在我們的臥房裡。」她吃吃笑著。「我的那一幅是裸體的，」她說。

「噢，」狄雷尼說。「他什麼時候畫的？」

「天啊，應該很久了吧，」艾蜜莉說。「二十年前，至少。他當時剛出道。」

「剛開始畫畫？」狄雷尼問。

「開始賣畫，」艾蜜莉說。「維多從七歲開始就喜歡塗鴉，不過他是二十年前才開始賣畫的。」

「唔，」狄雷尼說：「如今他的作品價碼很高了。」

「我想也是，」朵拉點點頭，而且停不下來，一直點個不停。「價碼很高了。」

狄雷尼瞄了一下手錶，站了起來。

「謝謝妳們，兩位女士。抱歉叨擾妳們了。」

「天啊，」艾蜜莉說。「根本沒有叨擾。」

「或許那樣最好，」朵拉喃喃自語。

狄雷尼不知道她這句話是什麼意思，也沒有問。艾蜜莉送他到門口。

「替我向布恩小隊長問好，」她活潑的笑著說。

「一定，麥蘭小姐，」狄雷尼組長一本正經答應。

他步下台階，聽到身後的關門聲。他站在布恩的車子旁，緩緩點起一根雪茄。然後他將外套脫掉，上車發動車子。車內有如一座烤箱：空氣根本不流通。他將車子開上大路，停在他讓布恩下車的地方。不過沒有見到小隊長的人影。狄雷尼熄掉引擎，平靜的吞雲吐霧等著。

過了約莫五分鐘，布恩由道路另一側的樹林現身。他朝狄雷尼舉手示意，然後狼狽的跑了過來。他打開後車門，將工具丟進去，然後脫掉外套，他的襯衫早已濕透，臉上及手背上的淡黃色汗毛都是亮澄澄的汗水。

「裡面像在泡三溫暖，」他告訴狄雷尼。「我快熱昏了。」

他上車，狄雷尼發動車子。布恩在置物架內找出一塊碎布，試著擦掉手掌上的污垢。

「她們知道麥蘭的病情，」狄雷尼說。「但聲稱不知道，其實是睜眼說瞎話。你有何收穫？」

「情況和瑪莎·碧絲莉描述的差不多」，小隊長說。「有一條小路可以由鋪著碎石子的車道通往這扇後門。那條小路經常有人走動：草都踏平了，泥土都已外露。門沒鎖，是由直條形的厚木板製成的，內部有Z字型的框架，看來和穀倉一樣年代久遠。原裝的。門內就是那座小儲藏室，就如瑪莎·碧絲莉所說。大約六呎長四呎寬，我用步伐丈量過了。雜物很多，堆到屋簷那麼高。割草機、園藝工具、一桶五加侖的汽油、一盒手動工具，大部分都生銹了。有幾段水管，一組老舊龜裂的洗滌槽。諸如此類的東西。大都是破銅爛鐵。」

「泥土地面？」

「不，鋪著木板。不過底下就是泥土，沒有地下室或地基，地板只比地面高幾吋。我用螺絲起子插入兩片木板間的縫隙，試著戳戳看。只有泥土。」

「就這樣？」狄雷尼問。「只是個工具間？」

「不，」布恩小隊長說，轉頭望向狄雷尼。「還有。後方牆壁上掛了一塊老舊的防水布。就是一塊塗著油脂的帆布，掛在幾根釘子上，像是要掛著讓它乾。那塊防水布後頭有一扇門。」

「一扇門，」狄雷尼點點頭，滿意了些。「在防水布後面，覆蓋起來。」

「沒錯，」布恩說。「一扇現代門，很堅固，不是空心的。鉸鏈在門的另一面。」

「鎖住了？」

「噢，是的。很精密的門鎖，或許是梅狄可牌的，不是普通的喇叭鎖，連門把都沒有。只有那種制動栓式的鎖，必須將彈簧栓撥開後再將門推開。」

「你撥不開？」

「沒辦法。只有螺絲起子和鉗子根本就無計可施。我想你應該不會要我將門撬開吧。」

「沒錯。猜得出門後是什麼東西嗎？」

「不，長官。沒有任何裂縫可以窺視。所以我就將防水布掛回原位，走出來，將外頭的門帶上。現在聽好了……我繞到穀倉後方四處查看。上頭，就在屋頂的最頂端，有一扇小窗戶，已經封死了。看起來距離地面或許有十五至十八呎高。沒辦法上去。即使我有梯子，那扇窗戶也是封死的。全部用厚木板釘住了。而我正在觀看那扇窗戶時，突然聽到一聲喀嗒聲，然後是微弱的嗡嗡聲。」

狄雷尼將目光稍移開路面，瞄了布恩一眼。「什麼鬼東西？」他說。

「沒錯，」小隊長點點頭。「我也是這麼想。所以我就再回到那座小倉庫內，將防水布再掀開，耳朵貼在門上。我可以聽得比較清楚了：一道微弱穩定的嗡嗡聲。嗡嗡作響，像是機器。」

「我無法相信，」狄雷尼納悶的說。

「你認為我怎麼想？」布恩說。「一開始我以為我聽錯了，不過隨後又聽到喀嗒一聲，然後嗡嗡聲停止了。就這樣。我這才恍然大悟，是冷氣機。」

「我的天，」狄雷尼說。

「一定是，」小隊長說。「自動恆溫控制。裡頭的溫度過高時，它就自動啟動。所以我就再到外頭去，想要找找看那鬼東西的排水口在什麼地方。我就是為此而花了好多時間，最後終於找到了地面有一個半月型的洞可以供屋頂的簷槽排水，那與石頭並列在一起，年代久遠了。反正，排水口就設在那個地方。低於地面，不過沒有加蓋。設計很精巧。滴水時，有誰會注意到？事實上，除非你刻意去找，否則永遠不會看到那個排水口。」

「冷氣機，」狄雷尼說，搖著頭。「裡面在搞什麼鬼——肉品市場？牆上有一整排的火腿及牛排？」

「誰知道？」布恩疲憊的說。

「我們休想申請得到搜索票，」狄雷尼說。

「門都沒有，長官，」小隊長同意。

「你能撥開那個鎖？」

「我可以將以前在學校學的本事拿出來試試看。我猜也只好如此了，是吧？」

「我猜也是，」狄雷尼點點頭。「別無選擇了。」

他們在回紐約途中的加油站停車休息，布恩將手洗乾淨，也想將長褲膝蓋處的一團油污擦掉，但白費工夫。然後改由他開車，他們在回到曼哈頓途中說不到幾句話，兩人都心事重重，眉頭深鎖。狄雷尼曾說了句：「他想必做了什麼安排，」不過布恩沒有回答，於是狄雷尼也不再開口。

他們抵達狄雷尼住處時，蒙妮卡不在家。狄雷尼在冰箱內東翻西揀，拿出麵包、芥末醬、冷盤、乳酪、一罐猶太正統口味的茴香、一粒洋蔥。他和布恩自己動手做三明治，各做了兩份，帶入書房內，鋪開方格紙當餐巾：沒有盤子，只有刀叉。狄雷尼拿了一罐百齡罈啤酒，布恩則是喝一瓶奎寧蘇打水。都沒有用杯子。

他們細嚼慢嚥，不發一語，垂眼不斷動著腦想事情，眼睛眨動著。

「聽著，」狄雷尼組長說，開始吃他的第二份三明治——裸麥黑麵包夾義大利香腸及洋蔥——「我們這麼辦……」他由拍紙簿上撕下一張紙，遞給坐在書桌對面的布恩，然後再遞過去一支鉛筆。「你將你認為最重大的三個問題寫下來，我是說除了誰做掉麥蘭這一點之外，最令你感到困惑的三個問題。我也同樣寫三個問題。然後我們交換，看看我們的想法是否所見略同。」

「只列出三個問題？」布恩說。「我可以想出上百個。」

「三個就好，」狄雷尼說。「你認為最重要的三個。最明顯的。」

「我懂了，」小隊長說，拿起鉛筆，狄雷尼也掏出自己的筆。

狄雷尼將這個案子最令人困惑的三個問題列出如下：

1．為什麼莫特街的畫室內沒有畫作？

2．朵拉與艾蜜莉．麥蘭眼巴巴期盼著的巨款從何而來？

3．維多．麥蘭既然知道自己已經罹患絕症，為何不改變生活模式或做特殊的安排？

狄雷尼抬頭看，不過布恩仍在思索發呆。於是狄雷尼再拿起三明治繼續填飽肚子，這時小隊長也開始振筆疾書。最後他終於點頭表示寫完了。他們交換清單，狄雷尼閱讀布恩所寫的：

1．麥蘭老家的穀倉內存放了些什麼東西？

2．麥蘭為什麼不資助他的母親與妹妹？

3．維多．麥蘭與索爾．杰特曼為何刻意安排在瑪莎．碧絲莉看不到他們時前往南亞克？

「天啊，」布恩厭煩的說：「我們根本就是各吹各的調。」

狄雷尼組長緩緩抬眼看著小隊長片刻，然後將他自己的清單取回來，與布恩的清單並列，重新看著。

然後他再度抬起眼。

「我們其實英雄所見略同，」他輕聲的說。「我們有相同的思路。比你想像的還要接近。看看這個……」

他從抽屜內拿出一把剪刀，將兩張清單多餘的空白部分剪掉，紙屑丟入字紙簍內，然後仔細的、緩緩的將每張清單剪成三段。這時他手中有六小片紙條，六道問題。他將它們排成一欄，然後開始排列組合。

布恩看出了興趣，移身到狄雷尼背後，在他肩旁望著。他看到狄雷尼試著將六個問題做各種組合。然後狄雷尼將它們排成令他滿意的次序，身體往後靠在椅背上望著。

「怎麼樣？」狄雷尼問布恩，沒轉頭看他。

小隊長搖搖頭。

「我還是霧煞煞，」他說。

「再讀一遍，」狄雷尼催他。

這時那份清單如下：

1．麥蘭為什麼不資助他的母親與妹妹？

2．維多．麥蘭在知道自己已罹患絕症後，為何不改變生活模式或做特殊的安排？

3．為什麼莫特街的畫室內沒有畫作？

4．維多．麥蘭與索爾．杰特曼為何刻意安排在瑪莎．碧絲莉看不到他們時前往南亞克？

5．朵拉與艾蜜莉．麥蘭眼巴巴期盼著的巨款從何而來？

6．麥蘭老家的穀倉內存放了些什麼東西？

布恩挺直腰桿。他將雙手叉在臀部，上身往後仰直，脊椎骨劈啪作響，伸了伸腰，做個深呼吸。

「組長，」他說：「我們是否所見略同？」

「當然，」狄雷尼說，設法不要顯得太激動。「我得打幾通電話……你坐下，或是再去弄份三明治。或是再開一瓶——不，等一下。我打電話時有事情要交待你做。」

他到他的書架找出那本厚重的維多．麥蘭畫冊，就是布恩借給他的那一本。他將畫冊中的「作品清單」遞給小隊長看。

「這本畫冊是六個月前出版的，」狄雷尼說：「或許編輯的日期要再往前推六個月。所以這張清單沒有列至最後一刻的作品，不過那應該可以讓我們知道我們想的方向是否正確。」

「你想知道麥蘭每年的作品產量——對吧？」布恩問。

「對了！」狄雷尼說。他很想拍拍小隊長的肩膀，但忍了下來。「那張清單是由二十年前他開始賣畫就開始列出。你將每年的產量核算清楚，我打電話給傑克·達克。」

他很輕鬆就接通達克的工作室，但總機說他正忙著拍一組照片，沒辦法接聽電話。

「他在幹嘛——拍色情撲克牌照片？」狄雷尼說。「妳告訴傑克寶貝，我是紐約市警局的艾德華·X·狄雷尼組長，如果他不來接這通電話，就會有一個制服員警上門——噢，你好，達克先生。真抱歉叨擾你，不過我知道你也很想要合作。這次只有一個很簡短的問題：維多·麥蘭畫一張畫需要多久時間？」

布恩算到一半抬起頭聽著狄雷尼的交談。

「我知道，我知道……聽著，你告訴我們他動作很快，貝拉·莎拉珍也告訴我們他動作很快，索爾·杰特曼也說他動作很快。好——到底多快？……嗯……我懂了……如果他想趕工呢？……是的……我明白了……不過平均呢，你看大約多少？……是的……也就是說一年至少五十幅？……是的……不，我不是要你發誓作證，只是我自己想查證……你的動作更快？」狄雷尼朝正在豎耳聆聽的布恩眨眨眼。「我完全了解，達克先生。非常感謝你的熱心合作。」

他掛上電話，在筆記本上匆匆寫著筆記，同時和小隊長說話。

「他說視畫家而定，」他匆匆說。「有些要花一年才能完成一幅油畫。麥蘭動作很快，這是大家公認的。一年二十至三十幅，輕而易舉。若要趕工，一個星期一幅，或許甚至更多，達克說。甚至沒待底層的油料完全乾了就繼續畫。傑克寶貝說麥蘭如果和人打賭，快到可以熬夜趕出一幅畫來，不過我們就依保守來估計，平均大約一個星期一幅。你算得怎麼樣？」

「再給我一、兩分鐘，」布恩說。「看起來不錯。」

狄雷尼耐心等候小隊長計算麥蘭每年的產量。最後，布恩將畫冊推開，看著他的清單。

「好，」他說。「情況如下：一開始，他大約一年畫二十幅，然後三十幅，然後越來越多，後來大約一年五十幅。這是平均數。然後，五年前——」

「當他得悉他罹患絕症，」狄雷尼打岔。

「對。大約五年前，忽然遽降至每年十二、十、十四、十一幅。他的年產量一路下滑。」

「下滑個鬼，」狄雷尼說。「他根本就是在埋頭苦幹，速度更快。如果他過去五年來每年的產量都有五十幅，再扣掉畫冊中列出的那些已知道的作品，還有多少暗槓下來的作品？」

「約有兩百幅，」布恩說，端詳他的清單。「天啊，兩百幅下落不明的畫！」

「下落不明個屁，」狄雷尼說。「就放在麥蘭老家的穀倉裡。所以才會裝冷氣，對吧？」

「這一點我同意，」布恩點點頭。「現在你倒說說看為什麼要這麼做。」

狄雷尼拿起他那本曼哈頓區電話簿。

「我要打電話給國稅局服務中心，」他告訴小隊長。「你到走道那部分機聽，我不想複述電話內容；

或許會談很久。」

布恩拿著他的第二份三明治及未喝完的奎寧蘇打水到走道。狄雷尼撥電話給國稅局服務中心，電話轉到錄音留言，告訴他服務中心所有的線路都忙線中，請稍候。他掛上電話，再撥一次，又是同樣的留言。撥第三次仍是忙線中，他決定稍候。他等了將近五分鐘，撥過去總算聽到一陣如雷貫耳的聲音說道：「服務中心，我能效勞嗎？」

「我想請教一些有關贈與稅的問題，」狄雷尼說。

「你想知道什麼？」電話那頭大聲說著。

「我能送多少錢給親戚——或任何人——而不用課稅？」

「一個人一年可以贈送三千元給別人，要送給多少人悉聽尊便。」

「在這個額度之內，贈與者不需課稅，受贈者也不用？」

「對，」那個大嗓門說道。

「聽著，」狄雷尼說：「那是金錢，現金。物品呢——例如銀器、古董、郵票、古錢、畫作——諸如此類的？」

「還是一樣。如果想要免稅，每年贈與的價值不得超過三千元。」

狄雷尼聽得津津有味。他和大部分警察一樣，對這套系統有何漏洞深感興趣。

「假設我賣一樣東西給親朋好友，」他舉例：「例如售價是一百元，而它的實際價值是五千元。那會如何？」

「那你就吃不完兜著走了，」大聲公說道。「如果我們查出來的話。無論是任何禮物——古董、郵票、古錢、畫作，不管是什麼——都是依目前市場的價值估算。我們雇有專業的鑑價師。如果售價顯然不符合行情，則這筆假交易的購買人必須將超過三千元的部分課稅。」

「如果你們查出來的話，」狄雷尼提醒他。

「如果我們查出來——沒錯，」大嗓門說道。「如果你心存僥倖，想要逃稅，儘管試試看，我們隨時候教。」

「我再請教你另一個問題，」狄雷尼說。「行嗎？」

「當然。這比我平常接聽的問題有趣多了。」

「我舉一個例子。假設我擁有十畝的土地，目前那塊土地的價值是三千元，我把土地過戶給我的兒子。那沒問題吧？」

「如果那塊土地的價值是市價，就沒問題。也就是說要視鄰近的土地、類似的大小，是否值那個價格。若是，當然就是合法的，不用繳稅。」

「好，我們就說那是合法的，我可以證明那十畝土地價值三千元，我也要送給我兒子。免稅。然而，十年後或十五年或二十年後，那塊土地冒出了石油，地價也因而暴漲至一百萬元。那該如何？仍是合法的餽贈？」

電話那一頭沉默了片刻，然後說。「這個問題不錯。我首次遇上。聽著，我必須承認贈與稅其實徒具形式。我們知道有許多人殺了人卻逍遙法外，我們也無能為力。大部分原因是我們不了解內情，沒有聽說過此事。不過再回頭談你的問題……你送給你兒子的土地依法值三千元，對吧？」

「對。」

「然後，幾年後，那塊土地發現了石油，地價飛漲，是吧？」

「沒錯。」

「那是你兒子時來運轉，財運亨通。這是我對法規的詮釋。我或許是錯的，不過我認為應該就是如此。你送那塊土地給你兒子時，你不知道地底下有石油，你知道嗎？」

「我不知道。」

「沒有騙人？附近都沒有任何油田？」

「沒有。」

「那就如我說的，你的兒子財運亨通。那筆贈與是合法的，我們只會在販售石油時課稅。」

「謝了，」狄雷尼組長說。

「應該是我謝謝你，」那個大聲公說。「難得輕鬆一下，不然都是接聽一些老太婆詢問她們餵家裡的貴賓狗吃熱狗的錢能否抵稅。」

狄雷尼掛上電話。布恩由走道進來，眉頭深鎖。

「這是逃漏稅，是吧？」他問。

「依我看正是如此，」狄雷尼點點頭。「坐下，放輕鬆，我將大概情況說給你聽。其中有許多部分尚不明朗，不過我想應該說得通。」

狄雷尼往後靠坐在他的旋轉椅上。他點了一支雪茄，雙手枕在腦後，望著天花板。布恩坐在那張破舊的俱樂部椅子上，菸與火柴放在腿上。

「好，」狄雷尼說：「來吧……若你覺得我說得太離譜，或者你想補充什麼，隨時可以打岔。

「我們就從六年前開始說起。維多．麥蘭的作品售價開始攀升，他也可以一年畫出五十幅左右。這純屬臆測，不過杰特曼或許因而感到焦慮了。當然，他替麥蘭賣畫也賺了許多錢，不過也許他擔心麥蘭畫得太多，畫得太快。記不記得杰特曼曾說決定藝術品價格的因素之一是物以稀為貴？不過這一點暫且略過不提。六年前，維多．麥蘭開始時來運轉了。

「然後，赫羅茲醫師突然告訴他，他得了絕症，他或許頂多只能再活三年。哇，晴天霹靂！依據赫羅茲醫師的說法，麥蘭聽了之後大笑，不過我可不相信這樣的消息不會令人震驚。麥蘭的第一個反應是這下子他得趁此餘生更努力賣命，畫得更快一些。因為他真的是一個對藝術有狂熱的創作者，他想了解一切，擁有一切，並將之呈現在畫布上。然後他開始想——為誰辛苦為誰忙？國稅局？他付的稅已夠多了，若他工作得越辛苦，賣得越多，課的稅也越凶。將畫留給繼承人？如此一來國稅局與紐約州政府都要抽取龐大的遺產稅。」

「伍爾夫隊長曾告訴過我們，麥蘭對這一點的感受，」布恩說道。

「沒錯。於是麥蘭去找杰特曼，告訴他這個問題，杰特曼帶他去找朱立安．賽門。我猜一定是那個律師想出了這一套荒唐的詭計，怎麼看都是訟棍搞出來的手段。畢竟，他們要冒著逃漏稅的風險，那是觸犯聯邦法的重罪。不過賽門想出了一個詭計，可以將風險降到幾近於零。」

「誰獲利？」小隊長問。

「誰獲利？」狄雷尼笑著說。「我在前一陣子就曾問過我自己這個問題，當時也沒有答案。麥蘭要他的母親和妹妹受惠，或許他不曾給過她們任何東西，或許他只給過她們一些小錢。不過他知道她們的日子只是還過得去，位於南亞克的家園即將荒蕪破敗。如今他來日無多，對此深感內疚。他要他的母親和妹妹獲利，讓國稅局一無所獲；他們早就課了他大筆所得稅了。我認為麥蘭應該有這種念頭。」

「他的妻子和兒子呢？」

「操他們的。麥蘭應該會這麼想，或許也會這麼告訴杰特曼：操他們的。他的妻子自己每年有兩萬元的進帳，不是嗎？她不會挨餓受凍的。而且維多認為他在杰特曼畫廊所賣出的遺作應該夠讓他的兒子衣食無慮。那個孩子可以獲得課稅後一半的遺產，記住這一點。不，麥蘭要他的母親及妹妹成為大贏家。」

「這麼說來朵拉與艾蜜莉．麥蘭也有參與了？」

「一定有；她們的穀倉就是用來存放作品的。我猜她們對維多罹患絕症感到難過——或許朵拉就是因此而藉酒澆愁——不過她們想到穀倉內那一大堆的畫作就會感到欣慰了，她們繼承的遺產。以下是我推論他們運作的方式：

「假設麥蘭在得悉來日無多之後，每年至少創作五十幅畫作。其中十至十五幅交給杰特曼畫廊依正常管道賣出。物以稀為貴，因此麥蘭的作品價碼不斷攀高。其他二十五幅或更多的畫就放在穀倉裡，由麥蘭或杰特曼趁著瑪莎・碧絲莉不在時以休旅車送過去。」

「還有當朵拉與艾蜜莉・麥蘭到紐約來與他共進午餐或晚餐時，」布恩說：「她們就用那部賓士車載送畫作回去。」

「沒錯，」狄雷尼點點頭。「如果國稅局查出來了，朵拉與艾蜜莉・麥蘭及杰特曼就會聲稱這些畫作是二十年前的舊作，當時麥蘭的作品行情是一幅一百元。聽著，那個傢伙的畫風一成不變，沒有人看得出來。你剛才也聽到國稅局那個人的說法。二十年前一幅一百是合理的行情價，麥蘭可以每年送給他母親及妹妹各三十幅，而且仍在合法的贈與限額之內。聯邦政府要如何證明那些畫是在最近幾年麥蘭的行情已達一幅十萬以上時才畫的？」

「他們必須有紀錄才行，」布恩緩緩的說。「某種帳冊，就像是杰特曼拿給我們看的那本合法出售的帳冊。」

狄雷尼伸出食指比著他。

「你說對了，」他說。「你已經搞清楚了。有兩套帳冊，杰特曼弄了一本帳冊，證明那些畫是二十年前的作品，將之送給朵拉與艾蜜莉・麥蘭。當然，那是偽造的，不過國稅局恐怕要耗費龐大的時間才能查清楚。」

「維多為什麼不讓朵拉與艾蜜莉．麥蘭在他生前先賣掉幾幅作品？她們雖然必須因此而繳稅，不過可以開始整修老家。」

「因為杰特曼說服她們，麥蘭的畫作行情仍在看漲，她們持有的越久，價格就越高。而麥蘭遇害後，他的遺作行情更是漲停板。情況就是如此。聽著，這套計謀是賽門與杰特曼精心設計出來的。至於他們的酬勞，我想杰特曼應該是與朵拉及艾蜜莉．麥蘭說好了。待維多過世後，收藏著的那些作品會慢慢出售，花十年或二十年賣出，藉此維持價碼居高不下。杰特曼可以處理銷售事宜，完全合法，而且可以從中抽取五成佣金。」

「他再從佣金中撥出若干當作賽門獻計的酬勞。」

「那就是我的推論，」狄雷尼點點頭。

「對了，」布恩說。「一定是如此。」

「當然，」狄雷尼說。「除了一點。是誰做掉了維多．麥蘭？」

16

傑森．T．傑森覺得自己像個警探，即使他還沒有正式升遷。他就像投入警界的大部分年輕人一樣，認為警察工作就是應該如此：穿著便衣明查暗訪，進行偵訊，偵破命案。他穿著制服在街上巡邏了三年，這個願景已逐漸褪色，不過尚未完全消失。如今美夢已成真。

在布恩小隊長的建議下，以及他老婆的協助下，傑森二號為他的刑警角色所設計的造型，看來像是來自南部內陸的鄉巴佬。他戴著一頂栗色的絨毛呢帽，帽緣大約有四吋寬，有一顆像超級巨鑽的人造假鑽用別針固定在帽子的一側，帽子上還有一根長羽毛隨風搖曳生姿。

他穿著有流蘇的鹿皮外套，裡頭是鑲著褶邊的紫色襯衫，鈕釦一路敞開直到腰際。他的脖子上用珠形項鍊配掛著一個碩大的銀色徽飾，緊身牛仔褲是某種黑色亮麗的質料，有點像皮褲，黃色馬靴有厚大的鞋底及三吋高的鞋跟。傑森的老婆說他這身打扮讓他看起來像是全紐約塊頭最大、最俗氣也最色瞇瞇的皮條客，她要求他每次要由他們位於長島的席克維爾住處進門出門之前，都要先披上一件雨衣，免得被左鄰右舍看到了。他的兩個小孩認為他們老爸這身行頭是他們所見過最可笑的裝扮，他斥責了他們幾次才讓他們不再大叫：「嘿，媽，超級種馬回家囉！」

傑森對他的任務是樂此不疲。他喜歡與人相處，也發現與人交談、聆聽他們的苦惱並不難。他對自己龐大的身材不會太過在意，也發現或許正因為他身材魁梧，有些人喜歡別人看到他們跟他聊天或跟他共飲。那令他們感到自豪，彷彿他們是在與什麼名流為伍。

他發現他每天都會花十二小時投入新工作，有時還不止，不過他與妻子珍妮塔談過了，他們決定他應該全力以赴。這對巡邏警察而言是千載難逢的機會，如果他能協助偵破這個案件，至少可以獲得表揚，因此立刻破格升遷為三級警探也不是不可能。

他在讀警校時已經受過一般的基本訓練，當然，三年的巡街歷練學到的更多，不過他以往的經歷中並沒有擔任這項任務的專業背景。他告訴珍妮塔，如果沒有亞伯納・布恩從旁協助，他或許會手忙腳亂。小隊長教他一些這一行的訣竅。

例如布恩告訴他，假設你因為某種原因要跟監某人，而且你想查出他的姓名。你看到他和另一個人聊了幾分鐘，然後離開。然後你就可以上前找另外那個人談，但是不要亮出警徽質問：「剛才和你交談的那個人叫什麼名字？」這麼做，那個人或許會拒不合作，或說謊騙你。不過你如果笑著上前說：「嘿，兄弟，剛才和你聊天的那個是不是比利・史密斯？」那個人很可能會說：「比利・史密斯？才不是呢，是傑克・鍾斯。」

布恩說，傑森要進入下東區的酒吧時，也同樣不應該大步走入向酒保亮出證件，將警方肖像畫家繪製的西班牙裔婦女肖像拿出來問道：「你有沒有見過這個女人？」那人即使看過，這麼一來很可能會佯裝沒見過。

小隊長告訴傑森，比較妥當的方式是慢條斯理的晃入酒吧，點一杯啤酒，慢慢啜飲，待酒保不忙時，再若無其事的問道：「瑪莉最近來過嗎？」如果酒保說：「瑪莉？我不認識什麼瑪莉，」這時傑森就可以說：「當然見過，兄弟，瑪莉常來。看，我還有一張她的畫像。」酒保可能還想裝蒜，不過他也可能說：「噢，她啊。她不叫瑪莉，她叫露西。」或瓊安，或蘇伊之類的名字。

「訣竅就在於要了解如何與人周旋，」布恩告訴這位黑人警察。「一個高明的警探擁有上千種絕招可以向不肯透露消息的人套話，或叫他們做他們原本不想做的事。你必須研究人性，及令人心動的關鍵。我一向認為用蜂蜜可以比用醋捕捉到更多的蒼蠅，不過我知道有許多刑警對此不以為然。正好相反，他們來硬的。你必須找出能讓你獲得最佳效果，最適合你的方式。」

傑森告訴珍妮塔，布恩那一套最適合他；他覺得對人凶巴巴的實在讓他渾身不自在。所以他就在下東區的大街小巷閒逛，面帶微笑，找一個個的酒保、商店老闆聊天，其中有些人猜他是警察，不過都沒有說穿。他的那身裝扮及模樣想必頗為稱頭，因為有一次正午時分在諾弗克街，一個年輕貌美的白人流鶯湊到他身邊告訴他，她不介意加入他的旗下靠行。傑森將這則軼事告訴老婆，認為她會覺得有趣。她沒有給他好臉色。

他略有進展，但所獲不多。他採用布恩那套技巧，信步逛入一家位於弗西斯街的廉價小吃攤，若無其事的問那位波多黎各裔的女服務生：「瑪莉最近來過嗎？」結果正如布恩小隊長所言，那個女服務生指認那個女人是「裴媽媽」，名字則不得而知，她偶爾會帶著另一幅畫中的少女一起來。那個女孩據稱是裴媽媽的侄女，名叫桃樂絲，姓氏不得而知。

布恩小隊長在檔案資料中查「裴媽媽」，一無所獲。曼哈頓區電話簿中有超過七百五十個姓裴的，除非絕對必要，否則他們可不想逐一清查。

於是傑森繼續每天明查暗訪，也成為果園街及黎文頓街的常客。不過如今他可以若無其事的問：「最近見過裴媽媽嗎？」他最遠曾查到西邊的包瓦立街及東邊的羅斯福街。有時候他在夜間及凌晨工作，也會前往危機四伏的地方。不過或許因為他人高馬大，不曾遭到搶劫。有天晚上，在威廉斯堡橋下，他以為有四個小混混想要動他的歪腦筋。不過他悠哉的慢慢走過去，還吹著口哨，同時冷汗直流，結果他們嚇的自己閃人了，他也安然走到燈火通明的街區。

這期間他所經歷過最慘的情況不是應付下東區的不良分子，而是亞伯納·布恩小隊長惹出來的。

布恩偶爾會過來與傑森同行，通常是在入夜後，陪著他一起巡查幾個小時，也會傳授他更多的錦囊妙計。布恩穿著骯髒的運動鞋和卡其牛仔褲，套上一件汙穢不潔的尼龍運動外套。他沒有穿襪子，有幾顆鈕釦也不見了。沒有人會多看他一眼。

傑森注意到每當他與布恩一起進入酒吧，小隊長總會點一杯生啤酒，然後就這麼擺著，任杯頂的泡沫消失。

第一次遇上這種情形時，傑森說：「不喝？」布恩勉強笑了笑說：「今晚不喝。」接連兩三次都是如此；布恩從來不舉杯喝酒。最後，傑森一來是因為口渴，再者他的酒量很大，忍不住說：「介意我幫你喝掉嗎？」布恩點點頭，傑森就在他們離開前將他那一杯也一仰而盡。

傑森最難熬的那次經歷是在他與布恩到包瓦立街的酒館訪查時發生的，那些酒館只要花五毛五美金就可以買到一杯雙份的，不過大部分熟門熟路的顧客都寧可點瓶裝的啤酒。傑森與布恩由包瓦立街轉入格蘭特街，開始往東信步走去。他們繞過街角進入厄卓吉街，傑森的車子就停在那邊，這時有一部警車停在路邊，車頂的警示燈仍閃個不停。兩位警察都下車執行勤務，雖然他們能做的也不多，只能設法叫聚集的圍觀群眾離開。

看來好像是有兩個老酒鬼拿著破酒瓶互砸對方。這很不尋常；老酒鬼一般連開瓶蓋的力氣都沒有。不過或許他們是積怨已久或是宿仇。總之，他們把對方砍得血肉模糊——有一顆眼球躺在人行道上——顯然有一個酒鬼已經氣絕身亡，另一個遍體鱗傷，有氣無力的喘著氣。

那兩個獲報趕來的年輕警察不知如何處理，他們以無線電呼叫請求支援，不過卻無法替那個奄奄一息的人止血或替他上繃帶，除非他們要將他綁得像木乃伊一樣。鮮血流過人行道、路邊、流入下水道。血流成河。血腥味在悶熱的夜空中飄送，令人窒息。布恩很久沒有遇過這種血淋淋的場面了；他幾乎忘了血的腥臭味。

他快步離去，傑森必須加快腳步才能跟上他。布恩衝進沿路見到的第一家營業中的酒館，點了杯啤酒。傑森還沒來得及坐上吧檯前的凳子，布恩已將整杯一口氣喝完，並點了第二杯。

糟了，傑森想著，這下子麻煩了。

果然沒錯，不到一個小時布恩小隊長就爛醉如泥，語無倫次。傑森遵照布恩自己傳授的錦囊妙計之一——「絕對不要與醉鬼、瘋子、攜帶刀械的人或女人爭辯」——布恩說什麼傑森都照著做，也設法將他帶出酒館。不過布恩不肯離去，堅持要再來一杯。然後他突然靜了下來，不再嘰哩呱啦說個沒完，臉色鐵青，踉踉蹌蹌的走入洗手間。

他走開後傑森思索著該如何是好，他不曾遇過這種情況。他曾見過喝得醉醺醺的警察同事，通常也會協助他們回家，他們全都是大吵大鬧，爛醉如泥。不過布恩是傑森的長官，而且他根本不知道小隊長住在何處。他不知道是否應該打電話給艾德華・X・狄雷尼組長，向他說明情況，後來決定這麼做不妥。他不知應該如何是好。

布恩在洗水間內似乎待了太久了，傑森心想他或許在裡面不省人事了。不過待傑森進去後，看到布恩並沒有暈厥過去，小隊長坐在一灘尿液中嘔吐，背部靠著髒穢不堪的瓷磚牆壁，正將他的配槍抵入嘴中。他的食指緩緩撫過扳機。傑森差點嚇昏了過去。

他將布恩手中的左輪槍取走，開始拍打他的臉頰想要叫醒他。過了一陣子，小隊長開始啜泣，雙手掩面——不知是想掩飾他的淚水或不想再挨耳光了，傑森也不知道。不過他扶布恩站起來，靠在牆角，設法以紙巾替小隊長清理乾淨。

然後傑森彎下腰，將布恩整個人扛在肩頭上。他輕易的挺直身體，一手扶著小隊長，將他扛出洗手間，離開酒吧，沿著厄卓吉街走到傑森的車子。他的車內有當天的《郵報》，為防萬一，他拿報紙鋪在後座，再把布恩放上去。小隊長這時已完全不省人事，全身髒兮兮，臭氣沖天。

傑森伸手在布恩黏答答的各個口袋內翻搜，總算找出他的住處。不過他不知道小隊長是否已婚。如果已婚，傑森不希望將小隊長在這種情況下送回去給他老婆。傑森嘆了口氣，發現自己別無選擇，只能將狼狽不堪的布恩送交「他自己」的老婆。珍妮塔不會喜歡這樣，不過已無計可施。於是他開車載布恩小隊長回到長島席克維爾的家中。

他的妻子對這麼晚了還要接待一個滿身臭氣又不省人事的不速之客感到不悅，不過在傑森告訴她事情原委之後，她勉為其難同意，並協助他將布恩卸裝，沖洗乾淨，然後抬到地下室內一張長椅上，蓋上毛毯。他老婆唯一火大的一點，是她在洗布恩的髒衣服時，傑森說：「妳看起來好白喔，蜜糖。」

由於布恩曾試圖舉槍自盡，傑森警官決定熬夜陪他到隔天上午，以免布恩半夜醒來又想尋短。不過小隊長就此呼呼大睡，不但打鼾還會磨牙。布恩半夜醒來時想要嘔吐，酒也醒了，環顧四周，看到傑森就坐在一旁。

「謝了，」布恩啞著聲音說，抱住頭。

傑森什麼都沒說。一個星期後布恩小隊長送給珍妮塔一束約值五十美元的玫瑰花，還赧然附上一張道歉與感謝的字條。他還送給傑森的兩個兒子酷似真槍的塑膠製科特牌點四四左輪槍，可以射出肥皂泡。

「他自己就應該配這種槍，」珍妮塔說。

布恩小隊長再也沒有到下東區陪傑森一起查訪。不過他每天與傑森通電話，聽他報告，提供意見也幫他打氣。他們對那天晚上的事都絕口不提。

傑森就這麼繼續獨自明查暗訪，對布恩提供他的那張公共場所清單所列出的地點格外留意：也就是維多・麥蘭經常出入的場所。他在訪查期間，曾化解一場持刀鬥毆，逮到一個扒手，還安撫一個老是認為鄰居家的牆壁會有致癌輻射線的老太太。除此之外，他的任務相當平順——他就希望如此。他有信心假以時日他一定可以找到裴媽媽及桃樂絲。不過他擔心狄雷尼組長會對他的進度失去耐心，又將他調回去擔任制服員警。

他試著每天更換不同的路線與時段，在訪查第三星期的週五晚上，他打算走遍運河街與迪蘭西街，由包瓦立街走到艾薩克街。到了半夜他正在盧德洛街往南走，經過一棟黑暗的磚造建築物，看起來像車庫或倉庫。這棟建築旁邊有一條昏暗的小巷，街燈照不到之處一片漆黑。

巷子內的動靜吸引了他的目光。他放慢腳步，停了下來，然後走近幾步。他瞥見一件淺色的女性衣物由眼前晃過，他的心跳幾乎停止。

「嘿，寶貝！」他開心叫道。她稍微走出來到有光線處。

「你好，大男孩，」她說。「想要樂一樂嗎？」

然後她露出微笑，他看到一顆金牙閃閃發光。

17

他們花了許多時間研擬計畫，也花了更多時間討論是否有此必要。就在傑森於盧德洛街的小巷子內與裴媽媽搭訕的那個星期五晚上，狄雷尼組長與布恩小隊長正開車前往南亞克，沿路還在討論他們此行是否為明智之舉。

「我們應該收買瑪莎．碧絲莉才對，」布恩小隊長說。「請她在朵拉與艾蜜莉．麥蘭外出時向我們通風報信。」

「聽著，」狄雷尼說：「如果朵拉與艾蜜莉．麥蘭涉入了麥蘭案，而且我們非法搜索的事情曝光了，那麼她們會無罪開釋，我們只能乾瞪眼。這麼做風險是很大，不過我們如果將瑪莎．碧絲莉吸收進來當線民，則我們真的就是愚不可及了。」

「我仍不確定這麼做是否值得，組長，」布恩焦躁不安的說。

「只要能找到與命案有關的任何線索，就值得了。我承認，目前我們所擁有的也只有涉嫌逃漏稅。我對那種事根本不在乎，那是聯邦政府的事，我們挑個適當時機再向他們通報。不過命案優先，而且我不相信那純屬想要逃漏稅的詐欺勾當，我相信那與麥蘭為何遇害有關。此外，老實說，我真的很好奇，我想要確定我們的猜測是正確的。還有，不妨這麼看，如果我們在潛入穀倉時被朵拉與艾蜜莉・麥蘭逮個正著，她們也不敢張揚，否則會讓國稅局更早發現那一大筆暗槓的遺產。」

「可是如果是被當地的警察逮到呢？」布恩懊惱的說。「或是州警？」

「遇上了再臨機應變，」狄雷尼說。他瞄了布恩一眼，對小隊長這麼不安感到困惑。布恩這一個星期來出現時總是滿臉倦容，雙眼有黑眼圈，也可以嗅到濃烈的薄荷味，那一定是想要蓋過什麼味道。狄雷尼認為布恩想必又再度酗酒了。他此刻看來似乎還算清醒，不過有些許痙攣的現象。「或許讓我在麥蘭老家下車？」組長問。「我自己去，你替我把風。」

「不，」小隊長說。「我也一起去。就算只是去印證一下我的技藝學得夠不夠精也好。」

布恩指的是他曾由一級警探山米・狄加多傳授一堂三小時的開鎖課程。山米偵辦的多數是保險箱竊盜案，他的開鎖技術號稱是獨霸紐約市警局。他曾傳授布恩以雙手並用開鎖的訣竅，那是同時使用兩支細針形的撥鎖棒將精良的鎖頭撥開的獨門絕活。山米最喜歡看電視影集中刑警或私家偵探以一張塑膠製信用卡打開堅固的鎖。

布恩的車後裝著他們認為派得上用場的配備：一盞大型照明燈、兩支筆型手電筒、一部附有閃光燈的拍立得相機、幾塊約餐巾大小的四方形黑布、兩把橇子、一些其他工具及一個急救箱，他們希望這急救箱只是備而不用。兩人都帶著槍，也都各自帶著開鎖用具，再加上一小罐的油及一管附有噴嘴的液狀石墨。

「就差沒戴滑雪面罩了，」布恩說。

他們預計在凌晨一點抵達，先緩緩駛經麥蘭老家，看到屋內的燈都已熄了，不過房子兩側各有一盞小燈。他們迴轉後再駛過一趟，並駛入離道路較遠處，連樹枝都可刮到車頂及車窗了。布恩將車子熄火，也關掉車燈。他們靜靜坐了將近十分鐘，讓眼睛適應黑暗。這期間只有一部車子駛過靠河岸的道路。

最後，狄雷尼輕聲說：「你在這裡等，我要去查看那部賓士車。十五分鐘。」

他小心翼翼的溜下車。布恩很訝異大塊頭的狄雷尼組長身手竟然如此矯捷，活動靈活。天邊有一輪約四分之三圓的月亮，不過雲層濃厚，遮蔽住月光。狄雷尼消失在陰影中。布恩面無表情的坐著，恨不得能抽根菸。

組長十分鐘後回來，神不知鬼不覺的就突然由布恩的車窗邊竄了出來。

「車停著，」他低聲說。「她們在屋內。走吧。」

兩人都是全身上下黑色的勁裝打扮。他們將工具與裝備以黑布包裹著以免叮噹作響，然後裝入兩只麻布袋內。布恩開路，扭開一支筆型手電筒，光線壓低；他的腳邊有一小圈的光暈。

他們是都市警察，不是伐木工人；他們難免會踩到地上的枯枝或撞上樹枝。不過他們走得很快，三不五時就將燈關掉，停下腳步聆聽。他們繞了一大圈，設法讓穀倉位於他們與那棟房子之間。當晚濕氣很重，不過幸好有涼風送爽。那種味道不大熟悉：雜草叢生的泥土地，某種活生生的動物突然冒出的臭味、樹液的氣味，偶爾也會飄來濃郁芬芳的花香。他們一度聽到一隻小動物匆匆跑過的聲音，差點嚇得他們魂不附體。

他們走近穀倉旁，布恩將手電筒比向一邊，向狄雷尼示意那個與石頭並列在一起的排水洞以及冷氣機的排水口。兩人都不發一語，等烏雲完全遮住月亮後再繞過角落。小隊長帶路進入那座小倉庫，組長亦步亦趨緊隨在後，一手搭在布恩的肩上。

他們將大門輕輕帶上，以手電筒的光線迅速掃過整座倉庫，然後開始動手。他們拿掉牆上的防水布，掛在破舊的大門上，如此可以避免裡頭的光線由門上的縫隙中流洩而出。然後他們走向那扇暗門，按原訂計畫進行。

狄雷尼組長再攤開一塊四方形的黑布，擋在那道鎖與老屋之間，再多加一層遮光效果。他用嘴巴含著那支筆型手電筒，以牙齒輕輕咬著，再用嘴唇緊緊含著。布恩找出那一條管狀的液態石墨，朝鎖頭輕輕噴一下，再由後口袋內那組開鎖工具中挑出兩支撥鎖棒。那是兩根很長的針，一根尾端是尖形的，另一根則是扁平狀。

他將尖形的撥鎖棒插入鑰匙孔中，開始輕輕觸探，眼光凝視著黑暗處。(「盯著鎖看沒有用的，」山米·狄加多曾說。「你的視線會模糊。全靠觸覺，全憑感覺。」)不過布恩什麼都沒有觸碰到，什麼都沒有感覺到。他輕輕的四下觸探，試著找出鎖中的制栓。不過他的手心冒汗，撥鎖棒老是會滑掉。他將撥鎖棒插在鑰匙孔中放著，用力在滿佈塵垢的地板上摩擦手指頭及雙掌。然後他再回去探觸，緊張的猛眨眼。最後，他黯然搖搖頭。狄雷尼放掉那塊遮光的黑布一角，將含在嘴中的手電筒拿出來，將燈關掉。他將頭湊近布恩。

「要我來試試？」他低聲說。

「還沒。我先休息一下，等手不再顫抖了再試一次。」

他們站在黑暗中，兩人都試著做深呼吸。小倉庫內仍有白天留下的熱氣，還有經年累月留下的霉味。那使他們鼻塞，眼睛乾澀。他們聞聞自己身上的味道，再互相聞聞嗅嗅。

「好，」布恩低聲說。「我這邊需要照明一下。」

狄雷尼將手電筒照向布恩髒污的雙手，他在那組撥鎖棒中翻找著。他將尖形的那把換成另一支尾端呈細鉤形的。他們再各自回到原來的位置，布恩這時用那支鉤形的探觸，眉頭深鎖望向黑暗中。他全神貫注探觸著。

「撥開一個了，」他吁了一口氣。

他將扁平狀的撥鎖棒插入鑰匙孔中與那支鉤形針並列。這時他兩手並用，扁平狀的用來尋找空隙，鉤狀的則用來撥開制栓。

總共花了將近半小時，他們三度停下來休息及聆聽。不過最後那支扁平狀的已經緊緊插入；他們兩人都聽到令人心滿意足的喀嗒聲。布恩緩緩扭轉手腕，直到兩手肘都往上，狄雷尼則以一腳的膝蓋緊緊抵住門。最後的喀嗒聲最大聲，鎖頭也應聲旋開。他們停下來，滿頭大汗，傾耳聽著。然後狄雷尼將門頂開。

手電筒已經關掉。兩人坐在地板上幾分鐘。狄雷尼小心翼翼的將手一直擺在門檻處，以免又鎖上了。

他們感受到從那個房間內灌進來一陣清涼的空氣。

「走吧，」布恩說。

他們站起來，拎起他們的麻布袋。布恩緩緩將門推開。

「等一下，」狄雷尼說。

他將一把螺絲起子及鉗子包在一起插入門後的樞紐處，如此門便可以固定住。他們躡手躡腳的走著：一部慢動作電影。

他們做的第一件事是檢查門的另一頭。門的內側有一個門把，待布恩試著扭動確定有效後，再滿意的將他的撬鎖棒抽出來，收回他的工具套內。狄雷尼將卡住樞紐的螺絲起子及鉗子拿開，將門輕輕帶上。他們進門了。

「這是重罪，」狄雷尼說。

「那道門很緊密，」布恩說。「開照明燈無妨?」

「當然，」狄雷尼說。「這裡，在我這邊。」

他將黑布解開，取出照明燈，再將黑布塞回麻布袋。他站直身體，照明燈提高至及腰處，然後打開燈。一束強光往前照射，光線太過強烈，令他們瞇起眼來。然後他們將眼睛張開，也看得一清二楚。

這座老舊穀倉的內部加裝了隔熱設備，還有幾乎高達屋頂的木製架子。有一道牢固的梯子靠在牆壁。一部大型冷氣機擺在角落。還有一張木質餐桌，一張木椅，此外什麼都沒有了。除了那些畫作。

放眼望去全是畫。架子上、地板上，全靠在牆邊，不是堆在一起，而是一幅幅分開擺放，讓顏料風乾。在照明燈的強光照射下，一張張活靈活現的臉孔瞪著他們，眼睛炯炯有神，嘴巴揶揄嘲弄著。

狄雷尼與布恩瞠目結舌，五彩繽紛的光彩令他們震懾。他們有一絲羞愧感，彷彿擅闖聖地。其中有幾幅靜物寫生、風景畫、肖像畫，不過裸女畫居多，維多．麥蘭式放蕩不羈的裸女，成熟嫵媚，有各種層次的乳白色與鮮紅色。紫羅蘭色的陰影。私處、隱祕處。手臂前伸，充滿渴望的腿。

「天啊，」布恩低聲說。

他們站著凝視，目不轉睛。狄雷尼將照明燈緩緩四處轉動。隨著燈光的移動，時而明亮，時而昏暗，他們看到粗大的四肢顫動著，慵懶的移動著。他們被一大片如排山倒海而來的肌肉環繞，淹沒在其中。栩栩如生的軀體及火焰般的頭髮由畫布中伸臂擁抱，交纏，令人窒息。

狄雷尼將照明燈關掉，他們聽到自己濁重的喘息聲。

「太多了，」狄雷尼在黑暗中說。「像這樣全擺在一起。太強烈。多得令人無法負荷。」

「你估算有多少？」布恩啞著聲音問。「兩百幅？」

「算是兩百幅好了，」狄雷尼說。「就算每一幅最少十萬美金。」

「少說也有兩千萬，」布恩說。「就在一座木造穀倉中。真是令人難以置信。我們偷走十幅吧，組長，然後遠走高飛。」

「別以為我沒有動過這種歪腦筋，」狄雷尼說。「只不過我知道我沒辦法銷贓。我們再多看一眼吧，這次用筆型的手電筒。」

微弱的光線令他們鬆了口氣；他們不再覺得目眩神迷。他們走向距他們最近的畫作，那是一幅深色的裸女圖，軀體扭曲，臀部翹高，手腳像蛇一般，臉上掛著充滿挑釁意味的獰笑。布恩將光圈移向右下角。他們看到那種記帳員式、字跡工整的落款：維多・麥蘭，隨後是日期：一九五八。

「王八蛋，」狄雷尼說。「試試另一幅。」

他們逐一檢視那些畫作。簽署的日期全都是一九五七、一九五八、一九五九，有幾張是一九六〇。沒有任何一張的日期是最近的。

「妙啊，」布恩說。「不只在杰特曼的保險箱內有一本假帳簿，連畫作上都有假日期。國稅局若要證明這是一年前畫的，恐怕要費盡千辛萬苦。」

「他們設想周到，」狄雷尼相當佩服。「一定是朱立安・賽門的手筆，一定是，看起來就是經過有法律素養的高人指點。我們拍幾張照片，只是用來證明這些裸女畫的存在。」

布恩打開照明燈讓狄雷尼用拍立得拍攝一卷彩色照片。照片的色彩不像油畫那麼鮮艷，不過整體的拍攝效果令人印象深刻；滿坑滿谷的藝術品。

他們收拾妥所有裝備，塞入麻布袋中，再仔細檢查地面，確定沒有留下任何曾經造訪的痕跡。

他們躡手躡足往外走，以筆型手電筒照路，這時光線已相當微弱，明滅搖曳不定。布恩在出門前先將門內的把手擦拭過。他關起門時先將一支鉤型撥鎖棒插入鑰匙孔中，然後將門往他的方向拉，直到鎖扣喀嗒一聲進入定位。他們迅速將那塊油膩的防水布掛回原位，然後在黑暗中等了片刻，豎起耳朵聽著，隨後再靜悄悄的往外走。

兩人都朝麥蘭家那棟古宅望過去。樓上有一扇窗戶內的燈光亮著，他們走得不慌不忙，但也沒有浪費時間。先繞過牆角，沿著牆壁走，進入樹林中。二十分鐘後他們已經上路，朝紐約前進，兩人都忍不住猛抽菸。

「接下來要怎麼辦？」布恩問。「找杰特曼？」

「幹嘛？」狄雷尼問。「那只是逃漏稅，嚇不倒他的。或許應該找朱立安．賽門，他是杰特曼的不在場證明關鍵人物。不過他何必說出來？狗屎，全是狗屎。或許應該找貝拉．莎拉珍。」

「為什麼找她？」

「可能的動機。噢，天啊，我也不知道，小隊長。只是胡亂摸索。」

「或許麥蘭的老婆察覺出逃漏稅的陰謀，因而心生不滿。因為那些畫作不會包括在遺產中，她繼承的遺產。」

「也不無可能，」狄雷尼嘆了口氣。「我們想得到的可能性太多了。要不要換我開一下？」

「不用了，謝謝你，長官。我沒事，現在心情已經平靜下來了。那些闖空門的傢伙怎麼有膽量做這種事，我真搞不懂。」

「或許是偷久了有經驗，就越來越順手了。」

「我可不想知道，」布恩說。「如果能找到還在營業的店家，就歇腳喝杯咖啡？」

「直接打道回府吧。你進來坐坐；蒙妮卡為我們留了一鍋新鮮的料理及一些肉桂圓麵包。」

「聽起來不錯，」小隊長說著，開快了些。

這時已清晨三點多了；狄雷尼料想蒙妮卡應當已酣睡多時。不過當他們在狄雷尼家門前停車時，客廳的燈仍亮著，他看到他妻子的身影佇立在窗簾邊，向外眺望。

「這是怎麼回事？」他吼道。

他們全神戒備的走上門前台階，手就擺在槍套旁。不過蒙妮卡替他們開門，一切安然無恙，只是有話急著要告訴他們。

傑森．T．傑森打了好幾通電話過來，他也試著打到布恩的住處。他告訴蒙妮卡，由整點起他每隔十五分鐘會打一次，直到狄雷尼回家，傑森留話有要事稟報。

「他有說是什麼事嗎？」

「沒有，他只說事關重大，必須盡快向你或布恩回報。他很有禮貌。」

兩人面面相覷。

「惹出麻煩了？」狄雷尼猜測。

「或是他找到裘媽媽了？」布恩說。「兩者之一。」

「唔……」狄雷尼看了一下手錶。「他再過十分鐘會再打過來。」

「咖啡還在保溫，」蒙妮卡說。「我將燈打開，你們兩個先去清洗乾淨。天啊，你們看起來像是去開礦了。」

他們圍坐在餐桌旁喝咖啡，吃肉桂麵包。蒙妮卡拒絕先去就寢；她想要聽聽看發生了什麼事。

狄雷尼正在告訴她那些私藏的畫作時，電話響了。他拿起廚房的分機，手邊早已備妥紙筆要做筆記。

「我是艾德華・X・狄雷尼，」他說。「是的，傑森……我知道……我們兩人都外出……是的……好，太好了。在何處？……好……在哪幾條街道之間？……你確定她在裡面過夜？……好，先等一下……」

他以手掌捂住話筒，轉頭向另兩人淡然一笑。

「找到她了，」他說。「在果園街，就在格蘭特街南方一棟出租公寓的頂樓。她顯然是個流鶯，不過傑森說她今晚在家裡。如果出門了，他會跟監。」

「我最好趕過去，」布恩憂心忡忡的說。「他不知道該怎麼處理。」

「對，」狄雷尼點點頭：「你最好上路了。叫傑森回家，如果他想回去的話，不過他聽起來很興奮。我一早去和你會合，我們再同時去找她。每個小時整點時打通電話過來。」

他再回頭講電話，向傑森詢問確切地點，再匆匆寫下來。

「留在原地，」他下令。「布恩小隊長馬上趕過去。如果她出門了，你就跟上去，再設法打電話到這裡來找我。你今晚吃了沒？……好，我們會處理。幹得好，傑森。」

他掛上電話，滿意的望著他的筆記。

「你可以在果園街與格蘭特街的街角處找到他，」他告訴布恩。「他會留意你。拜託，可別把她跟丟了。你如果需要更多人手，打到我這裡來。」

「我們不會跟丟她的，長官，」布恩承諾。

「他吃了沒？」蒙妮卡問。「傑森？」

「沒有。從昨天下午之後就沒有進食了。」

「我來弄點三明治，」她說。

「好，」狄雷尼感激不盡的說。「又大又厚的三明治，他塊頭很大。還有那個保溫杯。小隊長，將那個保溫杯裝些咖啡帶過去。這時候沒有店家在營業。」

他們替布恩備妥咖啡、三明治、香菸、家裡所有的銅板以便打公共電話，然後送他上路。

「狄雷尼太太，」他在離開前紅著臉低著頭囁嚅的說：「妳能否替我打電話給蕾貝嘉解釋一下？為什麼我不能——呃——見她？」

「我會打電話的，亞伯納，」她一口答應。

「打到哪裡找她？」狄雷尼在布恩離去後問道。

「他的住處，」蒙妮卡簡短答道。「他們已經雙宿雙飛了。」

「噢？」狄雷尼說道，他們端著咖啡進書房。他將他在麥蘭家穀倉內拍的那些拍立得照片拿給她看。

「真難以相信，」她說著，猛搖頭。

「我看到時也不相信，」他告訴她。「氣勢磅礡，色彩濃烈，裸女，真令人嘆為觀止，混身發抖。」

「你接下來打算怎麼辦，艾德華？」

「蒐集本案所有關係人的照片，大部分人的照片我在檔案中都有。朱立安・賽門的照片沒有，泰德・麥蘭或許也沒有。我不確定，得查查看。然後明天我們就拿照片去找裴媽媽，問她那個星期五上午在麥蘭畫室附近看到的是哪一個。」

「你認為她會告訴你？」

「噢，她會說的，」他說。「總是有辦法。」

18

他和大部分警察一樣，難免迷信，因此他認為如果他能在麥蘭案的檔案夾內找到所有重要關係人的照片，就是好兆頭。朱立安．賽門與泰德．麥蘭的照片是他們在參加維多．麥蘭葬禮時由一個警方的攝影師以望遠鏡頭拍下。這些照片放大後粒子較粗，不過已夠清晰，足以辨識。

他將所有的照片全放入一個公文封內，再加上他在麥蘭畫室內找到的三張素描的拷貝，最後他再放入一張《紐約時報》有關杰特曼畫廊舉辦麥蘭遺作展酒會的報導。那篇報導中刊出了貝拉．莎拉珍與索爾．杰特曼的照片。

狄雷尼將一切準備就緒，布恩於星期六上午九點打電話過來。布恩與傑森還在監視裴媽媽的住處。裴媽媽仍在她位於六樓的住處內。他們曾去看過那房子的後院，不過後院唯一的出入口就是經由一條狹窄的通道沿著那棟建築旁邊走出來，最後還是要通到果園街，所以布恩認為裴媽媽不論走哪一個出入口他們都可以看到她。

「除非她翻越屋頂，」狄雷尼說。

狄雷尼叫小隊長留在原地，他在一個小時內會去跟他們會合。他打算搭地鐵前往，不過後來想想還是決定攔下第一部空計程車。他設法撙節支出，即使是搭計程車及布恩開車的油錢，狄雷尼也覺得是合理的花費。無論如何，那些費用都是索森的問題，沒他的事。

他坐在布恩的車子後座，其他兩人坐在前座，他們告訴他查出了什麼——能回報的也不多。裴媽媽的名字是蘿莎，不過街頭巷尾的人都叫她裴媽媽。顯然是個風塵女子——傑森二號證實了這一點——不過布恩猜她是老鴇；即使是在那個貧困的社區，想靠賣淫維生也得年輕貌美一些。

他們也蒐集到一些與桃樂絲有關的資料。那個少女不是裴媽媽的親戚，她的全名是桃樂絲．黎姿，她的母親名叫瑪麗亞．黎姿，住在六樓，就住在裴媽媽隔壁。瑪麗亞．黎姿顯然並沒有與男人打交道。她的工作時間很長，打掃辦公大樓，裴媽媽在白天幫忙照顧桃樂絲：帶她去購物、看電影等等。鄰居說桃樂絲的智能不足。

「那個裴媽媽是否媒介那個少女賣淫？」狄雷尼問他們。

傑森說他不認為如此。他與裴媽媽在盧德洛街搭訕時，他婉拒了她的自薦枕席，但暗示她如果能找個女孩來，他或許會有興趣。她沒有上鉤。

三人坐著，隔著熙攘喧嘩的街道望向裴媽媽那棟廉價公寓的出入口。那是一棟醜陋的灰色建築物，正面的石牆已剝落，還遭人塗鴉，大都是寫上西班牙文。人行道上遍地都是滿到溢出來的垃圾桶。有一群癩皮貓在台階上來回奔逐，在窄巷內跑進跑出，甚至還溜到公寓前方銹蝕的防火梯。他們望著時，路邊的攤販已開始架起摺疊桌，擺出一堆堆塑膠製太陽眼鏡及廉價T恤。

「好吧，」狄雷尼終於開口：「我們去找裴媽媽談談。」

「你要我們如何處理，長官？」布恩問。「來硬的？」

「不，」狄雷尼說。「我不認為有此必要，反正不必動粗。傑森，她認出你是警察了嗎？」

「沒有，組長。」

「唔……你還是跟我們一起上去吧。那會拆穿你的身分，不過她也會發現我們早就盯上她了，那對我們比較有利。」

三人下車，布恩將車子仔細上鎖。

「我希望我們回來時，輪子還在，」他無奈的說。

這棟廉價公寓的入口及走道正如他們所預期：鋪著老舊瓷磚的地板，牆上的漆則像已有五十年歷史般粗糙，有些漆已斑剝脫落，露出五顏六色的坑坑疤疤——綠色、粉紅色、藍色、褐色、綠色、藍色——有如考古挖掘古蹟時顯現一層層的年代。燈泡壞了，窗戶破了，木製欄杆上遭人亂刻名字或不慎刮傷。還有，空氣中瀰漫著一股類似霧氣的味道，彷彿有人在這地方噴了一團霧，而且這團霧氣永遠不會消散。

門鈴的按鈕上沒有標示姓名，不過由一整排的信箱——有些蓋子被撬開了——可以看到六D住的是裴家，而黎姿家則是六C。狄雷尼走到二樓時，查看釘在門口的錫質門牌，發現D戶是在最盡頭。他們繼續緩步上樓，偶爾靠到一旁讓喧嚷笑鬧的兒童衝下去，還曾讓路給一個孕婦，她步履沉重、痛苦不堪還帶著兩個滿臉髒兮兮的小孩。

他們在六樓的走道停下來喘口氣，然後往最盡頭走到標示著D的那扇門，並排站著。錫質的D字不見了，那個D字是用黑色的奇異筆塗寫在綠漆上。布恩將耳朵湊到門上，傾聽片刻，然後望著其他兩人並點點頭。狄雷尼示意他們閃開，不要直接站在門口。然後他舉起手重重敲門。

沒有人應門。他再敲一次，更大聲了。他們聽到有動靜了，也傳來腳步聲。

「誰啊？」一個婦人叫道。

「教育委員會，」狄雷尼大聲說。「為桃樂絲．黎姿的事來的。」

他們聽到開鎖聲，一條門鏈解了開來。門拉開了，傑森立刻將他的一隻大腳抵在門檻上。

那個婦人低頭看著那隻大腳，再抬頭看看傑森二號的臉。然後她緩緩望向狄雷尼及布恩。

「王八蛋，」她咬牙切齒的說。「你們有證件？」

布恩與傑森亮出證件，她似乎沒有注意到狄雷尼沒有向她出示證件。

「我們能進門嗎，裴媽媽？」狄雷尼親切的說。

「你有逮捕令？」她質問。

「逮捕令？」狄雷尼說。他望向其他兩人，然後再望向裴媽媽。「我們要逮捕令幹嘛？我們不是要逮捕妳，裴媽媽。我們也不想搜查妳的房子。只想談談，如此而已。問幾個問題。」

「什麼問題？」她狐疑的問。

狄雷尼從信封內取出麥蘭的素描拷貝。他拿給那個女人看。

「關於這些畫，」他說。

她望向那些畫，緊繃的臉色突然鬆緩了些，臉上幾乎露出了笑容。

「美，」她說。「是吧？」

「很美，」狄雷尼點點頭。「我們能否進門談談這些畫？」

她不大情願的站到一旁，將門拉開些。三人魚貫而入，狄雷尼快速環視屋內。只有一個房間，有如一口箱子，他猜大約十三呎見方。房內有一個小櫃子，門簾拉開了。有一座小廚房，不比櫥櫃大多少：有洗滌槽、流理台、雙爐式瓦斯爐、一部黃色小冰箱。房內有一扇窗戶，對面有一扇關上的門。狄雷尼望向那扇門，再朝傑森示意。傑森往前走三步站到一側，緩緩將門打開，小心翼翼朝內探視。然後他將門拉上。

「小浴室，」他說。「洗手台、浴缸、馬桶、置物櫃。另一頭還有一扇門。」

「還有一扇門？」狄雷尼若有所思。他轉向裴媽媽。「妳和瑪麗亞與桃樂絲・黎姿共用一間浴室？」

她點點頭。

「當然了，」他說。「這裡原本是一間公寓，不過屋主改建成兩戶，可以多收點租金——對吧？」

她再點點頭。

「裴媽媽，我們能否坐下來？」他問她。「我們想聊聊——只是友善的聊一聊——不過可能要花上幾分鐘。」

她毫不遲疑的將事情原委全盤托出。

那個星期五上午，她帶桃樂絲·黎姿到果園街要替桃樂絲買一雙涼鞋。那個瘋瘋顛顛的男人由街上衝過來，揪住裴媽媽的手臂。他說他是個畫家，想要畫桃樂絲。如果桃樂絲當他的模特兒，他可以付錢給她。裸體模特兒。他作畫時裴媽媽可以在場，保護桃樂絲的貞潔。不過他要看看桃樂絲的身體，看看是否如他所想的那麼好。

於是他帶他們搭了部計程車，前往莫特街的畫室。桃樂絲脫掉衣服，那個瘋子畫了三幅畫，並說要桃樂絲當他的模特兒。他說一個小時的鐘點費五元，所以她們約好星期一上午再過去。然後她們就回家了。星期一上午她們在十一點時過去，發現那個人死了。後來她得悉他是被謀殺的，她在報上及電視新聞中都看到報導了。事情的經過就是這樣。

她說完後，沒有人接腔。他們相信她說的每一句話。然後……

「妳有喝飲料嗎？」布恩小隊長問。「在畫室內？」

「有。喝酒。」

「麥蘭也喝了嗎？」狄雷尼問。

「他有喝，」她點點頭。「用酒瓶喝。瘋子。」

「桃樂絲脫掉衣服時，」狄雷尼說：「她的衣服上是否有一根安全別針？她是否掉了？」

裴媽媽聳聳肩。「也許。我不知道。」

「妳離開畫室時麥蘭還活著？」布恩問。

她緩緩轉過頭，機伶的望著他。

「你認為是我殺了他？」

「他還活著嗎？」布恩再問一次。

「他還活著，」裴媽媽點點頭。「我幹嘛殺他？」

「桃樂絲在家嗎？」狄雷尼說。「現在？在她們家？」

那個女人緩緩坐直身體。炯炯有神的眼睛盯著他。

「你找桃樂絲幹什麼？」

「只想看看她，問她幾個問題。」

裴媽媽搖頭。

「桃樂絲不懂事。」

「找她過來，」狄雷尼說。

她嘆了口氣，站起來。她穿著廉價的棉質寬鬆長袍，有印花的薄長袍。她順了順臀部處的衣服，有點像在賣弄風情，像個小女孩。

「你敢傷害桃樂絲，」她輕描淡寫的說：「我就宰了你。」

「沒有人會傷害桃樂絲，」狄雷尼告訴她。「傑森，跟她一起去。」

裴媽媽走向浴室門，傑森緊隨在後，她走過浴室，敲對面的門。狄雷尼與布恩聽到一陣西班牙文的交談聲。

他們坐著等候。夏日艷陽由寬大的窗戶潑灑進來。這間小公寓就在頂樓，日曬後像個炙熱的烤箱。狄雷尼組長起身，走向窗戶邊，將窗戶打開。塗著濃漆的窗框膨脹了，他費了好大的勁才拉開。他將身體往外探，雙手按在窗台上，向下俯瞰。然後他再回到房間內，將窗戶半掩著。

「六樓高，直達樓下的水泥地，」他告訴布恩。「她應該裝鐵窗——那種加裝上去的鐵格子。如果這孩子——」

「桃樂絲，」裴媽媽說。「美，對吧？」

他們望著站在浴室門邊那個表情茫然的女孩。她的兩手垂在身旁，打著赤腳，穿著粉紅色的人造絲質連身襯裙。他們眼中也看到了維多·麥蘭所看到的，青春年華。含苞待放的青春歲月，還有一頭亮麗飄逸的黑色長髮。那張戴著面具的臉有一種空洞的完美。玻璃似的眼眸，呼之欲出的胴體。

「哈囉，桃樂絲，」狄雷尼面帶微笑說。「妳好嗎？」

她沒有回答，甚至沒有望向他。

狄雷尼將麥蘭畫的素描拷貝拿給她看。

「妳，桃樂絲，」他說著，仍面帶微笑。

她望向那幾張素描，但彷彿視若無睹。她面無表情，平靜的搔抓著一隻手臂。

「叫她坐下，」狄雷尼告訴裴媽媽。

裴媽媽以西班牙語低聲說了幾句。那個女孩緩緩走向凌亂的床鋪，輕輕坐下。她走路的姿勢像鳥在飛翔，純潔又篤定，宛如活在自己的世界裡。

「妳也坐下，裴媽媽，」狄雷尼說。「還要問幾個問題。」

「還有？」

「只有幾個問題。」

他和裴媽媽再度落座，布恩與傑森佇立在兩旁的牆邊。

「我們一直在找妳們，」狄雷尼組長說。「妳和桃樂絲。妳們的肖像畫都公佈在報紙上及電視上了。妳看到了嗎？」

她首度猶豫了一下。狄雷尼看得出來她在估算若說實話，對她有何不利。

「我看到了，」她最後說道。

「可是妳沒有出面。妳沒有來找我們，問我們為什麼想找妳。」

「我何必？」她問。

「沒錯，」他平靜的說。「妳何必?好吧，裴媽媽，我們想找妳問問看，你在那個星期五上午是否看到什麼人了。」

「我們看到什麼人？」她說。「我們那天上午看過很多人。」

「在麥蘭畫室的那棟建築物內，」狄雷尼不厭其煩的說。「或許在樓梯間，或在門外的台階上，或是那附近。」

裴媽媽搖搖頭。

「我不記得了，」她說。「都那麼久了。我不記得了。」

「我來幫妳忙，」狄雷尼說，從公文封裡拿出所有的照片與剪報，整齊的排放在那張合成樹脂製的桌面上，全都朝向裴媽媽。

「看一看，」他催她。「別急，慢慢看。妳在那個星期五上午是否曾在麥蘭畫室附近看到這些男人或女人中的任何一人？」

她匆匆瞄了那些照片一眼，然後再度搖頭。

「我不記得了，」她說。

「妳當然記得，」狄雷尼平靜的說。「妳是個很有頭腦的女人。妳會注意也會記得。再看他們一眼。」

「我不記得了。」

狄雷尼嘆了口氣。他站起來，不過將照片留在原處。

「好吧，裴媽媽，」他說。「不過我們不是唯一想找妳的人。」

她茫然望著他。

「凶手也在找妳，」狄雷尼說。「他想必和妳一樣，也看到報紙及電視的報導了。他會擔心妳看到他了，而且會辨識出他來，所以他也在找妳。他不知道我們有這位傑森警官，他在星期一上午曾看過妳和桃樂絲。所以我們才早一步找到妳。不過他會繼續找。那個凶手。」

「那又如何？」她說著，聳聳肩。「他要如何找到我？」

狄雷尼滿心佩服的望著她。她仍處變不驚，一派鎮定。

「我會去告訴他，」他說。

「你？」她叫了出來。

他看到她化著濃妝的臉緊繃起來，眼睛瞪大，嘴唇微張，露出尖銳的牙齒。那顆金牙閃閃發光。

「噢，不是直接告訴他，」狄雷尼說。「不過報社一直在向我們打聽消息，還有電視台。他們很感興趣，想要知道：你們找到那個女人和女孩了沒有？我們都替你們登出那些畫像了；你們找到她們了嗎？所以現在我必須告訴他們，是的，我們找到那個女人和女孩了，謝謝各位。這是她們的地址。」

她明白了。他不用說得一清二楚。

「你會這麼做？」她試探著問。

「噢，是的，」他說。「我會。」

「你不是好人，」她說。

「不是，」他同意。「我不是。」

隨後她以西班牙文嘰哩呱啦說了一堆，他只能猜出來她是在罵髒話，咒罵他。

「我不在乎！」她以英文大叫。「我不在乎！讓他來吧！讓他來殺我！」

他等她發洩夠了，平靜下來，又坐回椅子上。她瞪著他，口中仍然唸唸有詞。他可以等；他手中握有王牌。

「不是妳，」他說。「不只是妳，還有桃樂絲。他會來傷害桃樂絲。」

她眼冒怒火瞪著他許久，然後垂頭喪氣。她沒有哭，不過她往前伸的手顫抖著，不斷抖動的手指頭指向報上登出的那幀索爾·杰特曼的照片。

「這個人，」她低聲說。「在樓梯上。我和桃樂絲，我們正要下樓，他正要上樓。我們看到他，他也看到我們。就是這個人。」

他們回到布恩的車上，望著果園街上擠得水泄不通的攤販，及星期六下午由紐約各地蜂湧前來此地買廉價品的購物人潮。狄雷尼再度坐在後座，手指間夾著一支未點燃的菸。

「我能否請教你一個問題，組長？」傑森說，沒有回過頭來。

「問吧，」狄雷尼爽快的說。「隨時候教。」

「她如果不肯指認，你是否會將她的地址交給報社？像你剛才告訴她的那樣？」

「當然。不過會先替她安排好全天候的戒護。拿她當誘餌，引他上鉤。」

「哇，」傑森說。「我每天都學到新招。好吧，反正，我們逮到他了。」

布恩悶哼了一聲。

「怎麼了，小隊長？」傑森不解的問。

「我們還沒逮到他。」

「還沒逮到他？」傑森憤怒的說。「她都指認他在當時出現在命案現場了。我可以做證。」

「噢，當然，」布恩說。「你就帶著這一點和五毛錢搭地鐵回家吧。」

「那還不夠，傑森，」狄雷尼為布恩的那句話進一步闡述。「假設我們就這麼到檢察官的辦公室，要求他們以一級謀殺罪起註索爾．杰特曼。好，他們會說，你們有何證據？我們說，我們有一個波多黎各的老妓女，她在大約案發時曾在命案現場附近看到他。好，他們說，還有什麼？就這樣了，我們說。他們會捧腹大笑，然後將我們轟出去。傑森，我們根本沒有證據。我們不能因為有人在命案發生的時候曾在附近，就指控他犯了謀殺罪。凶器呢？動機呢？證物呢？小隊長說得對。我們什麼都沒有。」

傑森來回望著狄雷尼與傑森，深蹙雙眉。

「你是說，那個穿的光鮮亮麗的傢伙可以逍遙法外？」

「噢，不，」狄雷尼說。「我沒這麼說。他不會逍遙法外。他或許認為可以，不過他錯了。」

「話說回來，」布恩說著，由駕駛座轉身望向狄雷尼：「他想必也提心吊膽著。我的看法如下：「杰特曼在星期五上午到莫特街想要做掉麥蘭，他在前往畫室的樓梯上遇到了裴媽媽和桃樂絲。他看到她們，她們也看到他。或許裴媽媽甚至還當場向他拉客，她是有這種膽量敢這麼做。不過重點是他不知道她們剛由麥蘭的畫室出來。對吧，組長？」

「對。」

「好。所以杰特曼這個寶貝蛋就上樓了，將麥蘭做掉，然後神不知鬼不覺的溜出去。他隨後便扮演心急如焚的經紀人，然後到了星期天，他再回到畫室內，佯裝發現了屍體，然後報警。接下來就有趣了。制服員警前來時，他們發現了麥蘭替桃樂絲畫的三張素描。杰特曼也在場，他認出畫中人就是他星期五在樓梯間遇到的那個女孩。他想拿走那幾張素描，但我們不給他。我知道，我當時在現場。於是他提心吊膽的回家，希望那幾張要命的素描不會出紕漏，因為他擔心那個女孩會指認他，他不知道她是智障。」

「然後你和我去找他問起那個女孩子的事，」狄雷尼說。

「對！」布恩說。「這下子他嚇得屁滾尿流了。如果我們找到那個女孩，那幾張操他媽的素描就真的會要了他的命。所以他腦筋動得很快——要我們把畫交給他——而且邀請我們去參加他的酒會。主要是請你，組長。」

「當然，」狄雷尼。「調虎離山，以便下手竊走那些素描。」

「他也真的下手了，」布恩繼續說。「他在那種亂哄哄的場合中消失個把小時，也沒有人會知道。」

「或者他可以雇請一個不良少年代勞，」狄雷尼建議。

「不費吹灰之力，」布恩點點頭。「或許就是他的金髮男孩之一。反正，如今他已經取得素描了，他認為這下子可以高枕無憂了。可是接下來，一兩天後，他拿起報紙一看！警方所畫的裴媽媽與桃樂絲竟然登出來了。他當時必定嚇得差點心臟病發作。想想看他會怎麼想！他原本以為天下太平了，不料如今警方卻已經知道有裴媽媽及桃樂絲這兩個人。他此刻一定是急得六神無主。那與你的想法是否一樣，組長？」

「大同小異，」狄雷尼附和。「我認為那應當就是事情發生的經過。不過我不認為他急得六神無主。聽著，這傢伙是隻冷靜的猴子。我出其不意去造訪他的住處，他居然不動聲色。我的天，那幾張麥蘭的素描或許就擺在他的住處，在他那幾座精美的櫥櫃裡。」

「他不會藏在辦公室的保險箱裡嗎？」布恩問。

「噢，不會，」狄雷尼說。「太多人進進出出。太危險。那座美侖美奐的住所是他的祕室，他的夢境。他會把畫藏在那邊，而且不會銷毀，照理說他應該要湮滅證物的，這就如同裴媽媽也不會朝她那張天鵝絨的耶穌受難門簾吐口水一樣，那是美麗的東西，神聖的東西。」

「搜索票？」布恩問。

「嗯……或許，」狄雷尼緩緩的說。「不過還不是時候。」

傑森仔細聆聽兩人的談話，也大致搞清楚狀況了。

「我們要如何逮他？」他問。

「我不知道，」狄雷尼承認。「他有一個不在場證明，我們必須想辦法拆穿。我也想查出他的動機。沒有動機照樣可以起訴——不過查出動機會有幫助。尤其當你在其他方面能掌握的實在他媽的少得可憐的時候。」

「真好笑，」布恩說，搖搖頭。「索爾．杰特曼。你知道，我喜歡那個小個子。」

「我也一樣，」狄雷尼說。「那又如何？」

布恩答不上來。

「小隊長，」狄雷尼說：「你想你還能再撐幾個小時不睡覺嗎？」

「當然，組長。沒問題。」

「我要打電話給索森副局長，要求支援更多人力。全天候戒護裴媽媽。」

「我們能否找她當關鍵目擊證人？」布恩問。

「或許，」狄雷尼說。「不過那會洩露我們的行動，只要暗中跟監，確定她不會溜走就行了。」

「杰特曼呢，長官？也要跟監他嗎？」

「不用。他不會潛逃的。除非他發現有人跟監，那或許就會打草驚蛇。一開始先跟監裴媽媽就行了。接班的人員來了之後，你向他們說明情況。我會設法讓交接的第一批人員在一個小時左右前來。」

「你要我做什麼，長官？」傑森焦急問著，惟恐他短暫的警探生涯就此告一段落。

「回家睡覺，」狄雷尼告訴他，然後他看到傑森滿臉期盼的神情，於是說：「星期一上午找布恩小隊長報到。穿著便服。我指的是上班族的服裝，不是那種小混混的裝扮。」

傑森笑得眉飛色舞。

19

他已擬妥一份「待辦事項」清單，甚至還列出一張行程表。不過到了星期一上午，他精心設計的計畫全都事與願違。

他打第一通電話就找到了伯納・伍爾夫，不過隊長無法幫他的忙。

「我要在一個小時內趕去開庭，組長，」他解釋。「為一件偽造夏格爾畫作的案件做證。我的一個部屬生病了，另一個在布魯克林的圖書館過期雜誌中翻閱《哈潑周刊》，尋找溫斯洛・荷馬的蝕刻版畫。贗品案越來越多了。」

「聽著，隊長，」狄雷尼無奈的說：「我需要的只是打聽看看如果沒有麥蘭的作品，杰特曼的畫廊收入損失會有多大。杰特曼能否靠他代理的其他畫家繼續撐下去，或者他會關門大吉？我想最好的答案應該是去找他在麥迪森大道的競爭對手打聽。」

「或是五十七街，」伯納・伍爾夫補充。

「沒錯。這樣好不好：如果我派布恩小隊長和另一位員警到法院跟你碰頭，你能否給他們十來個藝術品業者的名字，讓他們今天可以去查訪，了解一下杰特曼的財務問題？」

「當然，」伍爾夫向他保證。「那簡單。」

「好。我就叫布恩打電話給你，安排碰面的細節。」

「對了，組長。我曾四處打聽過，沒找到什麼重大線索，不過有傳言說可以不用透過杰特曼畫廊購得麥蘭的畫作。」

「喔，」狄雷尼說。「那可有意思了。多謝了，小隊長。我會叫布恩跟你聯絡。還有，你若能和我們一道吃個便飯時別忘了來通電話。」

隨後他就等小隊長每個小時打電話回報。

「我們仍然盯著裴媽媽，」布恩開心的說。「她發現我們的跟監人員了，也大發雷霆。不過其中一個接班人員會說西班牙文，我們讓她冷靜下來了。我們告訴她，這麼做是想要保護她，以及桃樂絲。」

「好，」狄雷尼迅速接口。「那反倒更好。傑森表現如何？」

「很好，」布恩說。「很積極進取。組長，他的動作比他自己說的還要快。他和我在吃過早餐後正要走回他的車子時，有一個小混混正將一個鐵絲衣架弄彎想要撬開前車窗。他看到我們之後拔腿就跑，傑森二號立刻追了上去。至少追了那小子兩個街區，不過還是逮到他了。那個傑森還真能跑。」

「他怎麼處理那個小混混？」

「搜身，然後踹了他一腳，放他一馬。」

「處置得宜，」狄雷尼說。「今天有人手去監視裴媽媽嗎？」

「噢，當然。一些老鳥。動作不快，不過他們知道該怎麼做。」

「我有事要你和傑森去做……」

他指示布恩打電話給伯納·伍爾夫隊長，敲定時間與他在法院會面。向他索取藝術品業者的名單，然後找這些人查詢杰特曼畫廊的財務狀況。

「競爭對手通常都很樂於聊些他們死對頭的蜚短流長，」他告訴布恩。「帶傑森和你同行，你們兩人將名單分成兩份，分頭進行。設法多找幾個業者聊聊。讓傑森了解目前狀況。我今天大都在外頭，不過你可以在下午打過來找我。我如果不在家，蒙妮卡或許會在，那麼你和傑森可以先過來等我。」

「是，長官，」小隊長說。「你想我們能逮到他嗎，組長？」

「當然能，」狄雷尼說，口氣比他自己預期的更有自信。

然後，他依照自己的待辦事項表，打電話到朱立安·賽門的辦公室。蘇珊·韓莉接的，他勉為其難與她天南地北胡扯了幾分鐘。最後……

「我今天能和那個大人物見個面嗎，蘇珊？」他問。

「噢，不行，組長，」她說。「他不在辦公室。他今天上午要出庭。」

「天啊，」他唉聲嘆氣。「怎麼今天上午『每個人』都要出庭？」

「什麼？」

「沒事，沒事。聽著，妳想他今天會到辦公室嗎？」

她說賽門最晚下午三點或四點左右應該會回去。狄雷尼說他會碰碰運氣，到時候過去看看律師能否撥幾分鐘時間見他。他說得必恭必敬。

然後他迫於現況，只好修改行程表，無預警的去造訪貝拉．莎拉珍。不過他得先做一些特殊的準備。

他到廚房內擺各類雜物的櫥櫃內翻找老半天，終於找出他要的東西：一個小型的透明紙袋，裡面裝了些水龍頭的墊圈。那是半透明薄紙製成的紙袋，不是很牢靠，不過他認為應該可以派上用場。他把墊圈塞入抽屜內，然後在那個紙袋內裝入一湯匙的精製細糖粉。他將封口翻摺兩次，然後用膠帶貼住。

他將袋子放入亞麻外套側邊口袋裡；思忖著是否應該帶槍，不過決定不帶。他將他的水手帽端正的戴上，然後出發，走到第一大道搭計程車，也設法壓抑住想抽雪茄的念頭。

或許是他幾次來訪，管理員已認得他了，不然就是狄雷尼的神情讓管理員認為，想要攔下這個面露凶相的大塊頭是不智之舉。無論如何，狄雷尼直接就上電梯，沒有受到任何盤問。和往常一樣，菲律賓籍的管家拉蒙前來應門。

「什麼事？」

「莎拉珍小姐在嗎？」

「她在等您嗎？」

「你何不自己去問問她？」狄雷尼說。

拉蒙遲疑了一下，然後終於同意讓狄雷尼進門。

「請稍候，」他說著，轉身離去。

不過狄雷尼沒有待在走道。他立刻進入那間只有一種色彩的客廳，就是以一種他無法辨識的藍灰色與紫羅蘭色調裝潢的那個房間。他匆匆四下張望，由口袋中取出那一小袋的糖，塞入一張扶手椅的椅墊底下。然後他自己站在與那張扶手椅正對面的藤椅前面。他靜靜站著，帽子拿在手中，等候著。

她儀態萬千的走進來，打著赤腳，白色長袍的下襬在她身後搖曳著。那件長袍以寬大的拉鏈拉至頸部褶邊處，長袍的垂飾上是英國警察使用的哨子。

她顯然剛剛在泡澡或淋浴。銀色秀髮濕而滑順的平貼在頭上，臉部肌膚容光煥發，身體散發出一股濃郁的沐浴乳香。不過他沒有時間欣賞；她不願接見他，她立刻展開攻勢。

「聽著，」她劈頭就怒氣沖沖的說。「我受夠了這種狗屁事。我要——」

「什麼狗屁事？」他問。

「這樣子找碴，」她憤怒的說。「我要——」

「什麼找碴？」他說。「我不是來找碴啊。」

「那你來這裡幹什麼？」

「聽著，莎拉珍小姐，」他說，口氣盡可能冷靜：「我只是有一兩個問題要請教妳。那是找碴嗎？」

「我找幾個高明的律師朋友談過了，」她告訴他。「很重要的人士。他們告訴我，我不必再回答任何問題了。如果你想逮捕我，就動手吧，我會維護我的權利。不過我不會回答任何問題了。」

「妳當然會，」他溫和的說。「妳真的會，莎拉珍小姐。因為妳是個聰明的女人，也知道怎麼做對妳最有利。我們不能坐下來嗎——一下子就行了?不會太久的，我向妳保證。」

她瞪著他。他看出她猶豫不決，也知道她仍搖擺不定，是與否全在一念之間。

「妳幫我忙，」他說：「我也幫妳忙。」

「你能幫我什麼忙?」她不屑的說。

「坐下，」他催促她。「我會告訴妳。」

她鄙夷的悶哼了一聲，不過還是坐在他期待她入座的那張扶手椅上。她將一隻膝蓋翹到扶手上；腳丫子不耐煩的上下抖動著。

他坐在那張藤椅的前緣，身體前傾，草帽夾在兩膝之間。他的神情嚴肅、專注——有如律師向委託人提出忠告，她的愚行將會導致何種嚴重後果。

「妳那些高明的朋友……」他說。「我想他們都是重要人士。有企業界、有政治界、有社交界。不過他們告訴你不要與警方合作時，他們是提供妳不當的建議，貝拉。妳不介意我稱呼妳貝拉吧?」

她揮揮手比了個不耐煩的手勢。

「妳知道，貝拉，他們是懂法律沒錯。他們也假設警察必須守法。那是事實——到某種程度為止。大部分警察的確會遵守法律及警察的規則。妳的高明朋友知道這一點，也充份利用這一點。」

「那當然，」她點點頭。「所以我才會聽他們的。」

他往後靠坐，姿態放鬆，翹起腳。他將帽子擺在腿上，手再擺在帽子上。

「是這樣的，貝拉，」他說，聲音幾乎像在夢囈。「法律條文多如牛毛，警察的規則也多如牛毛，相關的書籍如汗牛充棟。不過我要向妳透露一個祕密。大部分的警察——已經入行好一陣子的老鳥——是依照另一本書來辦案。雖然不能真的稱之為一本書，因為那不曾白紙黑字寫下來。那是許多技巧、竅門、絕招等等的總和，是警察之間口耳相傳的。聽著，我們都在前線作戰，唯一的存活之道就是彼此交換情報，交換祕密，互相切磋琢磨。有些技巧還是用鮮血換來的。不見得要違法，而是如何鑽法律漏洞。妳了解吧？」

她沒有回答，不過他認為她已聽出興趣了；他打動她了。

「有些警察口耳相傳的技巧只是芝麻小事，」他繼續說。「例如毒販如何將毒品裝入金屬製的膠囊中再塞入肛門，或是搜身時如何檢查長靴的內側，有些人會在裡面暗藏一把利刃。或者如何破壞你正在跟監的那部車子的尾燈，讓尾燈一邊是紅光，另一邊是白光，比較容易辨識；或是臥底的警察要如何戴上加裝鏡子的墨鏡，如此可以在停下來擦拭墨鏡，將墨鏡當成後視鏡，藉此確保沒有人跟蹤。這類的小技巧。警員口耳相傳的祕笈。那沒有違法吧？」

她不自覺聽得入神，聽得饒有興味。腳丫子不再上下抖動了。她在椅子內坐正，舒服的靠躺著，不過仍看著他，也繼續傾聽。

「當然，我們也會彼此討論案件，」他繼續說下去。「尚未偵破的案子、已經偵破的案子，以及如何破案的方法。行話。就是如此，貝拉：行話。無論警察何時見面，在酒吧內、餐廳內、在法學院、在家裡，談的都是警察的行話。而警界的年會呢？妳不會相信的！例如，我記得我曾到亞特蘭大城參加一場警界的年會。在白天的正式活動結束後，我們晚上全聚在一起交換辦案心得，如何打擊歹徒。有一個來自德州某個鄉鎮的警察，不是小鎮，我猜，不過也不大。這一位——我們姑且稱他為麥克——告訴我們他在當地辦過的一件有趣案子。他們的鎮上有個毒蟲，是個經常向學童兜售毒品的人渣。有些學童染上毒癮了，麥克知道毒品的來源是那個歹徒。知道，但無法證明。所以他決定設局逮他。他弄來了一個透明紙袋裝著海洛因。妳知道警方通常能夠弄到一些海洛因，臨檢時沒收的，沒有呈報上去。」

「我猜他準備栽贓，並以持有毒品的罪名逮捕那個毒販，」她說，這時真的是聽得入神了。

「不，」狄雷尼說。「那個警察，這位麥克，有更高明的做法。他等那個毒販回家，然後他取出左輪槍裡面的子彈，再鬆鬆的放入槍套內，扣套也沒扣上。他另外安排了兩個警察在暗中支援。他們在大廳內的樓梯間，在門外。然後麥克就闖入那個毒販的住處。『你的搜索票呢？』那個毒販大叫。『在這裡，』麥克說著，拿出一張摺疊著的紙張朝他晃了晃。妳會很訝異那些所謂很高明的人有多麼容易受騙。於是麥克就把他推開，然後搜查那個地方，他當然找到那個裝著毒品的透明紙袋了。這期間麥克不斷的在那個歹徒面前走來走去，那把沒裝子彈的槍幾乎就要從槍套內掉出來了。你應當當場聽他說這個故事，真是妙不可言。他說他不斷把屁股對著那個毒販，可是那個傢伙沒有上鉤。然後，當麥克找到那包海洛因，並笑著告訴那個毒販他要逮捕他，並說那個毒販至少要坐二十年牢，『那時』他才衝上前去搶麥克的槍，從槍套中把槍奪走，說麥克休想帶走他，然後衝出門。當然在外頭支援的員警看到他揮舞著一把槍衝出來，立刻就將他制伏。他們先將麥克的槍重新裝填子彈，然後才將他移送法辦。所以一切圓滿落幕。」

她好奇的看著他。

「你為什麼告訴我這些？」她問。

「唔，」狄雷尼若有所思的說：「我是想要說服妳，妳那些高明、重要的朋友並不能解決所有的問題。妳知道，貝拉，如果妳惹上麻煩了，重大的麻煩，妳那些友人會立刻離妳而去，就如十月的落葉。他們大都是已婚人士——對吧？有高尚的職業，也有良好的聲望。妳不會真的認為要是妳捅出了大婁子，他們還會出面挺妳吧？妳會打電話，而他們都在開會或出城去了，或到墨西哥度假。相信我，貝拉，如果妳惹出了大紕漏，別想指望他們。」

「大紕漏，」她複述著。「你一直說『大紕漏』。我到底惹出了什麼大紕漏？」

「噢……」他說，若無其事的隨手比了比：「比方說要是我向妳告辭，走出這裡，再打電話給緝毒小組人員，告訴他們有線民告訴我，妳這裡私藏了海洛因。緝毒小組的人員會火速前來，將這個地方拆得片瓦不存。」

「我有什麼好擔心的？」她笑道。「我又不碰海洛因。他們什麼也找不到。」

「他們當然會找到，」他輕聲說道。「就在妳坐的那張椅墊下面。」

她瞪著他，一開始還沒會意過去，然後臉色發白，頓時蒼老許多。她猛然起身掀開椅墊，抓起那個小袋子。她望著手中那個袋子，抬起頭望向他。

「你這混帳，」她喘著氣。「你這混帳！」

「貝拉，」他笑著說。「噢，貝拉！」

他站起來，小心翼翼的將帽子擺在椅子上。他走向她，由她顫抖的手中取過那個小袋子。他將袋口撕開，將白色粉末倒入他的另一隻手掌中，一口氣舔光。

「糖粉，」他告訴她。「只是做個示範。告訴妳和妳那些重要友人，你們並不知道有什麼把戲可以玩，貝拉。妳們只知其一不知其二。警察也有他們的小把戲。」

「糖粉？」她愣愣的說。

「沒錯，」他笑著。「不過妳當然不知道我是否塞了真正放著毒品的袋子在其他地方，對吧？」

他緊盯著她的眼睛，她的眼光也無法移開。

「你想知道什麼？」她啞著聲音問。

「這還差不多，」他說。「坐下來輕鬆一下，我們就別再提妳那些高明的律師朋友這種狗屁話了。」

他將她的坐墊再擺回原位，攙扶著她的手肘讓她就座。然後他走回自己的藤椅。

「感覺還好吧？」他關心問道。

她硬梆梆的點點頭。

「好，」他意氣風發的說。「這不會花太多時間。妳和麥蘭之間有什麼樣的生意往來？」

她一開始還有點遲疑，不過在他尖銳的問題一再追問下，她不久就全盤托出了。在麥蘭遇害前六個月左右，他來找她，問她能否替他的畫作在美國及外國找買主。她說當然可以，而且她要求百分之三十五的佣金。他說那還談個屁，他付杰特曼的佣金就是這個價碼，如果她也是開這個價碼，他來找她幹嘛？於是他們最後敲定若售價在十萬以下的就抽百分之二十，十萬以上的抽百分之十五。

「麥蘭在畫賣出前要先確認售價嗎？」狄雷尼問。

「當然，」貝拉·莎拉珍說。

「所以你們就只將杰特曼一個人蒙在鼓裡？」

「維多說他和他沒有合約，」她為自己辯解。

「顯然沒有，」狄雷尼點點頭。「繼續說……」

於是她就向她在美國及歐洲的重要友人放出風聲，也將麥蘭交給她的畫作銷售一空。

「別擔心，」她告訴狄雷尼。「我會報所得稅的。」

「我相信妳會，」他神情凝重的說。「妳賣出多少幅？」

「他遇害前約有十幅，」她說。「我們全賣光了。」

「麥蘭不擔心杰特曼會發現？」

「擔心？」她大笑。「維多？不可能的，親愛的。那傢伙天不怕地不怕——就怕錢不夠他揮霍。他確實曾提起，買家必須同意不可張揚，而且五年內不能將作品出借展覽。」

「他們都同意了？」

「當然。聽著，維多是以低價脫手，比由索爾．杰特曼經手的作品要便宜許多。」

「哦，」狄雷尼說。「我開始明白為什麼你們的生意興隆了。妳是他的折扣價代理人。」

「沒錯，」她同意。

「妳說麥蘭就怕錢不夠他花。貝拉，他如何花掉那些錢？錢都哪裡去了？」

「繳稅就去掉一半了。」

「我知道，不過仍然……」

「酒，」她說。「派對。」

他看著她，不予採信。

「妳能買多少酒？」他說。「辦多少派對？妳說妳賣了十幅畫。就算平均一幅五萬元好了，那也有五十萬美金。就算妳抽百分之二十佣金，那他還剩四十萬，然後他再依法繳稅——我懷疑——而且就算稅金高達百分之五十，那他仍然還有二十萬美金，光是由妳經手，由杰特曼畫廊售出的收入還沒算在內。妳想要告訴我他花了二十萬美金買酒及辦派對？」

她沉吟了半晌。然後腳丫子再度緊張的抖動個不停。她以手掌撫壓著濕髮。

「你不會相信的，」她說。

「都到這個地步了，」他說。「我什麼都可以相信。」

「他不想讓別人知道，」她說。「我是說，關於那些錢。他大都送人了。」

「送人？送誰？」

「年輕的畫家。格林威治村、蘇活區、市中心、布魯克林區。四處當散財童子。他逛遍全紐約各地的小畫廊、藝術家的儲藏室、畫室。只要發現他認為有天份的人，就資助他們，付他們薪水。他的錢就是這麼花掉的。」

「天啊，」狄雷尼說。「我不相信。」

「你最好相信，」她點點頭。「是真的。我認識一些他資助過的藝術家。你想見見他們？」

「不了，」他緩緩的說。「我相信妳的話。杰特曼知道這件事嗎？」

「我不知道。我懷疑。」

「他老婆呢？」

「不可能。他『什麼話』也沒向她透露。」

「我們再回頭談妳替他兜售的那些畫作。杰特曼發現了嗎？」

「噢，當然，」她說。「遲早會發現的。藝術界這個圈子很小，大家都彼此認識。話一下子就會傳開來，沒有什麼祕密能維持太久的。」

她說索爾·杰特曼曾到倫敦參加蘇仕比的藝術品拍賣會。他在一場派對中聽到有一個人吹噓他以特惠價買到一幅麥蘭的作品。杰特曼設法登門拜訪，一探究竟。他看了一眼就知道那不是他的畫廊經手的。他回到紐約，和麥蘭狠狠吵了一架。杰特曼說麥蘭不但剝奪了他合法的佣金，也破壞了全世界麥蘭畫作的行情。麥蘭將他與杰特曼大吵一架的經過告訴貝拉．莎拉珍。

「『操他的』，」她引述麥蘭的話說。「『我已經很照顧杰特曼了，夠他這輩子受用不盡了。我責自己的作品他憑什麼抱怨？我不需要他。我不需要任何人！』」

「所以妳繼續兜售麥蘭的作品？」狄雷尼問她。

「當然，」她說。「那沒有犯法吧？」

「沒有，」他說。「沒有違法。告訴我這一點，貝拉——妳是否曾注意過麥蘭交給妳轉售的那些畫作的落款日期？那是何時完成的？」

「都是早期作品，」她說。「二十年前畫的。一九五七年及五八年，大概是這些年份。不過和他的新作一樣精彩。你看不出任何差別的。」

「根本沒有差別，」他說。

她困惑的望著他。「我就是這麼說的。」

他點點頭，緩緩起身，準備離去。他不想再聽下去了。他聽得夠多了。不過他在門口時轉過身來。

「貝拉，」他說：「妳以前怎麼不告訴我們這件事？我們初次造訪時？」

她翹高下巴。

「我不想被牽連進去，」她說。

他無奈的嘆了口氣，再度轉身打算離開。這次是她叫住他。

「艾德華・X・狄雷尼，」她說：「你沒有在這裡偷塞其他的袋子吧？裡面放真的毒品？」

「唉，貝拉，」他說著，僵硬的笑了笑：「妳不會真的認為我會從事任何『非法』的勾當吧？」

他永遠無法看清別人的真面目——永遠不會。他穿越中央公園，由貝拉・莎拉珍的住處緩緩走向東區，沿路沉思時，體悟到這令人心情沉重的道理。他心思重重的踽踽前行，身體略往前傾，草帽壓低以遮住六月的炎陽。

讓艾德華・X・狄雷尼訝異的，讓他心情難以平復，是發現了已經來日無多的維多・麥蘭如何處置他的心血錢。狄雷尼悶悶不樂的想著，突然聽到這個粗野下流、經常惹事生非、頑劣鄙卑的人竟能為善不欲人知，這有如聽到古匈奴的暴君阿提拉竟然捐了一座收容所給未婚媽媽一樣讓人震驚。

他在中央公園附設的動物園露天看台上吃午餐，一份熱狗及一罐啤酒，然後再回去買了另一份夾法蘭克福香腸的熱狗及啤酒。他細嚼慢嚥，聽著欄裡的各種動物鳴叫、吱吱叫、長嗥。這裡似乎是將整個事情理出個頭緒的好場所，為此事提供了形式及因果關係——汲汲營營的人類故事。

狄雷尼認為維多・麥蘭之所以遇害，是因為他活太久了。那是事實。如果他就像艾倫・赫羅茲醫師所推斷的，只活了三到四年，整個逃漏稅計謀就天衣無縫，索爾・杰特曼可以由存放在穀倉內的那些畫作獲取大筆利潤，艾瑪與泰德由遺作展的銷售所得也可以獲得優渥的遺產，朵拉及艾蜜莉則可重整家園，每個人從此都可以過著幸福快樂的日子。如果維多‧麥蘭死了的話……

不過那個王八蛋竟然沒死，不肯死。不是照醫師預言的那種死法。他活著，一直活蹦亂跳。而南亞克穀倉內則有那些正待風乾的傑作。管他的，不妨先將其中幾幅換成現金，趁著還沒嚥氣前及時行樂。狄雷尼猜，麥蘭或許是這麼想的。他完成的畫作有那麼多，賣掉十幅或二十幅甚至更多，也沒有什麼差別。

只不過對索爾‧杰特曼則不然。那對杰特曼的差別可就有如天壤之別。他正費盡心機想要讓麥蘭的畫作價格居高不下。因此他出手非常謹慎，只推出少量作品上市。而穀倉內那些畫作除了是朵拉及艾蜜莉的遺產，他也同樣可以分到一杯羹。他可以靠這些畫作的佣金再快活個二十年。麥蘭是怎麼告訴貝拉‧莎拉珍的？「操他的。我已經很照顧杰特曼了，夠他這輩子受用不盡了。」

然後杰特曼發現私下低價兜售的事，這個計畫也就破局了。那些暗中兜售的畫他不能抽取佣金。更糟的是，那會壓低了行情。如果大家都能夠找貝拉‧莎拉珍以折扣價買到麥蘭的作品，他怎麼能期待物以稀為貴？而且麥蘭還『活著』！那個混帳還『活著』！而且仍不斷畫出更多的作品來。將水龍頭關掉的時候到了。是的，狄雷尼推測，杰特曼想必是這麼想的：將水龍頭關掉的時候到了。維多‧麥蘭一死，一切問題都可迎刃而解。

狄雷尼走入賽門與布魯斯特律師事務所的辦公室內，笑容可掬。不過喜歡賣弄風騷的蘇珊‧韓莉不在座位上，坐在她位子上的是一個繃著臉、戴眼鏡的年輕人，臉色灰白。辦公桌上空蕩蕩的，那個年輕人好像被釘在椅子上般坐著，雙手擺在桌面的記事簿上，手指頭緊緊扣著，連指關節都泛白了。

「什麼事？」他冷漠的問。「我能效勞嗎？」

「蘇珊．韓莉小姐在嗎？」

「不在。」

「賽門先生呢？我曾打過電話來與他約時間碰面。我是艾德華．X．狄雷尼組長。」

「組長？」

「紐約市警察局。」

「噢，請稍候。」

他匆匆起身，到賽門的門口粗魯敲著門。他敲完沒待回應就立刻進門，進門後還大力將門帶上。過了片刻他又出來了，緊蹙著眉頭。

「賽門先生等一下就可以見你。坐。」

他們默默坐著，設法迴避彼此的目光。

「你也是律師嗎？」狄雷尼最後開口問。

「不是，」那個年輕人沒好氣的說。「我是律師助理。」

顯然他認為擔任律師助理不包括當個接待員。狄雷尼覺得如果他現在向這個年輕人表示同情，這個年輕人如果不是開始高聲大叫，就是放聲痛哭。因此狄雷尼不發一語的坐著，草帽擺在膝上，忍受著那靜默的漫漫等候，也暗忖著這想必是朱立安．賽門擺架子的小把戲。

最後，二十分鐘後，賽門自己從內室走出來了，手往外伸，完美無瑕的牙齒閃閃發亮。

「抱歉讓你久候，」他面帶微笑，毫無歉意。

「我不急，」狄雷尼心平氣和的說。「『不是不報，時候未到……』諸如此類的。」

賽門的外表一如往昔，像是全身抹了油，從頭到腳亮晶晶。在法院耗了一天並沒有使他油亮的外表失色，弄亂他精心打理過的頭髮，或使他修剪的服服貼貼的鬍髭纏結成一團。今天他穿著有淺藍色圓點的白襯衫，打上栗色的絲質領帶，西裝是亮麗的深藍色亞麻質，有白色鈕釦，還有像是垂直平衡片的大翻領。

他引領狄雷尼進入他的私人辦公室，請他落座，殷勤寒暄，問候他的健康，還體貼的調整窗簾來遮住午後的陽光，然後建議是否要來一杯？當狄雷尼婉拒小酌時，他自己到那座豪華的吧檯調製了一杯羅伯羅伊酒，調酒時全神貫注的模樣，有如一個瘋狂科學家在提煉長生不老藥。狄雷尼判斷，那應當不是賽門當天的第一杯羅伯羅伊酒。

「在法庭內耗了五個小時，」賽門聲如洪鐘。「沒完沒了的延誤。乏味，乏味，乏味。不過這你很清楚吧，我相信。」

「警察知道枯等是什麼滋味，」狄雷尼同意。「那是工作之一。不過最後，我注意到，事情還是可以完成。只要你有耐心。」

「當然，當然，」賽門說著，啜了口酒，說了聲：「哇！」然後悠哉的坐入他那張皮革椅套的旋轉椅內。「這是正式的拜會嗎，組長？」

「不盡然，」狄雷尼說。「不妨稱之為禮貌性的拜訪。」

「噢？」賽門困惑的說。

「律師，你身為法界的一員，你是法庭上的重要成員，對吧？」

「對的，當然。」

「而我則是扮演執法者的角色，所以你可以說我們是站在同一邊的。你同意嗎？」

賽門點點頭，這時也提高警覺注視著狄雷尼。

「所以我覺得，」狄雷尼繼續說：「我應該先直接來找你並讓你知道真相，然後再採取正式行動。」

賽門將那杯羅伯羅伊酒一口氣灌下肚。他站起來，走到吧檯再埋首調製另一杯。他背向著狄雷尼，他再度開口時，口氣已不再殷勤客套了。

「這是怎麼回事，狄雷尼？」他質問。

「你是索爾·杰特曼的朋友？」

賽門將酒端回他的辦公桌，重重的坐在他的旋轉椅上。他舉起杯子但沒有喝，隔著杯緣盯著狄雷尼。

「你知道我是，」他說。

「你『要』當他的朋友嗎？」

「那到底是什麼意思？」

「我只是想知道，你會挺他到何種程度。誰吃了三明治？」

「什麼？」賽門一頭霧水的說。「你在說些什麼？」

「你買來當午餐的三明治，」狄雷尼耐著性子解釋。「為你和杰特曼買的。就是那個星期五。是誰吃的？他沒有在這裡吃午餐。你一個人吃光了？丟進垃圾桶？或是他稍後趕回來了？」

「我一再告訴你——」

「你告訴我個屁，」狄雷尼粗聲厲氣的說。「那是什麼三明治，律師？」

「狄雷尼，那些三明治是怎麼了？」

「是哪一種三明治？鮪魚？蛋沙拉？肉片？哪一種？」

「好吧，如果你非知道不可，是全麥麵包夾烤牛肉，外加無糖蘇打水。」

「你上星期二午餐吃什麼，律師？」

「上星期二？」賽門說。「誰能記——」

他急忙噤聲不語，但為時已晚。狄雷尼朝他露齒而笑。

「沒錯，」狄雷尼點點頭。「記不得上星期二午餐吃了什麼。誰能記得？我就記不得。不過，你卻清楚的記得兩個月前你吃了全麥麵包夾烤牛肉以及無糖蘇打水。杰特曼也主動提供同樣的資訊，不問自答。業餘的就會有這種麻煩：言多必失。現在，律師，你身為交叉詢問的專家，難道你不認為你和杰特曼都清楚的記得你們在兩個月前的午餐吃了什麼，顯然是經過套招，甚至是串供的？」

賽門站起來，有點搖搖晃晃的。

「這段談話到此為止，」他的聲音濁重。「請便吧。」

狄雷尼也起身。他解開外套鈕釦，將衣襬掀高。他緩緩轉個身，讓賽門可以看到他穿著襯衫的身體。

「你看，」他說：「我沒有裝竊聽器，你想搜身也無妨。沒有竊聽器，沒有發報器，沒有錄音機。這次談話只有你知我知，律師。」

「沒有什麼好說的，」賽門說。

「為你自己好，」狄雷尼說，將鈕釦再度扣上，也再度坐了下來。「為你自己的利益。難道你不想聽聽我查出了什麼？」

賽門忽然臉色慘白。花了無數時間做臉及照太陽燈保養出來的紅潤肌膚，轉眼間像洩了氣的皮球般癱軟皺縮。他跌坐在他的椅子上。

「你當然想聽，」狄雷尼繃著臉說。「那麼你就會知道如果你還是決定當杰特曼的朋友，面對的會是什麼局面。他在那個星期五上午十點鐘左右過來，你將通往外面那間辦公室的門鎖起。你看，假設我是索爾．杰特曼……」

狄雷尼起身，快步走到通往走道的那扇毛玻璃門。他將鎖上的按鈕按下，將門推開，跨出半步，然後轉身朝賽門揮揮手。

「拜拜，」他開心的說。

然後他再回來，將門再度上鎖，坐回原位。

「杰特曼十點進來這間辦公室後，沒有人看到他在這裡，」他繼續說道。「蘇珊・韓莉沒看到，連送午餐過來的那個熟食店外送人員也沒看到。沒有人，我們查過了。」

「我看到了，」賽門啞著聲音說。「他一直都在這裡。」

「是嗎？你再繼續這麼一口咬定，你就要等著去蹲苦牢了。你會收到傳票，在大陪審團前做證，接受詢問。問起你的業務、稅務、你的前科。人盡皆知。你的照片會出現在電視台的晚間新聞，你還會拿一份《華爾街日報》遮臉。那是你要的嗎，律師？你願意為了你和杰特曼的友誼，而落得如此下場嗎？」

「那個人是我的委託人。你無權——」

「無權？」狄雷尼咆哮。「無權？少來這一套，你這齷齪的訟棍。你以為我們不知道你的前科？你以為我們不知道你差點就被吊銷律師執照？少來這一套律師與委託人關係有免責權的狗屁了。我現在談的不是你的委託人，我談的是你，談的是妨礙司法，做偽證以及命案的共犯。用這個當開場白你看如何？」

「臆測之詞，」賽門吼道。「臆測！你無憑無據。你就這麼走進來——」

「我有目擊證人，」狄雷尼組長得意洋洋的說道。「一個在麥蘭遇害那天上午在他的畫室附近看到索爾・杰特曼的目擊證人。就是你說他正在這裡和你共享全麥麵包夾烤牛肉及喝無糖蘇打水的那個時間。一個目擊證人，律師！想想吧！一個奉公守法的市民，社會的棟樑，由數十幀照片中挑出杰特曼的照片，而且發誓他當時就在現場。再加上有物證來佐證。你的友誼值得嗎？『想一想』，老兄！動動你的頭腦吧！是時候了。你可以談條件，這你很清楚。山崩時趕緊避開，賽門先生，就要山崩了。你無力回天了。如果你在發誓後再重複你那套愚蠢的證詞，你就玩完了。你和你的橡木書櫃跟這一切精美的設備——全都泡湯了。你將一無所有。」

狄雷尼猛然起身。

「一個目擊證人，」他輕聲重複了一次。「一個看到他的人。想想吧！好了，你就好好想想這個問題，律師，仔細考慮考慮。如果你決定要翻供，改口說你記錯了，或許賽門曾經離開你的辦公室一或兩小時，不妨就打個電話給我。電話簿裡可以查到我的電話。慢慢來。仔細考慮考慮。我不急，我是個有耐性的人。我是在律師的辦公室內枯等磨練出這種耐性的。保重了，律師。後會有期。」

他留下一個目瞪口呆的朱立安‧賽門癱坐在那張鋪著皮革桌面的書桌後，顫抖的手指頭握著雞尾酒杯。狄雷尼快步離開那棟辦公大樓，穿越馬路前往東六十八街的北側。他再往西走了半個街區，朝第五大道前進，然後在有樹木及路旁車子遮擋的地方停了下來，他從此處可以看到他剛走出來那棟大樓的入口。

他推算賽門至少要花十分鐘才能再喝一杯羅伯羅伊酒，回過神來，然後打電話到麥迪森大道的杰特曼畫廊找索爾‧杰特曼，並向他宣布天快要塌下來的這個消息，叫他快點過來。不過在將近二十分鐘之後，那個五短身材的藝術品業者才繞過街角，匆匆忙忙小跑步趕過來。他衝入那棟大樓，狄雷尼面帶微笑，悠哉的踏上回家的路，還點起一根雪茄。他承認，他也不確定自己是在做什麼，他沒有明確的計畫。還沒有。不過他想將杰特曼嚇得六神無主，不知所措。那有利無弊。

他回到家中時，發現蒙妮卡、布恩及傑森圍坐在餐桌旁，笑著共享一盤洋芋片。蒙妮卡在喝馬丁尼，布恩喝的是蘇打水，傑森二號則是喝一罐啤酒。他踏著沉重的步伐進門時，他們全都抬頭看他。

「哈囉，親愛的，」蒙妮卡說。「你一整天都在忙些什麼？」

「威脅人，」他開心的說。「令人口乾舌燥的工作。我沒有獎賞嗎？」

「冰桶內那一壺，」她說。「檸檬皮已經剝掉了。」

「太完美了，」他點點頭，替自己倒了一杯馬丁尼加冰塊。然後他拉了張椅子加入他們，望向布恩。

「情況如何．小隊長？」

「夠好了，長官，我想。我們兩人共拜訪了十一位業者。其中有四位就是不願鬆口。不知道，或是不肯說。其他七人則說杰特曼若沒有麥蘭，就會關門大吉了。」

「我拜訪的業者中有兩人說杰特曼沒有夠份量的藝術家，連支付在麥迪森大道的租金都不夠，組長，」傑森打岔。「那地段租金很貴。他們說他或許還可以在市中心繼續經營，不過無法在麥迪森大道立足。除非他能再遇上另一個麥蘭。」

「組長，」布恩說：「你可記得我們等一次去找他時，也曾問過他同樣的問題。他說麥蘭的死是會對他造成傷害，不過不會那麼嚴重，他說他可以撐得下去。」

「他當然可以，」狄雷尼說。「有價值兩千萬美元的麥蘭作品在南亞克的穀倉內。我的情況如下……」

他向他們簡要說明他和貝拉．莎拉珍及朱立安．賽門晤談的經過。他們聚精會神默默聽著，聽得津津有味。他說完後，蒙妮卡起身替自己再斟一杯酒，也替她先生再斟滿，然後再端一罐啤酒到傑森二號面前。

「那麼說他有罪了，艾德華？」她問。「無庸置疑了？」

「無庸置疑，」他說。「證明他有罪則是另一回事。」

「呃，組長，」傑森說。「依我聽起來，我們好像已經找到動機了以及下手的機會，如果那個律師翻供，不再替他做不在場證明。沒有凶器，這我承認。不過已經足以起訴他了，不是嗎？」

狄雷尼組長望著布恩。

「你看呢，小隊長？」

布恩憤怒的搖著頭。

「不成，」他說。「我不認為，或許可以移送，有可能。不過我敢打賭檢察官不會起訴。證據太薄弱。」

「薄弱？」傑森大叫。「天啊，依我看那傢伙根本就是死路一條了。」

「不，傑森，」狄雷尼說。「布恩小隊長說得對。依我們目前所能掌握的證據，休想將他判刑定讞。聽著，每個人都以為『無罪』的判決意指沒有犯罪。其實不然。有時候那只是代表檢察官未能證明他的案子可以排除合理的懷疑。通常碰上這樣的案件，檢察官甚至不會送審。他想要維持良好的起訴成功率。將一個顯然證據薄弱的案件起訴，對他、對納稅人、對每一個人而言，都是浪費時間。」

「聽著，傑森，」布恩告訴滿臉失望表情的傑森：「我們目前所能掌握到的都是間接證據。你能找到凶殺案目擊證人的機會有多少？我們毫無任何足以在法庭上站得住腳的證據。」

「沒錯，」狄雷尼點點頭。「貝拉．莎拉珍提及麥蘭與索爾．杰特曼大吵一架這件事純屬傳聞，不足採納。如果朱立安．賽門決定在宣誓後仍然要撒謊，你認為陪審團會相信誰——麥迪森大道一位伶牙利齒的律師，或是快要可以領老人年金的流鶯？」

「你是說索爾．杰特曼可以逍遙法外？」蒙妮卡憤憤不平的說。

「噢，」狄雷尼說。「那就要走著瞧了。杰特曼知道我們找到一個可以證明他在案發期間曾出現在現場的目擊證人。假設他曾在報紙及電視上看過警方公佈的那些畫像，所以他知道我們在找她。他也知道她對他而言有多麼危險，因為他在那個星期五上午在麥蘭的畫室附近也看到裴媽媽及桃樂絲。」

「所以呢？」蒙妮卡說。

「所以，」狄雷尼囈語般說道：「我們幫他找到她。」

不過當天晚上狄雷尼向索森副局長提出這個構想時，副局長並不熱衷。

「依我聽起來有誘人犯罪之嫌，艾德華，」他說。

「拜託，」狄雷尼說：「誘人犯罪是法律垃圾。那全看法官在前一天晚上是否過得爽快而定。我們不是引誘他去犯罪，我只是給他一個抉擇。如果他真的是無辜的——其實不然——他會一笑置之，甚至可能會去報警。不過如果他有罪——顯然如此——他則會上鉤。伊伐，那傢伙如今是膽顫心驚，我知道他會上鉤的。」

「費用……」索森嘀咕著。

「不多，」狄雷尼說。「一個或兩個技術人員，一個工作天就夠了。我們會將裝備盡量簡化。我有布恩和傑森，以及正在監視裴媽媽的那些員警，人手綽綽有餘。你意下如何？」

「裴媽媽冒的風險太大了。」

「她會受到嚴密保護。」

「若出了紕漏，我就烏紗帽不保了。」

「我知道，伊伐，」狄雷尼不厭其煩的說。「或者我做我的，就裝做沒打過這通電話？」

「不，」索森說。「謝謝你這個提議，不過行不通的。你還是得經過我的批准才能調用那些器材。你需要那些設備才能把他釘死——對吧？」

「對。怎麼樣？你要加入？」

一陣靜默。狄雷尼等著。

「聽好了，艾德華，」索森終於說道：「我們不妨這樣吧：先試探看看。如果他上鉤了，我就授權讓你調度器材及人員。如果他不上鉤，則白忙一場，那王八蛋也可逍遙法外了。同意嗎？」

「在他這麼對待瑪莉與希薇雅之後？」狄雷尼說。「休想。」

20

他們正在喝午餐後的咖啡消磨時間。狄雷尼組長在翻閱《郵報》，滿臉笑意讀著一篇樑上君子的報導，那個竊賊試圖擠進一座鐵柵門內，結果頭被卡住了而必須報警求救。蒙妮卡則以手托著下巴，正在廚房裡聽收音機。

「第二號鋼琴奏鳴曲，」她如痴如醉的說。「普羅克菲夫。」

「山姆．普羅克菲夫？」狄雷尼頭也不抬問著。「曾在辛辛那提紅人隊擔任三壘手的那個？」

「就是他。」

「快手，」他喃喃說道。「不過他打擊不佳。」

然後他抬起頭。他們神情肅穆的望著對方。

新聞是下午兩點播報，狄雷尼將報紙放下。前幾則消息是俄亥俄州的洪水、巴基斯坦的饑荒、一位加州國會議員因為瀆職與濫權遭到起訴。

「以及違法犯紀，」狄雷尼喃喃說道。

然後播報員說：

「今天清晨曼哈頓上東區一棟豪華公寓發生火警，有近百名住戶由睡夢中驚醒，火勢猛烈，一個中年男子不幸葬身火窟。死者經指認為知名的律師朱立安．賽門……至於義大利，則發生了——」

狄雷尼傾身伸手到桌子另一側，將收音機關掉。

「他說……？」蒙妮卡結結巴巴的說。

「他是這麼說的，」狄雷尼斷然說道。「朱立安．賽門。我有時候真是操他媽的太自以為是了，」他氣極敗壞的說。

他的手剛碰到廚房內的電話，電話鈴聲就已響起。他立刻抓起話筒。

「我是艾德華．X．狄雷尼，」他一肚子悶氣的說。

「艾德華，」伊伐．索森喘著氣說：「你是否聽到——」

「我聽到了，」狄雷尼忿然說道。「他媽的！那是我的錯，伊伐！」

「那麼你想——」

「『想』，狗屎！那個小王八蛋在不知所措之下，做掉了他打手球的老朋友。如今我們只有賽門的原始證詞了，而杰特曼仍然有他的不在場證明。他如意算盤是這麼打的！伊伐，你得處理一下，我沒有公權力。屍體如今在哪裡？」

「我不知道，艾德華。或許是在法醫的停屍間吧。」

「你能否打電話告訴他們，要非常、非常仔細的驗屍？尤其要留意刀傷，特別是背部。」

「好，」索森黯然說道。

「或是下毒或酒醉的證據。然後打電話到消防隊，告訴他們罹難者涉及一件詐欺案，涉嫌從事非法勾當，諸如此類的。那場火是人為的？有縱火的證據？要他們徹底清查那棟公寓。」

「行，艾德華。」

「一有消息立刻讓我知道。拜託，伊伐？」

他重重一摔，掛上電話。他無法看著蒙妮卡。

「艾德華，」她開口：「不是你的——」

「他走了，」他大聲說。「他就這麼走了。」

她以為他指的是朱立安．賽門——不過其實不然。他踏著沉重的步伐進入書房，猛然將門帶上。他重重的坐入旋轉椅內，將雙手往外伸，看到兩手都在顫抖。他知道，這是惱羞成怒。他受到傷害的尊嚴正在承受煎熬。再度落敗也再度被耍了。他不知道他成功的生涯中有多少成分是出於他自恃著自己的才華與精明。他懊惱想著，矮小的索爾．杰特曼再度給他一個教訓，羞辱他。

他試著將這個人拼湊出來。那是一個填字遊戲，有太多線索了。杰特曼是這樣，也是那樣。他既很殘酷，也很溫柔。他很深沉，也很膚淺。狄雷尼在報告、筆記、回憶中摸索，就是無法找到那個人的把柄。他尋找的「把柄」就是動機。

他在警界打滾這麼多年，很清楚很少有人只因為一個目的就採取行動。動機通常是多而雜亂的，是受到諸多驅策與刺激後的複雜組合。餵重病的老父吃砒霜的兒子或許會說：「我這麼做是想減輕他的痛苦，」也真的認為如此。再深入挖掘，就會發現這個凶手負債累累，需要那筆遺產才不致於遭債主打斷雙腿；或是他迷上了一個俏妞，她要求他展示財富才肯點頭；或是他臥病在床的父親是滿腹牢騷、令人嫌惡的病患。不過那個被害人經常病痛纏身，痛苦不已，這也是事實。所以呢？

狄雷尼對索爾·杰特曼的分析被伊伐·索森的電話打斷了。副局長很激動。

「艾德華？他們動作比我們快。他們早就發現傷口了。背部有多處刀傷，與麥蘭的驗屍結果類似。那位負責驗屍的法醫說絕對是他殺。他剛巧就是替麥蘭驗屍的那位法醫，他說或許是同一把凶刀。我已知會消防隊了。他們的勘驗人員已到現場。」

「那就好，伊伐，」狄雷尼心情沉重的說。「不過這件事不要向媒體透露。『隻字勿提！』讓那個矮冬瓜以為他騙過我們了。你能否派些人手帶著杰特曼的照片到那附近去？或許有人看到他在現場——管理員、左鄰右舍，任何人。查出結果的希望很渺茫，不過這個動作還是得做。」

副局長說他會處理，不過不會那麼容易；人手已少得可憐。

「我知道，」狄雷尼安撫他：「不過只要幾天就行了。頂多一個星期。」

索森沒有說話。

「你認為一個星期內就可以有結果了？」他輕描淡寫的問。

「不是有就是沒有，」狄雷尼故意說得語焉不詳。「布恩有沒有告訴你逃漏稅的事？」

索森說有，也說他們早晚得知會國稅局。他不曉得邦斯．蕭賓如果知道紐約市警察局在追查他姊姊的不法行為，會有何反應。

「如果處置得宜，或許會有好處，」狄雷尼告訴他。「和蕭賓碰個面，將事情原委全盤托出。告訴他我們暫且不會向聯邦政府檢舉，如果他能夠說服他姊姊拿出良心及道德勇氣，將整件詐欺案抖出來——如何籌畫，有誰涉入等等的。告訴蕭賓，國稅局或許甚至不會告發朵拉及艾蜜莉．麥蘭；他們能夠找到麥蘭畫作的藏寶地點，已經夠開心了。那將意味著朵拉及艾蜜莉．麥蘭什麼遺產都沒有，而艾瑪及泰德．麥蘭則會腰纏萬貫，不過事情真相就是如此。至少蕭賓的姊姊及外甥女不會坐牢。他應當會樂於在你們希望能過關的法案上助一臂之力，當作回報。」

「艾德華，你真應該從政，」索森說。

「但願不會。」

「好吧，我喜歡這個策略，我想應該行得通。」

「暫時先別找蕭賓談，等我已準備就緒了再通知你。」

「行。還有別的事嗎？」

「你能否由特支費中撥出幾百元？你知道，就是為防不時之需，用來當線民費及購買毒品？」

「幾百元？做什麼？」

「你信不過我，伊伐？」

「我當然信得過，艾德華。頂多一百元。」

「好吧，」狄雷尼笑道。「我設法省著點用就是，那是要給裴媽媽的。我先自掏腰包，事成後你再補給我。同意嗎？」

「同意。」

然後狄雷尼再回頭分析藝術品業者索爾．杰特曼的人格特質。他列出了所有可能的動機，然後依照他對這個人的了解或揣測，對每種動機打上一至十不等的分數。然後他將較微不足道、不致於讓人想要行凶的動機剔除，最後那張清單中留下來的就是顯而易見也很簡單的動機：貪婪。

覬覦——金錢、財富、權勢——的問題在於那是一個永無止盡的動機；只要一開始就無法終止。例如，一心想要報仇的人或許會憤而行凶，報仇後就到此為止了。付諸行動，然後得到滿足。可是貪婪則永無止盡，會使胃口越來越大，永無饜足；得到越多，想要越多。那可謂是一種癮。「沒錯，」億萬富豪或許會說：「我是有很多錢。不過我並沒有『所有的』錢！」

狄雷尼判斷，依杰特曼的個案來看，貪婪驅策他做出他不曾想像過的行為。沉迷於想要多撈一點的念頭，惟恐喪失了如今已經擁有的，他的癮頭越來越大，無法自拔，也陷入了詐欺、背叛、謀殺的漩渦中。同時他會撫摸著鍍鋅的桌面，以精緻的酒杯啜飲美酒佳釀，喃喃自語著：「我的，我的，我的！」

蒙妮卡端著兩杯麥酒進書房時，狄雷尼仍然陷入沉思中。她將他的酒遞給他，然後坐在他身邊的桌緣，一雙美腿晃動著。

「願神保佑妳，孩子，」他說，讚賞的啜飲一口酒，撫摸著她光滑的小腿。「我會記得當我有需要時，是誰助我一臂之力。」

「什麼需要？」她問。「你在做什麼？」

「試著了解為什麼索爾・杰特曼是索爾・杰特曼，而不是艾德華・X・狄雷尼，或者甚至也不是傑克・達克。我問妳一個哲學性的問題：那一種比較悲慘——想追求人生中所有美好的東西，卻永遠無法如願，或者先如願以償然後又落得一無所有？」

她思索著，杯子靠在唇邊。

「妳聽清楚問題了？」他問。

「噢，我懂，」她說。「我只想做個決定。我猜是想追求人生中所有美好的東西，卻永遠無法如願比較悲慘。」

「為什麼？」

「因為如果曾經擁有，然後又一無所有，那麼至少可以自我安慰說你曾經有過一段快樂的時光。但是如果未能擁有，『未曾』擁有過，就會一直覺得沮喪、悶悶不樂。」

「嗯，」他思索著。「那是妳的個人反應。」

「當然，」她說。「你不就是要我的個人反應嗎？」

「是，也不是。事實上，我是在想，索爾．杰特曼會如何回答那個問題。」

「索爾．杰特曼，」她說。「我仍難以置信。那個親切的小個子。」

「噢，每個人對他的評價都很高，」狄雷尼話中帶刺的說。「我見過的人當中最善良的人之一就曾殺死他的母親、父親、兩個姊妹、一個弟弟，還有家裡那隻狗。還是用鐵鎚行凶的，趁他們熟睡時動手。我不認為杰特曼會同意妳的答案。正好相反。我曾告訴過妳，當想要變成需要時，麻煩就來了。」

她望著他。

「我想要你，」她說。

他望著她。

「我需要妳，」他說。

「讓麻煩放馬過來吧，」她說著，滑下桌面，握住他的手。

「在大白天？」他說。

「有何不可？」

「墮落啊，」他說著，搖搖他碩大的頭。

不過他還是立刻起身，跟著她上樓。

21

一開始他是打算獨自去找裴媽媽，向她遊說他的計畫。不過最後他決定與布恩小隊長及傑森一起去找她。他們三個人塊頭都很大，雖然他們不會威脅要動粗，不過魁梧的身材也足以達到心理上的恫嚇效果。他以前也用過這一招：一個嫌犯被一群凶神惡煞似的壯漢團團圍住，在不知不覺間已經被嚇破膽了，因此心生恐懼——也樂於合作。

不過裴媽媽可不是被嚇老的。

「你以為我是瘋子？」她憤慨的說。

狄雷尼不厭其煩的將他準備好的說詞說完。他們要的其實不多：先打通電話給索爾·杰特曼。她就說她是在命案發生當天上午在麥蘭的畫室附近看到他的那個目擊證人。她也要告訴杰特曼，她已經向警方指認了，不過或許她可以翻供。畢竟，她是個貧窮的老太婆。諸如此類的。

然後，如果杰特曼表現得有興趣了，她就安排與他在她的住處見個面。接下來的事就由狄雷尼處理。如此而已。

裴媽媽一口回絕。

狄雷尼告訴她，讓杰特曼鋃鐺入獄是她唯一可以確保自己安全的途徑，因為那個藝術品業者必定會去找她滅口。當這一套說詞也失靈了，狄雷尼只好提醒裴媽媽，索爾．杰特曼也看過桃樂絲，為了那個女孩的安全，打那通電話是一定要的啦。

這令她有點舉棋不定了，不過最後她還是毅然決定她和桃樂絲及桃樂絲的母親都會搬家，杰特曼永遠找不到她們。於是狄雷尼出價五十元請她打電話。金牙閃閃發光，不過裴媽媽還是拒絕了。當價碼已提高到一百元，狄雷尼還發誓她不會有危險時，她仍是悍然拒絕。

「我們在妳和他碰面時會在隔壁房間監視一切，」他向她保證。「他只要膽敢輕舉妄動，我們就立即制伏他。桃樂絲甚至不必在這裡。妳身強體壯，只要三兩下就可以把一個矮冬瓜擺平了，不是嗎？我敢打賭妳曾擺平過比他更高大的流浪漢，也不曾因此而受傷。只要與這個傢伙獨處幾分鐘，就有一百元大鈔輕鬆入袋。裴媽媽，他根本就是個『矮冬瓜』！妳意下如何？」

她心動了，他們都可以看得出來，不過她還是嘴硬。她是個矮胖的女人，眼睛和漿果一樣明亮，有智慧的嘴巴，聲音尖銳，神態時而像風塵女子，時而像淘氣的處女。

狄雷尼組長無計可施，他注意到她經常會賣弄風情，也了解到她那張臉雖然已經飽經風霜，不過四十年前肯定也是個美人胚子，而且她還記得。

「妳的照片會刊登在各大報，裴媽媽，」他柔聲說道。「如果妳幫忙我們，電視台還會來採訪妳，

『裴媽媽智擒凶手』。每個人都會看到妳，每個人都會知道妳是誰。妳會成為大名鼎鼎的風雲人物，裴媽媽。蘿莎・裴，大名鼎鼎。」

「上電視？」她緩緩的問道，他知道他說動她了。

他們決定這通電話要在狄雷尼家裡打。布恩與傑森都配備著小型的錄音機。小隊長的錄音機還附有一個吸杯，可用來錄電話。他會在走道的分機錄下那通電話，布恩則拿著他的錄音機在一旁待命以防萬一。狄雷尼與裴媽媽就在書房內打電話。

他們花了一整個下午演練。裴媽媽沒有受過什麼教育，不過她父母可也沒有把她養成一個笨蛋，再加上她在街頭混日子也累積了不少臨機應變的機智以及對人性弱點的深刻體認。狄雷尼替她擬了一份草稿讓她照著唸，不過不久就決定棄而不用，讓她自由發揮。他們向她提出問題——他們認為索爾・杰特曼可能會提出的問題——一開始她還有點躊躇，後來她就開始應付裕如，以揉合虛張聲勢與貪得無厭的語氣對答得恰到好處。狄雷尼認為她一定可以有令人激賞的表現。

演練之後，在開車前往住宅區途中，傑森二號說：「好一個煙花女子！我想她真的是樂在其中。」

「她是注意力的焦點，」狄雷尼說：「那令她心花怒放。我們明天下午大約三點鐘打這通電話。那時候他應當吃過午餐回辦公室了。」

「要是他上鉤了，組長，」布恩問：「而且他也安排時間會面，我們能掌握到什麼？你預料他會意圖重傷害或以致命武器攻擊？」

「希望如此，」狄雷尼點點頭。「如果沒有，我們至少可以擁有與麥蘭案有關連的另一個環節。不過我打賭他會亮出他最信得過的那把刀，狠狠戳上一刀做掉她。」

「他不會付封口費？」傑森說。

「他沒有那麼笨，」狄雷尼說。「他會猜那只是頭期款，他必須殺人滅口，永絕後患。如果我是他，我會這麼想。」

「你認為他膽敢動手做掉她？」布恩說。

「他已經做過兩次了，」狄雷尼繃著臉說。「越做越順手。」

打電話的時間敲定在星期四下午。狄雷尼這麼安排是因為蒙妮卡每星期這一天都會到醫院當志工；他寧可不要讓她知道他在利用裴媽媽當誘餌。傑森的任務是開車接裴媽媽過來。布恩很早就到狄雷尼住處，安排座椅，並裝設及測試那部小型錄音機。

傑森依既定行程在兩點過後不久到達。狄雷尼看到裴媽媽為了打這通電話還盛裝打扮，深受感動。她穿著一套亮晶晶的紫色禮服，胸前還鑲著一大排珠子當飾品，不過珠子已掉了好幾顆。她拎著一個白色的塑膠手提袋，一邊有黑色貴賓狗的圖案。她的厚底鞋讓她平白長出三吋來，鞋帶緊緊繫著，使玫瑰色的絲襪或褲襪底下的肥胖小腿脹鼓鼓的。她的妝濃得嚇死人：綠色的眼影、粉紅色的腮紅，及拱成愛神丘比特的弓型雙唇。

「妳看起來真正點，」狄雷尼掛保證。

「你喜歡?」她開心說著，然後假裝若無其事的聳聳肩。「這不算什麼。」她要求先喝一杯，狄雷尼立刻端給她一杯雙份的威士忌，旁邊還附了一杯水，他相信她可以應付得來。布恩小隊長與傑森到走道操作他們的配備。狄雷尼讓裴媽媽坐在書桌後面那張旋轉椅上。他拉了一張椅子坐在她旁邊，只要靠過去將耳朵湊在聽筒上就可以聽到電話中的交談內容。如果她演出走樣，他就將電話掛斷。

在距三點鐘只剩幾分鐘時，他撥電話到杰特曼的畫廊，再將話筒交給裴媽媽。她坐得筆挺，神情正經而且全神貫注。

「杰特曼畫廊，」一個女性的聲音說。

「找杰特曼先生，」裴媽媽說。

「請問哪裡找?」

「他不認識我。告訴他和維多・麥蘭有關。」

「維多・麥蘭?或許我可以幫妳忙。是什麼——」

「找杰特曼先生，」裴媽媽語氣堅定的又說了一次。「很重要。妳去告訴他就是。」

「請稍候。」

他們等著。狄雷尼點點頭替裴媽媽打氣，並扣住拇指與食指比出OK的手勢。她淘氣的笑了笑，露出閃閃發光的金牙。

他們聽到電話轉接時喀嗒一聲，然後……

「我是索爾·杰特曼。請問妳是哪一位？」

「你不認識我，」裴媽媽說。「我在報紙上看過你的照片，不過我在那之前就見過你了。」

「噢，」杰特曼一派輕鬆的說。「什麼情況下——」

「我當然見過你，」裴媽媽立刻接口。「在樓梯上。維多·麥蘭的畫室。星期五上午，就在他被殺的那一天。」

「我不曉得妳在說些什麼，」杰特曼說。

「你知道，」裴媽媽說。「你知道。我在那裡看到你，你也看到我了。對吧，杰特曼先生？」

「我根本不——」

「我告訴警察我認為那就是你，」她繼續說。「我挑出你的照片。不過或許那不是你，或許是我弄錯了。那是好久以前的事了，不是嗎？我只看過你一下，所以我可能弄錯了。你了解嗎，杰特曼先生？」

對方沒有說話，他們聽到他的呼吸聲。然後他說：「等一下，我馬上回來。」接著他們聽到椅子在地面拖動的聲音，腳步聲，關門聲，腳步聲，以及他再度坐下時椅子的吱嘎聲。

「麻煩妳告訴我妳的大名？」他親切的問。

「不，」她說。「你不需要知道。我只是一個窮女人，杰特曼先生。一個『窮』女人。這你了解嗎？」

「我想我了解，」他說著，聲音仍然四平八穩。「是警察叫妳打這通電話的嗎？」

「警察？」裴媽媽反問。她不屑的冷笑著。「操他的警察！我呸他的什麼警察！」

她將這句演練多次的台詞說得入木三分，連狄雷尼都相信她說的是真心話。他想要嘛杰特曼就此採信她，否則整個計畫就此泡湯。

「妳想要什麼？」索爾・杰特曼問，狄雷尼深吸了一口氣，猜想那個藝術品業者已經上鉤了。

「我要五千元，」她說。「我要回波多黎各。我要離開這個爛城市，永遠不再回來。」

「五千元？」索爾・杰特曼說。「那不是一筆小數目。」

「沒多少。如果我離開，永遠不再回來，就不算多。你了解嗎，杰特曼先生？」

「我想我了解。和妳在一起的那個女孩呢？」

「我女兒，她跟我一道回去。我們永遠不再回來。永遠不會。」

「如果警方在波多黎各找到妳呢？」

裴媽媽再度大笑。「在波多黎各？休想，杰特曼先生。不過如果他們真的找到了，那麼，我們已經記不得了。我們記不得在維多・麥蘭遇害那個星期五上午在他的畫室附近看過誰了。我們忘了。只要有五千元，我們就忘了。」

「這個……呃，」杰特曼謹慎的說。「或許我們可以討論一下，達成對我們彼此都有利的協議。」

「五千，」裴媽媽斬釘截鐵的說。「現金，不要支票。現金，小鈔。」

「這是妳精心設想出來的，是吧？」

「噢，當然。」

「妳可曾想過那筆錢要如何交到妳手中？」

狄雷尼豎起食指抵在嘴唇，並搖搖頭。裴媽媽點點頭，沒有說話。

「我問妳那筆錢要如何交給妳，」杰特曼又說了一次。「妳想過了嗎？」

「沒——沒有，」裴媽媽結結巴巴的說。「你寄給我？」

「寄五千元現金？」杰特曼說。「我看那不是好辦法，妳看呢？」

「不，或許不是。」

「當然不是，」他語調平靜的說。「我看妳也是個聰明女人。我們何不找個地方碰個面，我親自送錢過去？」

「我們要在哪裡見面？」她狐疑的說。

「噢，我可以想出五、六個地方，」他說。「中央公園，中央車站，諸如此類的。不過問題是要隱密。我們這筆交易要祕密進行，是吧？妳住在曼哈頓？」

「噢，當然。市中心。」

「妳自己住？」

「噢，當然，只有我和我女兒。」

「沒和妳先生一起住？」

「我老公沒有和我們住在一起，他不在了。」

「我明白了。好吧，那我乾脆就送到妳的住處去吧？妳將姓名地址告訴我，我送過去。怎麼樣？」

「這……我不知道……」

「那是最好的辦法，」他向她保證。「這樣我們就有隱私了——對吧？」

「我不喜歡這樣，」她說。「或是我去你住的地方？」

「不，」他說。「絕對不行。一定要在妳家，否則就別談了。」

「唔……」她猶豫不決的說。「好吧。不過可別玩花樣。」

「那是最好的辦法，」他又說了一次。「我將那包東西丟下就回去了。妳也可以回波多黎各了。那聽起來怎麼樣？」

「可以吧，我想，」她說。「今天？」

「今天不行，」他說。「我一下子沒有那麼多現金。已經三點多了，銀行打烊了。明天如何？」

「明天我要上班，」她告訴他。「星期六？」

「好，」他說。「我到時候就可以籌齊了。星期六中午？怎麼樣？」

「好，」她說。「聽起來還好。五千元，小鈔。」

「妳會拿到手的，」他信心十足的說。「好了，妳叫什麼名字，住在什麼地方？」

她告訴他在果園街的地址，也要他找6D室的裴媽媽。

「好，」他語氣誠懇的說。「妳女兒也會在？」

「噢，當然。」

「好。謝謝妳打電話過來，我會在星期六中午去找妳。」

他掛上電話。裴媽媽輕輕將話筒放回去。狄雷尼湊過去親她的臉頰。

「妳真美，裴媽媽，」他說。

布恩小隊長與傑森手中拿著錄音機，眉開眼笑的由走道進來。

「隻字不漏的錄下來了，」布恩開心的說。

22

狄雷尼組長叫他們在一旁稍候，等他和伊伐．索森聯絡上。他在電話中將錄音帶播放給索森聽，然後在副局長要求下，再播放了一次。

「好，艾德華，」索森聽完第二次之後說：「你要什麼儘管提出來。我們把這個案子結束掉。」

「當然，」狄雷尼說。「我會讓你知道最新狀況。我想你星期六最好在辦公室，以便我——」

「我都在，」索森無奈的說。

「——以便我在事後聯絡上你，」狄雷尼繼續說。「你或許要草擬一份記者會的聲明稿。」

「你倒是很有把握，」副局長說。

「沒錯，」狄雷尼承認。「我是很有把握。我想你最好別提起我。我是說別對外張揚。就歸功於局裡上下。你知道——『在各有關單位的通力合作之下』。諸如此類的狗屁。」

「我了解。」

「我們能否申請搜索票，搜查他的住處及辦公室？尋找麥蘭的素描及凶器？」

「我看不出來有什麼不可以的——都有那捲錄音帶了。」

「我們在星期六中午前還用不上。此外——或許就在星期五晚上——你不妨打電話給邦斯．蕭賓，向他透露他姊姊想要逃稅的壞消息。」

「我不大想做這種事。」

「聽我的，伊伐，他會感謝你事先通知他，也會覺得欠你一份人情的。」

「你打算何時向國稅局通報？」

「我不會通報；由你來。出於市警局的善意。我建議你等到星期六上午再透露，那可以讓蕭賓有時間幫朵拉與艾蜜莉．麥蘭找個律師。我們看看，還有什麼……？我想大概就是這些了。如果我還需要什麼，我會讓你知道。」

「我確定你會，」索森說。「恭喜了，艾德華。」

「天啊，」狄雷尼大叫。「別那麼猴急！那會招來霉運的。」

他掛上電話，轉向其他人。

「準備收網了，」他告訴他們。「我們安排一下……」

他發佈的第一道命令是加強對裴媽媽的戒護。

「這隻猴子或許會採取偷襲，」他說：「也許決定提前幾個小時甚至一天現身。我可不喜歡那樣。」

於是他們將便衣人員安排在裴媽媽那棟建築內，讓他蹲坐在一樓大廳後方的一個木箱內，他在裡面可以監看由前門或由後院進來的每一個人。他們也確認六樓天花板通往屋頂的活板門已經反鎖了。

裴媽媽是個麻煩，她不肯乖乖待在家裡。於是傑森二號奉命擔任她的貼身保鑣。他陪她上街購物，上雜貨店、買酒，甚至還在星期四晚上陪她一起去喝啤酒。其他警察開始叫他「裴爸爸」，他可不覺得那很有趣。

他們也安排桃樂絲及瑪麗亞．黎姿於星期五及星期六暫時借住在親戚家，瑪麗亞也同意將她的住處暫時借給警方使用。她在與裴媽媽激辯許久之後才同意的。狄雷尼組長略諳西班牙文，不過那場激烈的舌槍唇戰他完全如鴨子聽雷。他聽起來好像大都是在恐嚇及詛咒，不過傑森後來告訴他，那其實只是很友善的在談生意；她們在討論如何瓜分裴媽媽領到的那一百元獎金。

布恩小隊長所挑選的技術人員星期五一早就到了，狄雷尼告訴他需要些什麼東西。那位電子專家檢查裴媽媽家及黎姿家，丈量了幾個地方，然後離去。他到中午就開著一部載滿器材的廂型車回來了。布恩幫他將那些器材搬上樓，然後開始架設。

他們決定將那個小櫥櫃的布簾拉開。裡面有一根吊衣桿，上頭掛著衣服及外套，鞋子擺在底下，上頭還有一個架子擺著一些雜物：一頂紅色假髮、一個雪茄盒內放著針線、一個小睡袋、三頂帽子、若干分門別類存放的雜物。他們在這些雜物中放置一面鑲在銅架子上的小圓鏡。不過那面鏡子是雙面玻璃，他們在鏡子後面暗藏了一部針孔攝影機，有廣角鏡頭及收音效果絕佳的全方位麥克風。那位技術人員認為這整個房間內每個角落都可以收音，唯獨浴室及廚房的角落裡接收不到。

線路就由櫥櫃底下靠地板處鑽一個洞拉出來，然後再將油布地板掀開蓋住線路。這條線路就這麼一路延伸到到浴室的一端，再由另一端牆壁靠地面處鑽一個小洞穿過去。

那條線路通到黎姿家後，連接到一部錄影機及一部八吋的黑白小電視。還有一部發射器可以發送同步訊號至停放在果園街對面的那部廂型車內，由車內的錄影機與螢幕做備份的錄影以防萬一。那部廂型車的車頂架著天線，車身兩邊以白底藍字漆著：「大蘋果電視維修服務：您的滿意是我們的獎勵」。

花了一整個星期五才將這套設備架設在裴家與黎姿家，待那個技術人員對運作覺得滿意時，已將近半夜了。在黎姿家及在廂型車內看監視器的人可以清楚的看到裴媽媽家的動靜，聲音的收訊也相當清晰。錄影機可以同時收音及錄影。

收工後，狄雷尼組長請大家喝咖啡、吃點心。他們討論如何分工，那位技術人員答應星期六會帶一個夥伴過來操作廂型車內的裝備，他則負責操控安裝在黎姿家的硬體設施。狄雷尼組長說他要布恩及傑森在樓上。原本負責戒護的那些便衣人員則在那棟公寓對面的街道監視入口，在索爾．杰特曼到達時，以無線電通知。狄雷尼要求眾人在上午八點集合做最後測試與演練。

然後布恩小隊長開車送他回家，他們沿路討論要如何處理：

裴媽媽家那一邊的浴室門要開著，要是杰特曼起了疑心擔心中了圈套，可以去查看。而黎姿家那一邊的門則鎖著。如果杰特曼問起，裴媽媽就說那是通往另一戶人家，不過沒有人在家。等杰特曼在裴媽媽家就定位了之後，黎姿家那一邊的門鎖就悄悄打開。那個把手已經上過油了，可以無聲無息慢慢推開，不致於驚動了杰特曼，狄雷尼相當滿意。

假設有緊急狀況——狄雷尼與布恩都知道，所謂的「緊急狀況」就是杰特曼攻擊裴媽媽——傑森就率先飛奔出去，布恩及狄雷尼緊隨在後，全都荷槍實彈。此外，一旦索爾．杰特曼進入裴媽媽家，在對街的監視人員就轉進至六樓的樓梯間待命支援。

他們演練了兩三次，試過各種可能性，也對各種可能狀況的因應方式預做規畫。當布恩將車子停在狄雷尼家門前時，他們認為已盡可能設想周全了。其餘的就全看運氣了。

他們告別前，狄雷尼伸出手，讓布恩小隊長受寵若驚。他們握了一下，上下用力抖動了一下。

他知道蒙妮卡仍未睡，於是朝樓上叫了一聲，讓她知道他回來了。然後他巡視門窗，再將樓下的燈關掉，走上臥室。蒙妮卡在床上看書，只蓋著床單，不過他進門時她把眼鏡推在頭頂上，手中的小說也覆蓋著。他走過去親她的臉頰。

「你聞起來像一頭山羊，」她笑著說。

「可不是？」他說。「我又累又髒又一肚子火，我要先沖個熱水澡。」

「你吃過了嗎，親愛的？」

「當然。」

「你吃了些什麼？」

「午餐吃披薩，晚餐吃紅辣椒。」

「天啊，」她說：「你的胃會整個晚上咕嚕叫個不停。」

「或許吧，」他同意。「不過我沒得抱怨。」

「艾德華，你可明白我這兩天幾乎沒『看』到你？」

「我明白，」他說。

「好吧……告訴我：怎麼回事？你在做什麼？處理杰特曼的事？」

「我先沖個澡。」

他們在衣櫥內的架子上放著一瓶白蘭地和兩個小酒杯。當他洗完澡回來，正在綁睡褲的腰帶時，看到蒙妮卡已下床好一陣子，替他們兩人各斟了一杯美酒。她已經又鑽回床單內了，不過這時是坐著，她堅實的乳房露了出來，用雙掌將酒杯搓熱。他的酒擺在床邊的茶几上。

「哇塞，」他開心的說。「哇塞，哇塞，哇塞。」

他坐在床邊，舉杯就唇，輕啜一口，才一小口，似乎才沾到舌尖就已蒸發了。他赫然發現，自己是多麼心滿意足。他伸出一隻手按著蓋在蒙妮卡結實大腿上的床單。

「我愛妳，」他說。

「別來這一套浪漫情挑了，老兄，」她冷冷的說。「說吧。你在忙些什麼？」

他原本不想告訴她，希望可以不用說出來，他知道那或許會減損他在她心目中的份量。不過他沒辦法以「極機密」或「公務」來搪塞。這一套對她行不通。於是他嘆了口氣，全盤托出，他說得很快，但沒有試圖掩飾他在利用裴媽媽當誘餌這個事實，以及無論他們設想如何周全，那個女人還是極有可能會受到傷害。甚至更嚴重……

「如果杰特曼打算做掉她，」他說：「傑森會立刻衝過去，制伏他。布恩說他動作很快。然而……」

蒙妮卡不發一語，若有所思，她的嘴唇抵在酒杯的邊緣。

「那是你的主意嗎，艾德華？」

「是的。我想妳一定將我想成某種怪物了。」

她嫣然一笑。「某種。」

她總是有辦法讓他大吃一驚。

「那麼說妳認為值得冒這個險了？」

「那可以讓杰特曼鋃鐺入獄？」她問。

「噢，會讓他鋃鐺入獄，沒有問題。最起碼有幫助。我無法任他逍遙法外，蒙妮卡。我如果眼睜睜看著他逍遙法外，我永遠無法原諒我自己的。」

「我知道，」她說，語帶感傷。「替天行道。」

「噢，天啊，」他說。「我可沒將自己當成這種人。不再如此了。那純屬私人恩怨。就像他打了我耳光，或傷害了我喜愛的人。」

她詫異的望著他。

「艾德華，你甚至根本不『認得』麥蘭。」

「那有什麼差別？」

「如果他不是一個你所欣賞的藝術家呢？如果他是一個鞋匠，或是一個屠夫？」

「還是沒什麼差別，」他仍堅持己見。

「我相信你，」她嘆了口氣。「我只希望我能了解你。徹底了解。」

「我也希望我能了解妳，」他說。「我永遠無法徹底了解妳。」

「或許這樣最好，」她說。

「當然。就如麥蘭的作品。我無法了解那種吸引力，無法分析。不過我可以感受，有所回應，知道那提供了某種我想要的東西。像妳。」

「像你，」她說。「累了？」她問。

「噢，是的。累垮了。」

「或許我們就將酒喝完，你上床，我們只要相互擁抱就好。」

他望著她。她望著他。

「我們不妨把它當成前戲，」他說。

23

隔天早晨狄雷尼正在著裝時，電話響了，是布恩。他為了一大早就打電話而致歉。布恩想知道他們是否應該派人去跟監索爾．杰特曼，以防他決定潛逃。狄雷尼考慮了片刻，然後決定不要。

「如果他發現有人跟監，所有的安排全都泡湯了，」他告訴布恩。「我們只能相信他打算依照原訂計畫，與裴媽媽在中午碰面。」

布恩同意那樣或許最好，也坦承他感到忐忑不安。狄雷尼說那可以理解的，他自己也憂心忡忡，不過在最後關頭變卦經常會使很多精心設計的計畫因而功敗垂成，他要繼續照原訂計畫執行這場任務。他告訴布恩，如果他想找事情讓自己忙，不要為了擔心事情會出紕漏而坐立難安，不妨去打聽看看索森副局長答應要申請的搜索票是否已經核准了。如果已經批下來了，布恩就負責挑兩名好手去徹底搜查——不過在中午前先按兵不動。

然後狄雷尼穿戴完畢，並配掛上腰間的短管槍。他將在麥蘭老家穀倉拍攝到的拍立得照片塞入外套口袋內。最後他也帶著他的手銬，用手帕包著以免叮噹作響。

他的早餐只喝了杯葡萄柚汁、一片沒抹奶油的土司及兩杯不加奶精的濃咖啡。

「很好，」蒙妮卡表示讚許。「你越來越重，快像頭熊了。問我：我最清楚。」

「我們早餐時就別打情罵俏了，」他說。「妳睡得可好？」

「很好。你呢？」

「像關燈一樣，一閉上眼就呼呼大睡。」

「我也是，」她說。「只可惜燈卻忘了關，到早上還亮著。」

兩人都開懷大笑，然後，他們邊吃早餐邊討論預計在七月四日美國國慶那個周末啟程的一趟旅行。他們打算租一部車，一早就出發，開車前往新罕布夏州兩個女兒的營地，三天長假都去陪她們。

「蕾貝嘉與布恩呢？」狄雷尼突然說。「我們是否應該邀請他們同行？」

「那一定很有意思，」蒙妮卡說。「不過我們要住在汽車旅館。你不會覺得難為情吧？」

「天啊，蒙妮卡，」他不滿的說：「妳想必把我當成老古董了。」

「一點都不會，」她說。「你是我所認識最年輕的老古董了。」

他笑了笑，幽默感也恢復了，他將空盤子放入洗滌槽。

「我得走了，」他說。「等我回來。」

他們短暫的擁抱一下，她吻他的下巴。

「保重，」她輕快的說。

果園街早已有熙來攘往的購物人潮，狄雷尼先巡視那部裝有電子器材的廂型車、負責跟監的人員，以及裴媽媽家與黎姿家。他發現每個人都到齊了，獨缺亞伯納・布恩，他打過電話表示會在十一點抵達。

狄雷尼隨後將裴媽媽拉到一旁，要她坐下，將她應該說什麼、做什麼，再演練一遍。她在他授意之下，穿上她最老舊的衣服，一件褪色的人造絲質寬鬆長袍。她腳上套著已磨損的無後跟拖鞋，而且她脂粉未施。他覺得她看起來蒼老、疲憊、柔弱。他希望索爾・杰特曼也會有這種感覺。

布恩趕過來了，回報搜索票已經批下來，還有兩位刑警正待命要在中午前往搜查索爾・杰特曼的住處及辦公室。

「他們會過去，」布恩向狄雷尼保證。「他們都是優秀的探員，他們會騙過管理員。」

然後他們測試噪音的程度，由傑森扮演索爾・杰特曼。重點在於要調整架設在黎姿家的那部螢幕的音量，讓他們可以聽得到，可是又不能讓音量大到會穿透兩戶之間的牆壁，否則杰特曼會聽到他自己的聲音回傳過來。他們盡量將音量調低，因此必須將頭湊在螢幕旁，而裴媽媽家則聽不到任何聲音。他們最後再檢視一次，確定沒有留下他們在場的任何跡象，然後便魚貫進入黎姿家，留下裴媽媽自己一人。狄雷尼最後一個離去。

「等這件事情結束後，」他告訴她：「無論是成是敗，或沒有輸贏，我都會去買半加侖的頂級威士忌送妳。」

「噢，」她說，眼睛睜大。「你今晚留下來，陪我喝？」

他笑著拍拍她靜脈浮現的臉頰。如果她會怕，他也看不出任何徵狀。他走入黎姿家，將浴室門鎖上。

他們坐定位等著，從螢幕中監看裴媽媽，她在她的住處四處走動，沖了杯咖啡，坐下來邊喝邊翻閱一本西班牙文的雜誌。當她拿著空杯子到洗滌槽時，他們看到她在一幅聖像海報前停下腳步。她的口中唸唸有詞，然後在胸前畫了個十字。沒有人笑。他們都默默等著。

一直沒有人說話，他們看著手錶顯示11：30，11：45，12：00，12：15。到了十二點二十分，傑森喃喃說道：「來吧，來吧！」

十二點二十六分，布恩小隊長佩戴的那部無線電對講機傳出聲音，對街的監視人員說：「他來了。由北往南。單槍匹馬。」

他們朝螢幕湊近了些。

「停下來了，」無線電中回報。「四下張望。看著那棟建築物。走上樓梯。他上去了。」

布恩將嘴唇湊近到無線電對講機，按下發話鈕。

「給他五分鐘，」他低聲說。「然後到對面來支援。懂嗎？」

「懂了。遵命。完畢。」

狄雷尼望著其他幾人：布恩、傑森、那個電子專家。

「不能有任何動作，」他壓低聲音警告。「想咳嗽或打噴嚏就忍一忍。」

他們都點點頭，眼睛盯著螢幕，等著……

他們聽到裴媽媽家的門口傳來敲門聲，看到裴媽媽愣了一下，然後緩緩朝門口走去。

「誰？」她叫道。

他們聽不到回應聲，不過裴媽媽已將鎖打開，放下門鏈，將門拉開。她的身體擋住他們的視線，不過他們可以聽到聲音。

「蘿莎・裴？」

「是。你是杰特曼先生？」

「我就是。我能進來嗎？」

「噢，當然，請進。」

她站到一邊，然後索爾・杰特曼走入房內。他手上帶著一個用紙包著的小包裹。他環顧四周。裴媽媽將門關上，不過遵照狄雷尼的指示，沒有上鎖或加門鏈。

「好地方，」杰特曼隨口說了聲，四下張望。

他瞄向那個開著的櫥櫃、小廚房，再由浴室開著的門往內探視。

「妳和人共用浴室？」他淡然問道。

「噢，當然。不過隔壁那一家不在。」

他慢慢走入浴室。這時他走出畫面外了，不過他們可以聽到他試著打開通往黎姿家的浴室門。

「鎖住了，」裴媽媽說。

「是啊，」杰特曼說。

他再回到房內，仍在東張西望。

「你女兒呢？」他開心的問。

「在酒館，」裴媽媽說。「買東西。她很快就會回來了。或許十五分鐘吧，頂多半小時。」

「好，」他說。「我想見見她。我可以坐下來嗎？」

「噢，當然，隨便坐。」

他們看到杰特曼望向那些家具。他走向一張有椅套的扶手椅，隨後又改變心意。

「我想那是『妳的』椅子，」他笑容可掬的說。

他挑了一張管狀的鋁製椅，將椅子拉離桌邊，面向那張扶手椅，再做了個手勢。

「妳先請，裴媽媽，」他很有風度的說。

他先等她坐入那張扶手椅，然後自己再優雅的坐在那張直挺挺的椅子上。他將包裹放在桌上，漫不經心的翹著腳。

在黎姿家的狄雷尼組長拍拍傑森的臂膀，指向浴室門。那個大塊頭的黑人點點頭，緩緩起身，躡手躡腳朝浴室門走去。他將手指頭按在把手上，回頭望向狄雷尼。狄雷尼舉起手，示意傑森稍候。

「妳介意我抽根菸嗎？」索爾．杰特曼問。

「可以，」裴媽媽點點頭。「可以。」

「妳也來一根？」

「噢，當然。」

杰特曼起身，遞出一個銀質香菸盒。他在點菸時，狄雷尼朝傑森點頭示意。他輕輕的，緩緩的將鎖打開。他們望著螢幕，杰特曼顯然沒聽到什麼動靜。傑森再躡手躡腳回到原位。

杰特曼悠哉的回坐，極為優雅的抽著菸，由於他的神態過於誇張，幾個正在監看的警察這才首次體認到，他有多麼緊張、焦躁不安。由黑白的監視畫面中看來，他似乎是穿著一件寬鬆的黑色西裝、白襯衫、黑領帶、黑鞋子。狄雷尼想，他看起來好像是一個小一號的葬儀社人員，狄雷尼也在忖度著，杰特曼會將武器藏在身上什麼地方，如果他帶著武器的話。

「好吧，」杰特曼說。「我們似乎有個麻煩，是吧？」

「麻煩？」裴媽媽說。「是『你』有麻煩。我沒有麻煩。」

「是的，當然，」他咬著牙笑了笑。「說的也是。告訴我，是妳去找警察，還是他們找上妳？」

裴媽媽將頭垂下來，他們在黎姿家聽不到她的回答。

「不曉得他們怎麼辦到的？」杰特曼說。「好吧……沒關係。我還是搞不懂他們怎麼能弄到妳和妳女兒的畫像。妳知道嗎？」

「他雇用我女兒，」裴媽媽說。「那個畫家。當他的模特兒。我星期一陪她再過去，一個警察在那邊，他看到我們了。」

「噢，我明白了。運氣不好，我是說，對我而言，」他匆匆補充。

裴媽媽將下巴朝桌上那個包裹比了比。

「你帶錢來了？」她問。

「當然，就照我們的約定。」

「五千？小鈔？」

「就照妳的要求。妳和妳女兒打算什麼時候回波多黎各？」

「快了。或許下星期。」

「妳說妳永遠不會回來？」

「永遠不會，」她發誓。

他點點頭，捏著香菸的濾嘴，另一手弓成杯狀擺在香菸底下，四處張望想找煙灰缸。裴媽媽起身，走到廚房內。有一陣子她是背向杰特曼，狄雷尼提高警覺，不過那個矮小的藝術品業者文風不動。裴媽媽拿了個碟子回來，他們將香菸捻熄。狄雷尼發現他自己緊抓著膝蓋，他強迫自己將雙手放鬆。

「警方是何時找妳去指認我的照片？」杰特曼問。

狄雷尼判斷，他是在拖時間。為什麼？沒有膽量下手？等桃樂絲？什麼原因？

「幾天前，」裴媽媽說。「他們給我看了很多照片。『妳看到的那個人是誰？』他們問我。」

「妳挑出我的照片？」

她點點頭。

「妳確定妳看到的是我，裴媽媽？」

她再度點點頭。「不過我告訴他們我不確定。」

「妳還真精明，」他笑著說。「很有頭腦。好吧，我很高興妳打電話給我，我們能夠碰面。對彼此都有利，不妨這麼說。」

他伸出手，將那個包裹緩緩沿著桌面推向她。

「打開，」他沙啞著聲音說。「數一數。」

她站起來，走到桌邊，拿起包裹。索爾．杰特曼也站了起來。他伸伸懶腰，他的動作看起來一派輕鬆，若無其事。他將手插入褲子的口袋內。

狄雷尼揪著傑森的臂膀，猛力搖晃，點頭示意。傑森迅速走到浴室門邊，手輕輕按在門把上，回頭望著狄雷尼。狄雷尼朝布恩也比了比。布恩起身走到傑森身後。他由臀部上方的槍套內掏出左輪，將保險栓撥開，也回頭望向狄雷尼。兩個警察都神經緊繃，神情凝重，嘴唇微張，露出潔亮的牙齒。

畫面中可以看到裴媽媽在拆那個包裹。那個包裹用膠布緊緊的包著，她費盡力氣想要拆開。

索爾．杰特曼這時就在她的正後方，距離幾呎遠。他將腿略張開些，打起精神，手也緩緩由口袋抽出來。狄雷尼看到寒光一閃。

「上！」他大叫。「逮住他！」

布恩說得對：傑森動作真快。傑森推開浴室門，一個箭步衝了過去。布恩緊隨在後，兩人都高聲大吼。杰特曼愣住了，被吼聲震住了。他轉過頭，脖子緊繃，臉孔扭曲。裴媽媽趕忙低頭，彎下腰，背部繃緊。那把刀已經高高舉起，在陽光下閃著光。

傑森沒有去奪刀。他沒有揮拳，沒有空手道的砍劈。他只是整個人結結實實朝杰特曼衝過去。他撞上杰特曼後還設法繼續往前跑，膝蓋抬高，踩在光亮的油布地板的腳有點打滑。

杰特曼被他撞飛了起來，頭髮飛散，刀子也飛開了，手腳亂舞。他的身體癱軟，一半摔落在床上，一半掉在床外，然後緩緩的滑落到地板上，傑森一隻大腳重重踩在他的後頸上。

「留在這裡，」狄雷尼告訴那個技術人員。「繼續錄。」

他跨大步走入裴媽媽家。傑森正將被撞得七葷八素的杰特曼一把揪起來。布恩將他的左輪比向杰特曼的牙齒。裴媽媽退到一邊去，她面對著他們，背靠著牆壁，虛弱的喘著氣。狄雷尼掏出他的手帕，手銬掉落到地上。他沒有理會，只小心翼翼的用手帕由刀尖將那把刀子拿起來。他將刀子擺在桌子上，與那個已撕開的包裹放在一起。一個角落撕開了，他可以看到一疊裁割過的報紙。

布恩小隊長將左輪槍收起來。他上前一把擒住杰特曼的一隻手臂，傑森扭住另一手。杰特曼驚惶失措的張望著，頭髮與衣服都凌亂不堪。狄雷尼認為一切都已在掌控中了，這時裴媽媽離開牆壁。

「王八蛋！」她大叫：「混帳！」

她衝了過來，手指彎曲成爪狀，奮不顧身朝杰特曼撲了過去，他們來不及攔住她。她的模樣像是試圖爬到他身上去，一隻腳纏住他的腳，一隻膝蓋朝他的鼠蹊部頂過去，一手揪住他的喉嚨，手指頭朝他的眼睛扒過去。同時她高聲叫嚷，西班牙文與英文雙聲道，謾罵、詛咒、三字經，所有的髒話全部出籠。

狄雷尼一手由她身後攔腰抱住。布恩與傑森則將杰特曼拉向另一個方向。可是他們無法將裴媽媽拉開。她緊緊抓住杰特曼，狠狠揮拳揍他的頭部，並朝他臉上吐口水。又抓又咬，還用頭撞。五個人拉扯成一團，緊緊糾纏在一起，設法站穩腳步。

狄雷尼轉頭朝門外死命大喊：「勃拉迪！」

一轉眼支援人員立刻由走道衝了進來，手中握著槍，在樓梯口待命的則穩穩站著。他們見狀將槍收起來加入他們，將裴媽媽的手指頭一根根扳開，再將她的手臂扭到她的背後，狄雷尼則奮力摟住她的腰，布恩將她緊纏著的腳踢開。

最後，氣喘吁吁、汗流浹背、破口大罵，這個抓狂的女人總算被拉開。

「天啊！」狄雷尼氣喘如牛。「把她帶到另一個房間內，坐在她身上！」

支援人員將仍在又踢又吐口水的裴媽媽架入黎姿家。狄雷尼跟著他們進去。

「帶子還夠嗎？」他問那個技術人員。

「還很多，組長。多得是。」

「好。繼續錄，直到我叫你停。」

他回到裴媽媽家，將浴室兩面的門都拉上。他們讓索爾‧杰特曼坐在一張鋁椅上，面對著那扇大窗戶。布恩小隊長另拉了一張椅子，狄雷尼則坐在扶手椅上，傑森背靠著門站著。

四個人都重重喘著氣，在這間頂樓像個烤箱般的房間內，全身癱軟，筋疲力竭。布恩與傑森將他們的領帶扯開，領口的釦子解開。幾個人沉默了幾分鐘。然後索爾．杰特曼試圖抖落身上的灰塵。

「我的後口袋有一把梳子，」他說。「我能否拿出來？」

狄雷尼點點頭。杰特曼取出一把黑色的小梳子，開始梳理頭髮。然後他掏出手帕，輕拭著他臉上的小刮痕。

「我流血了，」他說。

「我對此感到很抱歉，杰特曼先生，」狄雷尼話中帶刺的說：「不過你真的不能怪她。」

「我想打電話給律師，」杰特曼說。「我知道我的權利。」

「你恐怕是有所不知，」狄雷尼親切的說。「你在我們將你移送之前不能打電話，你甚至還沒被捕呢。我沒說錯吧，小隊長？」

「沒錯，長官。我們逮捕他時，會將他的權利讀給他聽。」

「法令是這麼規定的，」狄雷尼說，攤開雙手。「我想我們可以在這裡坐幾分鐘，輕鬆一下，喘一口氣，聊一聊。聊聊你為什麼要持刀攻擊那個可憐的婦人。」

「我沒有攻擊她，」杰特曼憤怒的說。「我只是拿刀子出來協助她拆包裹。」

「以致命的武器攻擊，」狄雷尼冷冷的說。

「那是你和我的說法不同，」杰特曼說。

「唔……不是，」組長說。「不盡然。看看這個……」

他起身，走到那座門已拉開的櫥櫃。杰特曼轉頭望著他伸手將那面小圓鏡翻轉到一邊。

「一部攝影機，」狄雷尼向那個矮個子說。「可以錄下影像與聲音，就錄在錄影機裡。還在錄。」

「狗屎，」索爾·杰特曼說。

「是啊，」狄雷尼說。

「好，那麼說，你們在竊聽我的電話，所以你們才會知道我會來這裡。竊聽電話是非法的。」

狄雷尼嘆了口氣。「噢，杰特曼先生，你真的認為我們這麼做了？不，她是用一部私人的電話打的。我們已取得電話主人的同意，錄下那通電話。」

「我要喝一杯水，」杰特曼說。

「當然，」狄雷尼說。「傑森？」

杰特曼拿到的不只是一杯，而是兩杯水。他將兩杯都一口氣喝完，以那條已經弄髒了的手帕擦擦嘴。

他環顧四周。他似乎受到懲罰了，但尚未被擊敗。他眼中露出一絲光采。他試圖微笑，結果像是傻笑。

「很悲慘的地方，」他裝出發抖的樣子說著。「怎麼有人能住在像這樣的……」

「我看過更悲慘的，」狄雷尼聳聳肩。「你不是曾告訴過我，你是來自艾薩克街？你一定也曾經住在類似這樣的公寓內。」

「好久以前的事了，」杰特曼低聲說著。「很久了……」

「嗯，」狄雷尼點點頭。「好吧，其實那正是我要告訴你的：你如今過的是什麼生活，以及以後你將過什麼樣的生活。你什麼都不用承認，我不是要求你認罪，我只是要你看看這個，拜託。」

他由外套口袋內取出用拍立得拍下的照片，傾身向前，遞給杰特曼。杰特曼望向最上面那一張，然後匆匆將整疊看完，垂頭喪氣坐在椅子上，整張臉已經無精打采。他心灰意冷的將照片朝桌上一扔。

「所以，已經玩完了，」狄雷尼意氣風發的說。「國稅局今天上午已經接獲通知，我想他們應該已經趕過去了，正在清點中。當然，他們會偵訊朵拉與艾蜜莉．麥蘭。我猜朵拉會先招供，她很軟弱。她會供出你和賽門。」

杰特曼比了個隨他去的手勢。

「我並不是說你會因為逃漏稅而坐牢，」狄雷尼說。「你或許會，不過我不認為聯邦政府會起訴。他們會樂於增加這一大筆收入。噢，你會被處以罰鍰及緩刑，當然，也會查你的私人帳目。不過我不認為有人會因此而坐牢。當然，那意味著朵拉與艾蜜莉．麥蘭的美夢成空，不過艾瑪與泰德則會成為千萬富翁。我對此並不特別感到滿意，你呢？」

「不，」杰特曼簡潔的說。

「談到美夢成空，」狄雷尼繼續說：「你美好的未來也幻滅了，對吧？我想你已經將你所擁有的最後一幅麥蘭畫作也出售了，杰特曼先生。」

杰特曼沒有答腔。兩人都默不作聲好一陣子，然後……

「天啊，這裡真熱，」狄雷尼說著，起身大步走向那扇大窗戶，拉扯老半天，才將窗戶拉開。他往外傾身，手托在窗台上，做了個深呼吸，然後往下俯瞰。他再回到房內，拍拍手上的灰塵，讓窗戶敞開著。「六樓高，底下是一片水泥地，」他說。「他們真應該加裝鐵窗才對。好吧，反正我們先讓它通風一下。」

他再度坐回那張扶手椅，身體往後靠，雙手手指交叉擺在腹部。他若有所思的望著索爾．杰特曼。

「現在我們來談談維多．麥蘭謀殺案，」他說。「預謀殺人，因為凶手隨身攜帶一把刀。他並不是一時氣憤隨手拿起武器殺人；他帶著自己的武器去行凶。那在任何國家的任何法庭都是預謀殺人。」

「我沒有殺他，」杰特曼仍不鬆口。

「你當然殺了他，」狄雷尼說。「你知道，我們知道。你出於好奇，也會想要知道我們掌握到了什麼。好，首先，我們掌握了動機。你發現麥蘭將穀倉內的畫作偷偷拿去委託貝拉．莎拉珍變賣。那是他的畫作，他可以隨意處置。可是依照你的想法，那些畫作既是朵拉與艾蜜莉．麥蘭的遺產，也是你的遺產，已經病危的維多．麥蘭是在搶奪你的財產。瘋狂。不僅如此，他還因為賣掉越來越多的麥蘭畫作而使行情下跌。對吧，杰特曼先生？所以你和他因此大吵一架，他告訴你操你的。對吧，杰特曼先生？」

「臆測，」杰特曼說。「純屬臆測。」

「臆測，」狄雷尼複述了一次，笑了出來。「一個法律術語。你經常和已故的朱立安．賽門打手球，對吧，杰特曼先生？對了，你有沒有注意到我都稱呼你杰特曼先生，而不是叫你索爾？那不是照教科書的規定做。警察的心理戰術是在與嫌犯交談時，稱名而不道姓，那可以壓抑他們的氣勢，給他們下馬威，使他們沒有尊嚴。那如同在偵訊一個人之前，先將他的衣服剝光。不過我不會這麼對待你，杰特曼先生；我對你的智慧深表佩服。」

「謝謝，」他聲音微弱的說，口氣很誠懇。

「好，」狄雷尼說，拍打膝蓋。「動機就談到這裡為止。這邊有些線索，那邊有些線索，不過我想再深入挖掘就可以拼湊完整。接下來我們談機會。我想賽門律師告訴你，我們已經拆穿了你由他的後門溜進走道的小技倆了？你想必是那麼做的，你知道，因為賽門說你在他辦公室內的那個時段，裴媽媽及桃樂絲也看到你在麥蘭的畫室附近。」

「那是他的證詞與她們的證詞有出入，」杰特曼憤怒的說。

「他的『證詞』，」狄雷尼說。「真遺憾他無法活著上法庭做證，是吧？」

「我聽到他過世的消息相當震驚。」

狄雷尼凝視著他思索了片刻，然後嘆了口氣。

「你沒有搞清楚，杰特曼先生，」他輕聲說道。「你有點驚慌失措，對吧？獵犬已經嗅到你腳跟了，而你親愛的摯友則面臨做偽證的指控。所以你必須除掉他——對吧？等一下，等一下，」狄雷尼說著，舉起一隻手。「讓我說完。此事尚未對外公佈，不過我們知道朱立安·賽門不是被燒死的。嚇一跳吧！他是先被殺害之後才遭焚屍的。肺部的分析已經證實了這一點，法醫也在他的背部找到多處刀傷。勘驗人員認為現場曾潑灑威士忌以確定整個地方會『付之一炬』！他們找到了空酒瓶。真浪費！噢，是的，我們知道賽門怎麼死的，杰特曼先生。我們派人拿你的照片給賽門那棟大樓的住戶、計程車司機看，問遍附近地區。遲早我們會找到『某人』看到你在現場或在附近。所以如果我是你，我就不會太過依賴你已故的好友的供詞，當做你在麥蘭案的不在場證明。」

索爾．杰特曼一直想要打岔，但他聽了許久，只能目瞪口呆。他癱坐在椅子上，像被人用鐵鎚打扁了般。他瞪著狄雷尼，垂頭喪氣。

「好了，」狄雷尼意氣風發的說：「機會交待完畢。接下來我們來談凶器……」

他起身走到桌邊，俯下身湊到那把刀子上頭。他的鼻子幾乎碰到刀子。然後他戴上眼鏡，再度俯身。

「好刀，」他說。「法國製。高炭鋼。刀刃經久耐用，不會磨損。那或許曾用來戳刺麥蘭及賽門；刀刃的長度與寬度都與法醫驗屍報告中的傷口吻合。我告訴你，我永遠不會用這樣的刀子殺人，杰特曼先生。首先，刀刃太薄，或許會刺到肋骨，因而斷裂。此外，無論你怎麼洗，都無法將有木質刀柄的刀子清洗乾淨。告訴他，小隊長。」

「木柄以鉚釘固定在刀刃上，」布恩解釋。「不過無論你怎麼刷洗，血跡都會殘留在木柄和鋼鐵上。實驗室人員將鉚釘撥開，取下木柄，再檢驗鋼質部分的血跡。然後他們再由木柄的內側取出小粒子，檢視『它們』的血跡。他們可以辨識那是動物的血或人血。如果是人血，他們通常會鑑定血型。然後再判斷那與賽門或麥蘭的血型是否相符。」

「就是這麼做的，」狄雷尼點點頭。「這把刀也會這麼處理。」

「我沒有做，」杰特曼喃喃說道。

狄雷尼走回他的椅子，將眼鏡放回上衣口袋。然後他又折回去再度檢視那把刀。

「你知道，」他說：「這是廚師口中的剔骨刀。依我看那似乎是一組餐刀中的一把。很精緻也很昂貴。小隊長，我想我們最好派些刑警再回到杰特曼先生的住處，將整組刀具全部找出來，送交實驗室化驗。」

杰特曼驚慌失措。

「刑警？」他說。「再回到我的住處？」

「噢，我剛才沒有提到，」狄雷尼說著，輕輕彈了一下手指。「我們申請到了一張搜索票，搜查你的住處及辦公室。他們去尋找我們在麥蘭的畫室內拿走的那三幅素描——也是你由我家裡拿走的。你想他們找得到嗎，杰特曼先生？」

「我不會再說任何話了，」杰特曼說。

「你將我女兒關進衣櫥裡，你這混帳！」狄雷尼朝他咆哮。

杰特曼緊閉著雙唇，咬牙切齒。他翹起腿，手指頭在膝蓋上拍打著。他不願與狄雷尼的眼光接觸，只望向敞開的窗戶，看到一座屋頂，一大片藍天，一朵白雲懶洋洋飄過。

「動機、機會、凶器，」狄雷尼組長冷峻的繼續說道。「而現在，除此之外，我們還逮到你意圖教唆做偽證。已經錄影存證。除此之外，還有以致命武器攻擊。你覺得聽起來如何，杰特曼先生？」

沒有答腔。狄雷尼讓這陣沉默持續一陣子，蹙著眉，低頭望著自己彎起的手指頭。傑森靠在門口，不斷的將身體重心變換到另一腳。布恩小隊長文風不動坐著，眼睛不曾離開索爾．杰特曼身上。

「我老實告訴你吧，杰特曼先生，」狄雷尼終於開口了。「我不認為檢察官會以一級謀殺罪起訴。」

索爾．杰特曼吃了一驚，將翹起的腳放下。然後他望向狄雷尼組長，充滿期盼的略微向前傾身。

「我想你會找一位高明的律師，他會幫你安排一些答辯協議，並建議你訴請有罪，藉此換取較輕的刑責。或許是二級謀殺罪。如果他是一個『非常』高明的律師，他甚至可能會幫你爭取到過失殺人的罪責。重點是，無論你怎麼動腦筋，都得去坐牢，杰特曼先生。別想脫罪了。傑森，你要不要猜猜看？」

「十五至二十五年，組長，」傑森的聲音如雷貫耳。

「小隊長？」

「八至十年，」布恩說。

「依我看，介於兩者之間，」狄雷尼思索著說。「大約十至十五年之後才能假釋。十五年，杰特曼先生。或許是在大草原區，或者也許是在阿提卡。類似這樣的荒郊野外。」

索爾．杰特曼輕輕悶哼了一聲。他的眼光由狄雷尼身上移開，往上移過天花板，停在敞開的窗戶之外的夏日藍天。

「十至十五年，」狄雷尼點點頭。「一個高明的律師可以替你爭取到。一個高明、『昂貴的』律師。

你的畫廊當然就關門大吉了。反正沒有麥蘭，你也撐不下去了；我們很清楚這一點。還有你那棟美侖美奐的豪宅。你那些精美的收藏品。你知道，杰特曼先生，我想那是我見過最富麗堂皇的住家了。真的。我記憶猶新：那些柔軟的地毯、榆木高腳衣櫥、潔亮的木質家具與閃閃發光的銅器。一切都相互輝映。你說得對，那是一個夢境，一個美夢。當然，這下子全都幻滅了。我想國稅局會將你那些收藏品拍賣，藉此扣抵你的罰款，或是你必須變賣來償付你的律師費。這些精美的物品會落入別人手中。你美輪美奐的豪宅則會被變賣一空，美夢幻滅。」

他說話的語氣有如在吟誦，有唱歌的韻味。他隱約可以聽到遠方傳來街道上的聲音：小販的叫賣聲、車聲、喇叭聲、叫聲。不過屋內的其他人只聽到狄雷尼低沉柔和，像夢囈般的說話聲音，讓他們痴迷。

「全成一場空，」狄雷尼再說一次。「那一切美好、柔和、華麗的珍奇古玩，和你即將前往的地方可是有天壤之別啊，杰特曼先生。十五年，你會待在一間十呎見方的水泥隔間裡，還有兩個牢友及一個尿壺。而那些牢友！禽獸，杰特曼先生。粗暴的種馬，他們會要你對他們百依百順。真的是百依百順，如果你知道我說的是什麼意思。無法充饑的食物、單調無趣的生活，令你的想像力枯萎，你的期望也隨之枯萎。因為每一天都和其他日子一模一樣。『一模一樣』，杰特曼先生——而那十五年或許會像五十年或一百年或一千年，在你看來遙遙無期。不過那還不是監獄內最悲慘的一面，杰特曼先生。對你這種才智過人而且感觸敏銳、品味高尚的人而言，那不是最悲慘的。記不記得我們在你的畫廊內談論麥蘭的作品時，你說他的畫作是淫蕩的意念或概念？監獄就是醜陋的概念。那是全然的灰色，牆壁、衣服、甚至連食物都是灰色的。最後連老囚犯的皮膚都會變成灰色，靈魂也成為灰色。淒涼，黯淡。沒有明亮的顏色，沒有音樂，沒有歡笑聲或歌聲。放眼望去沒有任何美感。只有硬梆梆、灰沉沉的醜陋，瀰漫在各個角落。對向你這樣的人而言，那意味著——」

事情發生得那麼快速，那麼突然，因此一個調查委員會在事後看錄影帶時都同意，那無法避免。索爾·杰特曼猛然站起來，彷彿是被上帝一手揪起來似的。

他的身體往前傾，踉踉蹌蹌往敞開的窗戶跑了三步。

他跳出窗外，有如跳水選手由跳板上一躍而下，雙臂展開，頭往下栽。

他的腳趾甚至沒有踢到窗台。

他跳了出去，展翅翱翔。

他們聽到他落地時的響聲。

布恩震縮了，傑森不寒而慄。狄雷尼以前曾聽過那種聲音，他緩緩閉上眼睛。

「噢，天啊！」布恩呻吟著。他跳了起來，衝向窗戶。他雙手撐著窗戶兩邊，小心翼翼的朝窗外傾身俯瞰。他轉身回屋內，臉色慘白。

「他們需要吸墨紙，」布恩說。

狄雷尼組長張開眼睛，瞪著天花板。

「唔，」他自言自語：「他終究還是沒能逍遙法外，是吧？」

待一切該處理的都已辦妥後，已是午後時分。伊伐·索森副局長負責偵辦，將所有涉案者簽署的筆錄收齊，扣押那些蒐證錄影帶，也發了一份新聞稿給各報社，還同意接受電視台簡短的專訪。

那三張麥蘭的素描在杰特曼的住處找到了。蘿莎·裴領到了一百元的賞金，狄雷尼也沒有忘記送她半加侖的酒，裴媽媽選擇了蘭姆酒。蒐證錄影器材全部拆除，裴媽媽家與黎姿家已盡可能恢復舊觀。

索爾·杰特曼的屍體裝在藍色的塑膠屍袋內運送到停屍間，水泥地上血跡斑斑的凹陷處灑上了木屑。

布恩表示要開車送狄雷尼回家，狄雷尼欣然同意。他們花了好一段時間才駛出車水馬龍的市中心，不過他們一進入第三大道，車流就開始順暢，布恩高速行駛，趕上一路綠燈。

「對了，」狄雷尼說：「七月四日那個周末，蒙妮卡和我要租部車子，開車前往新罕布夏州探視兩個女兒。不曉得你和蕾貝嘉是否想要同行？」

「樂意之至，」布恩立即答應。「謝謝你，長官。我會問蕾貝嘉；我相信她會贊成的。不過為什麼要租車？可以開我的車。」

「讓我告訴你，」狄雷尼發出囈語般的聲音說：「我這輩子一直想開一部勞斯萊斯，卻始終未曾如願。我想我會給蒙妮卡一個驚喜，租一部豪華、大型的黑色勞斯萊斯。她會心花怒放，孩子們也會樂不可支，而我則是藉此慰勞自己。大約要開上八個小時吧，我想，所以我想我們可以帶一籃食物，在路上吃午餐。你知道，冷盤的炸雞與馬鈴薯沙拉。類似那樣的菜色。」

「聽起來很正點，」小隊長笑著說。「把我們算在內吧。一部勞斯萊斯，嗯？你可相信我還沒坐過那種車子呢？」

「我也沒有，」狄雷尼面帶微笑。「現在我們有機會了。」

然後他們一路無言，途經三十四街，車流量趨緩，布恩在駕駛座鬆了口氣。

「組長……」他欲言又止。

「怎麼樣？」

「你在杰特曼跳樓之前和他談話時……我是說，談起他美輪美奐的豪宅，以及牢獄生活將如何悲慘……」

「怎麼樣？」

「我以為你是……」

「你以為我是什麼……」

「哎，算了，」布恩說，凝視著前方。「我猜是我想太多了。」

「你當然是，」艾德華・X・狄雷尼和藹可親的說著，隨手點了根雪茄。

國家圖書館出版品預行編目資料

第二死罪 / 勞倫斯・山德斯（Lawrence Sanders）著；蔡梵谷譯．--初版．--臺北市：臉譜出版：家庭傳媒城邦分公司發行，2006〔民95〕
面；　公分 --（山德斯犯罪懸疑推理系列：3）

譯自：The second deadly sin

ISBN 986-7058-00-3（平裝）

874.57　　95002013